CB046383

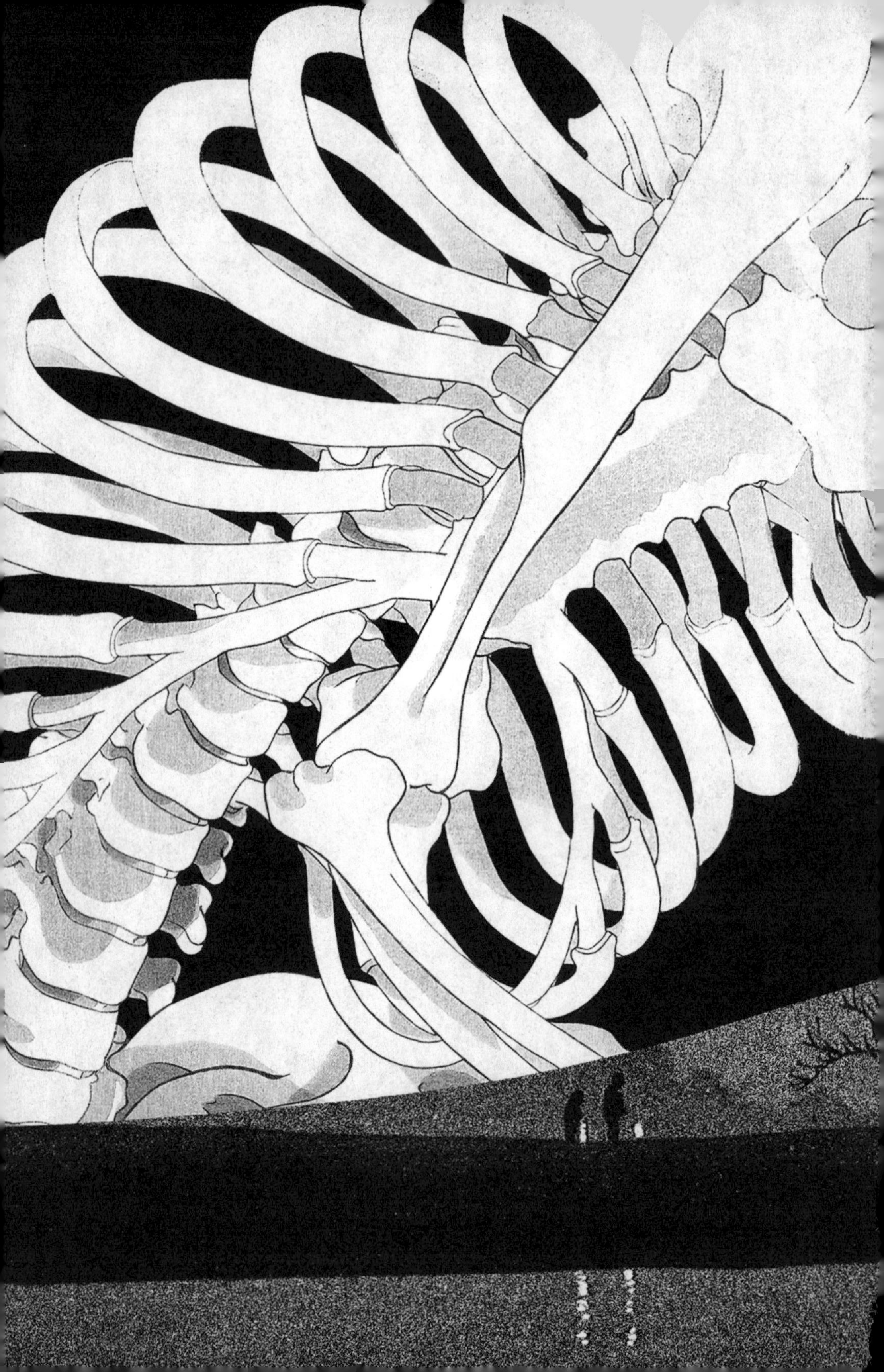

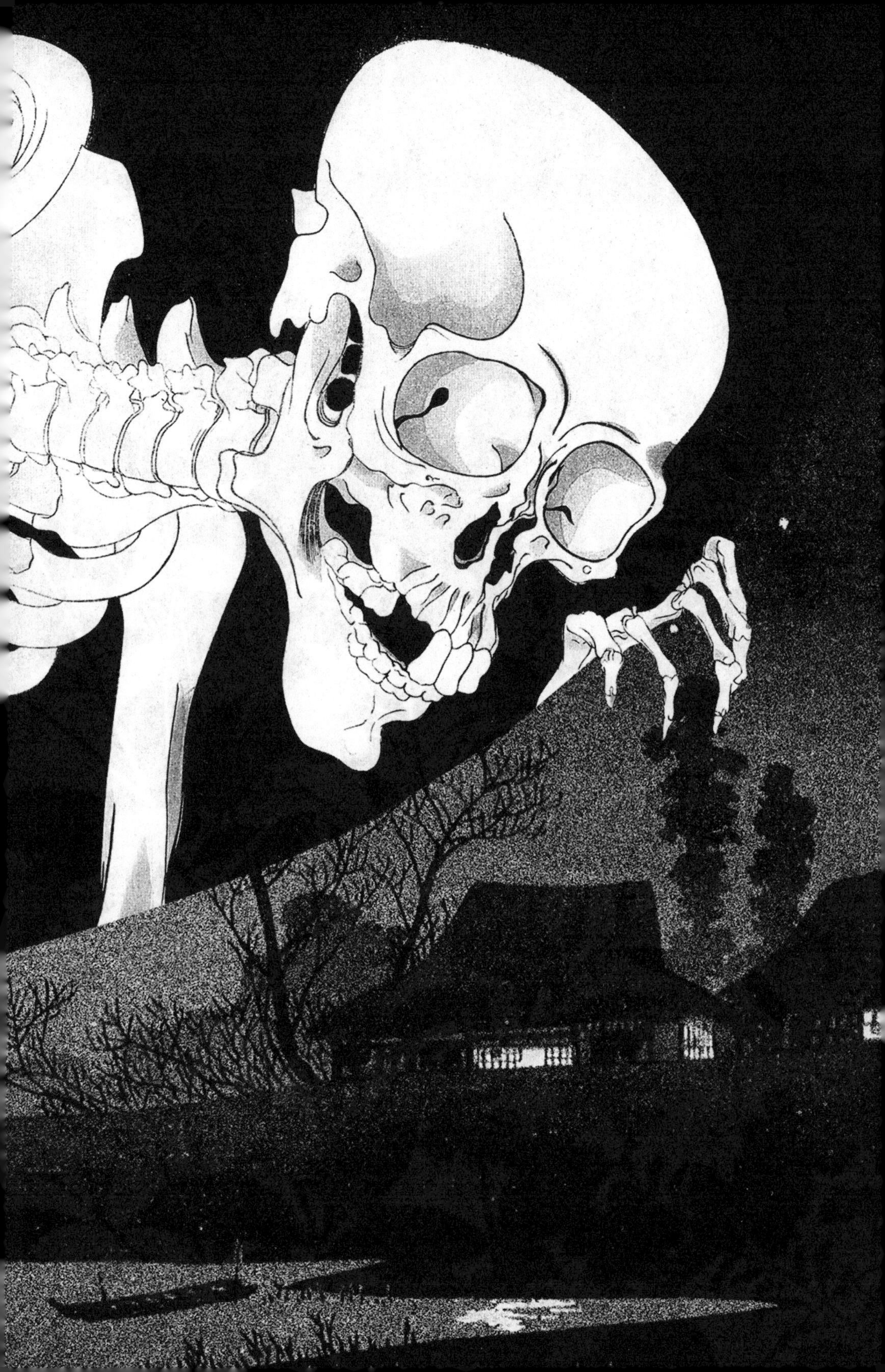

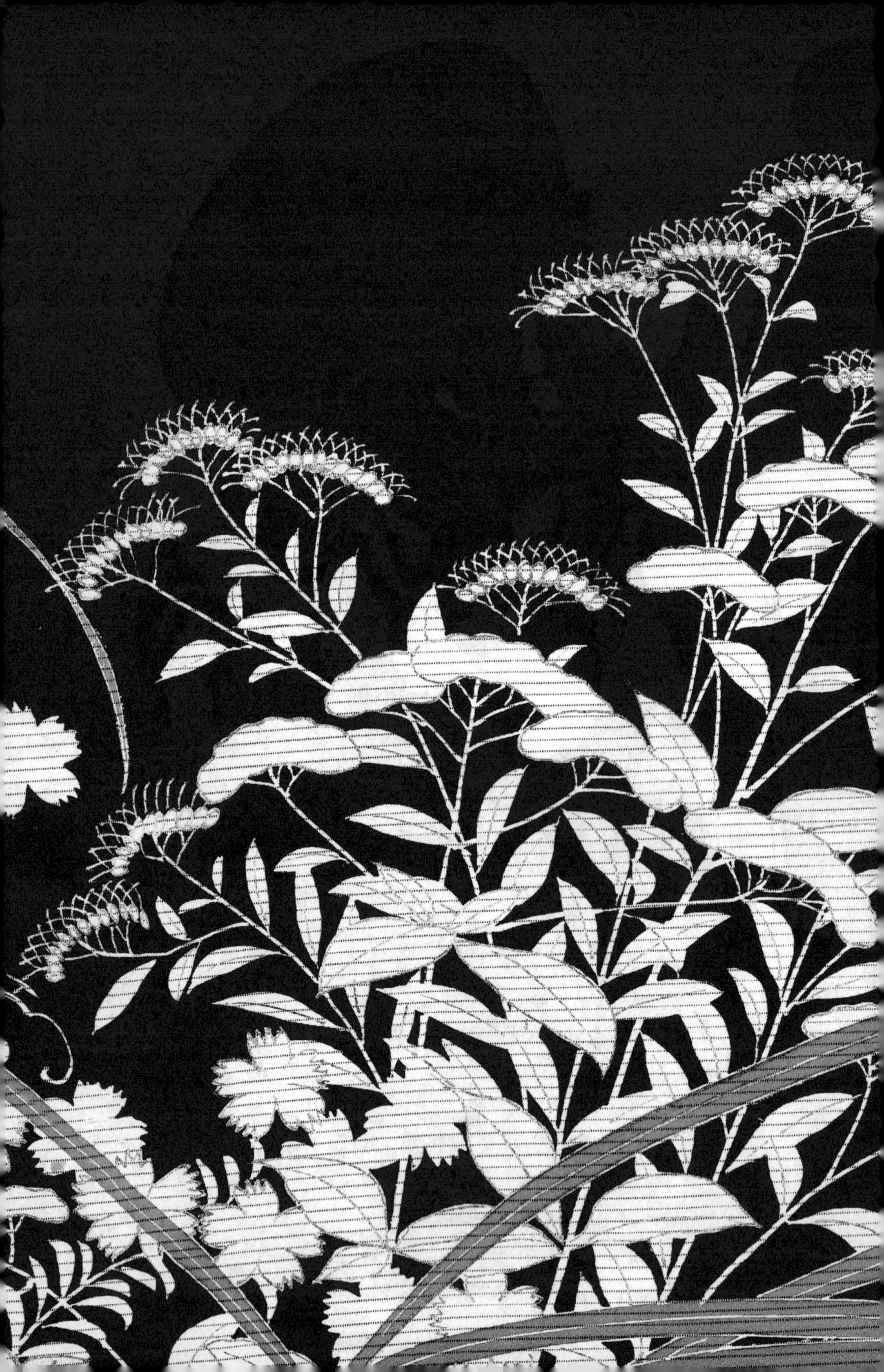

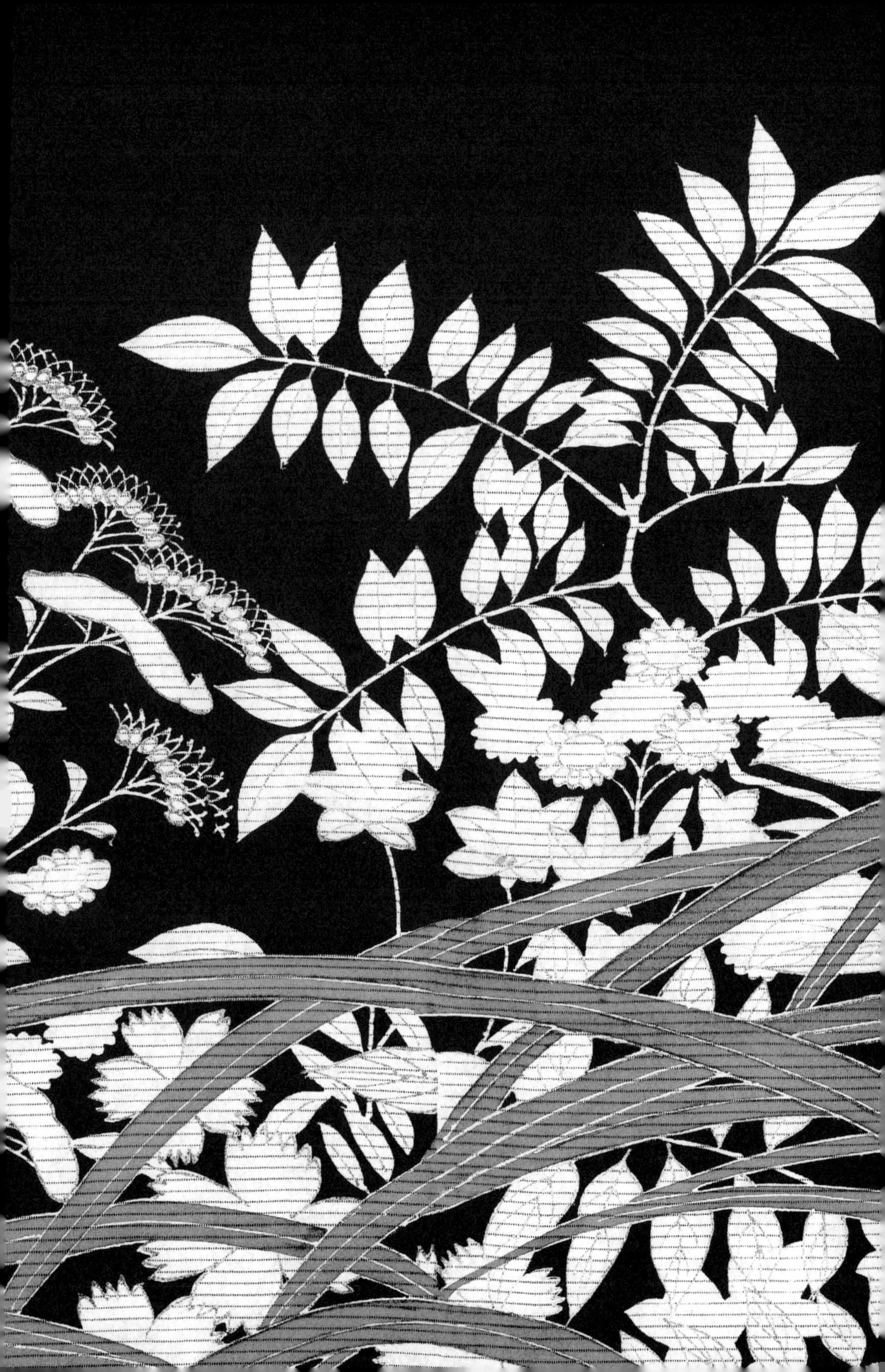

ANCIENT TALES AND FOLKLORE OF JAPAN

Ilustrações de capa e miolo: © Nakanishi Kōseki,
© acervo Fukuoka City Museum, © Adobe Stock,
© Takiyasha the Witch and the Skeleton Spectre por
Utagawa Kuniyoshi, © Rain at Igusa por Hiroaki Takahashil

Tradução para a língua portuguesa
© Alexandre Boide, 2023

Diretor Editorial
Christiano Menezes

Diretor Comercial
Chico de Assis

Diretor de Novos Negócios
Marcel Souto Maior

Diretora de Estratégia Editorial
Raquel Moritz

Gerente de Marca
Arthur Moraes

Gerente Editorial
Bruno Dorigatti

Editora
Juliana Kobayashi

Adap. de Capa e Proj. Gráfico
Retina 78

Coordenador de Diagramação
Sergio Chaves

Designer Assistente
Jefferson Cortinove

Preparação e Revisão
Retina Conteúdo

Finalização
Sandro Tagliamento

Marketing Estratégico
Ag. Mandíbula

Impressão e Acabamento
Braspor

DADOS INTERNACIONAIS DE CATALOGAÇÃO NA PUBLICAÇÃO (CIP)
Jéssica de Oliveira Molinari CRB-8/9852

Smith, Richard Gordon
  Clássicos Japoneses Sobrenaturais / Richard Gordon Smith ; tradução de Alexandre Boide. — Rio de Janeiro : DarkSide Books, 2023.
  352 p. : il.

  ISBN: 978-65-5598-197-1
  Título original: Ancient Tales and Folklore of Japan

  1. Ficção japonesa 2. Folclore - Japão
  I. Título II. Boide, Alexandre

22-1673   CDD 895.6

Índice para catálogo sistemático:
1. Ficção japonesa

[2023, 2024]
Todos os direitos desta edição reservados à
DarkSide® Entretenimento LTDA.
Rua General Roca, 935/504 — Tijuca
20521-071 — Rio de Janeiro — RJ — Brasil
www.darksidebooks.com

日本

CLÁSSICOS SOBRENATURAIS

Richard Gordon Smith

Tradução
Alexandre Boide

DARKSIDE

SUMÁRIO

13	**PREFÁCIO**
16	**O GRAMPO DE OURO**
24	**O ESPÍRITO DO SALGUEIRO**
30	**O FANTASMA DO POÇO DAS VIOLETAS**
36	**A TUMBA DO FANTASMA DA FLAUTA**
44	**O TEMPLO ASSOMBRADO DA PROVÍNCIA DE INABA**
50	**A CARPA E A PERSEVERANÇA**
54	**O PESCADOR E AS LENDAS DO LAGO BIWA**
62	**UMA ESPADA MILAGROSA**
68	**A PROCISSÃO DOS CEM FANTASMAS**
72	**UM SERVO FIEL**
78	**O TESOURO DA FAMÍLIA HOSOKAWA**
82	**A HISTÓRIA DE KATO SAYEMON**
88	**O VESTIDO INCENDIÁRIO**
94	**A HISTÓRIA DE AWOTO FUJITSUNA**
98	**UMA VIDA, UMA ARANHA E DUAS POMBAS**
104	**A LEALDADE DE MURAKAMI YOSHITERU**
108	**UMA HISTÓRIA DAS ILHAS OKI**
116	**ORIGEM DO JOKEN-ZAKI**
122	**A BATALHA DE YOGODAYU**
126	**ILHA ISOLADA, ILHA DESOLADA**
132	**ILHA CHIKUBU, LAGO BIWA**
138	**REENCARNAÇÃO**
142	**A MERGULHADORA DA BAÍA DE OISO**
148	**O ROUBO DA KWANNON DE OURO**
154	**A ROCHA DE SAIGYO HOSHI**

目次

160 A VISÃO DE MASAKUNI
166 BAÍA DE SAGAMI
172 O REI DE TORIJIMA
180 A BEBIDA DA VIDA PERPÉTUA
186 A CAVERNA DO EREMITA
192 A DEUSA DO MONTE FUJI
198 BALEIAS
204 A CEREJEIRA SAGRADA DO TEMPLO MUSUBI-NO-KAMI
210 UMA HISTÓRIA DO MONTE KANZANREI
216 A MONTANHA DO OSSO BRANCO
222 TRAGÉDIA EM NOITE DE TEMPESTADE
230 O FANTASMA DO KAKEMOMO EM AKI
238 SAQUÊ BRANCO
244 A BELDADE CEGA
250 O SEGREDO DA LAGOA DE IIDAMACHI

256	O ESPÍRITO DE YENOKI
262	O ESPÍRITO DA FLOR DE LÓTUS
268	O TEMPLO DO AWABI
274	A VINGANÇA DOS VAGA-LUMES
278	O EREMITA DOS CRISÂNTEMOS
282	A PRINCESA PEÔNIA
288	A CEREJEIRA MEMORIAL
294	A CEREJEIRA "JIROHEI" DE KYOTO
298	O ESPÍRITO DA NEVE
304	A TUMBA DA NEVE
310	A AMEIXEIRA EM FORMATO DE DRAGÃO
316	A CEREJEIRA TABULEIRO
322	A PRECIOSA ESPADA "NATORI NO HŌTŌ"
326	O DEUS SERPENTE BRANCA
332	FESTIVAL DO AWABI
336	O SALGUEIRO, A HONRA E A FAMÍLIA
342	A TUMBA DA CANFOREIRA

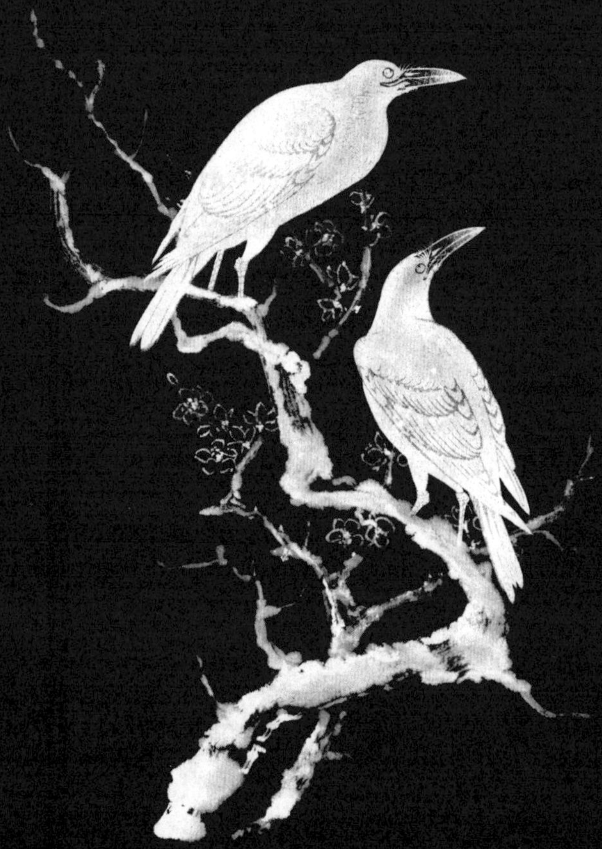

PREFÁCIO

As histórias reunidas neste volume foram transcritas a partir dos volumosos diários ilustrados que mantive ao longo dos vinte anos que passei em viagem por muitos lugares — sendo os últimos nove quase em sua totalidade no Japão, coletando itens de história natural para o British Museum, vasculhando e dragando o Mar Interior de Seto, às vezes com sucesso, às vezes em vão, mas no fim contribuindo para o acervo com cerca de cinquenta novos objetos para o benefício da ciência e, de acordo com Sir Edwin Ray Lankester, "proporcionando acréscimos consideráveis ao conhecimento da etnologia japonesa". Como seria de se supor, uma atividade como essa me colocou em contato próximo com o povo — pescadores, agricultores, sacerdotes, médicos, crianças e todas as outras pessoas de quem era possível extrair informações. Diversas e estranhas foram as histórias que me contaram. Neste volume os editores preferiram fazer uma miscelânea — narrativas de montanhas, de plantas, de lugares históricos e lendas. Pelos resultados obtidos a partir de meus diários devo agradecer a nosso falecido ministro em Tóquio, Sir Ernest Satow; aos ministros e vice-ministros de Relações Exteriores e da Agricultura, que me escreveram muitas cartas de apresentação; ao meu querido amigo sr. Hattori, governador da província de Hyōgo; aos tradutores das anotações e dos manuscritos originais (em geral não muito bem escritos em japonês), entre os quais destaco o sr. Ando, o sr. Matsuzaki e o sr. Watanabe; e ao sr. Mo-No-Yuki, que desenhou e pintou as ilustrações a partir de meus esboços, que com grande frequência ofenderam seus talentos artísticos e o fizeram perder o sono diante da crueza da noção europeia de arte.

A meu fiel intérprete Yuki Egawa também devo agradecimentos por seus esforços contínuos para encontrar aquilo que eu queria; e aos muitos camponeses e pescadores cuja simpatia, gentileza e hospitalidade me cativaram para todo o sempre. É justo que um povo tão valoroso como o japonês seja governado por um soberano igualmente valoroso.

R. Gordon Smith
Junho de 1908

*Para o honorabilíssimo Sir Ernest Mason
Satow, Cavaleiro Comandante da
Ordem de São Miguel e São Jorge.
Em recordação à generosidade
demonstrada no Japão.*

ホラー

CLÁSSICOS JAPONESES SOBRENATURAIS

Richard Gordon Smith

MEMBRO DA REAL SOCIEDADE GEOGRÁFICA
RECIPIENTE DA ORDEM DO
SOL NASCENTE DO QUARTO GRAU

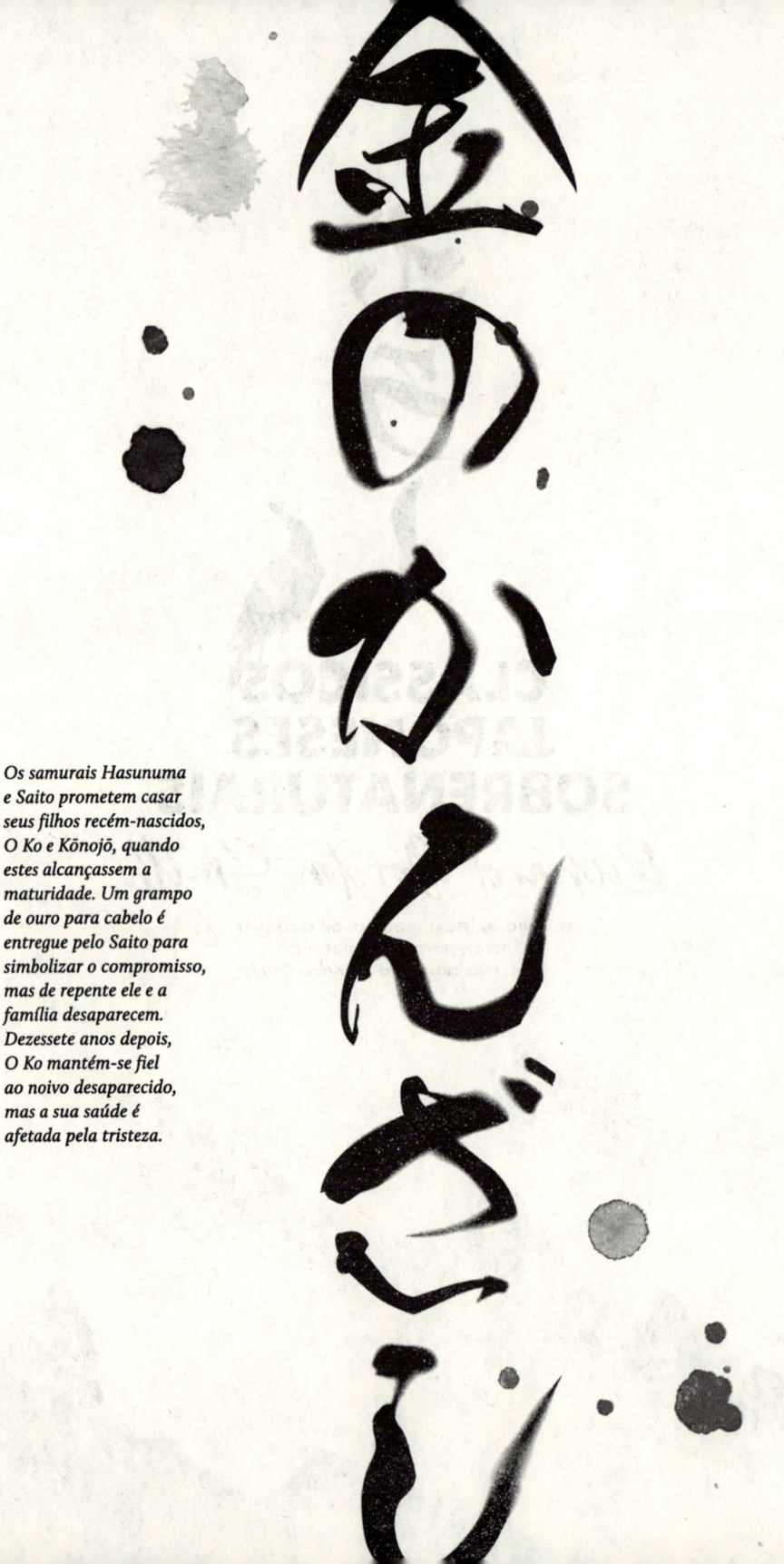

Os samurais Hasunuma e Saito prometem casar seus filhos recém-nascidos, O Ko e Kōnojō, quando estes alcançassem a maturidade. Um grampo de ouro para cabelo é entregue pelo Saito para simbolizar o compromisso, mas de repente ele e a família desaparecem. Dezessete anos depois, O Ko mantém-se fiel ao noivo desaparecido, mas a sua saúde é afetada pela tristeza.

金のかんざし

O GRAMPO DE OURO[1]

1

Na cidade nortista de Sendai, de onde vêm os melhores soldados japoneses, vivia um samurai chamado Hasunuma.

Hasunuma era rico e hospitaleiro, e por consequência muito considerado e estimado. Por volta de 35 anos atrás, sua esposa o presenteou com uma linda filha, sua primeira, que a chamavam de Ko, que significa "Pequena" quando aplicado a uma criança, da mesma forma como dizemos Pequena Mary ou Pequena Jane. Seu nome na verdade era Hasu-Ko, que significa "pequena flor de lótus"; mas vamos chamá-la de Ko, para simplificar.

Exatamente na mesma data, Saito, um dos amigos de Hasunuma e também um samurai, teve a boa fortuna de ganhar um filho. Os pais decidiram que, em razão de sua boa relação de amizade, seus filhos se casariam quando tivessem idade suficiente para o matrimônio; eles ficaram contentes com a ideia, e suas esposas também. Para tornar o compromisso dos bebês mais solene, Saito entregou a Hasunuma um grampo de cabelo de ouro que pertencia à sua família havia muito tempo e disse:

---

[1] Este conto remete a "Botan Dōrō", ou a história da Lamparina de Peônia, narrada tanto por Mitford como por Lafcadio Hearn. Nesta versão, porém, o espírito da irmã morta passa para o corpo da viva, assume sua forma, deixa-a doente e acamada por mais de um ano e então permite que reapareça como se não tivesse sequer adoecido. É a primeira história desse tipo que ouvi. [Nota do Autor, de agora em diante NA.]

"Aqui, meu amigo, fique com este grampo. É um símbolo do comprometimento do meu filho, que se chamará Kōnojō, com sua pequena Ko, ambos com apenas duas semanas de idade hoje. Que eles tenham uma vida longa e feliz juntos."

Hasunuma aceitou o grampo e o entregou à sua esposa para que fosse guardado; eles beberam saquê pela saúde um do outro e daqueles que seriam a noiva e o noivo dali a cerca de duas décadas.

Alguns meses depois, por algum motivo, Saito desagradou seu senhor feudal e, dispensado do serviço, foi embora de Sendai com a família — para onde, ninguém sabia.

Dezessete anos depois, O Ko San[2] era, com uma única exceção, a moça mais bela de toda Sendai; essa exceção era sua irmã, O Kei, apenas um ano mais nova, e tão linda quanto.

Havia muitos pretendentes à mão de O Ko; mas ela não aceitava nenhum, pois mantinha sua lealdade ao compromisso assumido pelo pai em seu nome quando ela era bebê. Na verdade, ela nunca havia nem visto seu futuro marido, e (o que parecia ainda mais peculiar) nem ela nem sua família sequer tinham notícias dos Saito desde que eles deixaram Sendai, mais de dezesseis anos antes; porém isso não era razão para ela, uma moça japonesa, desonrar a palavra de seu pai. O Ko San permanecia fiel a seu amado desconhecido, apesar de sua não aparição entristecê-la muito; inclusive, ela sofreu tanto em segredo por isso que adoeceu, e três meses depois morreu, para a tristeza de todos os que a conheciam e para a desolação de sua família.

No dia do funeral de O Ko San, sua mãe estava providenciando os últimos cuidados dispensados aos cadáveres e alisando seu cabelo com o grampo de ouro dado a Ko San ou O Ko por Saito em nome de seu filho Kōnojō. Quando o corpo foi colocado no caixão, a mãe prendeu o grampo no cabelo da moça, dizendo:

"Queridíssima filha, este é o grampo que lhe foi dado como uma lembrança de seu prometido, Kōnojō. Que sirva como uma forma de unir seus espíritos na morte, assim como teria sido em vida, e que vocês desfrutem da felicidade eterna; é o que peço em oração."

Por rezar dessa forma, sem dúvida a mãe de O Ko achava que Kōnojō estava morto, e que os espíritos dos dois se encontrariam; porém não era esse o caso, porque dois meses depois desses acontecimentos Kōnojō apareceu em pessoa em Sendai, aos dezoito anos de idade, e a primeira pessoa que procurou foi Hasunuma, o velho amigo de seu pai.

---

2 "O" é um prefixo honorífico usado antigamente em nomes próprios femininos de forma geral, independentemente da classe social. O sufixo "san" é uma forma de tratamento que pode significar "senhor", "senhora" ou "senhorita" e pode ser usado em contexto formal ou informal. [Nota do Editor, de agora em diante NE.]

"Oh, que infortúnio mais amargo!", exclamou o homem. "Apenas dois meses atrás minha filha Ko se foi. Se você tivesse vindo antes, ela estaria viva agora. Mas você nunca mandou sequer uma mensagem; não recebemos uma palavra de seu pai ou sua mãe. Para onde vocês foram depois de sair daqui? Me conte toda a história."

"Meu senhor", respondeu o abalado Kōnojō, "o que me contou sobre a morte de sua filha, com quem esperava me casar, cortou meu coração, pois eu, como ela, também me mantive fiel, e a queria como esposa, e pensava nela todos os dias. Quando meu pai tirou nossa família de Sendai, ele nos levou a Yedo;[3] e depois mais ao norte, para a ilha de Yezo,[4] onde meu pai perdeu tudo o que tinha e nos tornamos pobres. Ele morreu na penúria. Minha sofrida mãe não sobreviveu por muito tempo depois disso. Eu trabalhei muito para tentar ganhar dinheiro suficiente para me casar com sua filha Ko; mas só consegui a quantia para pagar minha viagem a Sendai. Eu me senti no dever de vir pessoalmente contar a respeito do meu infortúnio e de minha família."

O velho samurai ficou muito comovido com a história. Ele percebeu que o mais desafortunado de todos os envolvidos era Kōnojō.

"Kōnojō", falou ele, "muitas vezes eu refleti e fiz questionamentos. Se você era ou não um rapaz honesto. Agora vejo que de fato se manteve fiel, e cumpriu a palavra de seu pai. Mas você deveria ter escrito... deveria ter escrito! Como não fez isso, às vezes achávamos, minha mulher e eu, que você deveria estar morto; mas mantínhamos esse pensamento apenas para nós, e nunca dizíamos isso a O Ko. Vá até o nosso *butsudan*;[5] abra as portas e acenda um incenso diante da tabuleta mortuária de O Ko. Isso alegrará seu espírito. Ela desejou muito seu retorno, e morreu por causa desse desejo — desse amor por você. Seu espírito ficará satisfeito em saber que você voltou para encontrá-la."

Kōnojō assim fez, conforme lhe foi solicitado.

Depois de três prostrações de reverência diante da tabuleta mortuária de O Ko San, murmurou algumas orações em benefício dela, acendeu o incenso e colocou diante da tabuleta.

Depois dessa demonstração de sinceridade, Hasunuma disse ao jovem que o consideraria como um filho adotivo e o abrigaria sob seu teto. O rapaz moraria na casinha do jardim. Fossem quais fossem seus planos para o futuro, ele deveria ficar com a família, pelo menos por ora.

---

3   Mais conhecido como Edo. Capital do Japão durante o período Edo (1603 a 1868). Atual Tóquio. [NE]
4   Mais conhecido como Ezo. Atual ilha de Hokkaido.[NE]
5   Oratório familiar. [NA]

Era uma oferta generosa, digna de um samurai. Kōnojō aceitou com toda a gratidão, e se tornou parte da família. Cerca de uma quinzena depois se instalou na casinha na extremidade do jardim. Hasunuma, sua esposa e sua segunda filha, O Kei, tinham ido, a mando do daimiô,[6] para o *Higan*, uma cerimônia religiosa realizada em março; Hasunuma sempre prestava homenagem ao túmulo de seus ancestrais nessa época. Por volta do anoitecer, eles estavam voltando em seus palanquins. Kōnojō postou-se ao lado do portão para vê-los passar, em um ato respeitoso e de bom-tom. O velho samurai passou primeiro, seguido pelo palanquim da esposa, e então pelo de O Kei. Quando o último veículo atravessou o portão, Kōnojō teve a impressão de ouvir alguma coisa cair, produzindo um ruído metálico. Depois que o palanquim passou, ele a apanhou sem prestar muita atenção ao que fazia.

Era o grampo de ouro; mas, obviamente, embora seu pai tivesse lhe falado a respeito, Kōnojō não tinha ideia de que era justamente aquele e, portanto, pensou que fosse de O Kei San. Ele voltou para sua casinha, fechou-a para passar a noite e estava prestes a se recolher quando ouviu uma batida na porta. "Quem é?", ele perguntou. "O que você quer?" Não houve resposta, e Kōnojō se deitou na cama, imaginando que tivesse se tratado de um equívoco. Porém ouviu mais uma batida, mais alta que a anterior; e Kōnojō pulou da cama e acendeu o *andon*.[7] "Não é uma raposa nem um texugo",[8] ele pensou, "então deve ser um espírito maligno para me atormentar."

Ao abrir a porta, com o *andon* em uma das mãos e um bastão na outra, Kōnojō contemplou a escuridão e, para seu espanto, o que viu foi uma beldade feminina como nunca havia visto antes. "Quem é você, e o que quer comigo?", questionou ele.

"Eu sou O Kei, a irmã mais nova de O Ko", respondeu a visão. "Apesar de você nunca ter me visto, eu já o vi várias vezes, e me apaixonei tão loucamente que não consigo pensar em mais nada. Hoje quando chegamos você pegou o grampo de ouro que eu derrubei para ter um pretexto para bater à sua porta. Você precisa retribuir meu amor; caso contrário eu vou morrer!"

Essa declaração acalorada e ultrajante deixou o pobre Kōnojō escandalizado. Além disso, ele sentiu que seria extremamente injusto com seu gentil anfitrião Hasunuma receber sua filha caçula àquela hora da noite e fazer amor com ela. De forma bastante convincente, ele se expressou nesses termos.

"Se não me amar como eu amo você", disse O Kei, "vou me vingar dizendo a meu pai que você me atraiu até aqui para fazer amor comigo e depois me insultou!"

6   Senhor feudal. [NE]
7   Lampião. [NA]
8   Raposa e texugo são, segundo o folclore japonês, animais capazes de se transformar em humanos para iludir as pessoas. [NE]

Pobre Kōnojō! Estava em uma grande enrascada. O que mais temia era que a garota cumprisse a ameaça, que o samurai acreditasse e que ele caísse em desgraça e vilania. Sendo assim, cedeu ao pedido da moça. Noite após noite ela o visitava, até que quase um mês se passou. Durante todo esse tempo, Kōnojō aprendeu a amar ternamente a linda O Kei. Conversando com ela certa noite, ele disse:

"Minha queridíssima O Kei, não gosto deste nosso amor secreto. Não é melhor irmos embora? Se eu pedisse sua mão em casamento a seu pai ele recusaria, porque fui prometido à sua irmã."

"Sim", respondeu O Kei, "é isso o que desejo também. Vamos hoje à noite mesmo para Ishinomaki, o lugar onde você me falou que vive o homem chamado Kinzo, um servo leal de seu falecido pai."

"Sim, o nome dele é Kinzo, e Ishinomaki é o lugar. Vamos partir assim que possível."

Depois de guardar algumas roupas em uma sacola, eles partiram em segredo tarde da noite, e conseguiram chegar a seu destino. Kinzo os recebeu com a maior satisfação, e fez questão de mostrar toda sua hospitalidade para o filho de seu antigo amo e para aquela bela moça.

Eles viveram felizes por lá durante um ano. Então um dia O Kei falou:

"Acho que devemos voltar para os meus pais agora. Se tiverem se irritado conosco de início, o pior já deve ter passado. Nós não escrevemos nenhuma vez. Eles devem estar preocupados com meu destino, pois estão ficando velhos. Sim, precisamos fazer isso."

Kōnojō concordou. Fazia tempo que estava incomodado com a injustiça que vinha cometendo com Hasunuma.

No dia seguinte eles estavam de volta a Sendai, e para Kōnojō foi impossível não se sentir um pouco nervoso à medida que chegava mais perto da casa do samurai. Eles pararam diante do portão externo, e O Kei disse a Kōnojō: "Acho melhor você entrar e falar com meu pai e minha mãe primeiro. Se eles ficarem muito contrariados, mostre o grampo de ouro".

Kōnojō caminhou corajosamente até a porta e solicitou uma audiência com o samurai.

Antes mesmo que o servo voltasse, Kōnojō ouviu o velho gritar: "Kōnojō San! Ora, é claro! Traga o rapaz imediatamente". O dono da casa saiu para recebê-lo pessoalmente.

"Meu caro rapaz", disse o samurai, "como estou feliz em revê-lo. Lamento que você não tenha considerado satisfatória a vida que lhe oferecemos. Você deveria ter avisado que iria embora. Por outro lado... acho que você puxou a seu pai nesse sentido, e prefere desaparecer de forma misteriosa. De qualquer forma, você é sempre bem-vindo."

Kōnojō ficou desconcertado ao ouvir aquilo, e respondeu:
"Mas, meu senhor, eu vim implorar perdão por meu pecado."
"Que pecado você cometeu?", perguntou o samurai, bastante surpreso, e endireitou-se, assumindo uma postura de grande dignidade.

Kōnojō fez um relato completo de seu caso amoroso com O Kei. Do início ao fim, ele contou tudo, mas enquanto falava percebeu que o samurai demonstrava sinais de impaciência.

"Não brinque com coisas sérias, senhor! Minha filha O Kei não deve ser envolvida nesse tipo de anedotas e inverdades. Ela está praticamente morta há mais de um ano — está tão doente que precisa ser alimentada à força garganta abaixo. Além disso, é incapaz de dizer uma palavra ou emitir um sinal de vida que seja."

"Não estou brincando nem dizendo inverdades", garantiu Kōnojō. "Se quiser me acompanhar até lá fora, encontrará O Kei no palanquim onde a deixei."

Um servo imediatamente foi mandado para averiguar, e voltou afirmando que não havia palanquim nem ninguém no portão.

Percebendo que o samurai estava ficando perplexo e furioso, Kōnojō sacou o grampo das vestes, dizendo:

"Veja! Se duvida de mim e acha que estou mentindo, aqui está o grampo que O Kei me disse para lhe entregar!"

"*Bik-ku-ri-shi-ta!*",[9] exclamou a mãe de O Kei. "Como esse grampo foi parar nas suas mãos? Eu o coloquei pessoalmente no caixão de O Ko antes que fosse fechado."

O samurai e Kōnojō se entreolharam, e a mulher encarou ambos. Ninguém sabia o que pensar, nem o que dizer ou falar. A surpresa foi imensa quando a adoentada O Kei entrou na sala, depois de se levantar da cama como se nunca tivesse sofrido nenhum problema de saúde. Era a imagem da saúde e da beleza.

"Como é possível?", perguntou o samurai, quase gritando. "Como é possível, O Kei, que você tenha se levantado da cama vestida e penteada e parecendo que nunca ficou doente na vida?"

"Não sou O Kei, e sim o espírito de O Ko", foi a resposta. "Foi muita infelicidade eu ter morrido antes do retorno de Kōnojō San, pois se tivesse vivido mais um pouco tudo daria certo, e nós nos casaríamos. Por isso, meu espírito estava infeliz, e assumiu a forma de minha querida irmã O Kei, e por um ano viveu feliz no corpo dela com Kōnojō. Agora meu espírito está apaziguado, e pode descansar de fato."

---

9 Uma exclamação equivalente a "Minha nossa!". [NA]

"Mas com uma condição, Kōnojō", continuou a moça, virando-se para ele. "Você precisa se casar com minha irmã O Kei. Se fizer isso, meu espírito descansará em paz, e O Kei recuperará as forças e a saúde. Você promete se casar com O Kei?"

O velho samurai, sua esposa e Kōnojō estavam abismados. A aparência da moça era a de O Kei; mas a voz e os trejeitos eram os de O Ko. E ainda havia a evidência do grampo de ouro. A mãe estava de prova. Fora ela quem o colocara no cabelo de Ko antes que o esquife fosse fechado. Ninguém poderia tê-lo pegado depois disso.

"Mas O Ko está morta e enterrada há mais de um ano", o samurai disse, por fim. "Sua aparição é incompreensível. Por que causar tamanha perturbação para nós?"

"Eu já expliquei", respondeu a moça. "Meu espírito não conseguiria descansar enquanto não experimentasse a vida ao lado de Kōnojō, que eu sabia ter sido fiel. Agora isso aconteceu, e meu espírito está pronto para descansar. Meu único desejo é ver Kōnojō casado com minha irmã."

Hasunuma, sua esposa e Kōnojō se puseram a conversar. Os pais aceitaram a ideia de que O Kei se casasse, e Kōnojō não fez nenhuma objeção.

Estando tudo acertado, a moça-fantasma estendeu a mão para Kōnojō e falou: "É a última vez que você tocará a mão de O Ko. Adeus, meus queridos pais! Adeus, vocês todos! Estou prestes a passar para o outro lado."

Em seguida ela desmaiou, e parecia morta, e permaneceu assim por meia hora; enquanto isso, os demais presentes, pasmados com as coisas estranhas e inexplicáveis que viram e ouviram, mal abriram a boca.

Ao final de meia hora, o corpo ganhou vida e se levantou, dizendo:

"Meus queridos pais, não precisam mais temer por mim. Estou totalmente restabelecida; só não tenho ideia de como saí da cama nesta roupa, nem sei como posso estar me sentindo tão bem."

Várias perguntas foram feitas a ela; mas era evidente que O Kei nada sabia sobre o acontecido — nem sobre o espírito de O Ko San, nem sobre o grampo de ouro!

Uma semana depois, ela e Kōnojō se casaram, e o grampo de ouro foi confiado a um santuário em Shiogama, onde até há bem pouco tempo era visitado e tratado como objeto de devoção pelos frequentadores.

Por ocasião da construção de um grande templo em Kyoto, uma enorme quantidade de madeira precisa ser extraída e um velho salgueiro de um vilarejo próximo corre o risco de ser cortado, a contragosto de Heitaro. Ele sempre agiu como guardião da árvore, sob a qual conhece uma misteriosa moça e passa a encontrá-la todos os dias.

柳の精

O ESPÍRITO DO SALGUEIRO 2

Cerca de mil anos atrás (mas, de acordo com as datas apresentadas na história, 744 anos atrás), o templo de San-jū-san-gen Dō foi fundado. Isso foi em 1132. "San-jū-san-gen Dō" significa "o pavilhão de trinta e três espaços"; e dizem que existem mais de 33.333 imagens da deusa Kwannon, a Deusa da Misericórdia, hoje no templo. Antes de sua construção, em um vilarejo nas proximidades, havia um enorme salgueiro. A árvore era um ponto de convergência das brincadeiras das crianças locais, que se balançavam em seus ramos e subiam em seus galhos. Ela proporcionava sombra aos mais velhos no calor do verão, e à noite, encerrado o dia de trabalho, muitos dos rapazes e das moças do vilarejo faziam juras de amor eterno sob suas folhagens. A árvore parecia ser uma boa influência para todos. Mesmo os andarilhos cansados podiam dormir em paz e quase secos sob seus galhos. Infelizmente, mesmo nesses tempos os homens muitas vezes eram insensíveis com as árvores. Certo dia, os habitantes do vilarejo anunciaram sua intenção de derrubá-la e usá-la para construir uma ponte através do rio.

Nesse vilarejo vivia um jovem agricultor chamado Heitaro, uma pessoa muito estimada, que morou perto da velha árvore a vida toda, assim como seus antepassados; e ele era absolutamente contrário à ideia de derrubá-la.

Uma árvore como essa precisa ser respeitada, ele pensava. Por acaso não havia resistido bravamente a tempestades durante centenas de anos? No calor do verão, que deleite proporcionava às crianças! Além disso, não oferecia um refúgio, e um lugar romântico para os apaixonados? Todas essas ideias de Heitaro causaram uma forte impressão sobre os moradores do vilarejo. "Em vez de aprovar a derrubada", falou ele, "vou lhes fornecer quantas árvores minhas vocês quiserem para construir a ponte. Assim esse querido velho salgueiro pode ser deixado em paz para sempre."

Os moradores do vilarejo concordaram de imediato. Eles também nutriam uma veneração secreta pela velha árvore.

Heitaro ficou contentíssimo, e não demorou a encontrar madeira para construir a ponte.

Alguns dias depois, ao voltar do trabalho, Heitaro encontrou uma linda moça sob o salgueiro.

Instintivamente, fez uma mesura. Ela retribuiu o gesto. Os dois conversaram sobre a árvore, sua antiguidade e sua beleza. Inclusive, pareciam compartilhar de um sentimento mútuo e que os aproximava. Heitaro lamentou quando ela avisou que precisava ir embora e lhe desejou um bom dia. Mais tarde, sua mente não conseguiu se concentrar nos afazeres cotidianos da vida. "Quem era aquela moça sob o salgueiro? Como eu gostaria de vê-la de novo!", ele pensou. Heitaro não conseguiu dormir naquela noite. Foi acometido pela febre do amor.

No dia seguinte, ele chegou ao trabalho bem cedo; e lá permaneceu por todo o dia, em esforço redobrado, como se estivesse tentando esquecer a moça sob o salgueiro; mas no caminho de casa, no fim da tarde, eis que a encontrou de novo! Dessa vez se aproximou para cumprimentá-lo de forma bastante calorosa.

"Seja bem-vindo, meu bom amigo!", ela falou. "Venha descansar sob os galhos do salgueiro que tanto ama, pois você deve estar cansado."

Heitaro aceitou prontamente o convite, e não apenas descansou como declarou seu amor.

Dia após dia a misteriosa moça (que ninguém mais tinha visto) encontrava Heitaro, e por fim aceitou se casar com ele, desde que não lhe fizesse nenhuma pergunta a respeito de seus parentes ou amigos. "Eu não tenho ninguém", ela falou. "Só posso prometer que serei uma esposa dedicada e fiel, e que amo você do fundo do meu coração e minha alma. Sendo assim, pode me chamar de Higo,[1] e eu serei sua mulher."

---

1 Nome usado para se referir ao carvalho ou ao salgueiro. [NA]

No dia seguinte Heitaro levou Higo para sua casa, e eles se casaram. Um filho nasceu da união em pouco menos de um ano, e se tornou a alegria do casal. Não havia um momento livre em que Heitaro ou sua esposa não estivesse brincando com o menino, que se chamava Chiyodō. Era pouco provável que houvesse em todo o Japão um lar mais feliz que o de Heitaro, com sua boa esposa Higo e seu lindo filho.

Mas, infelizmente, em que lugar deste mundo a felicidade plena perdura? Mesmo quando os deuses assim permitem, os desígnios dos homens impedem que isso aconteça.

Quando Chiyodō fez cinco anos de idade — o mais belo menino da região —, o imperador Toba decidiu construir em Kyoto um imenso templo dedicado a Kwannon. Ele contribuiria com 1.001 imagens da Deusa da Misericórdia. (Hoje, em 1907, conforme citado no início, esse templo é conhecido como Sanjū-san-gen Dō, e abriga 33.333 imagens.)

Quando o desejo do ex-imperador Toba se tornou conhecido, foram dadas as ordens que permitiram às autoridades extrair madeira para a construção do vasto templo; então começaram os comentários de que os dias do grande salgueiro estavam contados, pois seria requisitado, junto com vários outros, para a montagem do telhado.

Heitaro mais uma vez tentou salvá-lo oferecendo de graça todas as demais árvores de sua propriedade; porém foi em vão. Até mesmo os moradores do vilarejo estavam ansiosos para ver o salgueiro local como parte do templo. Isso lhes traria boa sorte, era o que pensavam, e no mínimo seria uma bela contribuição deles para o grande templo.

A hora fatídica chegou. Certa noite, quando ele, a esposa e o filho já haviam se recolhido para descansar e dormiam, Heitaro foi despertado pelo som de golpes de machados. Para seu espanto, encontrou sua amada esposa sentada na cama, encarando-o profundamente, com lágrimas escorrendo pelo rosto e suspirando amargurada.

"Meu querido marido", ela falou com a voz embargada, "por favor ouça o que vou dizer agora, e não duvide de mim. Lamentavelmente, não é um sonho. Quando nos casamos eu lhe implorei para que não fizesse perguntas sobre meu passado, e você, de fato, nunca fez; mas eu falei que contaria tudo algum dia, caso surgisse a ocasião para isso. Infelizmente, esse momento chegou, meu caro marido. Eu sou nada menos que o espírito do salgueiro que você amava, e que de forma tão generosa salvou seis anos atrás. Foi para retribuir sua grande generosidade que apareci na forma humana sob a árvore, na esperança de que pudesse viver com você e fazê-lo feliz pelo resto da vida.

Mas não será possível! Estão derrubando o salgueiro! Eu sinto cada golpe do machado! Preciso voltar para morrer, porque sou parte da árvore. Meu coração se despedaça ao pensar em deixar meu querido filho Chiyodō, e na grande tristeza que ele sentirá quando descobrir que sua mãe não é mais parte deste mundo. Ofereça conforto a ele, meu caríssimo marido! Ele já tem idade e força suficientes para viver com você sem uma mãe e não sofrer. Desejo a vocês vidas longas e prósperas. Adeus, meu querido! Preciso voltar ao salgueiro, pois estou escutando as pancadas do machado ficarem cada vez mais fortes, e cada golpe me deixa mais debilitada."

Heitaro acordou o filho assim que Higo se foi, perguntando a si mesmo se não era um sonho. Chiyodō, ao despertar, estendeu os braços na direção para onde a mãe havia ido, chorando amargamente e implorando para que ela voltasse.

"Meu filho querido", disse Heitaro, "ela se foi. Não tem como voltar. Venha. Vamos nos vestir para o funeral. Sua mãe era o espírito do Grande Salgueiro."

Um pouco mais tarde, ao raiar do dia, Heitaro pegou Chiyodō pela mão e o levou até a árvore. Eles a encontraram caída e já destituída de seus galhos. Só é possível imaginar quais eram os sentimentos de Heitaro.

Que estranho! Apesar de unirem seus esforços, os homens não conseguiam mover o tronco um mísero centímetro na direção do rio, pelo qual seria transportado até Kyoto.

Ao perceber isso, Heitaro foi falar com os homens.

"Meus amigos", disse ele, "o tronco morto da árvore que estão tentando mover contém o espírito de minha esposa. Talvez, se permitirem que meu filhinho Chiyodō os ajude, o trabalho possa se tornar mais fácil; e ele gostaria de ajudar prestando uma última homenagem à mãe."

Os lenhadores concordaram sem objeções e, para sua surpresa, quando Chiyodō se aproximou da extremidade do tronco e o empurrou com sua mãozinha, a madeira deslizou facilmente até o rio, enquanto seu pai entoava um *uta*.[2] Existe uma canção ou balada conhecida no estilo *uta* cuja letra teria nascido desse acontecimento; ela é cantada até hoje por homens que carregam cargas pesadas ou fazem trabalho braçal extenuante:

---

2   Canção poética. [NA]

Muzan naru kana
Motowa Kumanono yanagino tsuyu de
Sodate-agetaru kono midorigo wa
Yōi, Yōi, Yōito na![3]

Em Wakanoura os trabalhadores braçais entoam uma canção de trabalho ou transporte que também dizem ter surgido a partir da história do "Yanagi no Sè":

Wakano urani wa meishoga gozaru
Ichini Gongen
Nini Tamatsushima
Sanni Sagari Matsu
Shini Shiogama yo
Yōi, Yōi, Yōito na.[4]

Um terceiro *uta* surgiu dessa história, e com frequência é cantado no contexto de crianças ajudando no trabalho.

A carroça não conseguiu ser puxada quando chegou à frente da casa de Heitaro, então Chiyodō, seu filho de cinco anos, foi obrigado a ajudar, e eles cantaram:

Muzan naru kana
Motowa Kumanono yanagino tsuyu de
Sodate-agetaru kono midorigo wa
Yōi, Yōi, Yōito na.[5]

---

3   Não é triste ver aquele pequenino/ Que brotou do orvalho do Salgueiro Kumano/ E que até aqui está florescendo tão bem?/ Força, força, empurrem mais forte, rapazes! [NA]
4   Existem lugares famosos em Wakanoura/ Primeiro Gongen/ Segundo Tamatsushima/ Terceiro, o pinheiro com os galhos pendentes/ Em quarto vem Shiogama/ Não é bom, bom, bom? [NA]
5   Não é triste ver aquele pequenino/ Que brotou do orvalho do Salgueiro Kumano/ E que até aqui está florescendo bem?/ Força, força, empurrem mais forte, rapazes. [NA]

すみれ井戸の幽霊

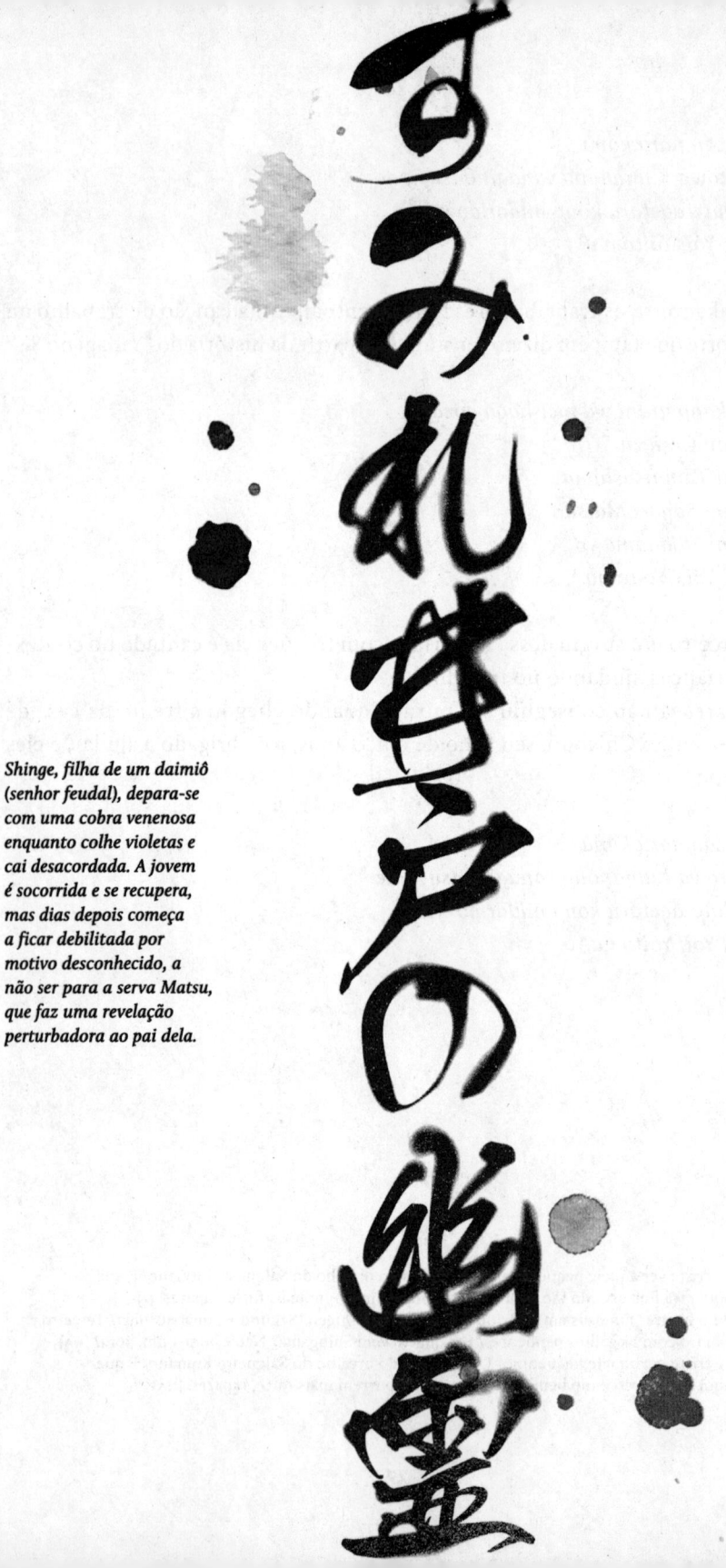

Shinge, filha de um daimiô (senhor feudal), depara-se com uma cobra venenosa enquanto colhe violetas e cai desacordada. A jovem é socorrida e se recupera, mas dias depois começa a ficar debilitada por motivo desconhecido, a não ser para a serva Matsu, que faz uma revelação perturbadora ao pai dela.

O FANTASMA DO POÇO DAS VIOLETAS[1]

すみれ井戸の幽霊 3

Na terra selvagem de Yamato,[2] ou perto de suas fronteiras, há uma bela montanha conhecida como Yoshino-yama, famosa não só por sua abundância de flores de cerejeira na primavera, mas também celebrada em associação a mais de uma batalha sangrenta. E de fato Yoshino poderia ser definida como cenário de batalhas históricas. Muitos dizem quando em Yoshino: "Estamos caminhando sobre a história, pois Yoshino em si é história". Perto da montanha Yoshino existe outra, conhecida como Tsubosaka; e entre elas está o vale Shimizu-tani, no qual está o Poço das Violetas.

Com a chegada da primavera nesse *tani*,[3] a grama assume uma coloração verde-esmeralda perfeita, e o musgo cresce com abundância sobre as pedras e rochas. Perto do fim de abril, grandes extensões de violetas selvagens de um roxo intenso aparecem nas partes mais baixas do vale, enquanto nas laterais azaleias cor-de-rosa e escarlates crescem de uma forma que desafia qualquer descrição.

---

1 História contada a mim por Shofukutei Fukuga. [NA]
2 Atual província de Nara. [NE]
3 Fundo do vale. [NA]

Cerca de trinta anos atrás, uma linda moça de dezessete anos de idade chamada Shinge percorria o Shimizu-tani acompanhada de quatro servas. Estavam lá para um piquenique e, obviamente, em busca de flores silvestres. O Shinge San era filha de um daimiô que vivia nas proximidades. Todos os anos tinha o hábito de fazer um piquenique e passear pelo Shimizu-tani no fim de abril para procurar sua flor favorita, a violeta roxa (*sumire*).

As cinco moças, carregando cestos de bambus, colhiam as flores avidamente, desfrutando dessa tarefa como apenas as garotas japonesas são capazes. Elas rivalizavam para ver quem teria o cesto mais bonito. Como não havia tantas violetas roxas quanto desejava, O Shinge San falou: "Vamos até a extremidade norte do vale, onde fica o Poço das Violetas".

Naturalmente as outras aceitaram, e elas saíram correndo aos risos, todas querendo ser a primeira a chegar.

O Shinge foi mais veloz, e chegou primeiro; quando viu uma porção de suas flores favoritas, de um roxo bem vívido e aroma doce, lançou-se ansiosamente à tarefa de colhê-las antes que as demais aparecessem. Quando estendeu sua delicada mão para pegá-las — oh, o horror! —, uma enorme cobra da montanha espichou a cabeça para fora de seu covil secreto. O Shinge San levou um susto tamanho que desmaiou na hora.

Nesse meio-tempo, as outras garotas já haviam desistido da corrida, imaginando que seria melhor deixar sua senhora chegar primeiro. Elas colheram as flores de que mais gostaram, caçaram borboletas no caminho e apareceram quinze minutos depois de O Shinge San ter desmaiado.

Ao vê-la caída na grama, as servas foram acometidas por um grande medo de que ela estivesse morta, e a preocupação só cresceu quando as moças viram uma enorme cobra verde enrolada perto de sua cabeça.

Elas gritaram, como costumam fazer a maioria das garotas nessas circunstâncias; mas uma delas, Matsu, não perdeu a cabeça como as outras e jogou seu cesto de flores sobre a cobra, que, incomodada com o ataque, desenrolou seu corpo e deslizou para longe em busca de um lugar mais calmo. Em seguida todas as quatro se debruçaram sobre sua senhora. Em vão, acariciaram suas mãos e jogaram água em seu rosto. A linda pele de O Shinge foi ficando cada vez mais pálida, enquanto os lábios vermelhos assumiam um tom arroxeado que é um sinal da aproximação da morte. As servas ficaram inconsoláveis. As lágrimas escorriam por seus rostos. Não sabiam o que fazer, pois não conseguiriam carregá-la. Que situação terrível!

Justamente nesse instante, ouviram a voz de um homem logo atrás delas:

"Não fiquem tão tristes! Eu posso fazer a moça recobrar a consciência, se me permitirem."

Quando se viraram, elas se depararam com um jovem de uma beleza notável de pé sobre a grama, a no máximo dez passos de distância. Parecia um anjo do Céu.

Sem dizer nada, o jovem se aproximou da figura prostrada de O Shinge e, segurando-a pela mão, sentiu seu pulso. Nenhuma das servas quis interferir e apontar a quebra da etiqueta. Ele não pedira permissão; porém seus modos eram tão gentis e simpáticos que elas não conseguiram dizer nada.

O desconhecido examinou O Shinge com toda a atenção, mantendo-se em silêncio. Ao terminar, sacou do bolso um pequeno estojo de remédios e, depositando um pouco de pó branco em um pedaço de papel, falou:

"Sou um médico do vilarejo vizinho, e estou voltando de uma visita a um paciente na extremidade do vale. Por sorte, decidi tomar este caminho, e assim posso ajudar vocês a salvar a vida de sua senhora. Deem a ela esse remédio enquanto eu vou caçar e matar a cobra."

O Matsu San enfiou o remédio, junto com um pouco de água, na boca de sua senhora, e em poucos minutos ela começou a se recuperar.

Logo depois o médico voltou, carregando a cobra morta em uma forquilha.

"Foi essa a cobra que vocês viram deitada ao lado de sua jovem senhora?", ele perguntou.

"Sim, sim", elas gritaram. "É essa coisa horrenda mesmo."

"Então foi muita sorte eu ter aparecido", continuou o médico, "pois é muito venenosa, e temo que sua senhora logo morreria se não tivesse tomado o remédio. Ah! Vejo que a bela moça já está melhorando."

Ao ouvir a voz do jovem, O Shinge San se sentou.

"Por favor, meu senhor, posso saber com quem estou em débito por ter sido trazida de volta à vida?", ela quis saber.

O médico não respondeu, mas, como um homem digno e íntegro, limitou-se a abrir um sorriso, fez uma mesura profunda e respeitosa à maneira japonesa; em seguida partiu da mesma forma silenciosa e discreta como chegara, sumindo na névoa tranquila que sempre aparece nas tardes de primavera no vale de Shimizu.

As quatro moças ajudaram sua senhora a voltar para casa; mas na verdade não era necessário muito auxílio, pois o remédio lhe fizera muito bem, e ela se sentia curada. O pai e a mãe de O Shinge se sentiram muito gratos pela recuperação da filha; mas o nome do belo e jovem médico ainda era um segredo para todos, a não ser para a serva Matsu.

Por quatro dias, O Shinge continuou bem; mas no quinto dia, por algum motivo, caiu de cama, dizendo-se doente. Ela não dormia e se recusava a falar, só o que fazia era pensar, e pensar, e pensar. Nem seu pai nem sua mãe conseguiam descobrir qual era sua doença. Não havia sinal de febre.

Os médicos foram chamados, um após o outro; porém nenhum era capaz de determinar qual era o problema. Só o que eles viam era que a cada dia ela ficava mais debilitada. Asano Zembei, o pai de Shinge, estava desolado, assim como sua esposa. Em vão, eles tentaram de tudo para fazer com que a pobre O Shinge melhorasse o mínimo que fosse.

Certo dia, O Matsu requisitou uma audiência com Asano Zembei — que, aliás, era o chefe de todo o clã familiar, um daimiô e um grande dignitário. Zembei não estava acostumado a ouvir as opiniões de servos; no entanto, sabendo que O Matsu era leal à sua filha e a amava quase tanto quanto ele, aceitou escutá-la, e a moça foi levada à sua presença.

"Ó meu senhor", disse a serva, "se me der sua permissão para encontrar um médico para minha jovem senhora, prometo encontrar um que conseguirá curá-la."

"E onde você vai encontrar esse médico? Não sabe que já convocamos todos os melhores médicos da província e até da capital? Onde você pretende procurar um?"

O Matsu respondeu:

"Ah, senhor, minha senhora não está sofrendo de uma doença que pode ser curada pelos remédios — nem mesmo se forem tomados aos litros. Os médicos também não são de muita utilidade. Mas existe um que certamente conseguiria curá-la. A doença de minha senhora é relacionada ao coração. O médico que conheço pode curá-la. É por amor que o coração dela sofre; e vem sofrendo desde o dia em que ele a salvou da mordida da cobra."

Em seguida, O Matsu relatou em detalhes a aventura do piquenique — que havia sido omitida, pois O Shinge pedira às servas para revelar o mínimo possível, temendo que fosse proibida de frequentar o vale do Poço das Violetas depois do incidente.

"Qual é o nome desse médico?", perguntou Asano Zembei. "Quem é ele?"

"Senhor, é o dr. Yoshisawa", respondeu O Matsu, "um jovem muito bonito, de modos impecáveis; mas é de nascimento inferior, um simples *eta*.[4] Por favor pense, meu senhor, no coração inflamado de minha jovem senhora, cheio de amor pelo homem que salvou sua vida — e não à toa, pois ele é muito bonito e tem modos dignos de um samurai. A única cura para sua filha, meu senhor, é poder se casar com quem ama."

A mãe de O Shinge ficou muito triste ao ouvir isso. Ela conhecia bem (talvez por experiência própria) as doenças causadas pelo amor. Ela chorou, e disse a Zembei:

---

4   Os *eta* são a classe social ou casta mais baixa do Japão — peleteiros e abatedores de animais. [NA]

"Eu compartilho de sua tristeza, meu senhor, em relação ao terrível problema que se abateu sobre nós; mas não suportarei ver minha filha morrer assim. Vamos dizer que procuraremos saber mais sobre o homem que ela ama, e que veremos se é possível torná-lo nosso genro. Em todos os casos, é costume fazer esse tipo de investigação, que deve durar alguns dias; e nesse meio-tempo nossa filha pode se recuperar em alguma medida e se fortalecer o bastante para ouvir a notícia de que o homem que ela ama não pode ser aceito como nosso genro."

Zembei concordou, e O Matsu prometeu não revelar nada a sua senhora sobre a audiência.

O Shinge ouviu de sua mãe que seu pai, apesar de não ter dado seu consentimento para o noivado, prometeu se informar melhor sobre Yoshisawa.

O Shinge voltou a se alimentar e se fortaleceu ao tomar conhecimento da notícia; e, quando estava mais saudável, cerca de dez dias depois, foi convocada à presença do pai, acompanhada pela mãe.

"Minha doce filha", disse Zembei, "eu me informei amplamente a respeito do dr. Yoshisawa, o homem que você ama. Por mais que eu lamente dizer isso, é impossível que eu, no papel de seu pai e chefe de nossa família, permita seu casamento com alguém de nascimento tão inferior como Yoshisawa, que, apesar de toda a gentileza, é um *eta*. Não quero mais ouvir falar a respeito. Tal arranjo é inaceitável para a família Asano."

Ninguém ousou levantar a mínima objeção. No Japão, a decisão do chefe de uma família é definitiva.

A pobre O Shinge fez uma mesura para o pai e foi para seu quarto, onde chorou amargamente; O Matsu, sua serva fiel, tentou tudo o que podia para consolá-la.

Na manhã seguinte, para o espanto de todos os moradores da casa, O Shinge havia desaparecido. As buscas se estenderam a todas as partes; até mesmo o dr. Yoshisawa saiu à sua procura.

No terceiro dia após o desaparecimento, um dos envolvidos nas buscas olhou dentro do Poço das Violetas, onde viu o corpo da pobre O Shinge boiando na água.

Dois dias depois ela foi enterrada, e nesse mesmo dia Yoshisawa se atirou no poço.

Dizem que ainda hoje, em noites úmidas de tempestade, é possível ver o fantasma de O Shinge San flutuando sobre o poço, e alguns afirmam que escutam o choro de um jovem ressoando pelo vale de Shimizu-tani.

Yoichi, um massagista cego, salva uma garota que tenta tirar a própria vida por falta de perspectiva. Ele se dispõe a cuidá-la e a desposa meses depois, mas a alegria dura pouco. Em um vilarejo distante, seu amigo Ichibei acorda no meio da noite e surpreende-se ao ver a figura de Yoichi, que viera fazer-lhe um pedido incomum.

A TUMBA DO FANTASMA DA FLAUTA[1]

4

Muito tempo atrás, em um pequeno e distante vilarejo chamado Kumeda-mura, a pouco mais de dez quilômetros a sudoeste da cidade de Sakai, na província de Izumo,[2] foi construída uma tumba — Fuezuka, ou Tumba da Flauta —, e até hoje muita gente vai até lá fazer preces e louvores, levando consigo flores e incensos, deixados como oferendas ao espírito do homem ali enterrado. O movimento é grande durante todo o ano. Não há nenhuma época em que as orações se tornam particularmente mais intensas do que em outras.

A tumba Fuezuka fica às margens de um lago chamado Kumeda, de mais ou menos oito quilômetros de circunferência, que é o ponto central de toda a região, e foi daí que veio o nome do vilarejo de Kumeda.

De quem é a sepultura que atrai tanta compaixão? A tumba em si é uma simples estrutura de pedra, sem nenhum trabalho artístico que o destaque. O cenário ao redor também não tem nada de interessante; é feio e sem graça, pelo menos até o sopé das montanhas de Kyushu. Vou contar da melhor maneira que puder a história da pessoa a quem o túmulo pertence.

---

1 Contada a mim por Fukuga. [NA]
2 Situava-se na parte oriental da atual província de Shimane. [NE]

Há setenta ou oitenta anos, vivia no vilarejo de Kumeda-mura, perto do lago, um *amma*[3] cego chamado Yoichi. Ele era popularíssimo na vizinhança, um homem muito honesto e gentil, além de ser um mestre na arte da massagem — um tratamento considerado necessário por quase todos os japoneses. Seria difícil encontrar um vilarejo que não tivesse um *amma*.

Yoichi era cego e, como quase todos os homens de sua profissão, carregava consigo uma bengala ou barra de ferro, além de uma flauta, ou *"fuezuka"* — a bengala para se orientar enquanto andava, e a flauta para anunciar que estava livre para atender clientes. Yoichi era um *amma* tão bom que estava sempre ocupado e, por consequência, era relativamente bem de vida, tinha sua própria casinha e uma serva que preparava sua comida.

Não muito longe da residência de Yoichi havia uma pequena casa de chá, localizada às margens do lago. Certa noite (era 5 de abril, temporada das flores de cerejeira), logo após o anoitecer, Yoichi estava a caminho de casa depois de trabalhar o dia todo. O caminho que pegou o levou até o lago. Lá ouviu uma garota chorando copiosamente. Ele parou para ouvir por alguns instantes e, pelo que escutou, entendeu que a moça estava prestes a se jogar na água e se afogar. No momento em que ela entrou no lago, Yoichi a segurou pelo vestido e a puxou para fora.

"Quem é você, e por que está tão perturbada a ponto de querer morrer?", perguntou ele.

"Sou Asayo, a moça da casa de chá", ela respondeu. "Você me conhece bem. Deve saber também que não tenho como me sustentar com o pouco que meu patrão me paga. Não como nada há dois dias, e estou cansada da minha vida."

"Ora, ora!", disse o cego. "Enxugue suas lágrimas. Vou levá-la para minha casa e fazer o que puder para ajudá-la. Você só tem 23 anos, e ouvi dizer que é uma moça bonita. Talvez consiga se casar! Seja como for, vou cuidar de você, e trate de não pensar em se matar. Venha comigo agora; vou providenciar para que você seja bem alimentada e tenha roupas secas para vestir."

Yoichi então levou Asayo para casa.

Após alguns meses eles se casaram. Eram felizes? Bem, deviam ser, pois Yoichi tratava a esposa com enorme bondade; mas ela era o contrário do marido. Egoísta, temperamental e infiel. Aos olhos dos japoneses, a infidelidade é o pior dos pecados. E o que pode ser uma afronta maior ao espírito do país do que tirar vantagem de um marido cego?

---

3 Massagista. [NA]

Cerca de três meses depois do casamento, no calor de agosto, chegou ao vilarejo uma companhia de atores. Entre eles estava Sawamura Tamataro, que tinha certa fama em Asakusa.

Asayo, que gostava muito de teatro, gastava a maior parte do tempo e do dinheiro do marido assistindo às peças. Em menos de dois dias se apaixonou violentamente por Tamataro. Ela lhe dava dinheiro, ganho com o suor de seu marido cego. Escrevia cartas de amor, implorava para que ele a visitasse, e seu comportamento era uma vergonha para todas as mulheres.

As coisas iam de mal a pior. Os encontros secretos de Asayo com o ator causaram escândalo na vizinhança. Como na maioria dos casos, o marido não sabia de nada. Com frequência, quando ele ia para casa, o ator estava lá, mas este ficava em silêncio, e Asayo o fazia sair em segredo, e às vezes até o acompanhava.

Todos sentiam pena de Yoichi; mas ninguém queria contar a respeito da infidelidade de sua esposa.

Certo dia Yoichi foi fazer uma massagem em um cliente, que lhe contou sobre a conduta de Asayo. Yoichi se mostrou incrédulo.

"Mas é verdade, sim", disse o filho do cliente. "Neste exato momento o ator Tamataro está com sua mulher. Assim que você saiu de casa, ele entrou. Faz isso todos os dias, e um monte de gente vê. Todos nós sentimos pena de você por causa da sua cegueira, e aceitaríamos de bom grado ajudar a castigá-la."

Yoichi ficou muito infeliz, pois sabia que seus amigos estavam sendo sinceros; mas, apesar de cego, ele não aceitaria ajuda para punir sua esposa. Foi andando para casa o mais rapidamente que sua cegueira permitia, fazendo o mínimo barulho possível com a bengala.

Ao chegar em casa, Yoichi encontrou a porta trancada por dentro. Ele foi até os fundos, onde se deparou com a mesma situação. Não havia como entrar sem arrombar uma das portas e fazer barulho. Yoichi estava muito agitado a essa altura; ele sabia que sua esposa traidora e o amante dela estavam lá dentro, e queria matar os dois. Dotado de uma grande e repentina força, conseguiu elevar o corpo pouco a pouco até chegar ao telhado. Sua intenção era entrar na casa descendo pelo *ten-mado*.[4] Infelizmente, a corda de palha que usou para fazer isso estava podre e arrebentou, jogando-o lá embaixo, onde acabou caindo sobre o *kinuta*.[5] Ele fraturou o crânio e morreu na hora.

---

4   Escotilha aberta nos telhados das casas japonesas no lugar das chaminés. [NA]
5   Bloco de madeira usado para esticar panos de algodão. [NA]

Asayo e o ator, ao ouvirem o barulho, foram ver o que tinha acontecido, e ficaram bem satisfeitos quando viram o pobre Yoichi morto. Eles só anunciaram a morte no dia seguinte, quando afirmaram que Yoichi havia caído da escada e falecido.

O corpo foi enterrado com uma pressa indecente, e nem de longe com o respeito apropriado.

Como Yoichi não tinha filhos, sua propriedade, de acordo com a lei japonesa, foi deixada para sua péssima esposa, e em questão de poucos meses Asayo e o ator já estavam casados. Aparentemente eram felizes, embora ninguém no vilarejo gostasse deles, pois estavam todos enojados com o que fizeram com o pobre massagista Yoichi.

Meses se passaram sem nenhum acontecimento de maior interesse no vilarejo. Ninguém mais se preocupava com Asayo e seu marido; e nem com os demais moradores, pois cada um se limitava a cuidar da própria vida. Como os fofoqueiros se cansaram do assunto e os boatos têm vida curta, a história do *amma* cego, Asayo e Tamataro deixou de ser motivo de comentário.

No entanto, não havia como continuar assim, pois o espírito do morto traído não havia sido vingado.

Em uma das províncias do oeste, em um pequeno vilarejo chamado Minato, vivia um dos amigos de Yoichi, com quem ele tinha uma relação muito próxima. Seu nome era Okuda Ichibei. Ele e Yoichi tinham estudado juntos na época de escola e, quando Ichibei se mudou para o noroeste, os dois prometeram manter contato e oferecer ajuda um ao outro em caso de necessidade. Quando Yoichi perdeu a visão, Ichibei foi para Kumeda e ajudou o amigo a se estabelecer como *amma*, providenciando para ele uma casa para viver — um imóvel que recebera de herança. Mais uma vez, quis o destino que Ichibei estivesse em condições de ajudar Yoichi. Em uma época em que as notícias corriam devagar, Ichibei não ficou sabendo imediatamente da morte do amigo, nem mesmo de seu casamento. Portanto, é possível imaginar sua surpresa quando acordou no meio da noite e deu de cara com uma figura que reconheceu como Yoichi de pé ao lado de sua cama!

"Ora, Yoichi! Que bom ver você", ele falou. "Mas você chegou tão tarde! Por que não me avisou que viria? Eu teria esperado você acordado, com uma comida quente no fogão. Mas tudo bem. Vou chamar a criada, e logo estará tudo pronto. Enquanto isso, sente-se aí e me diga como está, e como foi que conseguiu fazer uma viagem tão longa. Atravessar as montanhas e os territórios selvagens de Kumeda até aqui já é difícil em boas condições físicas; mas para um cego é um feito e tanto."

"Eu não estou mais entre os vivos", respondeu o fantasma de Yoichi (pois era isso que ele era). "Na verdade sou o espírito de seu amigo Yoichi, e vou continuar vagando até que o grande mal que me fizeram seja vingado. Vim até aqui implorar para você me ajudar, para que meu espírito possa descansar. Se estiver disposto a me escutar, contarei minha história, e você pode fazer o que achar mais apropriado."

Ichibei ficou perplexo (e um pouco apreensivo) ao saber que estava na presença de um fantasma; mas era um homem corajoso, e Yoichi havia sido um bom amigo. Ele ficou profundamente entristecido com a notícia de sua morte, e percebeu que a inquietação de seu espírito mostrava a dimensão da injúria sofrida. Ichibei decidiu não só ouvir a história, mas também vingar Yoichi, e foi essa a sua resposta.

O fantasma então relatou tudo o que aconteceu desde que se instalou na casa em Kumeda-mura. Contou sobre seu sucesso como massagista; explicou como salvou a vida de Asayo, que levou para casa e tomou como esposa; falou sobre a chegada da maldita companhia de atores que incluía o homem que arruinou sua vida; sobre sua morte e seu enterro apressado; e sobre o casamento de Asayo com o ator. "Eu preciso ser vingado. Você me ajuda a descansar em paz?", ele perguntou ao fim.

Ichibei prometeu que sim. Em seguida, o espírito de Yoichi desapareceu, e Ichibei voltou a dormir.

Na manhã seguinte, Ichibei se perguntou se não teria sido um sonho; mas se lembrava da visão e da história tão vividamente que se deu conta de que só poderia ter sido verdade. Virando-se na cama para se levantar, notou o brilho de uma flauta de metal ao lado de seu travesseiro. Era a flauta de um *amma* cego. E tinha o nome de Yoichi gravado.

Ichibei resolveu partir para Kumeda-mura e fazer uma apuração no próprio local de tudo o que acontecera com Yoichi.

Nessa época, quando ainda não havia ferrovias e os riquixás estavam disponíveis apenas em alguns poucos lugares, os deslocamentos eram lentos. Ichibei demorou dez dias para chegar a Kumeda-mura. Ele imediatamente se dirigiu à casa de seu amigo Yoichi, onde ouviu a história de novo, mas em uma versão diferente, claro. Asayo falou:

"Sim, ele salvou minha vida. Nós nos casamos, e eu ajudava meu marido cego em tudo. Um dia, infelizmente, ele confundiu a escada com uma porta, caiu e morreu. Agora sou casada com um grande amigo dele, um ator chamado Tamataro, que você está vendo aqui."

Ichibei sabia que o fantasma de Yoichi provavelmente não mentiria e não pediria vingança sem um motivo justo. Sendo assim, continuou conversando com Asayo e o marido, ouvindo suas mentiras e se perguntando qual seria a atitude mais apropriada.

Deram dez horas, e depois onze. À meia-noite, quando Asayo pela sexta ou sétima vez garantiu a Ichibei que havia feito tudo o que podia pelo marido cego, uma tempestade de vento começou de forma repentina, e em meio à tormenta foi possível ouvir a flauta do *amma*, exatamente como Yoichi a tocava; a melodia era tão inconfundível que Asayo gritou de medo.

A princípio soava à distância, mas então se aproximou cada vez mais, até parecer ser entoada dentro da própria casa. Nesse momento uma lufada de ar frio desceu pelo *ten-mado*, e o fantasma de Yoichi foi visto logo abaixo — um espectro frio, pálido e reluzente com uma expressão infeliz.

Tamataro e sua esposa tentaram se levantar e correr para fora da casa; no entanto, descobriram que suas pernas estavam bambas, tamanho era o pavor.

O ator pegou um lampião e arremessou contra a aparição; mas o fantasma não se abalou. O lampião passou direto por ele e se espatifou, colocando fogo na casa, que se incendiou de imediato, com o vento forte espalhando as chamas.

Ichibei conseguiu fugir; mas Asayo e seu marido continuavam incapazes de se mover, e as chamas os consumiram ainda na presença do fantasma de Yoichi. Seus gritos eram altos e penetrantes.

Ichibei juntou todas as cinzas e colocou em um túmulo. Em outra cova, enterrou a flauta do *amma* cego, e no terreno onde ficava a casa construiu um monumento sagrado em memória de Yoichi. É conhecido como "*Fuezuka no kwaidan*".[6]

---

6   A tumba do fantasma da flauta. [NA]

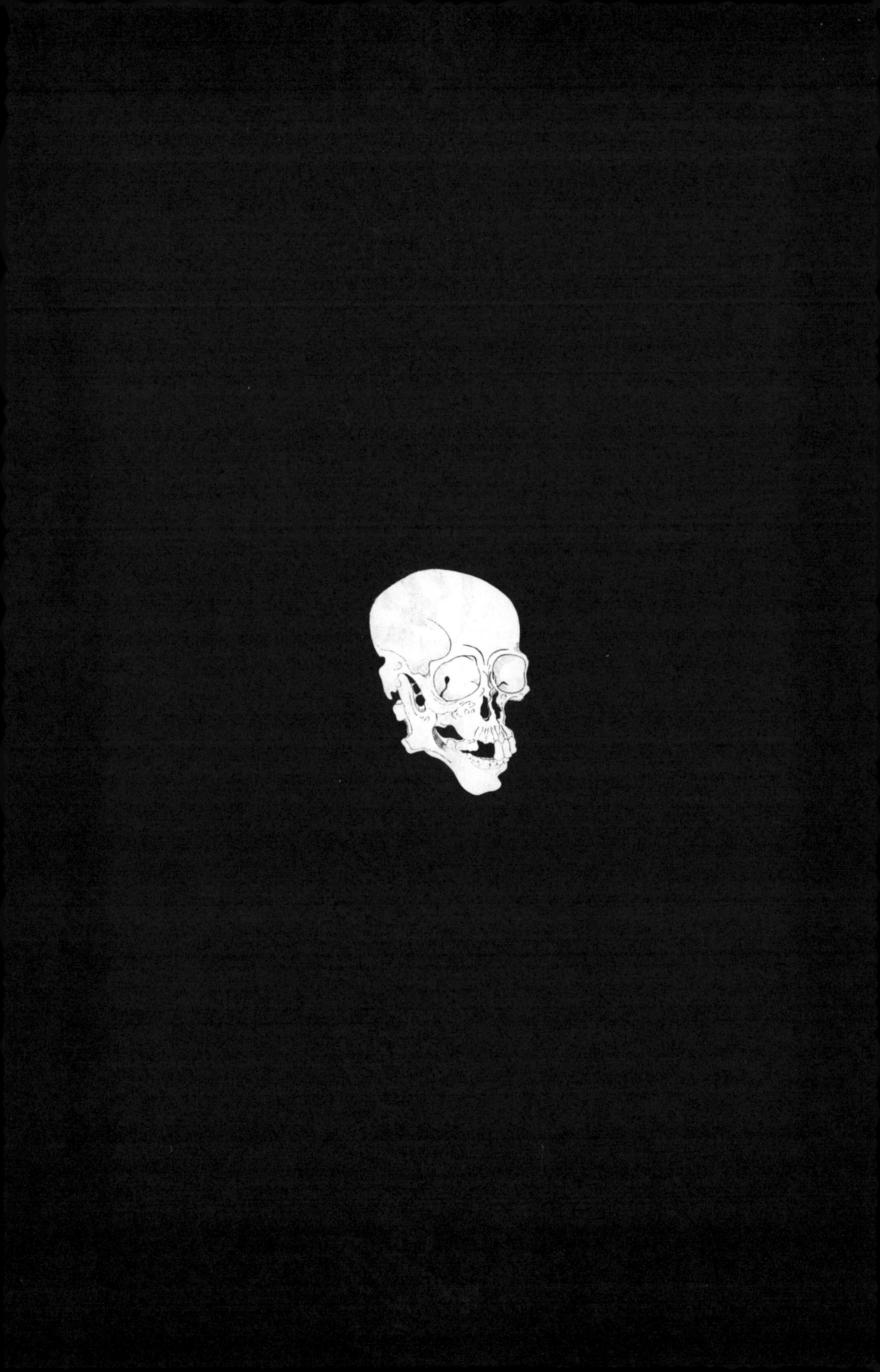

因幡の国の幽霊寺

No topo de um desfiladeiro em uma montanha selvagem, um templo abandonado com histórico de morte de sacerdotes e aparição de fantasmas afasta os habitantes da região. Refutando as advertências, o sacerdote Jogen se arrisca para tentar aplacar os espíritos malignos e instalar-se como sumo-sacerdote do temido templo.

O TEMPLO ASSOMBRADO DA PROVÍNCIA DE INABA[1]

因幡の国の幽霊寺 5

Por volta do ano 1680, havia um velho templo em uma montanha selvagem e coberta de pinheiros perto do vilarejo de Kisaichi, na província de Inaba.[2] O templo ficava bem no topo de um desfiladeiro rochoso. A vegetação era tão alta e cerrada que impedia a passagem de quase toda a luz do dia, mesmo quando o sol estava alto. Desde quando os idosos do vilarejo eram capazes de se lembrar, o templo era assombrado por um *shito dama*[3] e pelo fantasma-esqueleto

---

[1] Em diversas histórias em volumes manuscritos eu falei sobre os *shito dama*, ou espíritos astrais. Apurei com pessoas de meu convívio tantas evidências de sua existência, inclusive como uma ocorrência frequente, que quase passei a acreditar neles. Alguns dizem que existem dois formatos — um arredondado e oblongo de girino, e outro com uma cabeça mais quadrada e olhos. Os sacerdotes afirmam que os formatos e os gêneros são todos semelhantes, indistinguíveis uns dos outros e que têm a cabeça quadrada, como o segundo tipo citado. Um caçador que conheço, Oto de Itami, que junto com o filho viu o *shito dama* da esposa de um velho barbeiro depois que ela morreu, declarou que o formato era como um ovo com cauda. Em Tsuboune, perto de Naba, duas ou três dezenas de pessoas que viram o *shito dama* de um homem surdo e de uma pescadora declararam que ambos tinham a cabeça quadrada. Em outro caso, em Toshi Shima, os mais velhos contaram sobre um carpinteiro cujo *shito dama* apareceu cinco ou seis vezes cerca de quinze anos atrás, e que era vermelho, em vez de exibir a aparência mais comum, fosforescente e branco-enevoada. O *shito dama*, a meu ver, é a forma astral que um espírito pode assumir se desejar vagar pelo mundo depois da morte. Esta é a história de um espírito insatisfeito que assombrava um templo e também se mostrava como fantasma. [NA]

[2] Situava-se na parte oriental da atual província de Tottori. [NE]

[3] Espíritos astrais. Mais conhecido como *hito dama*, composto pelas palavras *hito* ("humano") e *tama* (abrev. de *tamashii*, que significa "alma"; sua grafia muda de *tama* para *dama* ao ser precedido por outra palavra). [NE]

(segundo eles achavam) de um ex-sacerdote residente. Muitos sacerdotes tentaram se instalar no templo e torná-lo seu lar; mas todos morreram. Ninguém conseguia passar uma noite por lá e sair vivo.

Por fim, no inverno de 1701, chegou ao vilarejo de Kisaichi um sacerdote que estava em peregrinação. Seu nome era Jogen, um nativo da província de Kai.[4]

Jogen tinha ido ver o templo assombrado. Ele gostava de estudar esse tipo de coisa. Embora acreditasse nos *shito dama* como uma forma de retorno espiritual ao mundo, não acreditava em fantasmas. Na verdade, estava ansioso para ver um *shito dama* e, além disso, desejava ter um templo para si. Naquele templo em uma montanha selvagem, com um histórico de medo e morte que impedia as pessoas de visitá-lo e os sacerdotes de habitá-lo, ele achava que havia encontrado (em uma linguagem sem rodeios) "uma oportunidade e tanto". Sendo assim, ele chegou ao vilarejo em uma fria noite de dezembro e se dirigiu até a hospedaria para comer seu arroz e ouvir tudo o que fosse possível sobre o templo.

Jogen não era nenhum covarde; pelo contrário, era um homem corajoso, e se informou a respeito de tudo sem se abalar.

"Senhor", disse o dono da hospedaria, "sua santidade não deve nem pensar em ir a esse templo, pois é morte certa. Muitos bons sacerdotes tentaram passar uma noite lá, e todos foram encontrados mortos na manhã seguinte, ou faleceram logo ao amanhecer, antes de acordar. É inútil tentar desafiar um espírito tão maligno no que diz respeito a esse templo, senhor. Eu imploro ao senhor que desista dessa ideia. Por mais que todos queiram um templo aqui, não queremos mais mortes, e muitas vezes já pensamos em incendiar essa construção assombrada e construir um lugar novo."

Jogen, entretanto, estava determinado a encontrar e encarar o fantasma.

"Meu gentil senhor", ele respondeu, "sei que deseja apenas me preservar; mas tenho essa ambição de ver um *shito dama* e, se as preces conseguirem apaziguá-lo, reabrir o templo e conhecer as lendas dos antigos livros que devem estar escondidos lá dentro, além de ser o sumo-sacerdote do local, em termos mais práticos."

O dono da hospedaria, percebendo que o sacerdote não mudaria de ideia, desistiu de tentar e prometeu que seu filho o acompanharia como guia na manhã seguinte, com provisões suficientes para um dia.

A manhã seguinte foi de sol e céu aberto, e Jogen se levantou cedo para fazer os preparativos. Kosa, o filho do dono da hospedaria, um jovem de vinte anos, fez uma trouxa com as roupas de cama do sacerdote e arroz suficiente para pelo menos dois dias. Ficou decidido que Kosa, depois de deixar Jogen

---

4   Atual província de Yamanashi. [NE]

no templo, voltaria ao vilarejo, pois assim como todos os habitantes locais ele se recusava a passar uma noite que fosse naquele lugar tão estranho; mas ele e seu pai concordaram em ir ver Jogen no dia seguinte, ou (como alguém colocou em termos bastantes sombrios) "carregá-lo de volta e lhe proporcionar um funeral honrado e um enterro decente".

Jogen encarou aquilo como uma brincadeira, e logo depois deixou o vilarejo, com Kosa carregando suas coisas e mostrando o caminho.

O desfiladeiro em que ficava o templo era bastante inclinado e de difícil acesso. Havia pedras enormes e cobertas de musgo por toda parte. Quando Jogen e seu companheiro chegaram à metade do caminho, sentaram-se para comer. Logo começaram a ouvir vozes de pessoas subindo a montanha, e em seguida o dono da hospedaria e oito ou nove anciãos do vilarejo apareceram.

"Nós os seguimos", explicou o dono da hospedaria, "para tentar mais uma vez fazer o senhor desistir de ir para a morte certa. É verdade que queremos o templo reaberto e os fantasmas apaziguados, mas não à custa de mais uma vida. Por favor, reconsidere!"

"Não posso mudar de ideia", respondeu o sacerdote. "Além disso, é a grande chance da minha vida. Os anciãos de seu vilarejo prometeram que, se eu conseguir apaziguar o espírito e reabrir o templo, serei o sumo-sacerdote, uma figura celebrada por muito tempo."

Mais uma vez, Jogen se recusou a ouvir os conselhos, e zombou dos temores dos habitantes do vilarejo. Colocando nos ombros as trouxas carregadas por Kosa, ele disse:

"Pode voltar com os demais. Daqui eu já consigo encontrar o caminho sem problemas. Ficarei feliz se os senhores voltarem amanhã com carpinteiros, pois sem dúvida o templo está em mau estado e precisando de reparos internos e externos. Pois bem, meus amigos, adeus. Até amanhã. Não temam por mim: eu não tenho medo nenhum."

Os homens do vilarejo fizeram mesuras profundas. Estavam impressionadíssimos com a coragem de Jogen, e torciam para que ele fosse poupado e conseguisse se tornar o sacerdote local. Jogen retribuiu a mesura e continuou sua subida. Os demais o observaram até que sumisse das vistas, e então voltaram ao vilarejo. Kosa estava grato pela boa sorte de não ter precisado ir até o templo com o sacerdote e voltado sozinho à noite. Acompanhado de duas ou três pessoas ele até se sentia corajoso; mas sozinho no meio da penumbra em uma mata fechada e perto do templo assombrado — não, aquilo não era de seu agrado.

Continuando a subida, Jogen de repente se deparou com a visão do templo, que parecia estar quase acima de sua cabeça, de tão inclinada que era a encosta da montanha e o caminho até lá. Movido pela curiosidade, o sacerdote apertou o passo, apesar da carga pesada, e em cerca de quinze minutos chegou ofegante à plataforma, ou terraço, diante do templo, que, como a estrutura principal em si, havia sido construída sobre estacas e andaimes.

Logo à primeira vista, Jogen reconheceu que era um grande templo; mas a falta de cuidados havia permitido uma imensa dilapidação. O mato crescia alto nas laterais da construção; os fungos e as trepadeiras eram abundantes em colunas e pilares cheios de umidade; pareciam tão podres, na verdade, que o sacerdote mencionou em suas anotações daquela noite que o estado dos postes que sustentavam a estrutura lhe causava mais medo do que os espíritos em si.

Com cautela, Jogen entrou no templo, onde viu uma imagem dourada especialmente grande de Buda, além de estatuas de várias figuras divinas. Havia também vasos finos e peças de bronze, tambores com a pele apodrecida, incensários, ou *koros*, e diversos outros objetos valiosos ou sagrados.

Atrás do templo ficavam os alojamentos dos sacerdotes; obviamente, antes da chegada do fantasma, o local devia ter cinco ou seis sacerdotes residentes para cuidar das instalações e atender às pessoas que vinham fazer preces.

A escuridão era opressiva, e como a noite já se aproximava, Jogen se lembrou da necessidade de luz. Desfazendo a trouxa, encheu um lampião de óleo e encontrou candelabros para as velas que levava consigo. Colocando um de cada lado da imagem de Buda, fez preces sinceras por duas horas, ao final das quais já estava bem escuro. Então fez sua refeição composta apenas de arroz e se pôs a observar e ouvir. Para conseguir ver o que se passava dentro e fora do templo, decidiu se instalar na galeria. Escondido atrás de uma velha coluna, ficou à espera, ainda descrente em relação a fantasmas, mas, segundo suas anotações, ansioso para ver um *shito dama*.

Por cerca de duas horas, não ouviu nada. O vento — apesar de não estar forte — sibilava ao redor do templo e por entre os troncos das árvores altas. Uma coruja piava de tempos em tempos. Morcegos passavam voando. Um cheiro de fungos permeava o ar.

De repente, perto da meia-noite, Jogen ouviu um farfalhar nos arbustos logo abaixo, como se houvesse alguém se aproximando. Pensou que fosse um cervo, ou talvez um dos macacos de cara vermelha que tanto apreciavam os arredores de templos desocupados em lugares altos; talvez pudesse ser até uma raposa ou um texugo.

A dúvida do sacerdote logo se desfez. No local de onde vinha o som de folhas sendo sacudidas, ele viu o formato claro e indistinto de um *shito dama*. Moveu-se para um lado e depois para o outro de maneira abrupta, como se estivesse flutuando, e passou a emitir uma voz que parecia um zumbido distante; mas — o horror dos horrores! — o que era aquilo de pé em meio aos arbustos?

O sacerdote sentiu seu sangue gelar. Lá estava o esqueleto luminoso de um homem em hábitos largos de sacerdote, com olhos cintilantes e uma pele como um pergaminho ressecado! A princípio permaneceu imóvel; mas, à medida que o *shito dama* se elevava cada vez mais alto, o fantasma se pôs a acompanhá-lo — ora visível, ora não.

O *shito dama* seguiu subindo e subindo, até por fim o fantasma se colocar diante da base da grande imagem de Buda, voltado na direção de Jogen.

Gotas de suor frio brotaram na testa do sacerdote; sua espinha parecia congelada; ele tremia tanto que quase não conseguiu se levantar. Mordendo a língua para não gritar, correu para o pequeno cômodo onde deixou suas roupas de cama e, uma vez lá dentro, pôs-se a espiar por uma fresta entre as tábuas. Sim, lá estava o fantasma, ainda sentado perto do Buda; mas o *shito dama* desaparecera.

Jogen não chegou a perder os sentidos; porém o medo paralisava seu corpo, e ele se sentia incapaz de se mover — não importava o que acontecesse. Deitado na mesma posição, ele continuou a espiar pela fresta.

O fantasma continuou sentado, movendo apenas a cabeça, às vezes para a esquerda, às vezes olhando para cima.

Isso continuou por uma hora. Então o zumbido começou outra vez, e o *shito dama* reapareceu, circulando sem parar ao redor do fantasma até o espectro desaparecer, aparentemente se transformando no próprio *shito dama*, que, após rodear as imagens sagradas três ou quatros vezes, também sumiu das vistas.

Na manhã seguinte, Kosa e cinco homens subiram ao templo. Encontraram o sacerdote vivo, mas paralisado. Não conseguia se mexer nem falar. Teve de ser carregado até o vilarejo, e morreu antes de chegar lá.

As anotações do sacerdote foram amplamente divulgadas. Ninguém mais se voluntariou a morar no templo, que dois anos depois foi atingido por um raio e destruído pelo incêndio que se seguiu. Escavando os escombros à procura de artefatos de bronze e imagens de Buda feitas de metal, os moradores do vilarejo encontraram um esqueleto enterrado a menos de meio metro da superfície, perto dos arbustos onde Jogen ouviu os primeiros farfalhares.

Sem dúvida o fantasma e o *shito dama* eram de um sacerdote que sofreu uma morte violenta e não conseguia descansar.

Os ossos foram enterrados de forma apropriada e rituais foram realizados, e desde então o fantasma não foi mais visto.

Só o que resta do templo são os pilares cobertos de musgo que formavam os alicerces.

A fábula conta como Rosetsu passou de pior aprendiz de pintura do mestre Maruyama Okyo a um dos maiores pintores do Japão. Desolado por não conseguir progredir, Rosetsu deixa a escola para voltar para casa ou se matar, mas fica arrebatado ao ver uma carpa alcançar seu objetivo valendo-se de coragem e persistência.

A CARPA E A PERSEVERANÇA[1]   6

Entre os anos de 1750 e 1760 viveu em Kyoto um grande pintor chamado Okyo — Maruyama Okyo. Suas pinturas eram tão notáveis que eram vendidas por altos preços mesmo naquela época. Além de muitos admiradores importantes, Okyo também tinha diversos alunos que buscavam imitar seu estilo; entre eles havia um chamado Rosetsu, que acabou se tornando o melhor de todos.

Quando chegou para estudar com Okyo, Rosetsu era simplesmente o aluno mais burro e obtuso com quem o pintor já tivera de lidar. Seu aprendizado era tão lento que alunos que começaram a estudar com Okyo um ano depois ou mais logo superavam Rosetsu. Ele era um daqueles jovens bem dispostos porém desafortunados, que se esforçam muito — talvez mais do que qualquer outro — mas parecem apenas regredir, como se tivessem os próprios deuses contra si.

---

[1] Certo dia o velho pintor Busetsu estava conversando comigo sobre os maiores artistas visuais do Japão e contou uma estranha história a respeito de um deles. Uma coisa me pareceu especialmente interessante: o fato de o nome Rosetsu não ser mencionado no livro de Louis Gonse, embora o de Maruyama Okyo naturalmente esteja lá. Cinco nomes foram citados como os alunos de maior destaque de Okyo; mas Rosetsu foi ignorado. Escrevi para meu amigo, o governador local, uma autoridade em pinturas japonesas. Sua resposta foi: "Você tem razão: Rosetsu foi um dos melhores alunos de Okyo, talvez o melhor". [NA]

Sinto uma enorme compaixão por Rosetsu. Eu mesmo fazia um papel ridículo todos os dias enquanto era um aprendiz; quanto mais me esforçava ou tentava me lembrar das coisas, mais evidente minha tolice se tornava.

Rosetsu, entretanto, no fim se tornou bem-sucedido, e obteve uma boa dose de encorajamento observando a perseverança de uma carpa.

Muitos alunos que haviam entrado na escola de Okyo depois de Rosetsu já tinham ido embora e se tornado ótimos pintores. O pobre Rosetsu era o único que não fizera progresso algum em três anos. Estava tão desencorajado, e recebia tão pouco incentivo de seu mestre, que, por fim, desanimado e triste, desistiu das esperanças que nutria de se tornar um grande pintor e abandonou a escola sem dizer nada na calada da noite, com a intenção de voltar para casa ou se matar no caminho. Ele andou por toda aquela noite, e metade da madrugada, quando, esgotado pela necessidade de comer e dormir, deitou-se na neve sob os pinheiros.

Algumas horas antes do amanhecer, Rosetsu despertou, ouvindo um estranho barulho a no máximo trinta passos de onde estava. Não dava para enxergar, mas ele se sentou e apurou os ouvidos e se voltou para a direção de onde o ruído — de água sendo agitada — estava vindo.

Quando o dia raiou, ele viu que o som era causado por uma carpa de tamanho considerável, que insistia em saltar para fora da água, claramente tentando alcançar um pedaço de *sembei* (uma espécie de biscoito feito com arroz e sal) caído em uma parte congelada do lago, perto de onde Rosetsu se encontrava. Em vão, o peixe continuou saltando por três horas inteiras, sofrendo cortes e ferimentos nas bordas afiadas do gelo, perdendo sangue e diversas escamas no processo.

Rosetsu observou sua persistência com um sentimento de admiração. O peixe tentou de tudo. Às vezes tentava quebrar o gelo a partir de ponto imediatamente abaixo de onde estava o biscoito, saltando na vertical; em outras ocasiões pulava bem alto no ar, na esperança de que com sua queda o gelo fosse pouco a pouco se partindo até que o *sembei* estivesse ao seu alcance; e de fato a carpa conseguiu quebrar o gelo dessa maneira, até por fim conseguir o que queria, ferida e sangrando, mas ainda assim recompensada pela corajosa insistência.

Impressionadíssimo, Rosetsu viu o peixe sair nadando com o alimento, e refletiu a respeito.

"Sim", ele disse a si mesmo. "Isso foi uma lição de moral para mim. Eu serei como essa carpa. Não volto para casa enquanto não conseguir minha recompensa. Enquanto meu corpo tiver forças, vou trabalhar para realizar minha intenção. Minha dedicação será maior do que nunca e, por menor que seja meu progresso, manterei meus esforços até atingir minha meta, ou então até morrer."

Depois dessa resolução, Rosetsu visitou um templo nas proximidades e rezou por seu sucesso; também agradeceu à deidade local por permitir que visse, através da perseverança da carpa, a linha que um homem deve seguir em sua vida.

Rosetsu então voltou a Kyoto e para seu mestre, Okyo, contou a história da carpa e o informou a respeito de sua determinação.

Okyo ficou muito satisfeito, e fez seu melhor para dar apoio a seu aluno atrasado. Dessa vez Rosetsu progrediu. Ele se tornou um pintor conhecido, o melhor entre os treinados por Okyo, na verdade tão bom quanto seu mestre; e acabou virando um dos maiores pintores japoneses.

Rosetsu transformou em seu emblema a imagem da carpa saltando.

漁師と琵琶湖伝説

Às margens do lago Biwa, o autor "pesca" três histórias narradas por um pescador e seu filho: a primeira, sobre a aparição do suposto espírito do daimiô Akechi Mitsuhide, derrotado por Toyotomi Hideyoshi por conta da desonestidade de outro pescador; a segunda aborda a tempestade que ocorre anualmente desde que a jovem O Tani tentou atravessar o lago a bordo de uma tina; e a última história conta o triste destino dos amantes O Taga hana e Denbei, que deu origem ao costume de amarrar papeizinhos nas pedras em Ishiyama-dera.

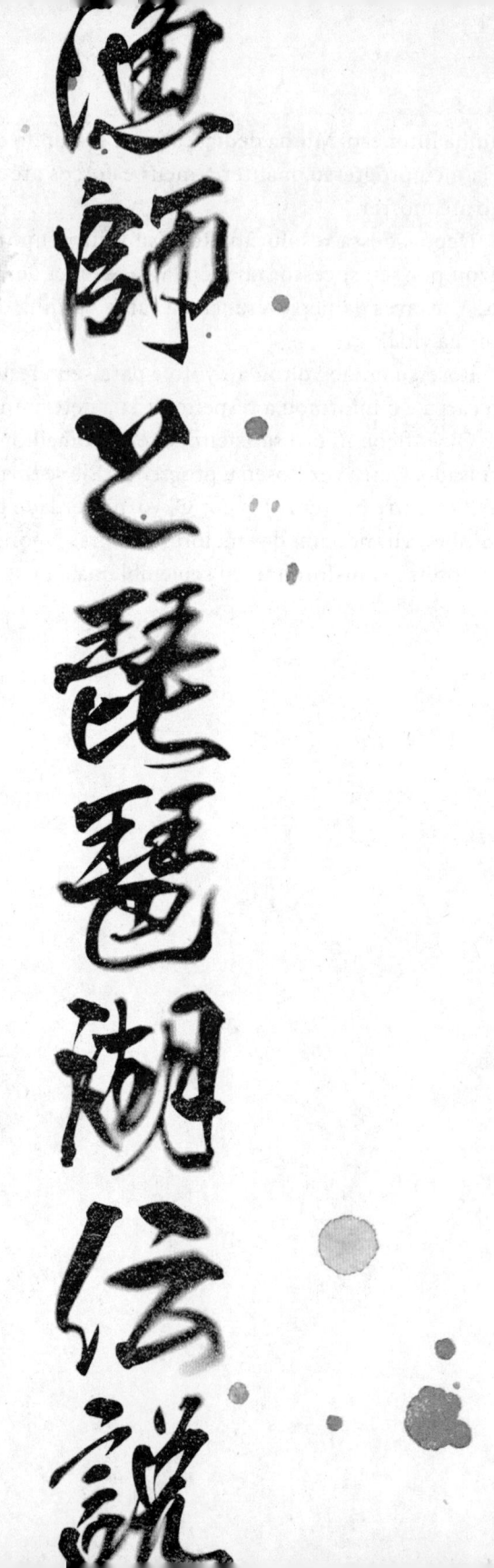

O PESCADOR E AS LENDAS DO LAGO BIWA

漁師と琵琶湖伝説

7

Quando eu pescava no lago Biwa, e mais tarde caçava nos arredores (disparar armas não é permitido no lago, pois a água é considerada um lugar sagrado), muitas vezes me hospedava em Zeze. Às margens do lago, bem perto mesmo, fica a cabana de um pescador bem velhinho e seus filhos. Eles construíram um pequeno atracadouro para os barcos; mas não fazem nenhum tipo de cultivo no solo, então sua cabana fica no meio de um matagal de capim alto e um salgueiro solitário. A razão para isso é que eles são ricos, pelo menos em termos relativos, já que são donos de uma imensa armadilha de pesca que se estende por mais de um quilômetro pelo lago e é uma vergonha para qualquer parâmetro civilizado de conservação da natureza. Eles compraram esse direito de exploração do daimiô, a quem o Castelo de Zeze pertence há cem anos ou mais (essa é uma estimativa minha, pois nunca perguntei nem pesquisei a respeito). A pesca rende o suficiente para proporcionar uma vida confortável a quatro famílias.

Ali eu ouvi duas ou três lendas interessantes (ou *verdades*, de acordo com o velho pescador), narradas por ele ou seu filho enquanto eu visitava a armadilha dos peixes ou sentado sob o salgueiro, pescando histórias.

"Certamente o Danna San[1] não está interessado em histórias de antigamente, não é? Nem mesmo meus filhos querem saber disso hoje em dia!"

---

1   Expressão que significa "senhor" ou "patrão". [NE]

"Eu gosto de ouvir tudo que seja interessante", falei. "E você me agradaria imensamente se me contasse lendas dos pescadores daqui dos arredores, ou até da extremidade noroeste do lago, se conhecer alguma."

"Bom, existe a nossa Bola de Fogo", disse o velho pescador. "É uma coisa curiosa e bem desagradável. Eu mesmo já vi várias vezes. Vou começar com essa."

LENDA

"Muitos anos atrás havia um daimiô que construiu um castelo no pé da face sul do monte Hiyei, cujas ruínas ainda podem ser vistas logo ao norte do quartel militar do Nono Regimento em Otsu. O nome do daimiô era Akechi Mitsuhide, e é seu *shito dama* que vemos hoje na época de tempo úmido no lago. Ele é chamado de 'o espírito de Akechi'.

"A razão para isso é a seguinte. Quando Akechi Mitsuhide se defendia contra Toyotomi,[2] ele sofreu um cerco cerrado; mas seu castelo resistiu bravamente, e não pôde ser tomado, apesar da superioridade das forças de Toyotomi. Com o passar do tempo, os responsáveis pelo cerco partiram para medidas mais extremas, e conseguiram convencer um pescador desonesto do vilarejo de Magisa a revelar onde ficava a fonte da água que abastecia o castelo de Akechi. Com seu suprimento de água cortado, a guarnição foi obrigada a capitular, mas antes disso Akechi e a maioria de seus homens cometeram suicídio.

"Desde então, em época de chuva ou tempo ruim, uma bola de fogo surge do castelo, com quinze centímetros de diâmetro ou mais. Seu objetivo é perpetrar vingança contra os pescadores, e causa muitos naufrágios, pois desvia os barcos de seu curso. Às vezes quase chega a acertar a embarcação. Certa vez um pescador a atingiu com uma vara de bambu, quebrando-a em vários pedaços incandescentes; e nessa ocasião muitos barcos se perderam.

"Seu nome completo é 'A Aranha de Fogo do Espírito do Falecido Akechi'. E isso, senhor, é tudo o que tenho a dizer a respeito — com exceção de que a vi várias vezes, e senti muito medo."

"Isso é muito interessante", comentei, "e o tipo de coisa de que gosto. Você tem algo mais a contar?"

"Se Danna San tiver interesse em ouvir uma humilde historinha, talvez queira saber o motivo por que sempre há uma tempestade terrível no lago no dia 25 de fevereiro, então vou contar essa também."

---

2 Toyotomi Hideyoshi (1537-1598), general, é considerado o segundo "grande unificador" do Japão. [NE]

LENDA

"Há muito tempo, no vilarejo de Komatsu, na extremidade sudoeste do lago, vivia uma linda moça chamada O Tani. Era filha de um agricultor muito próspero, e estudiosa por natureza, na medida do possível para uma garota na época; ou seja, ela estava sempre querendo aprender sobre assuntos dos quais não era atribuição das mulheres conhecer. Com a intenção de investigar e descobrir coisas, costumava atravessar o lago sozinha de barco, para visitar um certo monge jovem de muito talento e inteligência, que era o sumo-sacerdote de um pequeno templo situado ao pé do monte Hiyei-San, bem na direção para onde o senhor está olhando agora.

"O Tani San ficou tão impressionada com os conhecimentos do monge que perdeu o controle sobre seu coração e se apaixonou. Suas visitas se tornaram mais frequentes. Apesar dos protestos de seus pais, diversas vezes atravessava o lago sozinha mesmo quando as ondas estavam altas demais para uma travessia segura até para um pescador experimentado como eu.

"Por fim, O Tani não conseguiu mais resistir. Ela sentiu que precisava contar ao bom sacerdote a respeito de seu amor, e tentar convencê-lo a renunciar à Igreja para fugirem juntos.

"O monge ficou desolado, e não sabia o que dizer, ou como desencorajar a garota. Por fim teve a ideia de lhe impor uma tarefa impossível. Sabendo que o clima no lago Biwa perto do fim de fevereiro torna quase impossível a navegação em pequenas embarcações, ele falou, provavelmente sem levar a sério o que estava dizendo:

"'O Tani San, se você conseguir atravessar o lago no início da noite de 25 de fevereiro em uma tina de lavar roupas, pode ser possível que eu abandone meus hábitos e esqueça minha vocação para realizar seu desejo.'

"O Tani não pensou na impossibilidade, nem entendeu ao certo a dimensão do pedido do sacerdote; jovem e tola como era, e cega de amor, remou de volta para casa imaginando que da próxima vez que atravessasse o lago seria em uma tina, e para conquistar o jovem sacerdote como marido. Estava felicíssima.

"Por fim, o dia 25 de fevereiro chegou. O Tani já havia levado a maior e melhor tina de que dispunha para perto da beira do lago. Depois que escureceu, ela entrou em sua frágil embarcação improvisada, e sem o mínimo de medo começou a travessia.

"Quando estava mais ou menos na metade do caminho, uma tempestade apavorante começou a cair sobre o monte Hiyei. As ondas se elevaram, e o vento soprava com uma intensidade tamanha que não era possível ver nada.

Além disso, o farol que costumava ficar aceso na face voltada para o lago do Hiyei-San, que o sacerdote prometera que queimaria com ainda mais força naquela noite, se apagou. Em pouco tempo, a tina da pobre O Tani tombou e, apesar de seus esforços para se manter à tona, ela afundou entre as ondas e não conseguiu mais emergir.

"Algumas pessoas dizem que foi o sacerdote que apagou o farol, para eliminar a última possibilidade de que O Tani chegasse à outra margem, por levar a sério demais sua ideia do bem e do mal.

"Desde a noite em que O Tani se afogou, 25 de fevereiro é sempre uma data de tempo fechado e tempestade, e os pescadores têm medo de ir para a água nesse dia. Dizem que a causa disso é o espírito insatisfeito da pobre O Tani, que, apesar não temer a morte, morreu desconsolada por ter sido enganada pelo monge que amava.

"A tina que O Tani usou foi encontrada no vilarejo de Kinohama, em Omi. Foi recolhida por Gensuke, um fabricante de fósforos, que a desmontou para fazer palitos. Quando a informação se espalhou, os moradores de Kinohama, inclusive o próprio Gensuke, decidiram que 25 de fevereiro seria um feriado, e que uma prece deveria ser feita no santuário local pelo espírito de O Tani. Esse dia é chamado de *Joya* (Festival do Mercador de Fósforos), e ninguém trabalha nessa data."

"Essa é uma história importante", eu disse ao pescador. "Mas gostaria muito que tivessem colocado o monge em outra tina de lavar roupa em 25 de fevereiro do ano seguinte e o amarrado lá dentro, para ter certeza de que morreria afogado da mesma forma."

"O Danna San sabe por que tem todos aqueles papeizinhos amarrados nas pedras pretas em Ishiyama-dera?"[3]

"Não, não sei", respondi. "E, além disso, quando estive lá, ninguém soube me explicar."

"Bem, é uma história interessante, e vou contá-la ao senhor, porque não é longa."

---

3   Templo Ishiyama. [NE]

"Como o Danna San esteve em Ishiyama-dera, já conhece o templo e o mosteiro, que têm mais de mil e cem anos de idade;[4] mas pouca gente sabe o verdadeiro motivo dos papeizinhos com orações amarrados nas pedras pretas.

"A origem ou a razão para amarrar esses papeizinhos com orações — *musubi no kami*, como são chamados — é muito bonita, apesar de suicida, pois o romance amoroso pode acabar assim.

"Muitos anos atrás, na rua Baba, em Otsu, na época conhecida como rua Shibaya, existia uma casa de chá de nome Kagiya, que contava com gueixas lindíssimas. Entre elas havia uma, chamada O Taga hana, que era adorável além dos limites da imaginação. Apesar de mal ter passado dos dezessete anos, seu coração já tinha dono. Era completamente dedicado a seu amante Denbei, e o sentimento era correspondido. É difícil imaginar como esse caso de amor tão ardoroso pôde ter surgido, pois Denbei era um simples empregado de um comerciante de arroz de Otsu, e não tinha muito dinheiro para gastar com gueixas, em especial em um lugar caro como a casa de chá Kagiya.

"O ciúme e a infelicidade tomaram conta do coração de Denbei, não em razão de alguma infidelidade da parte de O Taga hana San, mas por inveja daqueles que tinham condições de ir à casa de chá Kagiya para ouvi-la cantar e vê-la dançar enquanto desfrutavam de jantares caros.

"Esse amargor tomou o coração de Denbei de tal forma que ele passou a forjar os livros contábeis do patrão e desviar dinheiro, que era gasto, obviamente, na casa de chá Kagiya, para ver sua amada O Taga hana.

"Era uma situação que não poderia se arrastar por muito tempo e, quando Denbei contou a O Taga hana como havia conseguido o dinheiro para ir vê-la, ela ficou absolutamente chocada.

"'Meu querido', ela disse, 'o mau passo que você cometeu por amor certamente será descoberto, e mesmo se não for é errado do mesmo jeito. Nosso amor é tão grande que só temos uma chance de felicidade futura — *shinjū* (duplo suicídio). Nada mais será capaz de nos manter unidos, pois se eu fugir com você logo serei recapturada, antes mesmo do fim do primeiro dia.'

"'Você partiria comigo hoje à noite?', perguntou Denbei.

---

4   O templo foi fundado no ano 749 d.C. pelo monge Ryoben Sojo, a mando do imperador Shomei. É o décimo terceiro dos Trinta e Três Lugares Sagrados. [NA]

"'Encontro você às duas da manhã, quando todos estiverem dormindo, no pinheiro de copa achatada perto da saída leste da cidade. De lá vamos para Ishiyama-dera, e depois de fazer preces no templo sagrado para nossa bondosa Kwannon realizaremos o *shinjū* no Hotaru Dani (Vale do Vaga-lume), e nossas almas partirão juntas.'

"Denbei fez uma mesura para sua amada e disse palavras de gratidão pela lealdade e pelo reconhecimento de que era seu amor por ela a causa de seu pecado, e prometeu que na hora marcada a encontraria no pinheiro perto do lago, de onde partiriam para Ishiyama, para executar seu último ato e morrer juntos.

"Para encurtar a história, Danna San, basta dizer que Denbei e O Taga hana se encontraram e que, depois de passarem pela planície sem nenhum atrativo chamada Awatsu, atravessaram a ponte Seta e logo depois, ao amanhecer, estavam em Ishiyama. Uma vez lá, em uma casa de chá, eles passaram algumas horas de felicidade, e então foram ao templo rezar para Kwannon. Em seguida rumaram para o Hotaru Dani e, depois de um último abraço neste mundo, escreveram uma oração em um pedaço de papel, que enrolaram em um barbante e amarraram com nó duplo com os polegares e os mindinhos em um pequeno buraco aberto nas pedras pretas. O fato de terem conseguido fazer isso juntos foi tomado como um sinal de que ficariam bem após a morte, e como uma resposta a suas preces.

"Seus espíritos partiram juntos, como as folhas de flores perfumadas sopradas pelos ventos de outono passam juntas sob a ponte Seta.

"Essa, Danna San, é a origem e a razão por que os papeizinhos são amarrados nas pedras pretas e em outros lugares em Ishiyama-dera. Esse costume ainda é seguido por muitos camponeses, que até hoje vão cultuar e rezar para os espíritos de Denbei e O Taga hana no Vale dos Vaga-lumes."

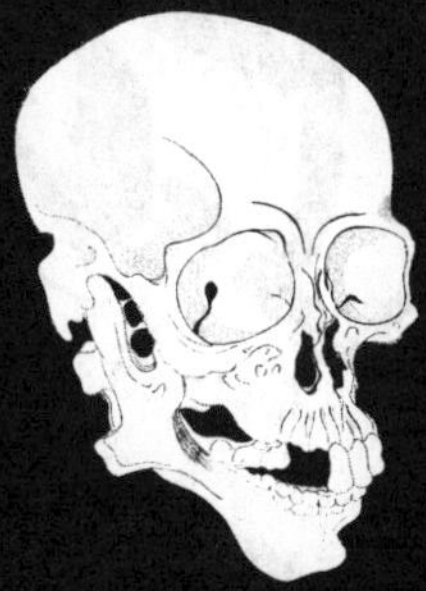

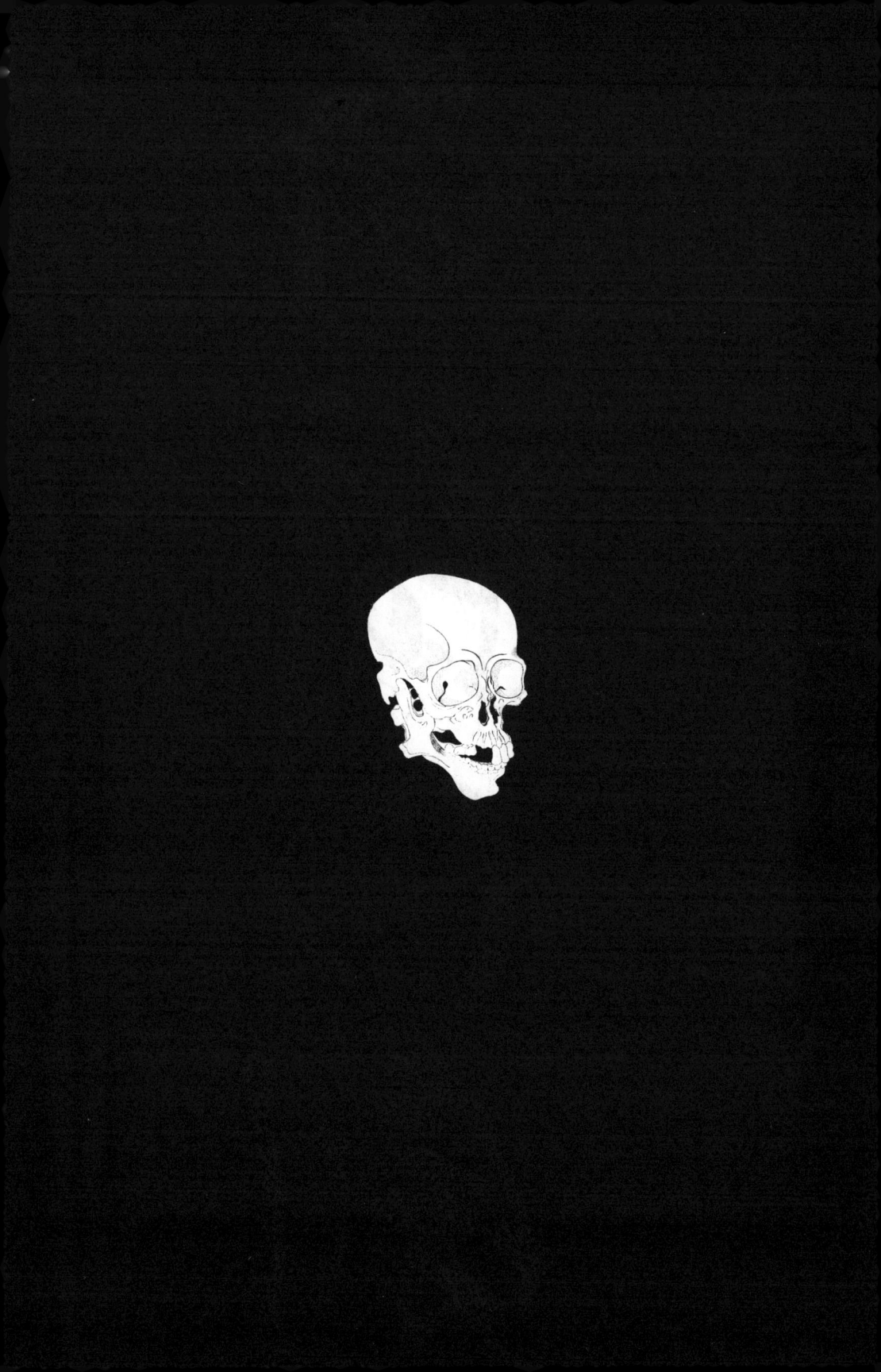

奇跡の剣

Em sua missão de debelar as rebeliões na costa nordeste do Japão, o príncipe Yamato-dake no Mikoto se vê em uma emboscada e lança mão da espada milagrosa e de uma caixa com sílex para livrar-se do perigo. Segundo a mitologia japonesa, a espada foi encontrada na cauda da cobra de oito cabeças, abatida pela divindade Susanoo-no Mikoto.

UMA ESPADA MILAGROSA   8

Por volta do ano 110 a.C., vivia um corajoso príncipe que entrou para a história japonesa como Yamato-dake no Mikoto.[1] Era um grande guerreiro, assim como seu filho que, dizem, foi marido da imperatriz Jingu — imagino que o segundo, pois não poderia ter sido o imperador, que acabou assassinado antes da conquista da Coreia pela imperatriz. No entanto, isso não faz muita diferença para minha história, que se limita à lenda vinculada à espada milagrosa conhecida como Kusanagi no Tsurugi (a espada cortadora de grama), considerada um dos três tesouros sagrados e passada de pai para filho entre os membros da família imperial. A arma é mantida no santuário de Atsuta, na província de Owari.[2]

---

[1] Yamato-dake no Mikoto, um dos oitenta filhos do imperador Keiko, foi um grande herói dos primórdios da história japonesa. Ainda bem jovem, foi mandado pelo pai para debelar uma rebelião no oeste do Japão. Para cumprir esse objetivo, pegou emprestado as vestes de sua tia, que era uma alta sacerdotisa de Ise e, assim disfarçado, fez com que os líderes dos rebeldes se apaixonassem por ele enquanto bebiam na caverna onde moravam. Então sacou de forma repentina uma espada do busto e os matou. Em seguida assumiu o controle sobre a província de Izumo e finalmente conquistou o leste do Japão, que na época era uma terra entregue aos bárbaros. Depois de muitas aventuras, tanto bélicas como amorosas, morreu enquanto marchava de volta para Yamato, onde ficava a corte de seu pai, o imperador. [NA]

[2] Situava-se na parte ocidental da atual província de Aichi. [NE]

Na data fornecida por meu intérprete, 110 a.C. (devo acrescentar um "por volta de", considerando uma grande margem de erro), Yamato-dake no Mikoto foi bem-sucedido em todos os sentidos na repressão ao grupo revolucionário conhecido como Kumaso em Kyushu. Por ser um homem enérgico, e liderar uma força de soldados bem treinados, ele tomou para si a tarefa de debelar as rebeliões da costa nordeste do Japão.

Antes da investida, Yamato-dake no Mikoto achou por bem ir a Ise para fazer louvores nos templos, rezar pela ajuda divina e fazer uma visita a uma tia que vivia ali perto. Yamato-dake passou cinco ou seis dias com sua tia, a princesa Yamato Hime, a quem anunciou sua intenção de subjugar os rebeldes. Ela o presenteou com seu maior tesouro — a espada milagrosa — e com uma caixa com palha seca e sílex para fazer fogo.

Antes de se despedir do sobrinho, Yamato Hime no Mikoto disse: "Essa espada é a coisa mais preciosa que posso lhe dar, e vai protegê-lo de todos os perigos. Valorize-a como se deve, pois será um dos tesouros sagrados".

(Conta a lenda que, na era dos deuses, Susanoo-no Mikoto encontrou certa vez um velho e uma mulher chorando amargamente porque uma cobra gigantesca de oito cabeças havia devorado sete de suas filhas, e só restava uma, que, eles tinham certeza, a oitava cabeça da serpente levaria. Susanoo-no Mikoto perguntou se eles lhe dariam sua filha caso ele matasse a serpente; eles concordaram de bom grado. Susanoo encheu oito baldes de saquê, colocou no local onde a serpente provavelmente apareceria e, escondendo-se por perto, aguardou pelos acontecimentos. O monstro apareceu, e as oito cabeças beberam os oito baldes de saquê cheios, ficando embriagadas por completo, como seria de se esperar. Susanoo então atacou e cortou o monstro em pedaços. Na cauda encontrou uma lâmina — a celebrada e milagrosa "Kusanagi no Tsurugi", a espada cortadora de grama da nossa história.)

Depois de dar adeus a Yamato Hime no Mikoto, o príncipe partiu para a província de Suruga,[3] na costa leste, para obter maiores informações, pois o local estava em polvorosa; e foi lá que enfrentou o primeiro perigo, pois seus inimigos lhe prepararam uma armadilha, sabendo que ele gostava de caçar.

Havia imensas planícies cobertas de mato alto na província de Suruga, onde hoje fica o vilarejo de Yaitsu Mura ("Yaitsu" significa "campos em chamas"). Os rebeldes decidiram que um deles deveria convidar Yamato-dake para uma caçada, enquanto os demais se espalhariam e se esconderiam no mato alto até que o guia o conduzisse a um determinado local onde os atocaiados

---

3   Atual província de Shizuoka. [NE]

avançariam sobre ele e o matariam. Seguindo de acordo com o plano, foi mandado a Yamato-dake um homem inteligente e sensato, que lhe disse que havia muitos cervos naquelas planícies. Ele gostaria de participar de uma caçada? O sujeito se ofereceu para servir como seu guia.

Era uma proposta tentadora; e, como havia encontrado menos sinais de rebelião do que esperava, o príncipe aceitou.

Quando o dia raiou, o príncipe, além de seu arco de caça, levou consigo a espada que ganhara da tia, a princesa Yamato. Era um dia de vendaval, e os rebeldes perceberam que o mato estava tão seco que seria mais eficiente e menos perigoso para si próprios pôr fogo no campo, pois tinham certeza de que o guia posicionaria o príncipe a favor do vento e, se o incêndio fosse provocado do jeito certo, as chamas chegariam em um piscar de olhos até ele, enquanto os perpetradores permaneceriam em segurança.

Yamato-dake procedeu conforme eles esperavam. Ele seguia em silêncio, sem suspeitar de nada. De repente, o mato à sua frente e ao seu redor pegou fogo. O príncipe percebeu que havia sido traído. O traiçoeiro guia desaparecera. O príncipe estava correndo perigo de se intoxicar e morrer. A fumaça, densa e sufocante, espalhava-se rapidamente, em meio a um ruído ensurdecedor.

Yamato-dake tentou correr para a única brecha que encontrou, mas era tarde demais. Então começou a cortar o mato com sua espada, para impedir que o fogo o atingisse. Ele percebeu que, a depender da direção em que golpeava com a espada, o vento mudava. Se cortasse na direção norte, o vento passava a soprar para o sul e impedia que o fogo continuasse avançando; se cortasse voltado para o sul, o vento soprava para o norte; e assim por diante. Aproveitando-se disso, Yamato-dake pôde retaliar seus inimigos. Usando a caixa que sua tia lhe dera, ele provocou focos de incêndio nos lugares onde o fogo não se alastrara, cortando o mato ao mesmo tempo na direção em que desejava que as chamas fossem. Repetindo a estratégia em vários locais, conseguiu virar o jogo contra seus inimigos, destruindo todos eles.

É importante ressaltar que no santuário de Atsuta, na província de Owari, há uma espada que dizem ser essa; um grande festival anual é realizado em sua homenagem todo dia 21 de junho.

Da província de Suruga, Yamato-dake no Mikoto partiu para a província de Sagami.[4] Como encontrou tudo tranquilo por lá, pegou um barco para fazer a travessia até a província de Kazusa,[5] acompanhado por uma mulher pela

---

4 Território que ocupava a maior parte da atual província de Kanagawa. [NE]
5 Situava-se na região central da atual província de Chiba. [NE]

qual era profundamente apaixonado e que ganhou o título de Hime (princesa) por causa da linhagem de Yamato-dake. Seu nome era Tachibana. Eles mal haviam se afastado quinze quilômetros da costa quando uma tempestade terrível começou. A embarcação ameaçava naufragar.

"Isso é obra de uma deusa do mar sedenta para tirar a vida dos homens", falou Tachibana Hime. "Vou ceder a minha, meu senhor; talvez isso a aplaque até que sua travessia deste mar cruel se complete."

Sem maior aviso, Tachibana Hime se atirou ao mar; as ondas a engoliram, para consternação e tristeza de todos, e despedaçando o coração de Yamato-dake.

Como Tachibana Hime esperava, a deusa do mar foi apaziguada. O vento ficou mais fraco, as águas se acalmaram, e o barco chegou à província de Kazusa em segurança. Yamato-dake foi até Yezo, sufocando pequenas rebeliões no caminho.

Vários anos depois, acompanhado por muitos de seus antigos homens, ele se viu outra vez na encosta de um morro na província de Sagami, observando o local onde a pobre Tachibana Hime havia sacrificado a própria vida por ele se jogando na água. O príncipe olhava com tristeza para o mar, e três vezes exclamou, com lágrimas escorrendo pelo rosto — por mais que fosse um homem valente — "Azuma waya!" (Que tristeza, minha querida esposa!); e o leste do Japão, em sua porção central, desde então passou a ser chamado de "Azuma".

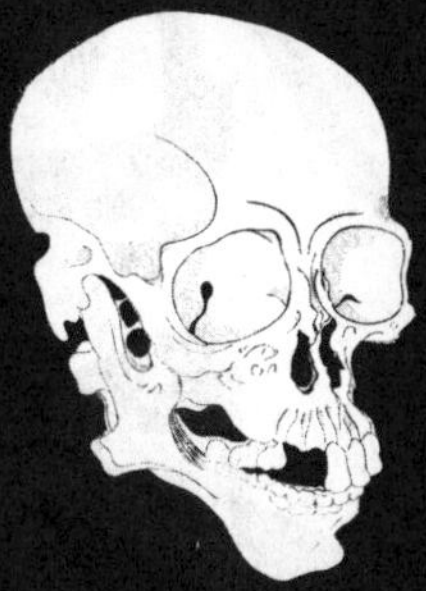

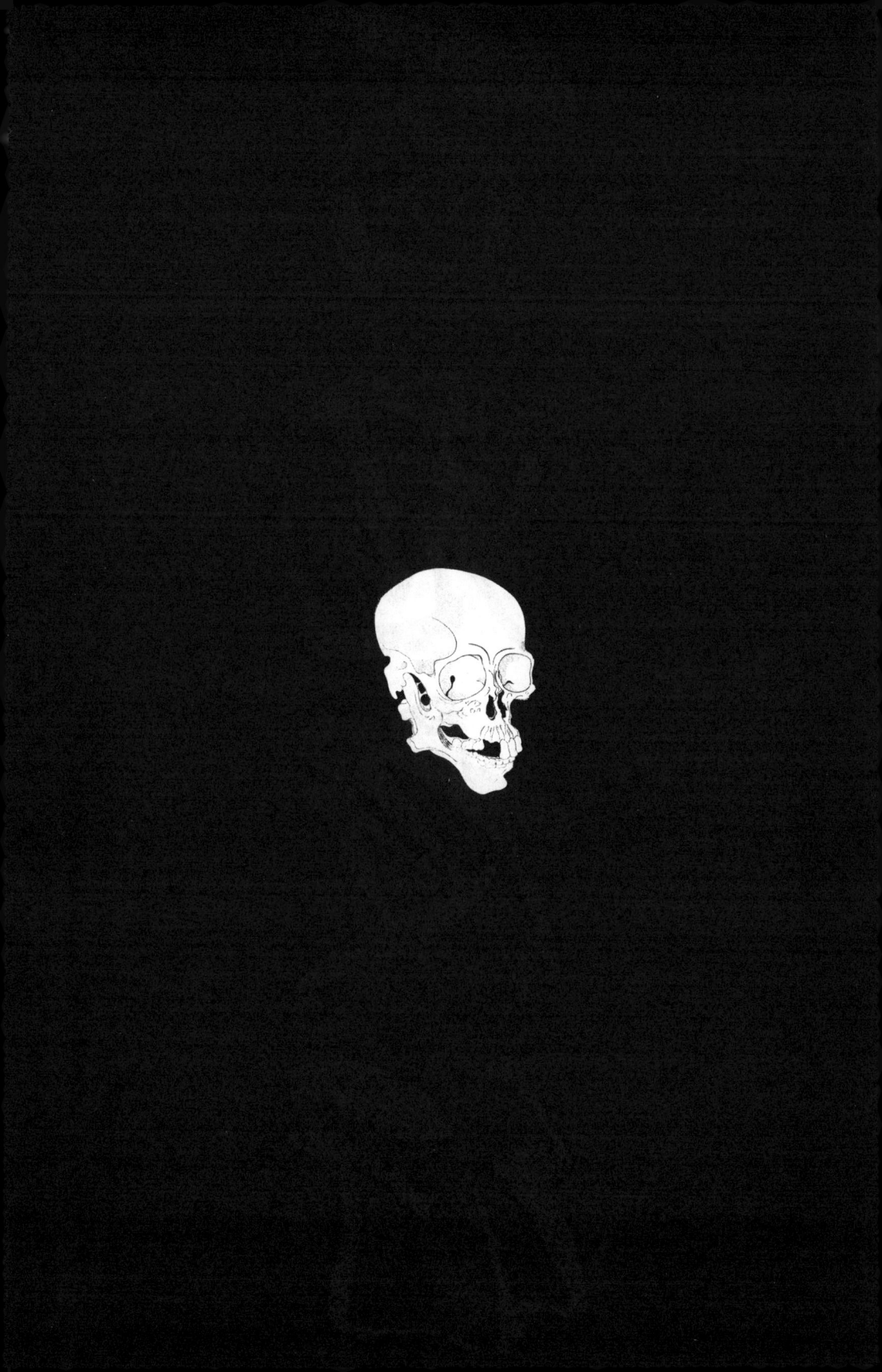

百鬼夜行

Numerosos fantasmas entretêm-se com embates, danças e risos, embalados por ruídos assustadores... O relato de um sacerdote peregrino sobre o que viu no templo de Shozenji desperta a atenção do pintor Tosa Mitsunobu, que anseia fazer um quadro ilustrando a Hyakki Yakō, a procissão dos cem fantasmas.

百鬼夜行

A PROCISSÃO DOS CEM FANTASMAS[1]   9

Cerca de quatrocentos ou quinhentos anos atrás, havia um antigo templo nas proximidades de Fushimi, perto de Kyoto. Seu nome era templo de Shozenji, e estava vazio fazia muitos anos, pois os sacerdotes temiam morar lá em razão dos fantasmas que diziam assombrar o local. No entanto, ninguém nunca os havia visto. Sem dúvida a história surgiu na mente das pessoas em razão do fato de que todos os seus sacerdotes foram mortos por uma numerosa quadrilha de ladrões em tempos imemoriais — para saquear objetos de valor, claro.

---

1   Em algum momento entre os anos de 1400 e 1550, viveu uma família de pintores cuja fama se estendeu por três gerações, o que torna difícil estabelecer os fatos com precisão. Eles eram Tosa Mitsunobu, Kano Mitsunobu e Hasegawa Mitsunobu; às vezes Tosa Mitsunobu assinava suas pinturas como Fujiwara Mitsunobu. Mas havia na época também outros pintores famosos com nomes como Kano Masanobu e Kano Motonobu — além de seus familiares e falsários que usavam seus sobrenomes —, o que dá uma ideia da dificuldade que pode ser informar de modo correto os nomes e as datas; mas, como sempre, fui auxiliado nesse sentido por um gentil amigo, sua excelência o sr. Hattori, o governador, cujo conhecimento da arte japonesa é muito vasto. Foi sem dúvida Tosa Mitsunobu quem pintou a imagem conhecida como Hyakki Yakō, ou "A Procissão dos Cem Fantasmas", obra muito celebrada que serviu como principal referência para a ilustração de criaturas fantásticas e fantasmas, "assombrações", "espectros" ou como quer que se queira chamá-los. Pelo que sou capaz de avaliar, o quadro foi pintado perto do fim da primeira metade do século XV. [NA]

Isso causava um terror tamanho na mente de todos que o templo foi se dilapidando e se transformando em ruínas.

Certo ano, um sacerdote, um desconhecido em peregrinação, passou pelo templo e, sem conhecer sua história, entrou para buscar refúgio contra o mau tempo, em vez de seguir em sua viagem para Fushimi. Como levava arroz frio na bagagem, decidiu que era melhor passar a noite ali; pois, embora lá dentro fosse gelado, pelo menos ele não encharcaria as únicas roupas que tinha, e poderia partir pela manhã.

O bom homem se instalou em um dos cômodos menores, que não estava em muito melhor estado que o restante do templo; depois de terminar sua refeição, ele fez suas preces e se deitou para dormir, enquanto a chuva torrencial caía sobre o telhado e o vento rugia através das estruturas instáveis. Por mais que tentasse, o sacerdote não conseguia dormir, pois as rajadas frias o gelavam até a medula. Por volta da meia-noite, o velho ouviu ruídos estranhos e antinaturais. Pareciam vir da construção principal.

Movido pela curiosidade, ele se levantou; e quando chegou à construção principal se deparou com a Hyakki Yakō (uma procissão de cem fantasmas) — uma expressão, acredito eu, em geral aplicada a qualquer grupo de fantasmas, seja qual for seu número. Os fantasmas se entretinham com embates, danças e risos. Apesar de assustado a princípio, nosso sacerdote viu seu interesse ser despertado. Alguns momentos depois, porém, apareceram fantasmas com aspectos de espíritos. O sacerdote voltou correndo para o pequeno cômodo, onde se trancou; e passou o resto da noite recitando orações para as almas dos mortos.

Ao amanhecer, embora o tempo continuasse úmido, o sacerdote se foi. Ele contou aos moradores do vilarejo sobre o que tinha visto, e a notícia se espalhou de tal forma que em três ou quatro dias o templo ficou conhecido como o mais assombrado da região.

Foi nessa época que o famoso pintor Tosa Mitsunobu ouviu falar a respeito. Como estava ansioso para fazer uma pintura de uma Hyakki Yakō, achou que ver os fantasmas do templo de Shozenji poderia lhe proporcionar o material necessário; sendo assim, ele partiu para Fushimi e Shozenji.

Mitsunobu foi diretamente para o templo ao anoitecer, e passou a noite inteira por lá em um estado mental nada feliz; porém não viu nenhum fantasma, e não ouviu barulho nenhum.

Na manhã seguinte, ele abriu todas as janelas e portas, enchendo de luz a parte principal do templo. Assim que terminou de fazer isso, percebeu que as paredes do local estavam cobertas de figuras ou desenhos de fantasmas de uma complexidade indescritível. Havia mais de duzentos, e eram todos diferentes.

Ele conseguiria se lembrar de todos? Era essa a preocupação de Tosa Mitsunobu. Sacando o caderno e o pincel do bolso, começou a fazer cópias minuciosas. Isso ocupou a maior parte de seu dia.

Durante sua observação dos contornos dos vários fantasmas e das criaturas fantásticas que desenhou, Mitsunobu viu que as silhuetas vinham das frestas nas paredes úmidas e dilapidadas; essas frestas estavam cheias de fungos e bolor, que, por sua vez, produziam a coloração e, por fim, as figuras que ele compilou para a sua celebrada pintura "Hyakki Yakō".[2] Ele se sentiu grato pelo fato de um sacerdote imaginativo o ter levado até aquele lugar. Sem isso, ele jamais teria criado seu quadro; jamais as aparências terríveis de tantos fantasmas e criaturas fantásticas teria entrado na mente dos homens, por mais criativos que fossem.

A ilustração feita por meu pintor mostra alguns, copiados de uma reprodução em primeira-mão da obra de Mitsunobu.

---

[2] É um fato conhecido que certos fungos e bolores produzem uma luminosidade fosforescente em determinadas circunstâncias. Sem dúvida o sacerdote viu as frestas na parede nessas circunstâncias, e o ruído que ouviu era produzido por ratos. Certa vez li uma história sobre uma casa assombrada no interior da Inglaterra em que se revelava que no fim os fantasmas em questão eram fungos luminosos. [NA]

Depois que o chefe de governo Sugawara Michizane torna-se vítima de conspiração e é injustamente punido pelo imperador, a vida de seu filho também corre perigo. Seu servo Matsuo, que mantém a lealdade incondicional pelo amo, planeja salvá-lo de forma inusitada.

UM SERVO FIEL[1]

10

No reinado do imperador Engi, que começou no ano 901 d.C., havia um homem cujo nome desde então é celebrado por seus belos escritos, tanto os poéticos como os de outros tipos. Ele era o grande favorito do imperador e, por consequência, uma figura importante na época; seu nome era Sugawara Michizane. Não é nem preciso dizer que em pouco tempo, com tantas circunstâncias a seu favor, ele se tornou o chefe de governo, passando a viver no luxo.

As coisas correram bem por um tempo; mas no fim o inevitável aconteceu. Nem todos concordavam com as ideias e diretrizes políticas de Michizane. Inimigos não declarados o espreitavam a cada esquina. Entre eles havia um homem particularmente maldoso chamado Tokihira, cujas intrigas venenosas eram constantes.

Tokihira ocupava um cargo inferior ao de Michizane, a quem odiava do fundo do coração, e achava que, caso seu superior caísse em desgraça com o imperador, ele poderia se tornar o líder do governo.

Michizane não era um homem com muitos defeitos evidentes, e Tokihira se viu incapaz de espalhar informações nocivas que o afetassem; mas, com o tempo, foi se tornando cada vez mais determinado em sua meta de causar o mal.

---

[1] Esta pequena tragédia, mostrando a lealdade profunda que era uma prática generalizada mil anos atrás, foi contada a mim pelo sr. Matsuzaki do Kencho (Gabinete Governamental). [NA]

Por fim, a oportunidade apareceu. Tokihira, que contava com muitos agentes secretos em busca de denúncias contra Michizane para levar ao imperador, ouviu dizer que o príncipe Toki (Toki no Miya) estava secretamente apaixonado pela bela filha de Michizane, e que os dois andavam se encontrando às escondidas.

Tokihira ficou empolgadíssimo com a notícia, e foi falar diretamente com o imperador, que aceitou recebê-lo ao ouvir que ele tinha uma inacreditável história de intriga a contar.

"Majestade", começou Tokihira, "por mais que eu lamente dizer, há um sério complô em andamento. Sugawara Michizane fez com que o irmão mais novo de vossa majestade, o príncipe Toki, se apaixonasse por sua filha. Sinto muitíssimo em informar, mas eles vêm mantendo encontros secretos. Além disso, Michizane, o premiê de vossa majestade, está planejando vosso assassinato, ou no mínimo vossa deposição em favor do príncipe Toki, que vai se casar com a filha dele."

Naturalmente, o imperador Engi ficou furioso. Era um monarca bondoso e sensato, e governava o povo com justiça, firmeza e competência — com a ajuda de Michizane. Ele considerava seu chefe de governo como um amigo; e a ideia de que Michizane estivesse conspirando para seu assassinato, ou no mínimo tramando para que o príncipe Toki tomasse o trono e se casasse com a filha dele, era intolerável.

Ele mandou chamar Michizane.

Michizane jurou inocência. Era verdade, ele admitiu, que o príncipe se apaixonara por sua filha; mas isso nada tinha de excepcional. Sua filha era linda; o príncipe e ela tinham a mesma idade, e se conheciam desde que eram crianças. Quando ficaram mais velhos, a amizade se transformou em amor. Isso era tudo. Para um príncipe de sangue real, não era tão fácil quanto para os comuns conhecer uma moça por quem pudesse se apaixonar; e, sem dúvida, o sentimento era recíproco, pois sua filha assim lhe contara. Quanto ao complô citado por Tokihira, era uma fantasia absurda, e ele estava perplexo por ouvir uma acusação tão baixa.

Tokihira notou a irritação do imperador. Com suas palavras escandalosas e suas mentiras inescrupulosas, rechaçou todos os protestos de Michizane; e o imperador ordenou que Michizane fosse mandado pelo resto da vida para Tsukushi, na ilha de Kyushu.

Acompanhado apenas de seu fiel servo Matsuo, Michizane partiu para o exílio. A punição a Michizane, apesar de injusta, afetou a posição de diversas outras pessoas. Todos aqueles que lhe eram próximos foram demovidos de seus cargos. Entre eles estava Takebayashi Genzo, um dos principais auxiliares de Michizane. Genzo também era um dos aprendizes literários de Michizane; portanto não foi surpresa que, depois de perder o emprego, Genzo tivesse buscado refúgio em uma cidadezinha afastada, e por um sentimento de dever tivesse levado consigo a esposa de Michizane e seu jovem filho Kanshusai, de apenas dez anos de idade. Todos trocaram de nome, e Genzo, para sustentar os dois além de sua própria família, abriu uma pequena escola.

Foi assim que, por algum tempo, Kanshusai escapou dos cruéis desígnios planejados por Tokihira.

Matsuo, o fiel servo que seguira com Michizane para o ostracismo, ficou sabendo de um plano terrível que envolvia o assassinato do filho de seu amo e, depois de vários dias desgastantes pensando em como evitar a tragédia, deu-se conta de que a única saída seria sacrificar seu próprio filho no lugar dele.

Primeiro ele contou a seu amo exilado sobre sua intenção e, dispensado de suas obrigações, voltou a Kyoto e procurou Tokihira em pessoa, a quem ofereceu seus serviços como servo e como alguém capaz de localizar Kanshusai, o filho de Michizane. Tokihira o contratou de imediato, com a certeza de que encontraria o garoto que ele queria ver decapitado. Tokihira havia assumido o lugar de Michizane como favorito do imperador, e exercia um grande poder; sua vontade era praticamente lei.

Matsuo cumpriu tão bem seu papel na casa de Tokihira e entre seus outros servos que não demorou para que todos concordassem que ele era absolutamente leal a seu novo amo, e passou a ser visto como um homem de confiança.

Pouco depois disso, chegou ao conhecimento de Tokihira que Kanshusai estava escondido, sob um nome falso, na escola de Genzo, que recebeu ordens para mandar a cabeça do garoto ao chefe do governo em 48 horas.

Quando ficou sabendo, Matsuo, sempre fiel, foi até a escola em segredo e revelou seu plano para salvar Kanshusai a Genzo, que concordou imediatamente. Em seguida Matsuo mandou seu filho Kotaro à escola de Genzo, da qual o pobre menino jamais sairia vivo; e, embora Genzo não tenha gostado da ideia de matar o garoto (o que por questão de justiça precisa ser dito), foi obrigado a controlar os nervos, tanto em benefício de seu antigo mestre como para salvar a vida de Kanshusai.

Com um único golpe de espada, ele arrancou a cabeça do inocente.

No horário determinado, os funcionários de Tokihira foram à escola buscar a cabeça, e a levaram a Tokihira, dizendo: "Pois bem, sr. Tokihira, não há por que temer o filho de Michizane no futuro, porque a cabeça dele está nesta caixa. Veja! E aqui está o mestre-escola Takebayashi Genzo, que cumpriu a ordem de Vossa Senhoria e a cortou".

Tokihira ficou satisfeito, mas não estava certo de que aquela era a cabeça certa; ciente de que Matsuo trabalhara para Michizane e saberia dizer se aquela era ou não a cabeça de Kanshusai, mandou chamar o servo e ordenou que tirasse a cabeça da caixa para identificá-la.

Pobre Matsuo! É possível apenas imaginar qual foi seu sentimento ao tirar a cabeça de seu próprio filho Kotaro da caixa, segurá-la pelos cabelos e garantir a Tokihira que era de fato de Kanshusai, o filho de Michizane. No entanto, ele fez isso com grande coragem e notável força de caráter, salvando assim a vida de Kanshusai e cumprindo seu dever para com seu amo exilado Michizane.

A fidelidade de Matsuo ainda é citada com admiração por aqueles que contam essa história.

Não muito tempo depois, uma tempestade terrível desabou sobre Kyoto. Um raio atingiu o palácio de Tokihira e o matou. Até hoje as pessoas dizem que foi o espírito de Michizane que surgiu na forma daquele relâmpago para se vingar.

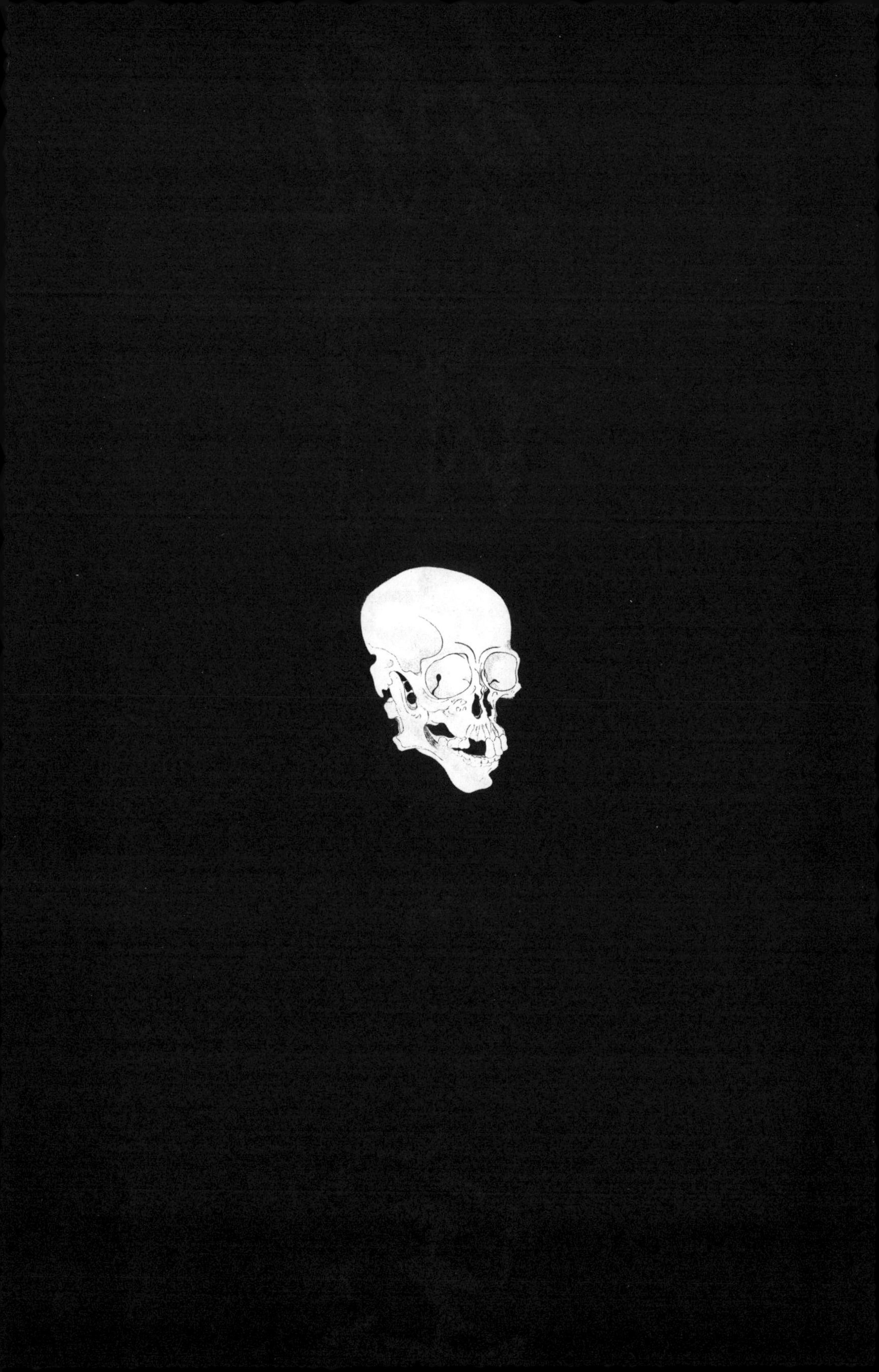

細川家の宝

O desejo de vingar a morte do pai faz a bela Kazuye dedicar todos os seus recursos, sua vida e até seu amor a esse propósito. Ela vê no samurai Okawa o parceiro ideal para atingir seu objetivo, mas as circunstâncias os levam a colocar a lealdade pelo seu benfeitor acima de tudo.

O TESOURO DA FAMÍLIA HOSOKAWA[1]

11

Centenas de anos atrás, vivia na terra dos Hosokawa uma viúva e sua filha, uma linda moça de dezessete anos chamada Kazuye. O pai de O Kazuye tinha sido assassinado covardemente cerca de seis meses antes, e Kazuye e sua mãe estavam decididas a dedicar seus recursos e sua vida para levar os criminosos à Justiça. Em seus esforços, não receberam nenhuma ajuda, mas gastaram tudo o que tinham até por fim serem quase obrigadas a mendigar na rua para conseguir comer. Dia após dia, porém, elas continuavam a rezar no templo pedindo auxílio, e em nenhum momento perderam o ânimo ou fraquejaram em seu propósito. O Kazuye disse à mãe que, se tivesse a sorte de conquistar o afeto de um homem, até mesmo ele seria sacrificado em seu esforço de vingança.

Certo dia, a aparência empobrecida de Kazuye e sua mãe, quando voltavam de sua visita habitual ao templo, despertou a atenção de alguns desocupados, que passaram a insultá-las. Um belo e jovem samurai, Okawa Jomoyemon, por acaso estava por lá. Sacando a espada, rapidamente pôs os grosseirões para correr. Depois disso, com uma mesura profunda, perguntou a quem tinha a honra de servir.

---

[1] História contada a mim pelo sr. Matsuzaki, que garante sua absoluta veracidade e afirma que o documento em questão hoje está em posse do atual príncipe Hosokawa. [NA]

O Kazuye respondeu no lugar da mãe, e logo reconheceu que aquele belo jovem era do tipo que tanto ansiava conhecer, para que se apaixonasse por ela e se dispusesse a ajudar a encontrar o assassino de seu pai. Portanto, naturalmente, incentivou suas investidas; e ele se apaixonou. Nesse meio-tempo, um velho amigo do pai de Kazuye, tomado de pena pela moça, conseguiu um lugar para ela na residência do príncipe Hosokawa; uma vez lá, ela conquistou tamanha simpatia por parte do príncipe (ou daimiô, que era seu título na época) que as demais donzelas começaram a ficar com ciúmes.

Então aconteceu que certa noite Okawa, àquela altura desesperadamente apaixonado por O Kazuye, apesar de estar a serviço de outro daimiô, sentiu uma necessidade de vê-la de qualquer maneira. Ele conseguiu marcar um encontro secreto, e por fim encontrou os aposentos de Kazuye. Ainda tomada pelo desejo de vingança, ela aproveitou a ocasião para contar sua história e implorar ajuda.

Okawa, um legítimo cavaleiro errante, jurou que não voltaria a falar de amor até que tivesse caçado e eliminado os assassinos do pai de Kazuye. Assim que ele terminou de fazer seus votos, uma das donzelas invejosas (que estava à espreita) revelou sua presença e foi correndo contar tudo para sua senhora.

O que iria acontecer? Okawa, um atendente de outro daimiô, fora pego no castelo em uma conversa secreta com uma das damas de honra de Hosokawa! Com certeza os dois seriam mortos! O Kazuye não perdeu tempo. Ela escondeu seu amante em um velho baú para armaduras. No entanto, isso de nada adiantou. A moça foi convocada de imediato à presença do daimiô, e o baú foi levado também.

Furioso, o daimiô ordenou que O Kazuye fosse executada. Okawa a defendeu. O samurai falou que ela não era a responsável pelo encontro secreto, assumiu a culpa toda para si; e implorou para morrer no lugar dela. Além disso, contou toda a história de vida de Kazuye, mencionando que a única ambição da moça era vingar a morte do pai.

O daimiô ficou profundamente comovido. Reconhecendo a honra demonstrada por ambas as partes, tomou Okawa sob seu serviço, prometendo também ajudar os dois a cumprir seu objetivo.

Lágrimas de gratidão brotaram nos olhos de Okawa, que jurou na mesma hora que sacrificaria sua vida por Hosokawa na primeira necessidade que surgisse.

Cerca de um ano depois, houve um grande incêndio no castelo. Aconteceu de forma tão repentina que nada pôde ser feito. O vento espalhava as chamas, mal dando a chance para as pessoas escaparem, muito menos levarem consigo os objetos de valor da família.

Quando todos conseguiram escapar do fogo, o daimiô de repente se lembrou de que seus títulos de propriedades se perderiam, e que tamanho desastre seria perigoso para sua família. Ao se dar conta disso, ele saltou do cavalo e estava prestes a entrar de novo para recuperá-los; seus atendentes, porém, não permitiram, temendo que fosse acabar morto.

Ao ouvir isso, Okawa pensou com deleite que aquela era sua oportunidade de salvar seu novo amo e retribuir a gentileza com que ele e Kazuye foram tratados. O samurai correu para o meio do incêndio e, arrombando o cofre de ferro, apanhou os valiosos documentos. Então descobriu que seria impossível escapar. Estava cercado pelo fogo em todas as direções, e viu que tanto ele como os papéis seriam consumidos pelas chamas. Nesse momento, teve uma ideia. Embora fosse morrer queimado, talvez seu corpo pudesse salvar os documentos. Sacando sua espada curta, abriu deliberadamente o próprio abdome e enfiou os rolos de papel dentro da barriga. Em seguida caiu no chão no meio do fogo e morreu. O incêndio continuou. O pobre Okawa terminou carbonizado de tal forma que seria impossível reconhecê-lo.

Quando o incêndio acabou, seu cadáver foi recuperado, e dentro do corpo queimado foram descobertos os rolos ensanguentados de papel dos quais a família Hosokawa dependia. Desse momento em diante, os papéis passaram a ser chamados de *"Hosokawa no chi daruma"* — os documentos ensanguentados dos Hosokawa.

加藤左衛門の物語

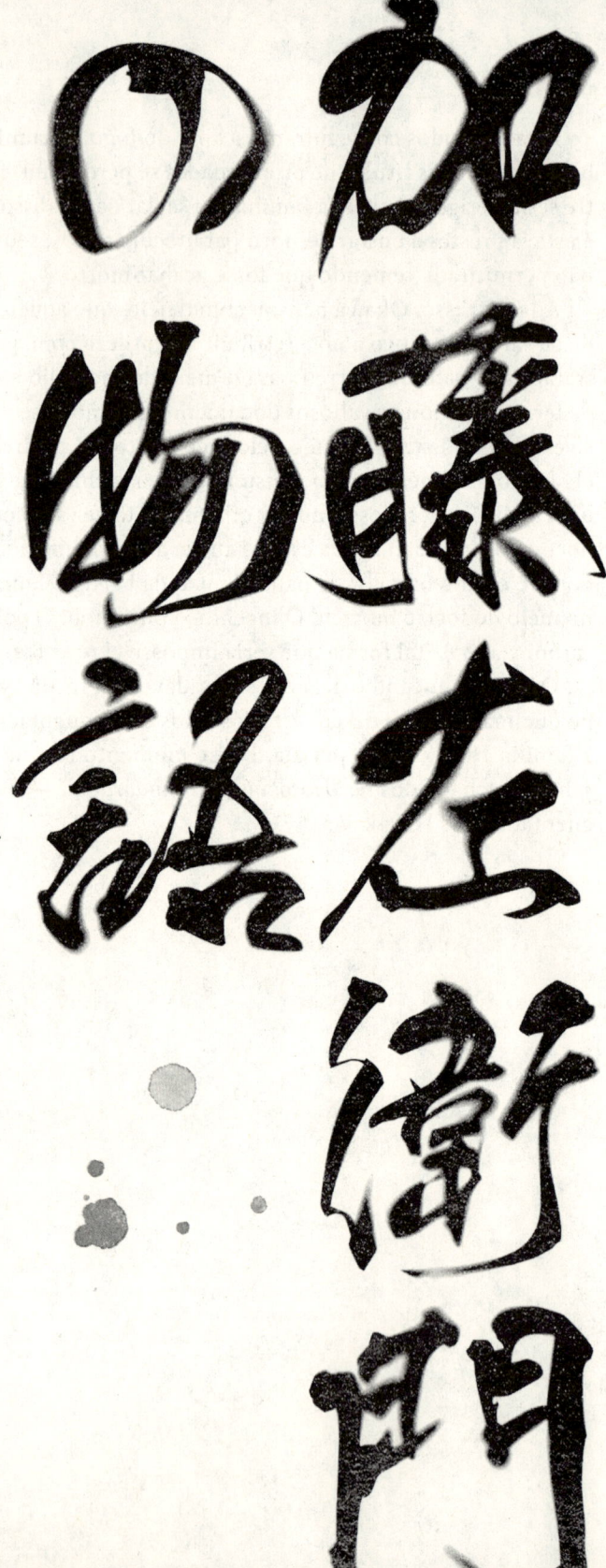

Kato Sayemon é um respeitado cavaleiro a serviço do xogum Ashikaga. Ele desfruta de uma vida luxuosa e confortável, mas uma estranha visão muda completamente a sua percepção e o leva a abandonar tudo. Sua esposa e seu filho iniciam uma árdua jornada de busca, mesmo sem ter qualquer pista de seu paradeiro.

A HISTÓRIA DE KATO SAYEMON[1]

12

Na época em que Ashikaga era xogum, ele tinha a seu serviço um cavaleiro de boa família, Kato Sayemon, que era especialmente de seu agrado. As coisas iam bem para Sayemon. Ele vivia em um lugar que era praticamente um palácio. Tinha dinheiro de sobra. Sua charmosa esposa lhe dera um filho e, de acordo com os costumes antigos, ele tinha ainda outras mulheres com quem vivia como se fossem esposas em sua mansão. Não havia nenhuma guerra no país. Sayemon não enfrentava nenhum problema doméstico. A paz e o

---

1 Contada a mim pelo sr. Matsuzaki. Não posso dizer que tenho uma opinião muito positiva sobre essa história. Sayemon é tratado como herói; mas para a maioria das pessoas deve transmitir uma imagem de covardia e baixeza. Comentei isso com o sr. Matsuzaki, argumentando: "Acho que essa história não fecha. Você trata Sayemon como uma pessoa exemplar, mas para mim ele parece o pior personagem da história. Com certeza a esposa e o filho parecem boas pessoas; mas você exalta e elogia Sayemon por ter largado a família e se recusa a reconhecer o lado deles, sendo que não cometeram nenhum mal". "Eu admito essa dificuldade", disse o sr. Matsuzaki. "O mesmo vale para o Sr. Buda. Ele também abandonou a esposa e dedicou a vida a questões religiosas, assim como Sayemon." Bem, quanto a isso eu não podia concordar. Buda era Buda, um benfeitor que ajudou pessoas por toda a Ásia. Sayemon era um fraco, um sujeito nada generoso que buscava paz apenas para si mesmo. Quanto a essa história, desafio qualquer um a considerá-lo como um herói, ou como alguém que tenha seguido o caminho de Buda — a não ser que isso seja visível apenas de uma perspectiva intrinsecamente japonesa. A história, no entanto, é muito conhecida, e citada em diversos livros japoneses, segundo o sr. Matsuzaki. [NA]

contentamento reinavam. Ele desfrutava de sua vida em meio a banquetes e celebrações. "Ah, essa vida poderia durar para sempre!", ele pensava; mas o destino não colaborou.

Certa noite, quando Sayemon estava passeando em seu lindo jardim, observando os vaga-lumes e ouvindo o cantar dos insetos e o coaxar das rãs, de que gostava muito, olhou para cima ao passar diante do quarto da esposa.

Lá ele viu sua querida mulher e sua concubina favorita disputando uma partida de um jogo de tabuleiro ("*go*", como é chamado no Japão). O que mais lhe chamou atenção foi que ambas estavam felizes e contentes na companhia uma da outra. Enquanto Sayemon observava, porém, o cabelo de ambas as mulheres pareceu se eriçar na parte de trás e assumir a forma de serpentes que se enfrentavam em uma luta de vida ou morte. Isso o deixou apavorado.

Perplexo, Sayemon se aproximou silenciosamente para ver melhor; mas a visão se repetiu. Sua esposa e a outra mulher, quando moviam suas peças, sorriam uma para a outra, demonstrando todos os sinais de grande cordialidade; mesmo assim, continuavam nítidos os contornos dos cabelos assumindo a forma das serpentes que se enfrentavam. Até então, Sayemon pensava que as duas eram como irmãs, e de fato era isso que pareciam; mas, depois de ver o misterioso sinal das cobras, percebeu que elas se odiavam mais do que qualquer homem seria capaz de entender.

Sua mente se inquietou. Até então, sua vida vinha sendo duplamente feliz, pois ele pensava que tinha um lar pacífico; mas então passou a achar que o ódio e a malícia deviam correr soltos em sua casa. Sayemon se sentiu como se estivesse em um barco sem leme rumando diretamente para uma queda d'água, sem chance de escapar.

Ele passou uma noite insone em reflexão profunda, durante a qual decidiu que a fuga era o caminho mais seguro a seguir. A paz era a única coisa que queria para si. Para obtê-la, estava decidido a se dedicar à atividade religiosa pelo resto da vida.

Na manhã seguinte, Kato Sayemon havia desaparecido. A casa inteira mergulhou em um estado de consternação. Homens foram despachados para todas as partes; mas Sayemon não foi localizado. No quinto ou sexto dia depois do sumiço, sua esposa reduziu o número de empregados, mas continuou morando na residência junto com seu filhinho Ishidomaro. Até mesmo o xogum Ashikaga ficou absolutamente desconcertado com a desaparição de Sayemon. Ninguém recebeu notícias dele, e um ano se passou, e depois outro, até que por fim sua esposa resolveu sair à sua procura junto com Ishidomaro, então com cinco anos de idade.

Ao longo de cinco exaustivos anos, mãe e filho perambularam pelo país, fazendo perguntas por onde passavam; não haviam conseguido nenhuma pista, até que um dia, quando estavam em um vilarejo em Kishu, conheceram um velho que afirmou ter visto Kato Sayemon um ano antes no templo de Koya-San. "Claro que eu o reconheci", ele disse, "pois fui carregador de palanquim para o xogum, e vi Sayemon San muitas e muitas vezes. Não sei se ele ainda está no templo; mas era um sacerdote de lá um ano atrás."

Ishidomaro e sua mãe quase não conseguiram dormir naquela noite. Estavam em um estado de empolgação febril. Ishidomaro estava com onze anos de idade, e ansiosíssimo para ter o pai de volta em casa; mãe e filho aguardavam felizes o dia seguinte, depois de anos de buscas.

Infelizmente, de acordo com regras que remontavam a tempos antiquíssimos, o acesso ao templo e à montanha Koya-San só era permitido aos homens. Nenhuma mulher podia subir para fazer louvores à imagem de Buda naquela montanha. Sendo assim, a mãe de Ishidomaro precisou ficar no vilarejo enquanto ele procurava pelo pai.

Ele saiu ao amanhecer, cheio de esperança, dizendo para sua mãe nada temer. "Vou trazer meu pai de volta hoje à noite mesmo", garantiu ele; "e vamos ser todos muito felizes! Adeus por enquanto, e não tema por mim!" Dito isso, Ishidomaro partiu. "É verdade que não vou ser capaz de reconhecer meu pai assim que o vir", ele falou. "Mas sei que ele tem uma pinta preta sobre o olho esquerdo, assim como eu; além disso, sinto que meu pai e eu vamos nos encontrar." Com esses pensamentos em mente, o menino iniciou a subida pela floresta alta e escura, parando de tempos em tempos em altares espalhados pelo caminho para rezar por seu sucesso.

Ishidomaro teve que subir bastante — Koya-San tem quase 350 metros de altura — até chegar aos portões externos do templo, cujo nome na verdade é Kongobuji, pois Koya-San significa apenas "monte Koya".

Ao chegar à primeira casa de sacerdote, Ishidomaro viu um velho murmurando preces.

"Por favor, senhor", disse ele, tirando o chapéu e fazendo uma mesura profunda, "poderia me dizer se há por aqui um sacerdote chamado Kato Sayemon? Eu ficaria muito grato se pudesse me indicar onde ele está. Ele é sacerdote só há cinco anos. Durante esse tempo, minha querida mãe e eu estamos à sua procura. Ele é meu pai, e nós o amamos muito, e queremos que ele volte conosco!"

"Ah, meu rapaz, lamento muito por você", respondeu Sayemon (pois na verdade era ele). "Não conheço nenhum Kato Sayemon neste templo." Depois de dizer isso, Sayemon deixou transparecer que estava emocionado. Sabia muito bem que o menino com quem falava era seu filho, e ficou arrasado por ter que negar isso e não poder abraçá-lo; mas Sayemon estava decidido a sacrificar o que restava de sua vida a serviço de Buda, e precisava deixar de lado todos os assuntos mundanos. Ishidomaro e sua antiga esposa não precisavam de comida nem de dinheiro, pois disso eles dispunham; portanto não havia motivo para preocupação nesse sentido. Sayemon decidiu permanecer onde estava, como um monge vivendo na pobreza, escondido no mosteiro de Koya-San. Com grande esforço, ele continuou:

"Eu não me lembro nem de ouvir falar que algum Kato Sayemon tenha passado por aqui, mas, obviamente, ouvi dizer que Kato Sayemon era um grande amigo do xogum Ashikaga."

Ishidomaro não ficou nem um pouco satisfeito com essa resposta. Por algum motivo, sentia que estava na presença de seu pai. Além disso, o sacerdote tinha uma pinta preta sobre o olho esquerdo, exatamente como Ishidomaro.

"Senhor", ele insistiu com o sacerdote, "minha mãe sempre comentava sobre a pinta que tenho sobre o olho esquerdo, dizendo: 'Meu filho, seu pai tem uma mancha assim sobre o olho esquerdo, igualzinha; lembre-se disso, pois quando for procurá-lo será uma forma de reconhecê-lo com absoluta certeza'. E o senhor tem uma marca idêntica à minha. Sei que o senhor é meu pai, sou capaz de sentir."

Ao dizer isso, Ishidomaro foi às lágrimas e, estendendo os braços, gritou: "Meu pai, meu pai, me deixe abraçá-lo!".

Sayemon tremia de emoção; mas ergueu a cabeça altivamente e, recobrando a compostura, falou:

"Meu rapaz, existem muitos homens e meninos com pintas sobre o olho esquerdo, e sobre o direito também. Eu não sou seu pai. É melhor ir procurá-lo em outro lugar."

Nesse momento, o sumo-sacerdote apareceu e chamou Sayemon para as preces de fim de tarde, que seriam realizadas no templo principal. Foi dessa forma que Sayemon fez a escolha de dedicar a vida a Buda, e (segundo o sr. Matsuzaki) seguir o exemplo de Buda, em vez de voltar ao convívio com o mundo e sua família, ou até mesmo reconhecer seu único filho!

Sinto uma imensa solidariedade em relação a Ishidomaro, sobre quem mais nada é revelado, e o mesmo sentimento se aplica à sua pobre mãe. Para encerrar o relato com as palavras do sr. Matsuzaki:

"O que aconteceu com Ishidomaro e sua mãe ninguém sabe; mas dizem até hoje que Kato Sayemon passou o resto de seus dias vivendo de forma pacífica e pura, sacrificando inteiramente seu corpo e sua alma a serviço de Buda, e sem que ninguém lamentasse por ele, mas em perfeito contentamento."

No terceiro livro de *A Luz da Ásia*, de Sir Edwin Arnold, encontramos os seguintes versos, endereçados pelos ventos a Buda, quando ele ainda era um príncipe:

Somos as vozes dos ventos pelo mundo a vagar;
Faze o mesmo, ó príncipe, para a paz encontrar;
Deixa teu amor por amor a todos os que amam, por compaixão
Abandona tua condição de tristeza, para encontrares a libertação.
Assim suspiramos, reverberando pelas cordas prateadas,
Para ti, a quem as coisas mundanas não foram reveladas;
É isso o que dizemos; rindo e zombando ao atravessar,
Essas sombras atraentes com as quais vives a brincar.

Estou certo de que ninguém há de discordar de mim quando afirmo que Sayemon parece ser um personagem fraco, egoísta e nem um pouco louvável — não um herói, e muito menos um Buda.

振袖火事

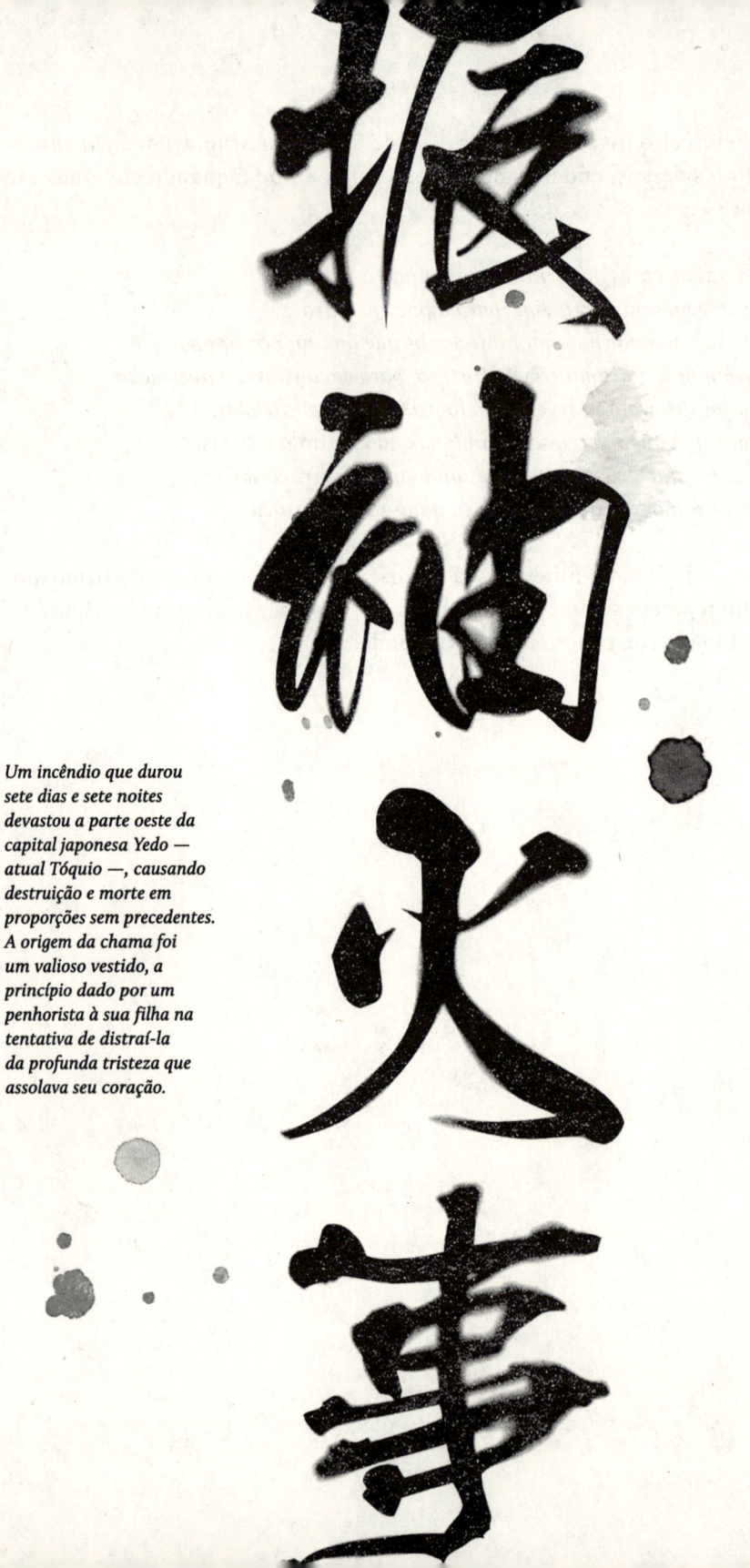

Um incêndio que durou sete dias e sete noites devastou a parte oeste da capital japonesa Yedo — atual Tóquio —, causando destruição e morte em proporções sem precedentes. A origem da chama foi um valioso vestido, a princípio dado por um penhorista à sua filha na tentativa de distraí-la da profunda tristeza que assolava seu coração.

O VESTIDO INCENDIÁRIO   13

Cerca de 120 anos atrás, no ano de Temmei, um incêndio terrível aconteceu na parte oeste de Yedo — provavelmente o pior de que se tem notícia na história da humanidade, pois dizem que matou nada menos que 188 mil pessoas.

Nessa época vivia em Yedo, atual Tóquio, um penhorista muito rico, Enshu Hikoyemon, pai orgulhoso de uma linda filha de dezesseis anos chamada O Same, nome que nesse caso provavelmente deriva da palavra *sameru* ("desvanecer"), pois de fato O Same San desapareceu.

Enshu Hikoyemon amava muito sua filha e, sendo um viúvo sem outros filhos, seus pensamentos e reflexões se concentravam apenas nela. Já era rico o suficiente para deixar de lado a mentalidade e as características cruéis que lhe valeram essa posição. Antes um dinheirista implacável com um coração de pedra, Enshu Hikoyemon se tornou generoso e coração mole — pelo menos no que dizia respeito à filha.

Certo dia, a linda O Same foi rezar na tumba de seus ancestrais. Estava acompanhada de sua criada, e depois de fazer as preces foi ao templo de Hommyoji, que fica no mesmo terreno em Hongo Maru Yama; uma vez lá, enquanto repetia as orações diante da imagem de Buda, viu um jovem sacerdote, por quem se apaixonou de imediato. Até então, ela não tinha nenhuma experiência amorosa; na verdade, sequer entendeu direito o que tinha acontecido, além do fato de que o rosto do jovem era agradável de contemplar. Era um rosto sereno e nobre. Quando O Same acendeu um incenso e o entregou ao sacerdote, para ser colocado diante do Buda, as mãos dos dois se tocaram, e ela sentiu seu corpo tomado por uma euforia que jamais experimentara. O que afligia a pobre O Same era o que se conhece como amor à primeira vista — tanto que, depois de se levantar e deixar o templo, só o que ela conseguia ver era o rosto do jovem sacerdote; para onde quer que olhasse, não enxergava nada mais. Ela não disse uma palavra para a criada no caminho de casa, e foi diretamente para o quarto.

Na manhã seguinte, anunciou à criada que estava indisposta. "Vá dizer a meu pai que vou ficar na cama", ela disse. "Não estou me sentindo bem hoje."

No dia seguinte foi a mesma coisa, e no seguinte, e no seguinte.

Desolado, Hikoyemon tentou de tudo para animar a filha. Tentou levá-la à praia. Sugeriu uma visita ao templo sagrado de Ise, ou a Kompira. Ela não quis. Médicos foram chamados, e não encontraram nada de errado com O Same San. "É alguma coisa na mente dela, e quando isso passar vai ficar tudo bem", foi tudo o que puderam dizer.

Por fim, O Same confessou ao pai que deixara seu coração ser conquistado por um jovem sacerdote do templo de Hommyoji. "Não", ela disse. "Não se irrite comigo, pai, pois nem o conheço, e só o vi uma vez. Isso bastou para amá-lo, pois ele tem um rosto nobre, que vem me atormentando dia e noite; então é por isso que meu coração está pesado, e meu corpo, doente de desejo por ele. Ah, meu pai, se você me ama e quer salvar minha vida, vá procurá-lo e diga que o amo, e que sem ele vou morrer!"

Pobre Hikoyemon! Estava com um problema e tanto nas mãos — uma filha apaixonada, morrendo de amor por um sacerdote desconhecido! O que ele poderia fazer? Primeiro tratou de animar a filha e, por fim, depois de vários dias, conseguiu convencê-la a acompanhá-lo ao templo. Infelizmente, eles não encontraram o monge em questão; nem em uma segunda visita; depois disso O Same ficou mais inconsolável do que nunca, recusando-se terminantemente a sair do quarto. Dia e noite seus soluços eram ouvidos por toda a casa, e seu pai estava arrasado, em especial porque havia descoberto em segredo que o sacerdote por quem sua filha se apaixonara era um seguidor dos mais estritos de Buda, e que era improvável que se afastasse das regras disciplinares de sua religião.

Apesar disso, Hikoyemon estava determinado a fazer um esforço em benefício da filha. Ele foi ao templo sozinho, viu o sacerdote, falou sobre o amor da moça e perguntou se o matrimônio seria uma possibilidade.

O sacerdote rechaçou a ideia dizendo: "Não está claro pelas minhas vestes que dediquei meu amor a Buda? É um insulto que uma proposta como essa seja feita a mim!".

Hikoyemon voltou para casa profundamente abalado com a rejeição; mas sentiu que era seu dever ser sincero com a filha.

O Same chorou até o ponto de ficar histérica. Sua condição piorava a cada dia. Na esperança de distrair sua mente, seu pai mandou fazer para ela um quimono magnífico, a um custo de 4 mil ienes. Pensou que a vaidade de O Same falaria mais alto, e que ela iria querer vesti-lo e exibi-lo.

De nada adiantou. O Same não era como as outras mulheres. Não tinha interesse em roupas finas ou em chamar atenção para si. Vestiu a roupa em seu quarto, para agradar o pai; porém tirou logo em seguida e voltou para a cama, onde dois dias depois morreu de coração partido.

Hikoyemon sentiu demais a perda de sua bela filha. No funeral, havia uma fila de floristas que devia ter quase um quilômetro.

O estupendo quimono foi doado ao templo. Esse tipo de vestimenta era mantido com muito cuidado; era um lembrete aos sacerdotes para rezar por seus antigos donos e, a cada dois ou três meses, todas as roupas eram limpas.

Nesse templo, porém, o abade, ou sumo-sacerdote, não era um bom homem. Ele roubou o quimono de O Same, que sabia ser valioso, e vendeu-o para um comerciante de roupas usadas.

Cerca de doze meses depois, o quimono foi mais uma vez doado ao mesmo templo por outro pai cuja filha morrera em razão de um caso de amor, depois de ter comprado a peça para ela em uma loja de roupas de segunda-mão. (A moça morreu e foi enterrada no mesmo dia e no mesmo mês que O Same.)

O abade não lamentou nem um pouco ao ver a valiosa peça reaparecer como um presente e, como era um mercenário, vendeu-a de novo. Na verdade, o quimono lhe parecia uma espécie de mina de ouro para ele e seu templo. É de se imaginar, portanto, qual foi a sensação despertada entre os sacerdotes quando, no ano seguinte, no mesmo mês e exatamente no mesmo dia em que O Same e a outra garota morreram, mais uma moça da mesma idade foi enterrada no cemitério local, também vítima de um caso amoroso, e também depois de usar o esplêndido quimono feito para O Same, que foi doado ao templo pela terceira vez após o funeral.

Dizer que o sumo-sacerdote estava perplexo seria pouco. Ele e os demais ficaram atordoados e perturbados.

Havia entre eles sacerdotes honestos, que não tinham nenhum envolvimento na venda do traje e na desonestidade do sumo-sacerdote, ou abade. Esses que eram honestos estavam confusos. Com medo, o abade decidiu que a honestidade poderia ser o melhor caminho a seguir diante das circunstâncias. Assim sendo, reuniu todos os sacerdotes do templo, fez uma breve e superficial confissão e pediu conselhos.

Os sacerdotes chegaram a uma conclusão unânime: o espírito de O Same San estava no quimono, que deveria ser queimado em uma cerimônia apropriada, para apaziguá-la. Para isso, uma data foi marcada. Quando esse dia chegou, diversas pessoas compareceram ao templo. Uma grande cerimônia foi realizada, e por fim o valioso quimono foi colocado em um monumento de pedra em forma de flor de lótus e incendiado.

O tempo estava bom nesse momento; mas, quando a roupa pegou fogo, houve uma rajada de vento repentina, que avivou as chamas. O vendaval se transformou em uma tempestade, que fez as mangas do quimono subirem até o teto do templo, onde ficou preso entre duas vigas, que queimaram furiosamente. Em menos de dois ou três minutos, o templo inteiro estava incendiado. O fogo seguiu ardendo por sete dias e sete noites, consumindo quase toda a região sul e oeste de Yedo; e com isso 188 mil pessoas morreram.

Os restos mortais carbonizados foram recolhidos (na medida do possível) e enterrados, e um templo chamado Eko In (que existe até hoje) foi construído no local, para evocar a bênção de Buda para as almas dos que se foram.

NOTA DE MATSUZAKI: Hoje o templo de Eko In é bastante conhecido. Lutas e eventos esportivos são realizados por lá duas vezes por ano. Os visitantes do templo veem a arena de lutas; mas ninguém pergunta por que o templo foi construído ali.

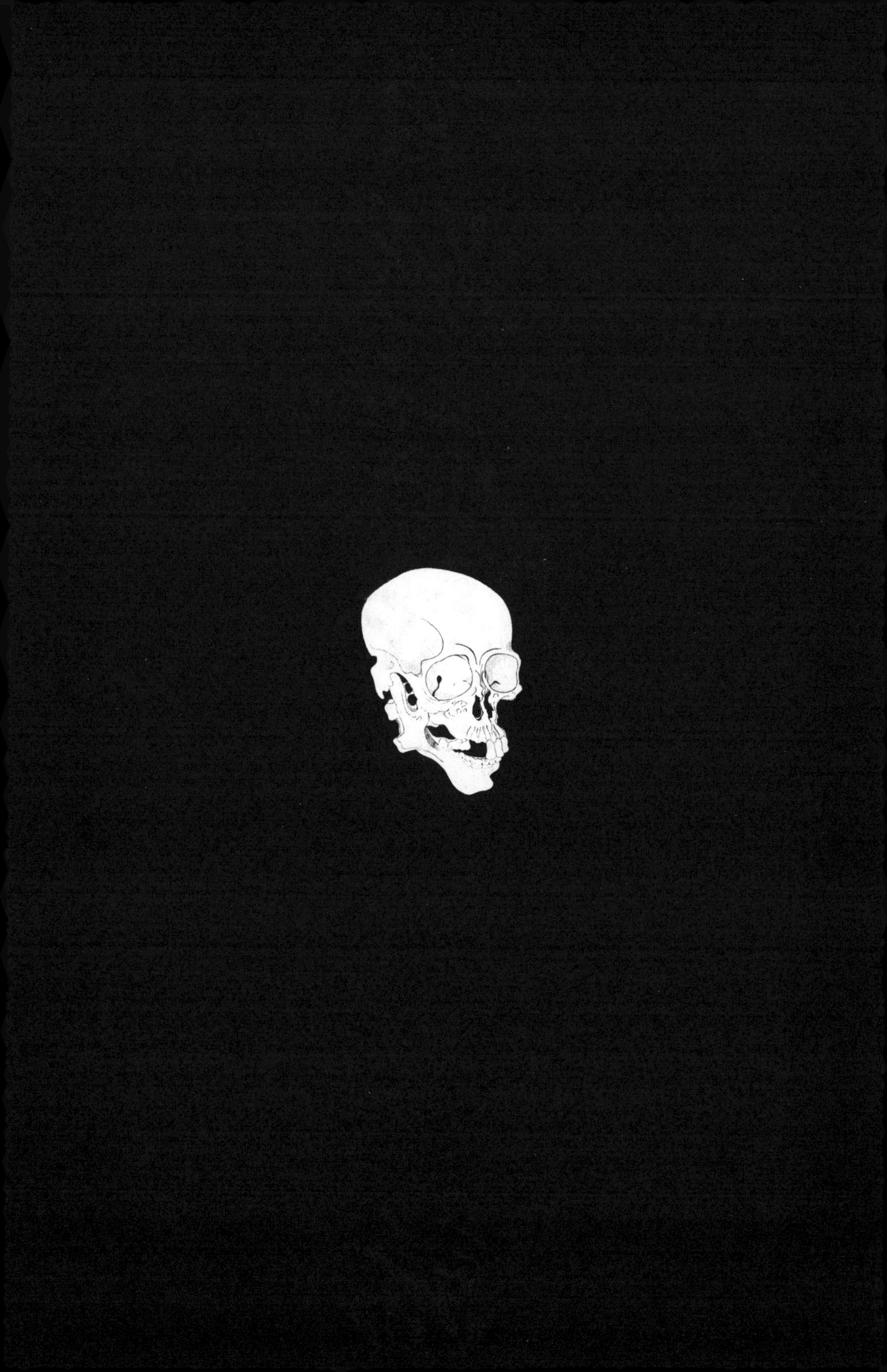

青砥藤綱の逸話

Um funcionário indicado por uma divindade através de um sonho ao jovem governante — este é Awoto Fujitsuna, reconhecido por sua honestidade excepcional. Ele faz jus à confiança e não mede esforços para cumprir o seu dever de zelar pelo patrimônio do governo, mesmo quando se trata de uma simples moeda.

青砥藤綱の逸話

A HISTÓRIA DE AWOTO FUJITSUNA[1]

14

Hojo Tokiyori — que segundo diz meu exemplar do livro de Murray nasceu em 1246 d.C. e morreu dezessete anos depois, em 1263 — foi regente durante uma época, apesar de ser bem jovem.

Certo dia, ele foi rezar no santuário de Tsurugaoka, em Kamakura. Nessa mesma noite, sonhou que um dos deuses lhe apareceu e disse:

"Hojo Tokiyori, você é jovem demais para ser um governante, e haverá quem tente enganá-lo, pois homens honestos são raros. No entanto, existe um homem de uma honestidade excepcional, e se quiser ser bem-sucedido em governar seu povo é aconselhável que lhe ofereça um cargo. Seu nome é Awoto Fujitsuna."

Hojo Tokiyori lhe falou sobre seu sonho. "Não", disse ele, "foi mais que um sonho: foi uma visão que me exortou a colocá-lo no cargo, e foi isso o que fiz."

"Ah, sim!", respondeu Awoto Fujitsuna. "Sendo assim, senhor, o que digo é que nomear altos funcionários com base em sonhos e visões pode ser arriscado, pois algum dia nesses sonhos pode ser ordenada nossa decapitação!"

Hojo Tokiyori riu dessa resposta, e disse esperar que não. Awoto Fujitsuna se revelou um excelente funcionário, confiável, popular, justo e honesto. Ninguém tinha uma palavra a dizer a seu respeito, e Hojo Tokiyori ficou satisfeitíssimo com isso.

---

1 Contada a mim por meu amigo sr. Matsuzaki. [NA]

Certo dia Fujitsuna estava atravessando uma ponte com um saco de dinheiro pertencente ao governo. Ele tropeçou e foi ao chão, e o saco se abriu. Fujitsuna recolheu tudo de volta — com exceção de uma moeda de meio centavo, que acabou rolando até a beirada da ponte e caindo no rio.

Fujitsuna poderia ter ignorado o acontecimento e reposto a moeda de seu bolso; mas isso não estava à altura de seu alto padrão de conduta moral nesse tipo de questão. Ele perdera meio centavo que pertencia ao governo. E sabia que estava no rio. Sendo assim, recusou-se a sair de lá enquanto o dinheiro não fosse recuperado. Claramente, era o que seu dever exigia. Awoto Fujitsuna percorreu as casas de ambos lados da ponte e informou aos moradores do vilarejo que havia deixado um dinheiro que pertencia ao governo cair no rio — eles poderiam ajudá-lo a encontrar? Claro que eles concordaram, pois eram solícitos como todos os japoneses desde tempos imemoriais. Todos seguiram Fujitsuna até o rio — homens, mulheres e crianças —, e uma busca criteriosa conduzida por centenas de pessoas se estendeu por horas sem nenhum resultado, até que, quando o sol já começava a se pôr, um velho agricultor localizou a moeda de meio centavo, que entregou a Fujitsuna.

Fujitsuna ficou radiante, e disse às pessoas que estava tudo resolvido — o dinheiro fora recuperado, graças à visão aguçada do agricultor.

"Mas é só meio centavo", eles retrucaram. "Onde está o resto?"

"Meus amigos", falou Fujitsuna, "essa moeda de meio centavo era tudo o que estava perdido; mas ela não me pertence; é parte do tesouro do governo, e foi confiada a mim, portanto era meu dever recuperá-la. Aqui há trinta ienes para vocês gastarem em saquê, por terem me ajudado a encontrar. Esse dinheiro está saindo de meu bolso; e lembrem-se do que eu disse: por menor que seja o valor que o governo confiar a vocês, ele nunca pode ser perdido; é melhor perder sua própria vida e fortuna em vez disso."

Os moradores do vilarejo ficaram muito impressionados com essa demonstração de honestidade e com essa maneira de pensar.

Hojo Tokiyori, ao ficar sabendo da história, mandou chamar Awoto Fujitsuna e o promoveu a um cargo ainda mais alto; mas, apesar do progresso na carreira e da riqueza que acumulou, o ministro continuou a trabalhar com todo o afinco, a se alimentar com simplicidade, a vestir roupas simples, a viver em um chalé em vez de um palácio e a dedicar sua vida a seu país.

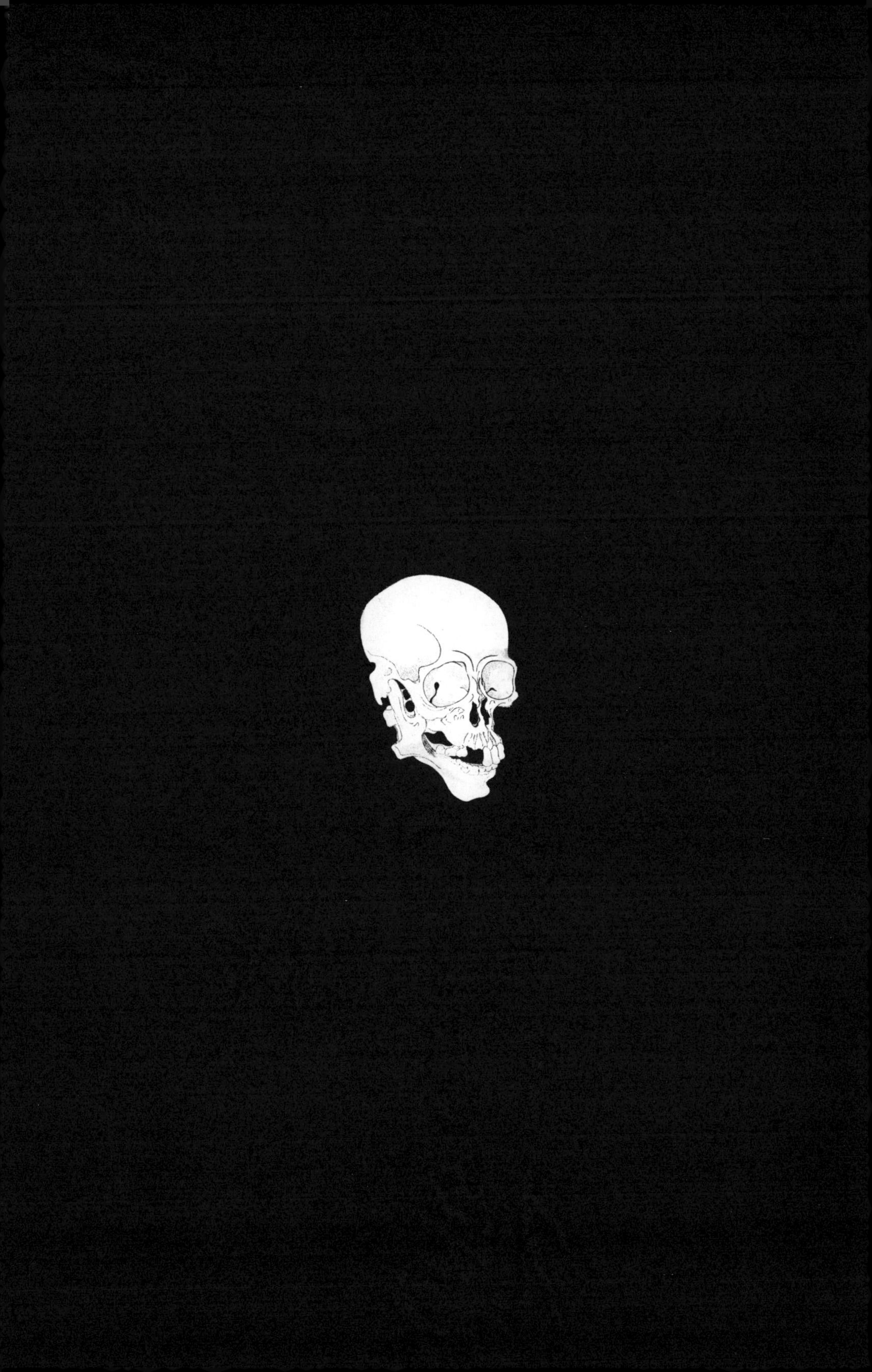

一つの命、一匹の蜘蛛、二羽の鳩

Derrotados em uma batalha e perseguidos pelo inimigo, Minamoto Yoritomo e seus homens escondem-se em um tronco oco de árvore. Todos serão mortos caso sejam encontrados, mas eles têm a sorte de contar com a ajuda não só de um amigo, mas também de uma aranha e duas pombas.

一つの命、一匹の蜘、二羽の鳩

UMA VIDA, UMA ARANHA E DUAS POMBAS

15

Sobre Yoritomo, o livro de Murray diz que "ele viveu entre 1147 e 1199. Foi o fundador do xogunato — o primeiro governante japonês do Palácio, caso seja possível usar tal expressão. Descendente da grande casa de Minamoto, era astuto e ambicioso na mesma medida em que era inescrupuloso e inumano, foi abandonado como órfão em tenra idade e escapou por pouco da morte na juventude pelas mãos de Kiyomori, o então todo-poderoso ministro que pertencia à casa rival de Taira".

A partir dessa descrição notavelmente sintética dos 52 anos de vida de Yoritomo, é possível inferir que ele deve ter vivido inúmeras aventuras. Sua carreira toda foi marcada por disputas; no entanto, estranhamente, apesar de tudo isso, ele morreu no conforto de sua cama.

Na primeira metade da vida de Yoritomo, certa vez ele foi inapelavelmente vencido em uma batalha contra Oba Kage-chika na montanha Ishibashi, na província de Sagami.[1] A derrota foi tão feia que Yoritomo, junto com seis de seguidores mais fiéis, para usar uma linguagem bem clara, precisou correr para se salvar. Eles bateram em retirada, não de forma digna, mas para preservar a própria vida, e em sua pressa para escapar dos homens de Oba Kage-

---

[1] Atual província de Kanagawa. [NE]

chika, como lebres acuadas por caçadores, entraram em uma grande floresta, esperando encontrar por lá um esconderijo. Depois de abrirem caminho pela mata mais fechada, depararam com uma enorme árvore *hinoki*,[2] em parte apodrecida, com um oco no tronco com tamanho suficiente para esconder todos eles. Yoritomo e seus seguidores aceitaram avidamente o refúgio na árvore, pois em seu estado de exaustão não seria possível escapar das forças numerosas e ativas de Oba Kage-chika, que após a vitória se dedicavam a caçar e matar todos os oponentes que haviam dispersado. Quando chegou à entrada da floresta, Oba Kage-chika encarregou seu primo Oba Kagetoki de procurar Yoritomo, dizendo: "Vá, meu primo, e traga nosso inimigo Yoritomo. É a grande oportunidade de sua vida, pois é certo que ele está nessa mata. Quando nossos homens chegarem, eu tratarei de mandar cercar toda a floresta". Oba Kagetoki não ficou satisfeito com sua missão, pois houve um tempo em que mantinha uma relação amigável com Yoritomo. Mesmo assim, fez uma mesura profunda para o primo e partiu. Meia hora depois, Oba Kagetoki se viu diante de uma enorme árvore, onde encontrou seu antigo amigo Yoritomo e seus seis leais auxiliares. Seu coração amoleceu e, em vez de cumprir seu dever, ele voltou até onde estava Oba Kage-chika e falou que não conseguiu encontrar o inimigo, e que em sua opinião Yoritomo já escapara do bosque.

Oba Kage-chika ficou furioso e desconfiou abertamente da palavra do primo, pois escapar do bosque era impossível em tão pouco tempo.

"Venham!", disse ele. "Quero quinze ou vinte homens comigo; e você, meu primo, vá na frente e mostre por onde foi, e seja honesto, ou vai sofrer as consequências!"

Intimado dessa forma, Kagetoki liderou a expedição, tomando o cuidado deliberado de evitar a grande árvore, pois estava determinado a salvar a vida de Yoritomo se pudesse. Por um golpe de má sorte, porém, acabou tomando um caminho abominável, e Kage-chika, vestido com uma armadura pesada, gritou: "Já chega da sua liderança! Vamos pegar o caminho por onde entramos. É mais provável que seja o que os fugitivos pegaram. De qualquer forma, isto aqui não é uma trilha de verdade, e com uma armadura pesada é impossível atravessá-la".

Portanto foi questão de tempo até que chegassem à grande árvore. Kagetoki estava com muito medo de que seu primo examinasse o oco no tronco e encontrasse Yoritomo, e pôs-se a pensar em um modo de salvá-lo.

---

2   Cipreste japonês. [NE]

Kage-chika estava prestes a entrar na árvore oca quando uma ideia brilhante ocorreu a Kagetoki.

"Espere!", ele disse. "Não adianta perder tempo entrando aí. Não está vendo que há uma teia de aranha logo na entrada? Ninguém teria sido capaz de entrar sem rompê-la."

Kage-chika se mostrou inclinado a pensar que seu primo tinha razão; mas, como ainda estava um pouco desconfiado, enfiou o arco lá dentro para ver o que encontrava no interior da árvore. Quando a arma estava prestes a encostar na pesada armadura de Yoritomo (o que naturalmente revelaria sua presença), duas lindas pombas brancas saíram voando pelo alto da abertura.

"Você tem razão, meu primo", disse Kage-chika, aos risos, quando viu as pombas. "Estou perdendo tempo aqui, pois ninguém teria como estar nessa árvore junto com pombas selvagens, ainda mais com a entrada bloqueada por teias de aranha."

E assim a vida de Yoritomo foi salva por uma aranha e duas pombas. Anos depois, quando ele se tornou xogum e se estabeleceu em Kamakura sua residência e sede de governo, dois santuários foram construídos no templo de Tsuru-ga-oka, que por sua vez é dedicado a Hachiman, o Deus da Guerra. Um deles é uma homenagem ao imperador Nintoku, filho de Ojin, o Deus da Guerra, e o outro a Yoritomo, chamado Shirahata Jinja. Os santuários foram construídos para mostrar a gratidão de Yoritomo ao Deus da Guerra, pois no Japão as pombas são vistas como mensageiras da guerra, e não da paz.

NOTA: Acredito que o santuário chamado por Murray de Shirahata, que significa "Bandeira Branca", seja na verdade *Shiro hato*, ou "pombas brancas". A seguinte passagem é do livro de Murray:

> O Templo de Hachiman, o Deus da Guerra, que data do final do século XII, ocupa uma posição de destaque em uma colina chamada Tsuruga-oka, e seu acesso se dá por uma elegante alameda ladeada de pinheiros que termina na praia. Embora tanto a alameda como o templo tenham sofrido com a ação do tempo, ainda há o bastante para revelar as antigas glórias do local. Três *torii*[3] de pedra levam ao templo, que

---

3   Portal de santuário xintoísta. [NE]

fica no alto de um grande lance de degraus de pedra. Repare na magnífica árvore *icho*,[4] com quase seis metros de circunferência, que dizem ter mais de mil anos de idade, e nas árvores carregadas de flores espalhadas pelo perímetro.

Antes de subir os degraus de pedra, vale a pena conhecer os santuários menores. O mais próximo, pintado de vermelho e chamado Wakamiya, é dedicado ao imperador Nintoku, filho do Deus da Guerra. O mais afastado, reformado em 1890, chama-se Shirahata Jinja, e é dedicado a Yoritomo. Seu estilo e sua estrutura são um pouco incomuns, sendo o preto e o dourado as únicas cores usadas, e o ferro, o material dos quatro pilares principais. O interior contém uma pequena imagem de madeira de Yoritomo.

Uma trilha lateral leva de lá ao templo principal, cercado por uma colunata em formato quadrado e pintada de vermelho. O templo, que foi reerguido em 1828, depois de ser destruído pelo fogo sete anos antes, é construído no estilo Ryobu Shinto, com pilares, vigas e caibros vermelhos, decorado com pequenos entalhes pintados, com temas em sua maior parte restritos a aves e animais. Na colunata há vários palanquins religiosos (*mikoshi*) usados nos festivais bianuais (15 de abril e 15 de dezembro), uma imagem de madeira de Sumiyoshi feita por Unkei e algumas poucas relíquias de Yoritomo. A maior parte das relíquias então preservadas nos templos foi removida para a residência do sumo-sacerdote (Hakozaki Oyatsu-kwan), e são exibidas apenas em época de festivais.

Imediatamente atrás do templo de Hachiman há uma pequena colina chamada Shirabata-yama, onde dizem que Yoritomo subia com frequência para admirar a vista. A base da colina é cercada e decorada como um jardim.

---

4 Árvore-avenca (*Ginkgo biloba*). [NE]

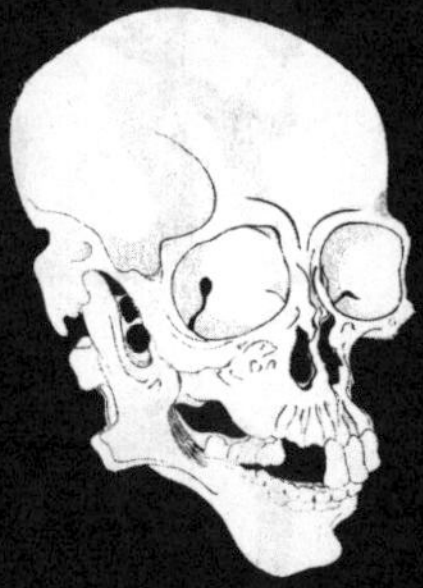

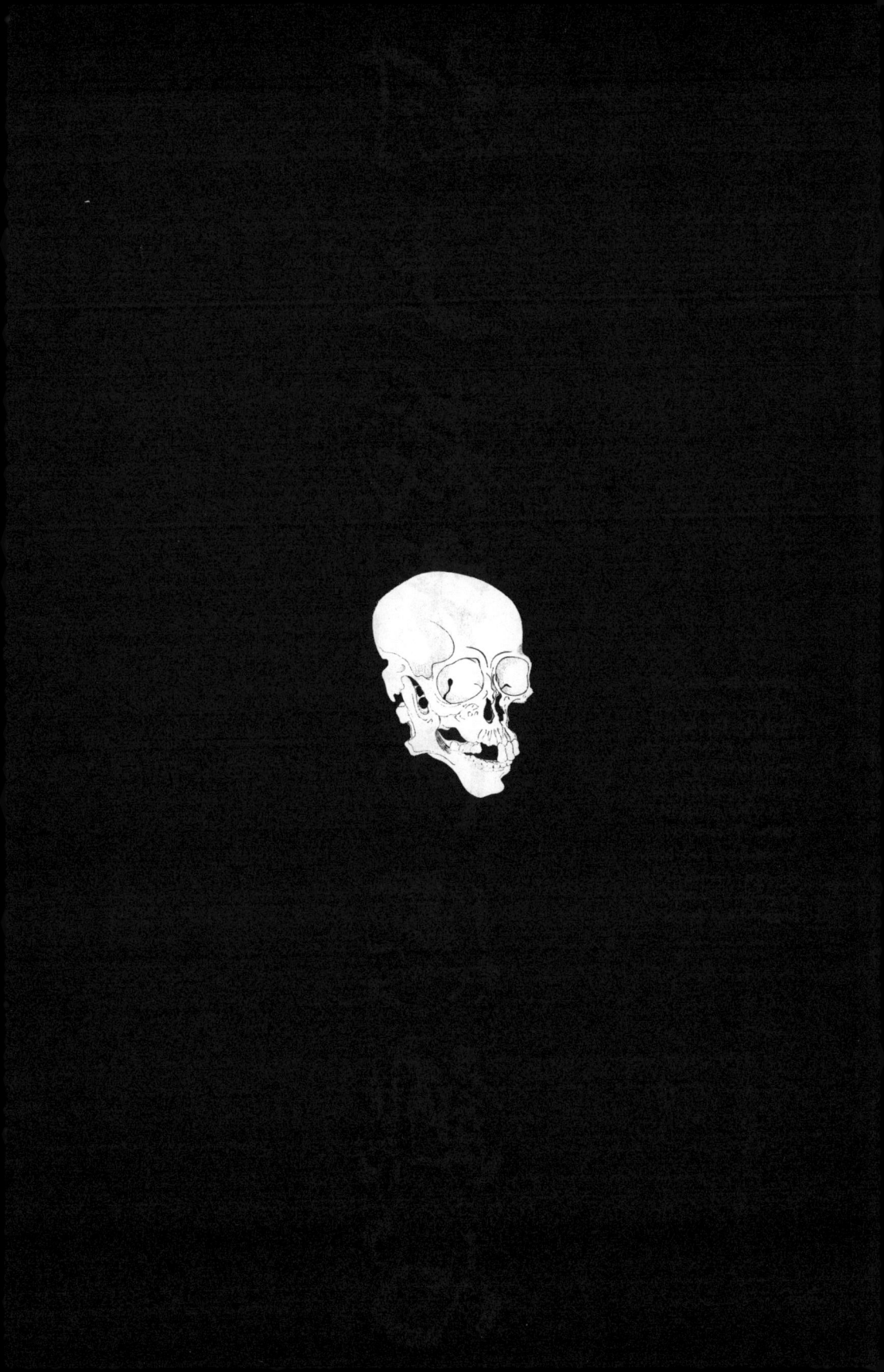

村上義光の忠誠心

Embora seja filho do imperador Go-Daigo, o príncipe Morinaga é forçado a deixar a então capital Kyoto e rumar para Yamato, acompanhado de seus fiéis seguidores. Dentre eles destaca-se Murakami Yoshiteru, que prova sua lealdade e coragem nos momentos de apuro do príncipe.

A LEALDADE DE MURAKAMI YOSHITERU

16

村上義光の忠誠心

Murakami Yoshiteru — que podemos chamar apenas de Yoshiteru — foi um dos mais leais atendentes do príncipe Morinaga, terceiro filho do imperador Go-Daigo, que reinou de 1319 a 1339. Quando digo "reinou", refiro-me ao fato de Go-Daigo ter sido imperador; mas havia um regente na época, Hojo Takatoki, que governava de forma implacável e bastante personalista.

Com exceção do jovem príncipe Morinaga, a família imperial parecia aceitar a situação sem problemas. Eles preferiam a tranquilidade e o conforto à turbulência e à disputa. O príncipe Morinaga era diferente. Orgulhoso e temperamental, considerava Hojo Takatoki um usurpador dos direitos imperiais. O homem, segundo ele, era por nascimento um simples súdito do imperador, e não tinha por que ocupar o cargo de regente.

Naturalmente, essas opiniões criaram problemas, e não demorou para o príncipe Morinaga ser obrigado a deixar a capital às pressas, junto com seus seguidores, que somavam apenas algumas centenas e não eram suficientes para derrubar Hojo Takatoki na época.

O príncipe Morinaga estava convicto de que era melhor levar uma vida independente em Yamato do que sob o jugo de Hojo Takatoki, como seu pai e seus irmãos mais velhos. Depois de reunir seus seguidores mais fiéis — entre os quais o mais notável era o herói de nossa história, Murakami Yoshiteru

—, o príncipe deixou a capital disfarçado e partiu para Yoshino, em Yamato. Nas montanhas selvagens da região, pretendia construir um castelo, em que passaria o resto de seus dias com autonomia em relação ao regente, pelo qual nutria enorme desprezo.

O príncipe Morinaga carregou consigo uma bandeira imperial, na esperança de atrair para si a simpatia e ajuda até mesmo nas terras selvagens da província de Yamato. Embora a fronteira da antiga capital Kyoto com Yamato fique, em linha reta, a cerca de cinquenta quilômetros, a paisagem local é montanhosa e selvagem; não existem estradas, apenas trilhas nas montanhas. Como consequência, apenas no início da tarde do quinto dia o príncipe chegou a um pequeno vilarejo fronteiriço chamado Imogase. Uma vez lá, teve seu caminho bloqueado por uma guarita, com soldados selecionados entre os moradores de Imogase e chefiados por um tal Shoji, um homem grosseiro e desagradável.

Quando o príncipe Morinaga e sua comitiva de cerca de oitenta seguidores vestidos como *yamabushi* (monges guerreiros) chegaram, com o estandarte em punho, receberam ordens de parada por parte da guarda do vilarejo e foram informados de que não poderiam prosseguir para Yamato sem deixar um deles para trás como refém. O príncipe era orgulhoso demais para conversar com as pessoas do vilarejo e se explicar, e infelizmente Murakami Yoshiteru, seu homem de maior confiança, não estava por perto, pois havia ficado alguns quilômetros para trás para juntar palha e fazer um novo par de *waraji* (sandálias de palha). Shoji, o líder dos moradores de Imogase, mantinha-se firme em sua exigência de que a comitiva deixasse para trás um dos seus até seu retorno. Por cerca de vinte minutos, o impasse se manteve. Nenhum dos dois lados queria o enfrentamento. Por fim, Shoji falou:

"Ora, você pode até dizer que é um príncipe! Eu sou um simples morador de um vilarejo, e não sei se é verdade. Você pode carregar a bandeira imperial; mas, vestido como *yamabushi*, não parece exatamente um príncipe. Eu não quero problemas, e você quer passar sem problemas. Pois bem, recebi ordens para que qualquer comitiva com mais de dez pessoas armadas deve deixar um de seus membros como refém. Então, a única sugestão que posso fazer é manter como refém a bandeira imperial."

Contente por não precisar abrir mão de um de seus fiéis seguidores, o príncipe entregou o estandarte a Shoji como refém, e com isso ele e sua comitiva puderam entrar em Yamato. Eles seguiram seu caminho. Menos de meia hora se passou, e Murakami Yoshiteru chegou à guarita, depois de fabricar um novo par de sandálias para substituir as antigas; e sua surpresa ao ver a bandeira de seu soberano em mãos tão inferiores só não foi maior que sua raiva.

"O que significa isso?", ele questionou.

Shoji explicou o que tinha acontecido.

Ao ouvir a história, Murakami perdeu o controle sobre si. Dominado por uma sensação passional e violenta, ofendeu Shoji e seus homens afirmando que não passavam de um bando de guardinhas desqualificados que não tinham sequer o direito de olhar para o estandarte imperial do Japão, muito menos ousar tocá-lo; e depois disso começou a atacar a guarda do vilarejo, matando três ou quatro e dispersando os demais. Murakami então tomou o estandarte e correu pela estrada até que, por volta do cair da noite, encontrou o príncipe e sua comitiva, que ficaram satisfeitíssimos com sua atitude e com a retomada da bandeira.

Dois dias depois, a comitiva chegou a Yoshino, e nos arredores do povoamento construíram uma fortaleza, onde por alguns meses viveram em paz. Não demorou muito, porém, para o regente ficar sabendo do paradeiro do príncipe e logo em seguida mandar um pequeno exército em seu encalço. Por dois dias, o forte recebeu um ataque pesado; no terceiro, os portões externos foram tomados; dois terços dos homens do príncipe estavam mortos. Murakami fora ferido três vezes, e sua vida não duraria muito mais tempo. Leal até o fim, foi correndo até o príncipe e falou: "Meu senhor, estou mortalmente ferido. Em meia hora, nossos inimigos nos vencerão, pois temos apenas mais alguns homens. Vossa Alteza está com o corpo ileso, e pode usar um disfarce para fugir quando a hora chegar. Me dê a sua armadura, e me deixe fingir que sou Vossa Alteza. Mostrarei a nossos inimigos como deve ser a morte de um príncipe".

Trocando de roupa às pressas e vestindo a armadura do príncipe, Murakami, sangrando em profusão e já mais morto do que vivo, voltou à muralha e, com grande esforço para subir os últimos degraus, alcançou um ponto de onde podia ver todos os inimigos e ser visto por eles.

"Eu sou o príncipe Morinaga!", gritou ele. "O destino está contra mim, apesar de eu estar do lado certo. Mais cedo ou mais tarde a punição divina recairá sobre vocês. Até lá, fiquem com minhas maldições, aprendam uma lição sobre como um príncipe deve morrer e, se tiverem coragem, façam o mesmo quando sua hora chegar!"

Dito isso, Murakami Yoshiteru abriu o próprio abdome com sua espada curta e, agarrando entre as mãos a carne trêmula das entranhas, arremessou sobre os inimigos. Seu corpo sem vida tombou logo em seguida.

Sua cabeça foi levada para o regente em Kyoto como a do príncipe Morinaga, que escapou e pôde participar de novas rebeliões no futuro.

隠岐の島の話

Na esperança de encontrar o seu exilado pai, Toyoko desobedece as regras e desembarca nas ilhas Oki. Sem obter sucesso em sua busca e desalentada, ela presencia a terrível cena de sacrifício de uma garota e tenta impedi-lo.

UMA HISTÓRIA DAS ILHAS OKI

17

As ilhas Oki, a cerca de setenta quilômetros da parte principal da província de Hoki,[1] foram durante séculos um cenário de conflitos, tristezas e exílios; mas hoje são razoavelmente prósperas e um local bastante pacífico. Peixes, polvos e sibas são seus principais produtos de exportação. Sua paisagem é exótica, selvagem e rochosa, e trata-se de um local de difícil acesso, que pouquíssimos europeus já visitaram. Só conheço dois — o falecido Lafcadio Hearn e o sr. Anderson (que esteve lá para coletar espécimes da fauna nativa para o duque de Bedford). Eu mesmo fui representado por Oto, meu caçador japonês, que ficou feliz em voltar.

Na Idade Média — ou seja, por volta do ano 1000 d.C. —, houve muitos combates pela posse das ilhas envolvendo vários comandantes, e muita gente foi mandada para lá como uma forma de exílio.

No ano 1239, Hojo Yoshitoshi derrotou o imperador Go-Toba e o baniu para a ilha de Dogen.

Outro comandante da família Hojo baniu outro imperador, Go-Daigo, para Nishi-no-shima. Oribe Shima, o herói de nossa história, provavelmente foi mandado para o exílio por esse mesmo comandante, cujo nome segundo me foi dito era Takatoki (Hojo), e a data deve ter sido por volta de 1320 d.C.

---

[1] Situava-se na parte ocidental da atual província de Tottori. [NE]

Na época em que Hojo Takatoki reinava na região com poderes absolutos, havia um samurai chamado Oribe Shima. Por alguma infelicidade, Oribe (como iremos chamá-lo) ofendeu Hojo Takatoki, e por consequência foi banido para as ilhas Oki, mais especificamente para uma que na época era conhecida como Kamishima ("Ilha Sagrada"). Foi isso que a pessoa que me contou a história relatou; porém tenho razões para duvidar desse detalhe geográfico, e acho que a ilha em questão era Nishi-no-shima ("Ilha do Oeste").[2]

Oribe tinha uma linda filha de dezoito anos, a quem era muito apegado, assim como ela a ele, e, portanto, o exílio e a separação deixaram os dois duplamente infelizes. Seu nome era Tokoyo, O Tokoyo San.

Tokoyo, deixada em Ise, seu antigo lar na província de Shima,[3] chorava de manhã até a noite, e às vezes a madrugada toda até o amanhecer. Por fim, incapaz de suportar a separação por mais tempo, resolveu arriscar tudo e tentar chegar aonde estava seu pai ou morrer tentando, pois era corajosa, como a maioria das moças da província de Shima, onde as mulheres têm muita intimidade com o mar. Quando criança, ela adorava mergulhar com as mulheres cujos afazeres diários era coletar conchas *awabi* e pérolas, correndo risco de morte junto com elas, apesar de seu nascimento em uma classe superior e de seu corpo frágil. Ela não sabia o que era medo.

Decidida a se juntar a seu pai, O Tokoyo vendeu todas as propriedades que pôde e partiu para a longa viagem até a distante província de Hoki, à qual chegou depois de várias semanas, e encontrou o mar em uma localidade chamada Akasaki, de onde nos dias mais claros as ilhas Oki podem ser vistas à distância. Imediatamente ela se pôs a tentar convencer os pescadores a levá-la ao arquipélago; mas estava quase sem dinheiro e, além disso, ninguém tinha permissão para atracar nas ilhas Oki naquela época — muito menos para visitar os exilados de lá. Os pescadores riram de Tokoyo, e lhe disseram que era melhor voltar para casa. Mas a corajosa garota não se abalou. Comprou o máximo de provisões que lhe foi possível, foi até a praia no meio da noite e, selecionando o barco mais leve que encontrou, empurrou-o com muito custo até a água e remou com a maior força de que era capaz com seus bracinhos miúdos. A boa fortuna providenciou uma brisa forte, e a correnteza estava a seu favor. Na noite seguinte, mais morta do que viva, seus esforços foram coroados com o sucesso. Seu barco atracou em uma baía rochosa.

---

2   Depois de escrever este texto, tomei conhecimento da existência de uma pequena ilha chamada Kamishima, localizada entre as duas principais do arquipélago das Oki, a sudoeste da ilha mais a leste. [NA]
3   Situava-se na parte oriental da atual província de Mie. [NE]

O Tokoyo procurou um abrigo seguro e se instalou lá para passar a noite. Acordou de manhã revigorada, comeu o que restava de suas provisões e começou a perguntar a respeito do paradeiro de seu pai. A primeira pessoa que encontrou foi um pescador. "Não", ele disse. "Nunca ouvi falar de seu pai, e se quiser meu conselho é melhor não sair por aí perguntando a respeito dele se for um exilado, porque isso pode causar problemas para você e até a morte dele!"

A pobre O Tokoyo vagou de um lugar a outro, sobrevivendo de caridade, mas sem nunca ouvir uma única palavra a respeito do pai.

Certa noite, chegou a um pequeno cabo rochoso, onde havia um altar. Depois de fazer uma prostração diante de Buda e implorar sua ajuda para encontrar o pai, O Tokoyo se deitou para passar a noite por lá, pois era um lugar pacífico e sagrado, bem protegido dos ventos que até no verão, como era naquele dia (13 de junho), eram inclementes nas ilhas Oki.

Tokoyo estava dormindo fazia cerca de uma hora quando, em vez do som das ondas se quebrando nas pedras, ouviu um barulho curioso, o som de mãos batendo uma na outra e um choro feminino amargurado. Quando ergueu a cabeça na noite clara de luar, viu uma linda garota de quinze anos chorando de soluçar. Ao lado dela estava um homem que parecia ser o responsável pelo altar, ou um sacerdote. Ele batia palmas e murmurava *Namu Amida Butsu*. Estavam ambos vestidos com túnicas brancas. Quando a prece terminou, o sacerdote levou a garota até a extremidade das rochas, e estava prestes a empurrá-la no mar quando O Tokoyo interferiu, aparecendo correndo e agarrando-a pelo braço bem a tempo de salvá-la. O velho sacerdote pareceu surpreso com a intervenção, mas de forma nenhuma ficou irritado ou incomodado, e deu a seguinte explicação:

"Pelo que sua intervenção dá a entender, você não conhece os costumes desta pequena ilha. Caso contrário saberia que a infeliz atitude que me viu tomando não me agrada, nem a ninguém aqui. Infelizmente, fomos amaldiçoados por um deus maligno, que chamamos de Yofune-Nushi. Ele mora no fundo do mar, e uma vez por ano exige o sacrifício de uma garota prestes a completar quinze anos de idade. Essa oferenda deve ser feita em 13 de junho, Dia do Cão, entre as oito e as nove da noite. Se os moradores locais não cumprirem com esse dever, Yofune-Nushi se enfurece e provoca grandes tempestades, que matam muitos de nossos pescadores afogados. Sacrificando uma menina por ano, preservamos muitas coisas. Ao longo dos últimos sete anos, tem sido minha infeliz obrigação supervisionar a cerimônia, esta que você acabou de interromper."

O Tokoyo ouviu a explicação do sacerdote até o final, e então disse:

"Ó santo monge, se as coisas são como você está dizendo, parece que a tristeza não poupa ninguém. Deixe essa menina ir embora, e diga que pode parar de chorar, pois eu sou muito mais infeliz que ela e me ofereço de bom grado para assumir seu lugar como oferenda a Yofune-Nushi. Sou a desafortunada filha de Oribe Shima, um samurai de posto elevado que foi exilado para esta ilha. À procura de meu amado pai, vim parar aqui; mas ele é vigiado tão de perto que não consigo descobrir sequer onde está escondido. Meu coração está destroçado, e não tenho mais desejo de viver, por isso fico contente por salvar essa garota. Por favor, fique com esta carta, que é endereçada a meu pai. Tente entregar para ele, é só isso o que peço."

Depois de dizer isso, Tokoyo tomou a túnica branca da garota mais jovem e a vestiu. Em seguida se ajoelhou diante da imagem de Buda e rezou para ter força e coragem para derrotar o deus maligno, Yofune-Nushi. Em seguida sacou uma pequena e belíssima adaga, que pertencia a um ancestral seu, e, prendendo-a entre os dentes perolados, mergulhou no mar revolto e desapareceu diante dos olhares admirados do sacerdote e da outra garota, que tinha no rosto uma expressão de gratidão.

Conforme citado no início da história, Tokoyo havia sido criada entre as mergulhadoras de sua terra natal, Shima; era uma nadadora habilidosa, e tinha treinamento em artes marciais, como espadachim e lutadora de *jūjutsu*, como muitas outras moças de sua posição nessa época.

Tokoyo se embrenhou nas águas claras, iluminada pela luz do luar. Continuou nadando a profundidades cada vez maiores, passando por peixes prateados, até que por fim chegou ao fundo do mar, onde encontrou uma caverna submarina iluminada pelo brilho fosforescente de conchas de *awabi* e das pérolas entrevistas por suas aberturas. Quando olhou melhor, Tokoyo viu o que parecia ser um homem sentado na caverna. Sem nada temer, e disposta a lutar até a morte, ela se aproximou com a adaga em punho, pronta para atacar. Tokoyo presumiu que se tratava de Yofune-Nushi, o deus maligno de que o sacerdote falara. No entanto, o deus não dava nenhum sinal de vida, e Tokoyo viu que não se tratava de deus nenhum, e sim de uma estátua de madeira de Hojo Takatoki, o homem que mandara seu pai para o exílio. A princípio ficou irritada e com vontade de empreender sua vingança contra a escultura; mas de que utilidade isso seria, afinal de contas? Era melhor fazer o bem do que o mal. Ela resgataria aquele objeto. Talvez tivesse sido feito por alguém que, como seu pai, sofrera nas mãos de Hojo Takatoki. O resgate era possível? Era mais que isso: era provável. Ao se dar conta disso, Tokoyo desamarrou uma de suas cintas e usou para envolver a estátua, que retirou da caverna. Era pesada e estava encharcada, verdade; mas as coisas são mais leves na água do que em terra firme, e Tokoyo não achou que seria problema levá-la à superfície, e estava prestes a amarrá-la nas costas. No entanto, o inesperado aconteceu.

Saindo lentamente das profundezas da caverna, ela viu uma coisa horrenda, uma criatura fosforescente com o formato de uma serpente, porém com pernas e pequenas escamas protuberantes no dorso e nos flancos. A coisa tinha 27 ou 28 *shaku* (cerca de oito metros) de comprimento. Seus olhos eram ferozes.

Tokoyo empunhou a adaga com determinação redobrada, certa de que se tratava do deus maligno, o Yofune-Nushi que exigia que todos os anos uma garota lhe fosse arremessada. Sem dúvida Yofune-Nushi a tomara como a garota destinada a ser sua. Ora, ela mostraria quem era, e o mataria se possível, dessa forma eliminando a necessidade de mais sacrifícios anuais de virgens por parte dos poucos e pobres habitantes da ilha.

Lentamente o monstro apareceu, e Tokoyo se preparou para o combate. Quando o monstro estava a pouco menos de dois metros de distância, ela se esquivou para o lado e o atingiu no olho direito. Isso desconcertou o deus maligno de tal forma que ele se virou e tentou voltar para a caverna; Tokoyo, porém, foi mais esperta. Com a visão prejudicada pela perda do olho direito e pelo sangue que escorria para o esquerdo, o monstro teve seus movimentos retardados, e Tokoyo pôde fazer com ele o que bem entendesse. A garota alcançou seu flanco esquerdo, onde conseguiu esfaqueá-lo no coração e, ciente de que ele não sobreviveria ao golpe por muito tempo, impediu que entrasse muito fundo na caverna, pois na escuridão ela poderia acabar em desvantagem. Yofune-Nushi, porém, não estava em condições de encontrar o caminho de volta, e depois de dois ou três suspiros caiu morto, não muito longe da entrada.

Tokoyo ficou satisfeitíssima com seu sucesso. Ela sentia que havia liquidado o deus que custava a perda de uma garota por ano ao povo da ilha à qual viera em busca de seu pai. Era preciso levá-lo, junto com a estátua de madeira, à superfície, o que depois de diversas tentativas conseguiu fazer, após passar quase meia hora na água.

Nesse meio-tempo, o sacerdote e a garota continuavam a olhar para o mar no local onde Tokoyo desaparecera, impressionados com sua coragem; o sacerdote rezava por sua alma, enquanto a menina agradecia aos deuses. Só é possível imaginar a surpresa dos dois quando de repente notaram um corpo emergindo à superfície com grande esforço e de uma forma um tanto peculiar! Eles não conseguiam distinguir a cena por completo, até que, por fim, a garota gritou: "Ora, santo monge, é a moça que tomou meu lugar e mergulhou no mar! Estou reconhecendo minha túnica branca. Mas ela parece ter trazido junto um homem e um peixe gigante".

O sacerdote a essa altura se deu conta de que era Tokoyo que viera à tona, e fez tudo o que estava ao seu alcance para ajudá-la. Desceu correndo pelas pedras, e puxou seu corpo semiconsciente para a praia. Em seguida amarrou o monstro com seu cinto e colocou a imagem esculpida de Hojo Takatoki sobre uma pedra distante do alcance das ondas.

Em pouco tempo chegou mais ajuda, e todos foram cuidadosamente conduzidos a um local seguro no vilarejo. Tokoyo foi a grande heroína do dia. O sacerdote contou tudo a Tameyoshi, o governante da ilha na ocasião, que por sua vez relatou o caso a Hojo Takatoki, o soberano de toda a província de Hoki, o que incluía as ilhas Oki.

Takatoki vinha sofrendo de uma doença incomum e desconhecida dos médicos da época. O resgate da estátua que o representava tornou claro que ele estava enfrentando uma maldição lançada por alguém que ele tratou injustamente — alguém que entalhou sua imagem, amaldiçoou-a e jogou no mar. Com a imagem de volta à superfície, ele sentiu que a maldição estava encerrada, e que sua condição melhoraria; e isso de fato aconteceu. Ao tomar conhecimento de que a heroína da história era a filha de seu velho inimigo Oribe Shima, que estava confinado na prisão, ele ordenou sua soltura imediata, o que foi motivo de grandes celebrações.

A maldição lançada contra a estátua de Hojo Takatoki trouxera consigo o deus maligno Yofune-Nushi, que exigia uma virgem por ano como sacrifício. Mas Yofune-Nushi fora morto, e os ilhéus não precisariam mais se preocupar com tempestades. Oribe Shima e sua corajosa filha O Tokoyo voltaram para sua terra na província de Shima, onde foram recebidos com grande alegria; e sua popularidade serviu para reerguer em pouco tempo suas propriedades dilapidadas, nas quais os homens se ofereciam para trabalhar de graça.

Na ilha de Kamishima (Ilha Sagrada), no arquipélago das Oki, reinava a paz. Não era preciso oferecer mais nenhuma virgem em 13 de junho ao deus maligno Yofune-Nushi, cujo corpo foi enterrado no cabo onde ficava o altar onde nossa história começa. Outro pequeno altar foi erguido para celebrar o acontecimento. Seu nome é Tumba da Serpente Marinha.

A estátua de madeira de Hojo Takatoki, depois de muito viajar, encontrou seu lugar definitivo em Honsōji, em Kamakura.

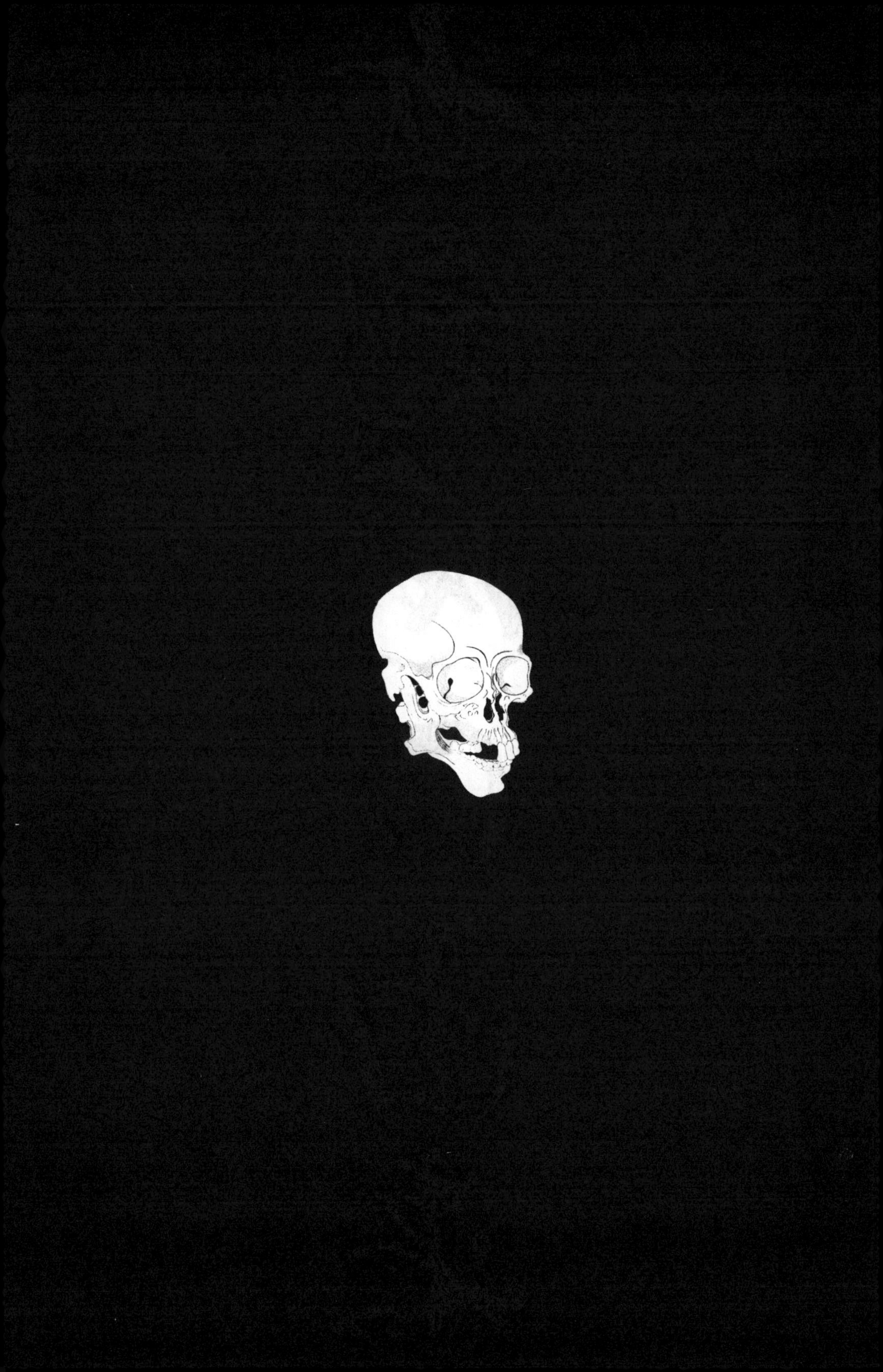

女剣崎の由来

Estranhos ruídos começaram a ser ouvidos das profundezas do mar de Amakusa e, desde então, os peixes desapareceram por completo das águas da região, causando fome e miséria aos pescadores. Depois da aparição da figura de uma moça numa barcaça, os pescadores começam a suspeitar que algo preso no fundo do mar pode ser o motivo e decidem investigar.

ORIGEM DO JOKEN-ZAKI[1]

18

女剣崎の由来

Na província de Higo,[2] há um grupo de grandes ilhas, que formam com a parte principal da terra firme verdadeiros mares internos, com baías profundas e canais estreitos. Em seu conjunto, esse local é chamado de Amakusa. Existe um vilarejo chamado Amakusa-mura, um mar conhecido como Amakusa-umi, uma ilha de nome Amakusa-shima, e um cabo conhecido como Joken-zaki ("Cabo da Espada da Mulher"), que é a formação mais proeminente de toda a região, projetando-se para o interior do mar de Amakusa.

De acordo com os relatos históricos, no ano de 1577, o daimiô da província emitiu uma ordem segundo a qual todas as pessoas sob seu governo deveriam se tornar cristãs ou então partirem para o exílio.

No século seguinte, o decreto foi revertido; mas com um acréscimo ordenando que todos os cristãos fossem executados. Dezenas de milhares de cabeças cristianizadas foram coletadas e mandadas para ser enterradas em Nagasaki, Shimabara e Amakusa.

---

1   O título desta lenda antiga e até então inédita não é bem menos curioso que a história em si, contada a mim por um homem chamado Fukuga, que costuma viajar muito pela costa sul à procura de pérolas e corais. [NA]
2   Atual província de Kumamoto. [NE]

Esse fato — extraído do livro de Murray — não tem muita relação com esta história. Mas é possível que na época em que o povo de Amakusa se tornou cristão a espada da qual tratamos aqui, caso estivesse em algum templo, tenha sido lançada no mar junto com a imagem dos deuses, e recuperada mais tarde por um coletor de pérolas ou corais no período Bunroku, que durou de 1592 a 1596. Uma história naturalmente surgiria em torno de uma espada assim recuperada. Pois vamos a ela.

O cabo Joken-zaki nem sempre teve esse nome. Em tempos mais antigos, antes do período Bunroku, era chamado de Fudo-zaki (Fudo é a Deusa da Ferocidade, sempre representada cercada pelo fogo e brandindo uma espada), ou cabo Fudo. A razão para a mudança de nome foi a seguinte.

Os habitantes de Amakusa sobreviviam quase inteiramente do que extraíam do mar, então quando, no período Bunroku, durante dois anos nenhum peixe apareceu em seus mares e baías, a miséria foi terrível, muita gente morreu de fome e o local mergulhou em um estado de desolação. As redes mais largas e mais longas eram lançadas e recolhidas em vão. Não conseguiam capturar sequer uma sardinha. Por fim a situação se tornou tão crítica que não era possível encontrar peixes nem fora da baía. Sons retumbantes e peculiares às vezes pareciam vir das profundezas do cabo Fudo; mas ninguém pensava muito a respeito, pois, como japoneses que eram, estavam bastante acostumados a terremotos.

Só o que as pessoas sabiam era que os peixes tinham desaparecido por completo — onde estavam, ninguém sabia, nem por quê, até que um dia um velho pescador, muito respeitado, falou:

"Meus amigos, receio que o barulho que temos ouvido no cabo Fudo não tenha nada a ver com terremotos, e sim com a insatisfação do Deus do Mar."

Certa noite, alguns dias depois, uma barcaça, a *Tsukushi-maru*, de propriedade de um homem de nome Tarada, que era seu comandante, ancorou em Fudo-zaki para se proteger dos ventos.

Depois de recolher as velas e arrumar tudo, a tripulação foi buscar suas esteiras nos compartimentos inferiores (pois o tempo estava quente) e as estenderam no convés. Perto do meio da noite, o capitão foi despertado por um som retumbante e peculiar que parecia vir do fundo do mar. Aparentemente, vinha da direção de onde estava sua âncora; a corda que a prendia tremia de forma visível. Tarada falou que o som o fazia lembrar o rugido da maré baixando no canal de Naruto, entre Awa e a ilha de Awaji. De repente, ele viu perto da proa da barcaça uma linda donzela vestida com as mais finas sedas brancas (ou pelo menos foi essa sua impressão). No entanto, ela não parecia muito real, pois estava envolta por uma névoa reluzente.

Tarada não era nenhum covarde; mesmo assim, despertou seus homens, pois não estava gostando do que via. Assim que terminou de sacudir todos, foi andando na direção da figura que, a uma distância de mais ou menos três metros, dirigiu-se a ele com a mais melodiosa das vozes:

"Ah! Como eu queria voltar ao mundo! Esse é meu único desejo!"

Perplexo e assustado, Tarada caiu de joelhos e estava prestes a começar a rezar quando o rugido das águas foi ouvido de novo, e a donzela de branco desapareceu no mar.

Na manhã seguinte, Tarada desceu à terra firme para perguntar ao povo de Amakusa se essa aparição já tinha sido vista antes e para contar a respeito de suas experiências.

"Não", disse o ancião local. "Dois anos atrás nós nunca tínhamos ouvido os ruídos que agora escutamos no cabo Fudo quase todos os dias, e havia muitos peixes por aqui; mas também nunca vimos a figura da moça que (segundo você) apareceu ontem à noite. Deve ser o fantasma de alguma pobre garota que se afogou, e o barulho que ouvimos dever ser o Deus do Mar, enfurecido porque os ossos e o cadáver dela não foram retirados da baía, onde os peixes gostavam tanto de ficar antes de seu corpo ter contaminado as águas."

Uma consulta foi realizada entre os pescadores. Eles concluíram que o ancião do vilarejo estava certo — alguém devia ter se afogado na baía, e o cadáver estava poluindo o fundo do mar. Havia sido o fantasma dessa pessoa que apareceu na embarcação de Tarada, e o ruído naturalmente era causado pela fúria do Deus do Mar, ofendido com o fato de os peixes não poderem entrar na baía por causa da poluição.

O que precisava ser feito estava bem claro. Alguém precisava mergulhar até o fundo do mar, apesar da profundidade das águas, e trazer o corpo ou os ossos para a superfície. Era uma tarefa perigosa, além de desagradável — resgatar um cadáver que estava embaixo d'água fazia mais de um ano.

Como ninguém se voluntariou a fazer o mergulho, os habitantes locais indicaram um homem que era um grande nadador — e que era mudo desde o nascimento, e por consequência tratado como uma pessoa sem valor, pois não tinha prestígio e ninguém queria se casar com ele. Seu nome era Sankichi ou (como as pessoas o chamavam) Oshi-no-Sankichi, o Mudinho Sankichi. Ele tinha 26 anos de idade; sempre fora um sujeito honesto; era muito religioso, e frequentava os templos e santuários com regularidade; no entanto, vivia isolado, pois sua deficiência era malvista pela comunidade. Assim que o pobre sujeito ficou sabendo que a opinião da maioria era de que havia no fundo da baía um cadáver que precisava ser trazido à superfície, começou a fazer sinais para tentar comunicar que realizaria a tarefa ou morreria tentando. O que era sua humilde vida em comparação com a de centenas de pescadores que dependiam dos peixes da baía para sobreviver? Os pescadores conversaram entre si e concordaram em deixar Oshi-no-Sankichi fazer sua tentativa no dia seguinte; e até lá ele foi tratado como um herói do povo.

No dia seguinte, quando a maré baixou, todos os moradores locais se reuniram na praia para se despedir e dar seu incentivo ao Mudinho Sankichi. Ele foi levado de bote à barcaça de Tarada e, após dar adeus a seus poucos parentes, mergulhou no mar pela proa da embarcação.

Sankichi nadou até alcançar o fundo, passando por correntes de água quente e fria no caminho. Com gestos apressados, olhou ao seu redor várias vezes; porém não apareceu nenhum cadáver ou osso. Por fim, deparou-se com uma pedra protuberante, ao topo da qual notou algo parecido com uma espada envolvida em um velho brocado. Ao pegá-la nas mãos, sentiu que era de fato uma espada. Quando desamarrou o barbante, constatou que a lâmina ainda tinha um brilho deslumbrante e não continha sequer um ponto de ferrugem.

"Dizem que o Japão é o país da espada", pensou Sankichi, "que é onde mora seu espírito. Deve ser a Deusa da Espada que está fazendo esse barulho que espanta os peixes quando vem à superfície."

Sentindo que havia recuperado um raro tesouro, Sankichi voltou à tona sem demora. Logo foi içado a bordo da *Tsukushi-maru*, entre aplausos de moradores locais e parentes. Havia passado tanto tempo embaixo d'água, e seu corpo estava tão frio, que ele desmaiou na hora. Fogueiras foram acesas, e ele recebeu massagens até recobrar a consciência e explicar com sinais como fora seu mergulho. O principal funcionário do governo local, Naruse Tsushimanokami, examinou a espada; mas, apesar da beleza e da excelência na feitura da lâmina, nenhum nome foi encontrado, o que levou o funcionário a declarar que em sua opinião se tratava de um tesouro sagrado. Ele recomendou a construção de um santuário dedicado a Fudo, onde a espada seria mantida para proteger o vilarejo contra futuros problemas. O dinheiro foi coletado entre os moradores. O santuário foi construído. Oshi-no-Sankichi foi nomeado o responsável pelo local, onde viveu uma vida longa e feliz.

Os peixes voltaram à baía, pois o espírito da espada não estava mais insatisfeito por estar preso no fundo do mar.

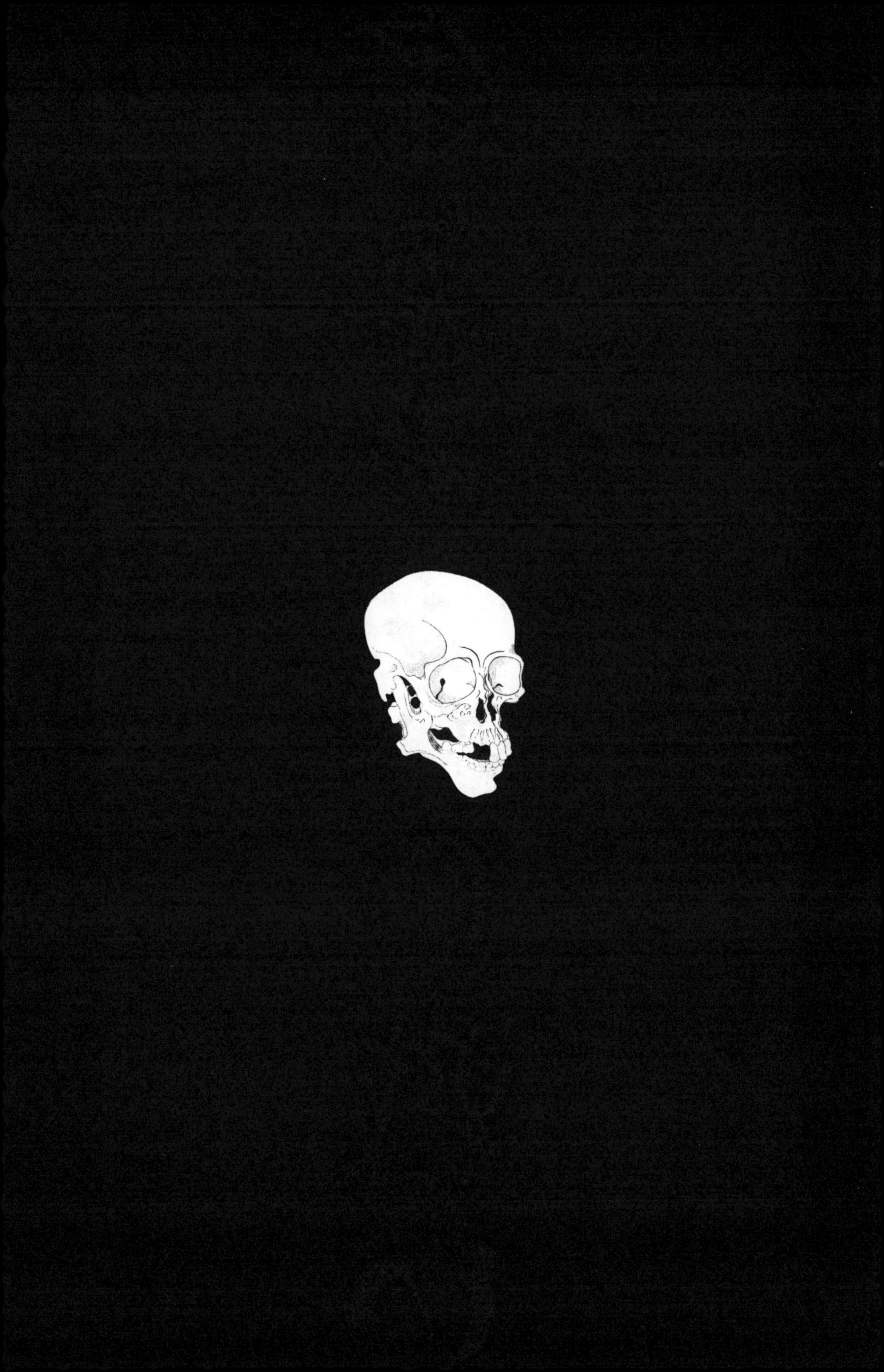

余吾大夫の戦い

O general Yogodayu é atacado pelo cunhado e foge de sua fortaleza com cerca de vinte guerreiros. Andando pela montanha, ele salva uma abelha presa em uma teia de aranha. Mais tarde, sonha que a abelha assume a forma de um homem que se dispõe a retribuir-lhe o favor.

余吾大夫の戦い

A BATALHA DE YOGODAYU

19

Durante o reinado do imperador Shirakawa, que foi entre os anos de 1073 d.C. e 1086 d.C., vivia um general chamado Yogodayu. Ele construiu uma fortaleza para si e seu pequeno exército no território selvagem de Yamato, não muito longe da montanha de Kasagi, onde, por volta de 1380, o infeliz imperador Go-Daigo acampou no mesmo terreno rochoso e acabou perecendo. Mesmo hoje, ao percorrer a estreita garganta através da qual a ferrovia passa por Kasagi, no vale de Kizugawa, o viajante fica impressionado com o caráter extremamente selvagem da paisagem. Foi lá que Yogodayu construiu seu forte. Alguns meses depois, ele foi atacado pelo irmão de sua esposa, a quem detestava, e foi duramente atingido, tanto que só restaram cerca de vinte de seus guerreiros vivos. Com esses homens, ele fugiu para a montanha Kasagi e se escondeu por dois dias em uma caverna, tremendo de medo de ser descoberto. No terceiro dia, Yogodayu, ao perceber que não estava sendo perseguido, aventurou-se a explorar o local. Enquanto se ocupava disso, viu uma abelha em uma enorme teia de aranha, lutando em vão para se libertar. Mesmo empenhando todas as suas forças, o inseto só conseguiu tornar a situação pior. Yogodayu, sentindo compaixão pela abelha, libertou-a do cativeiro e a deixou voar, dizendo:

"Ah, abelhinha! Voe de volta para a liberdade e sua colmeia. Eu queria poder fazer o mesmo. É um prazer trazer alívio aos cativos, mesmo quando estamos à mercê de um inimigo, como eu."

Nessa noite, Yogodayu sonhou que um homem vestido de preto e amarelo o saudava e dizia: "Senhor, vim informar que é meu desejo ajudá-lo e cumprir a determinação a que cheguei esta manhã".

"E eu posso saber quem é você?", questionou Yogodayu em seu sonho.

"Sou a abelha libertada da teia de aranha, e sou profundamente grato; tanto que pensei em um plano que você pode usar para derrotar seu inimigo e recuperar o que perdeu."

"Como é possível derrotar meu inimigo com apenas o remanescente de minhas forças — cerca de vinte guerreiros?", perguntou Yogodayu.

"É muito simples", foi a resposta. "Siga exatamente as instruções que darei, e você verá."

"Mas não tenho sequer paredes para os poucos amigos que tenho se protegerem na luta. É impossível para mim atacar meu inimigo."

A abelha sorriu e disse: "Você não precisa de paredes. Porque será atacado e, com a ajuda de dezenas de milhares de abelhas de Yamato, sairá vencedor contra seus inimigos. Escute! Quando souber o dia e o lugar onde enfrentará seu cunhado, construa uma casa de madeira, espalhe centenas de jarros e recipientes vazios em lugares onde seus homens possam encontrar, para que as abelhas possam entrar e se esconder neles. Você precisa se instalar na casa com seus vinte e poucos homens e permitir que seus inimigos saibam onde estão e que estão reunindo forças para atacá-los. Não demorará muito para eles fazerem uma investida. Quando isso acontecer, nós abelhas apareceremos aos milhões para ajudá-los. Sua vitória é certa. Não há o que temer; mas faça conforme eu instruí".

Quando Yogodayu fez menção de falar, a abelha desapareceu, e ele despertou do sonho. Impressionadíssimo, ele contou tudo a seus homens. Ficou acertado que eles se dividiriam em duplas, retornariam para sua província natal, recrutariam tantos homens quanto possível e voltariam à caverna trinta dias depois. Yogodayu foi sozinho. Trinta dias depois eles se encontraram de novo na caverna de Kasagi-yama. Somados, eram agora oitenta homens. Trabalhando em silêncio, e seguindo o conselho da abelha, eles construíram uma casa de madeira com a entrada voltada para o vale, onde espalharam centenas de potes e jarros. Assim que terminaram, as abelhas chegaram aos milhares, até somarem um contingente de quase dois milhões. Um dos homens de Yogodayu foi enviado para espalhar a notícia de que ele estava montando uma fortificação.

Dois dias depois, seu cunhado apareceu para atacá-lo.

Yogodayu começou a luta de forma imprudente, como uma forma de atrair os inimigos, que, ao notarem isso, avançaram com todas as forças e sem a devida precaução de manter uma retaguarda. Assim que as forças inimigas se revelaram por completo, as abelhas saíram de seus esconderijos e voaram entre eles em enxames que cobriam de tal forma todo seu campo de visão — ferroando sem parar em todas as partes — que não havia como reagir. Os inimigos, sem exceção, viraram as costas e fugiram. Foram perseguidos pelas abelhas e pelos oitenta homens de Yogodayu, que os mataram com enorme facilidade, pois cada inimigo sofria ao mesmo tempo o ataque de 3 mil abelhas. A maioria perdeu o juízo e enlouqueceu.

Depois de derrotar por completo seu antigo inimigo, Yogodayu retomou sua fortaleza; e, para celebrar a ocasião, construiu um pequeno templo na face posterior da Kasagi-Yama. Todas as abelhas mortas que eles encontraram foram levadas para lá e enterradas, e uma vez por ano pelo resto da vida Yogodayu comparecia ao local para fazer louvores.

荒涼たる無人島

Uma terrível tempestade pega de surpresa a comitiva do senhor feudal de Kishu. Um de seus membros, Makino Heinei, toma a frente das embarcações, mas o intenso vendaval danifica o seu barco e o deixa à deriva até ele encontrar uma ilha desconhecida com um habitante incomum.

荒涼たる無人島

ILHA ISOLADA, ILHA DESOLADA 20

Muitos anos atrás, o senhor feudal de Kishu, chefe de uma das três famílias do clã dos Tokugawa, ordenou que seu povo organizasse uma expedição de caça em Toma-ga-shima (ilha de Toma). Naquele tempo, essas expedições de caça eram comuns, mais por motivo de aprimorar a capacidade de mobilização e organização dos homens do que por esporte. Eram exercícios que uniam os homens, e ensinavam como comandá-los tanto no mar como em terra. Também servia para fazer os homens reconhecerem seus comandantes e superiores, e revelavam quais entre eles eram dignos dessas posições. As expedições de caça desse tipo eram consideradas manobras militares.

Nessa expedição ou manobra em particular, o senhor feudal de Kishu faria uma espécie de aparição pela água na ilha de Toma e mataria as presas que sua equipe em terra conseguisse capturar.

Os barcos e as barcaças foram supridos de armamentos como se estivessem indo para a guerra, assim como os homens — apesar de ninguém usar armaduras.

O dia escolhido para o exercício estava bonito. Cerca de sessenta embarcações foram ao mar, e transportaram com sucesso aproximadamente oitocentos homens para a ilha de Toma; e eles de fato se ocuparam de perseguir javalis e cervos durante toda a manhã.

No decorrer da tarde, porém, uma tempestade de grande violência caiu e interrompeu as atividades por completo. Os homens receberam ordens para retornar à praia e voltar às embarcações antes que elas fossem destruídas pelas ondas.

Depois de embarcar, eles saíram ao mar com a intenção de voltar à porção principal da terra firme. Na praia, as árvores estavam sendo arrancadas pela raiz, colunas de areia voavam pelo ar e o vendaval realmente estava terrível; se na costa já estava ruim, no mar era muito pior. Os barcos e as barcaças do senhor feudal de Kishu eram jogados de um lado para o outro como folhas secas em uma enxurrada.

Um membro da comitiva era um homem notoriamente corajoso, Makino Heinei, cujo apelido era Inoshishi (Javali Selvagem) em razão de sua valentia inabalável. Vendo que as barcaças e os barcos não estavam conseguindo avançar em meio à tempestade, ele desamarrou o bote de uma barcaça, embarcou nele sozinho, assumiu os remos, riu da cara de todos e gritou: "Vejam só! Vocês parecem estar com medo de seguir navegando. Vejam como eu faço e venham atrás de mim. Não tenho medo de ondas, e vocês também não deveriam, se quiserem servir com lealdade ao senhor do domínio de Kishu".

Dito isso, Makino Heinei se lançou ao mar agitado, e com um esforço extraordinário conseguiu se colocar cerca de trezentos metros à frente do restante da frota. Mas o vendaval se intensificou com tamanha violência que não havia mais nada que ele pudesse fazer. Com medo de ser arremessado do bote, foi obrigado a se agarrar ao mastro e deixar seu destino na mão da sorte. Em determinados momentos, até mesmo o coração do Javali Selvagem fraquejou. Seu barco era levantado da água pela força do vento; as ondas se erguiam bem acima de sua cabeça; ele fechou os olhos e aguardou pelo que viria. Por fim, uma rajada ainda mais poderosa que as outras jogou longe seu bote, e das outras embarcações (que tinham baixado as âncoras) foi possível ver quando ele desapareceu no horizonte. Heinei se agarrava ao bote com todas as forças. Quando o mastro saiu voando, ele se segurou aos bancos, rezando com grande sinceridade. Cerca de oito horas depois do início da tempestade, Heinei se viu em águas relativamente calmas. O bote estava inundado e destruído; mas ainda se mantinha à tona, e era isso o que importava naquele momento. Além disso, Heinei ficou esperançoso, porque entre duas nuvens negras era possível ver uma abertura e algumas estrelas, embora a escuridão fosse total e a chuva continuasse. De forma repentina, quando Heinei tentava calcular o quanto havia se afastado da costa ou de seus amigos — bam! — ele sentiu sua embarcação se chocar contra uma rocha. O impacto foi tão violento (pois o bote ainda seguia em velocidade acelerada por causa do vendaval) que nosso herói perdeu o equilíbrio e foi lançado a três metros de distância. Como aterrissou em uma superfície que não era dura, pensou que tivesse caído no mar; mas suas mãos logo perceberam que era areia macia e molhada. Feliz com a descoberta, ele olhou para as nuvens no céu e chegou à conclusão de que em uma hora o dia amanheceria. Nesse meio-tempo, agradeceu aos deuses pelo livramento e rezou por seus amigos e seu senhor feudal.

Quando o dia raiou, Heinei se levantou — dolorido, exausto e faminto. Antes mesmo que o sol aparecesse, ele percebeu que estava em uma ilha. Não havia nenhuma outra terra à vista, e foi uma experiência aflitiva tentar descobrir onde estava, pois de todas as ilhas de Kishu era possível ver a parte principal da província.

"Ora, esta árvore é uma novidade! Nunca vi uma dessas em Kishu", ele falou. "E essa flor — isso também é novidade — e aqui há uma borboleta mais brilhante que qualquer uma que eu conheça."

Entre comentários e pensamentos, Heinei saiu em busca de comida e, como um legítimo japonês, saciou seu apetite com os mariscos que encontrou espalhados por toda a praia depois da tempestade.

A ilha em que Heinei tinha ido parar era de uma extensão razoável — cerca de três quilômetros e meio de comprimento e dezesseis quilômetros de circunferência. Havia uma pequena colina no centro, onde Heinei resolveu subir para ver se conseguia ver Kishu lá do alto. Ele começou a escalada. O mato ali era tão alto que Heinei resolveu contornar a elevação e subir a partir de outra praia. As árvores eram bem diferentes de qualquer outra que ele tivesse visto antes, e havia diversas espécies de palmeiras. Por fim, para sua alegria, ele encontrou uma trilha que parecia bastante usada e levava ao alto do morro. Foi por lá que ele seguiu; no entanto, quando chegou a um lugar úmido no meio do caminho começou a se sentir inseguro, pois deparou com pegadas que só poderiam ter sido deixadas por um gigante — tinham quase meio metro de comprimento. Um guerreiro de Kishu não deveria ter medo de nada, pensou Heinei, e, munindo-se de um galho pesado de árvore, seguiu em frente. Perto do cume ele encontrou uma abertura para uma caverna que parecia grande e, nem um pouco intimidado, começou a entrar, preparado para enfrentar o que quer que fosse. Qual não foi sua surpresa quando um homem imenso, de dois metros e meio de altura, apareceu diante dele a poucos passos da entrada! Era uma criatura horrenda, de aparência selvagem, quase preta, com cabelos longos e emaranhados, olhos faiscantes de raiva e uma boca que se estendia de orelha a orelha, revelando duas fileiras de dentes reluzentes; não usava nenhuma roupa além de uma pele de gato-do-mato em torno da virilha.

Assim que viu Heinei, ele deteve o passo e falou em japonês: "Quem é você? Como chegou aqui? E o que veio fazer?".

Makino Heinei respondeu à pergunta da forma como considerava ser necessária, acrescentando: "Sou um atendente do senhor do domínio de Kishu, e fui trazido pela tempestade depois de uma expedição de caça e manobras militares na ilha de Toma".

"E onde ficam esses lugares de que está falando? Saiba que esta ilha é desconhecida do restante do mundo, e tem sido assim há milhares de anos. Eu sou seu único habitante, e desejo continuar sendo. Não importa como cheguei. Estou aqui. Meu nome é Tomaru, filho de Yamaguchi Shoun, que morreu, junto com seu senhor Toyotomi Hidetsugu, na montanha Koya-san em 1563. Ambos morreram por suas próprias mãos; e eu vim para cá, não importa como, e aqui desejo permanecer sem ser perturbado. Ouvi falar do senhor do domínio de Kishu e da família Tokugawa antes de deixar o Japão, e por isso vou ajudá-lo doando a você meu velho barco, no qual cheguei aqui. Vamos descer até a praia. Vou mandá-lo na direção certa e, se continuar navegando na direção noroeste, em algum momento vai chegar a Kishu. Mas o percurso é longo — uma viagem bem demorada."

Depois disso, eles voltaram à praia.

"Veja", disse Tomaru. "O barco está quase podre, pois faz muitos anos que está aqui sem uso; mas com sorte você consegue chegar a Kishu. Não vá ainda — você precisa de provisões. Só o que tenho para dar são peixes salgados e frutas secas; mas ofereço-os de bom grado. E preciso dar um presente para seu soberano, o senhor do domínio de Kishu. É uma espécie de alga marinha. Pode ficar com um pouco você também. É minha grande descoberta aqui nesta ilha. Por pior que seja o ferimento de espada recebido, a alga faz o sangramento parar e a cicatrização acontece na hora. Agora entre no barco e reme. Quero ficar sozinho. Pode falar de sua aventura, mas não mencione meu nome. Adeus!"

Heinei não tinha opção a não ser obedecer. Sendo assim, ele zarpou. Remando noite e dia e auxiliado por correntezas favoráveis, chegou à costa de Kishu três dias após ter deixado a ilha. As pessoas ficaram muito surpresas ao vê-lo vivo, e o senhor feudal de Kishu muito se alegrou, em especial com a alga que curava ferimentos de espada, que ele plantou no mar em uma parte da costa que renomeou como Nagusa-gori ("Distrito da Famosa Alga").

Mais tarde, Makino Heinei içou velas mais uma vez, com permissão de seu soberano, para ir buscar mais alga. A ilha foi encontrada; o gigante, porém, havia desaparecido.

NOTA: A ilha Mujinto, no Pacífico, faz parte do arquipélago chamado de Ilhas Bonin pelos europeus.

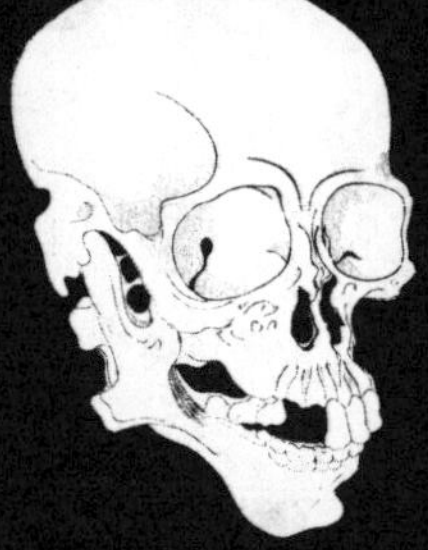

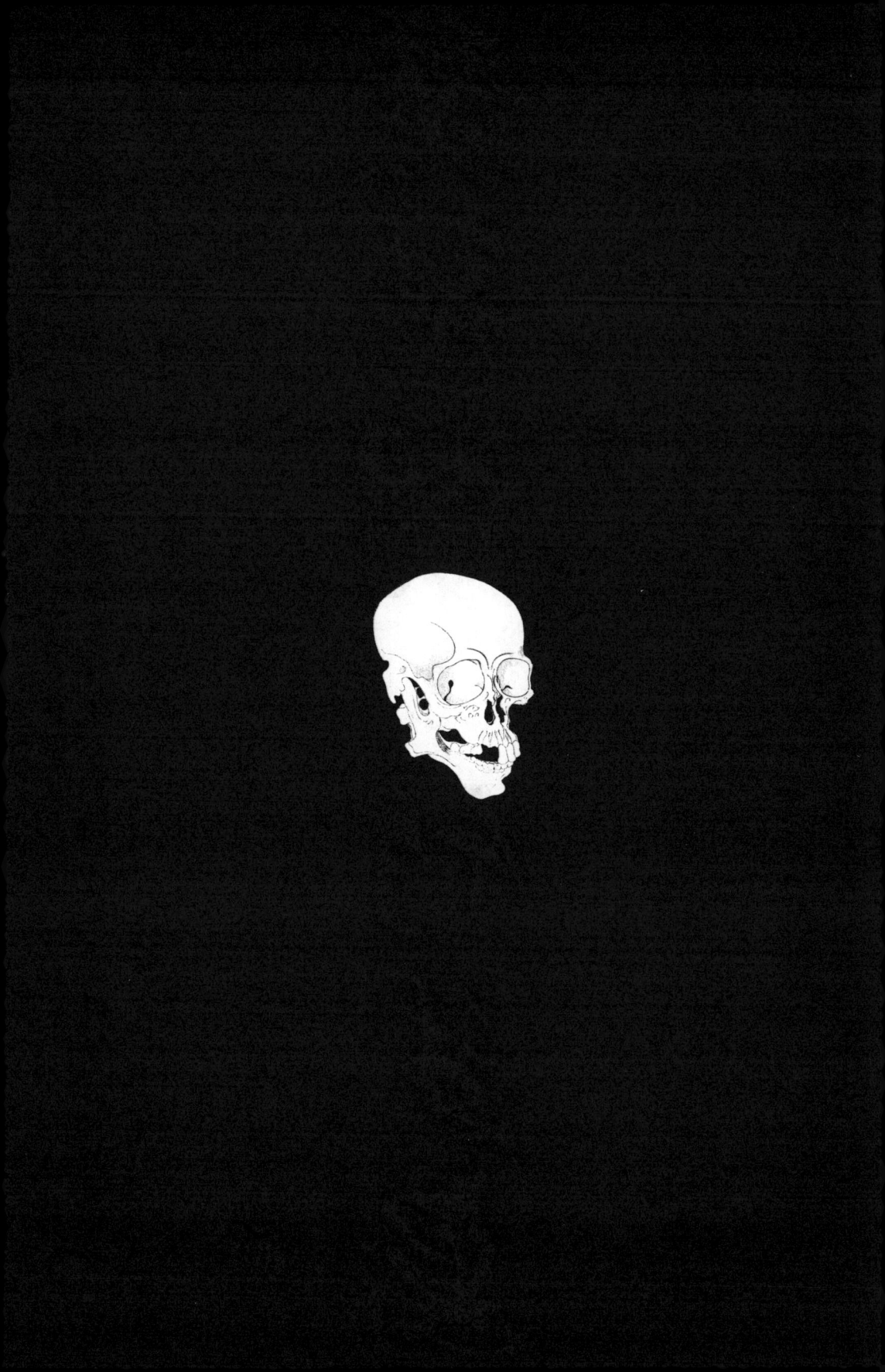

琵琶湖・竹生島

As inseparáveis irmãs Tsuru e Kame vivem à beira do lago Biwa, a alguns quilômetros da sagrada ilha Chikubu. Quando a doença acomete Tsuru, a angústia de Kame é tamanha que ela resolve ir à ilha rogar à Deusa da Misericórdia que cure sua irmã, deixando de lado o medo da enorme carpa que vive no lago.

琵琶湖・竹生島

ILHA CHIKUBU, LAGO BIWA 21

Muitos anos atrás, quando eu era menino, havia uma música sobre um chinês. Começava assim:

> *Certa vez na China viveu um homem,*
> *Ding-dong-dang, era esse seu nome.*
> *Com pés tão pequenos que não dá para explicar*
> *O chinês de pernas longas não conseguia andar.*

Refrão:

> *Chi-chi-Mari, Chi-Chi-Mará,*
> *Ding-dong, ding-dong, ding-dong da,*
> *Kossi-kossi-ki, kossi-kossi-ka,*
> *Chikubu, Chikubu, Chikubu Chang.*

Mal sabia eu naquela época que encontraria uma ilha — ou qualquer outro lugar — cujo nome era parte daquele refrão maluco e ingênuo, "Chikubu, Chikubu, Chikubu Chang". Parece uma maluquice total. Bem, e é mesmo. Deparei com uma ilha no lago Biwa cujo nome tem a mesma pronúncia e grafia do refrão dessa canção da minha juventude. "Chikubu" existe, e não sei como o compositor a descobriu. Em minhas referências japonesas não consegui encontrá-la. Mas vamos à história. Não é nem muito boa; porém, como se relaciona com a única ilha relevante no lago, vale registrá-la.

Chikubu-shima fica bem a noroeste no lago Biwa, na província de Ōmi.[1] O lago tem cerca de 55 quilômetros de extensão e vinte quilômetros de largura. A ilha é sagrada, creio eu, e dizem que surgiu em um terremoto por volta do ano 600 a.C. O monte Fuji apareceu na mesma época. Portanto eis as credenciais geográficas do lago Biwa e sua principal ilha (caso estivermos dispostos a acreditar nelas).

A porção de terra firme mais próxima de Chikubu é o cabo Tsuzurao, que fica a pouco mais de três quilômetros de distância. Era lá que, cerca de trezentos anos atrás, viviam duas irmãs, O Tsuru e Kame. Tinham quinze anos e onze anos respectivamente, e moravam com um velho tio, seu único parente, pois seus pais e demais familiares haviam morrido. Tsuru (que significa grou) e Kame (que significa tartaruga) eram muito dedicadas uma à outra; e de fato fazia sentido que as duas pobres garotas se agarrassem uma à outra como o último resquício de sua família. Elas se amavam muito. Eram inseparáveis.

Na época havia um medo generalizado entre os habitantes do cabo Tsuzurao de uma enorme carpa — tão imensa que era chamada de "A Soberana do Lago Biwa". Diziam que esse peixe devorava cães, gatos e às vezes até pessoas, caso entrassem em águas profundas o bastante para invadir seu espaço. Sua principal morada eram os arredores da ilha Chikubu, na extremidade noroeste do lago.

Quando O Tsuru completou quinze anos e sua irmã O Kame tinha onze, O Tsuru adoeceu de tuberculose; ela foi ficando cada vez pior, e sua pobre irmã mais nova O Kame estava desconsolada; ela chorava por causa da doença da irmã, e saía sozinha para rezar em todos os templos da vizinhança. Dia após dia, não pensava em nada além da enfermidade de O Tsuru; mas era tudo em vão, pobrezinha. O Tsuru só piorava.

Tomada de tristeza, O Kame pensou em se aventurar até a selvagem e sagrada ilha Chikubu, onde rezaria para a Deusa da Misericórdia, Kwannon. Para que houvesse alguma chance de suas preces serem ouvidas, ela precisava ir sozinha. Por isso pegaria um barco a remo e iria em segredo naquela noite.

---

1   Atual província de Shiga. [NE]

Depois que escureceu e todos na casa de seu tio foram dormir, O Kame saiu às escondidas e foi até a beira do lago, onde ficavam o barco de seu tio e vários outros. Entrando no mais leve que conseguiu encontrar, saiu remando em direção à ilha Chikubu. O céu estava límpido, e a água brilhava.

Em menos de uma hora a bem-intencionada filha do Japão estava ajoelhada diante da imagem agradável e tranquilizadora de Kwannon, a deusa sempre disposta a ouvir as preces dos infelizes; e foi lá que ela expôs todos os seus sentimentos em suas orações, interrompidas pelo choro de tristeza pela doença da irmã.

Quando terminou de rezar, a pobre O Kame entrou no barco e começou a remar de volta para Tsuzurao. Estava a menos de um quilômetro do cabo quando uma terrível tempestade começou, e na terceira onda mais forte sua embarcação virou. O Kame não era boa nadadora, e enquanto afundava para as profundezas do lago a carpa gigante a viu, imediatamente a capturou e devorou.

Na manhã seguinte, a consternação tomou conta de Tsuzurao. Quando foi descoberto que O Kame San e o barco de um dos pescadores haviam sumido, a conclusão natural foi que ela havia saído para o lago, provavelmente para ir fazer preces para Kwannon na ilha Chikubu.

As embarcações saíram à sua procura; no entanto, nada foi encontrado, a não ser as marcas de pegadas que iam da praia ao altar dedicado a Kwannon. Ao ouvir a triste notícia, O Tsuru, que estava à beira da morte, ficou ainda pior; mas nem mesmo nessa triste condição era capaz de suportar a ideia de continuar vivendo neste mundo sem sua irmã O Kame. Sendo assim, resolveu pôr fim à sua vida no local mais próximo possível de onde O Kame morrera, para que seu espírito se encontrasse com o dela e talvez as duas pudessem até renascer juntas. De qualquer forma, era claramente seu dever se juntar à irmã.

Quando anoiteceu, O Tsuru saiu às escondidas do quarto e chegou à praia, onde, como sua irmã fizera, pegou o barco mais leve que pôde encontrar e saiu remando, apesar de sua fraqueza, até o local onde achava que a carpa poderia ter matado O Kame. Uma vez lá, pôs-se de pé no barco e gritou:

"Ó poderosa carpa, que devoraste minha irmã, devora-me também, para que nossos espíritos possam seguir o mesmo caminho e se reunirem. É por isso que vou me jogar no lago!"

Após dizer isso, O Tsuru fechou os olhos e pulou na água e afundou sem parar até chegar ao fundo. Assim que terminou sua descida, (curiosamente) sem sentir nenhum efeito de estar embaixo d'água, ouviu seu nome sendo chamado.

"Muito estranho", ela pensou, "eu conseguir ouvir meu nome no fundo do lago Biwa!"

Ela abriu os olhos e viu ao seu lado um velho sacerdote. O Tsuru perguntou quem ele era, e por que a chamava.

"Eu era um sacerdote", ele explicou. "Talvez ainda seja. De qualquer forma, venho com frequência ao fundo do lago. Sei de tudo o que aconteceu com sua irmãzinha Kame, da lealdade e afeição dela por você, e da reciprocidade de sua parte; também sei que a tempestade virou o barco dela após rezar para Kwannon na ilha Chikubu, e que ela foi capturada e devorada por aquela carpa horrorosa. Acredite, nada disso é motivo para você tirar sua própria vida. Em vez disso, volte para a terra firme e reze a Buda para abençoar sua irmã e a alma dela. Eu tratarei de empreender sua vingança contra a carpa, e de deixá-la forte e saudável. Segure minha mão e eu a levarei de volta à praia."

Depois de dizer isso e de carregar Tsuru de volta à terra firme, o sacerdote desapareceu. Por um tempo, a garota permaneceu inconsciente; mas quando voltou a si O Tsuru notou que estava na ilha Chikubu e, sentindo-se fortalecida pela primeira vez em muito tempo, foi até o altar dedicado a Kwannon e passou o restante da noite rezando.

Pela manhã, ao voltar à praia, viu à distância os barcos que vinham do cabo Tsuzurao; mas (o que era mais extraordinário), a menos de dez passos de onde ela se encontrava, a enorme carpa de quase três metros de comprimento jazia morta!

Entre os barcos de resgate que chegaram havia um que trazia seu tio e um sacerdote.

Tsuru contou sua história. A carpa foi enterrada em um pequeno promontório na ilha, cujo nome é Miyazaki. O local ficou conhecido como Koizuka Miya-zaki ("Túmulo da Carpa no Cabo do Templo").

O Tsuru seguiu viva até a velhice, e nunca mais adoeceu. Ela aparece em relatos históricos aos setenta anos de idade, quando Ota Nobunaga apareceu para destruir todos os templos nos arredores, avisando a ele que, se ousasse tocar nos altares da ilha Chikubu, ela se encarregaria pessoalmente de acabar com sua vida.

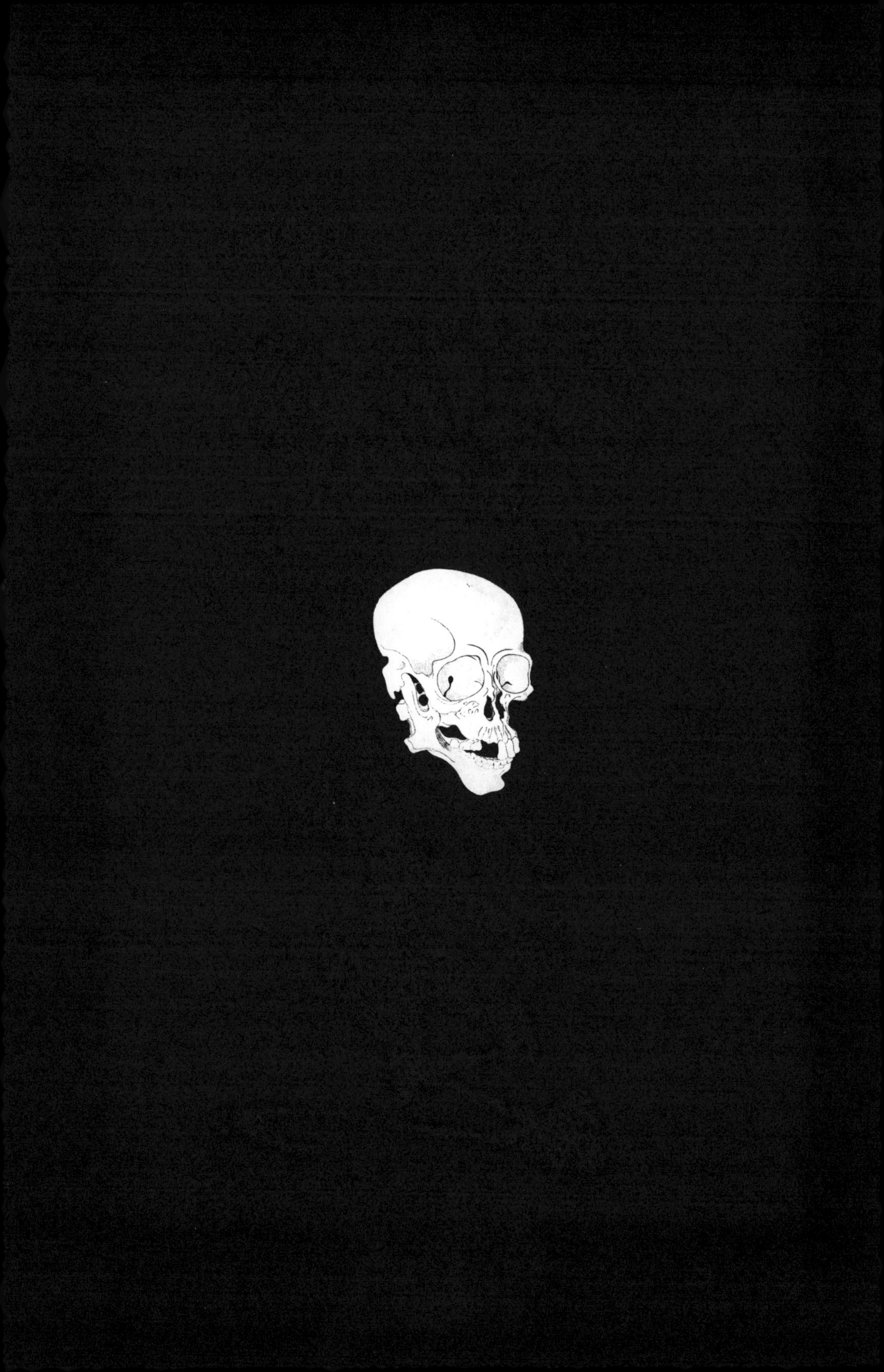

Em um templo situado em meio à floresta, um sacerdote nota que a sua leitura diária de sermões do livro sagrado é acompanhada por ouvintes inesperados. Mais surpreendente é o pedido que recebe deles, mas o bom sacerdote se prontifica a atendê-lo.

REENCARNAÇÃO   22

Na montanhosa porção noroeste da província de Echigo,[1] existe um templo que durante o reinado do imperador Ichijo era associado a uma história curiosa; e embora o imperador Ichijo tenha reinado há tanto tempo, entre os anos 987 d.C. e 1011 d.C., quem me contou a história me garantiu acreditar que esse templo ainda existe.

O nome do templo é Kinoto, e fica em morros de mata cerrada, que na época devia ser uma floresta quase virgem.

O monge que reinava supremo no templo de Kinoto era um homem um tanto jovem, mas muito devoto; ele lia os sermões do livro sagrado dos budistas duas vezes por dia em voz alta.

Certo dia, o bom rapaz percebeu que dois macacos tinham descido da montanha e ouviam a sua leitura com expressões sérias e sem se entregar às brincadeiras. Ele achou isso divertido e, sem dar muita importância, continuou lendo. Assim que ele terminou, os macacos voltaram para o alto dos morros.

---

[1] Atual província de Niigata, sem incluir a ilha de Sado. [NE]

O monge ficou surpreso ao ver que os macacos compareceram a seus dois sermões no dia seguinte; e, quando vieram no terceiro dia também, foi inevitável que ele perguntasse por que estavam comparecendo com tanta regularidade.

"Nós viemos, santo monge, porque desejamos ouvir as palavras e o sermão de Buda lidos por você, pois desejamos muito reter todo o conhecimento e as virtudes que ouvimos em suas recitações. Será que é possível você fazer uma cópia de seu grande livro sagrado budista?"

"Seria bastante trabalhoso", respondeu o sacerdote, absolutamente perplexo; "mas é tão raro o interesse dos animais por nosso excelso senhor Buda que farei um esforço para satisfazer o desejo de vocês, na esperança de que possam se beneficiar disso."

Os macacos fizeram uma mesura e foram embora satisfeitos consigo mesmos e com a promessa que obtiveram, enquanto o sacerdote se preparava para a imensamente laboriosa tarefa de copiar o livro sagrado budista. Seis ou sete dias depois, cerca de quinhentos macacos apareceram no templo, cada um trazendo uma folha de pergaminho, que colocaram diante do sacerdote, e o líder deles falou que todos se sentiriam muito gratos quando tivessem a cópia do livro, pois conheceriam os mandamentos e saberiam como corrigir seu comportamento; e, com mais uma mesura, eles se foram, com exceção dos dois primeiros macacos. Esses dois se dedicaram com todo empenho a conseguir comida para o sacerdote enquanto ele escrevia. Dia após dia, embrenhavam-se nas montanhas e voltavam com frutos silvestres e tubérculos, mel e cogumelos; e o sacerdote pôde escrever sem parar por contar com essa ajuda, até ter copiado cinco volumes do livro sagrado.

Quando terminou o quinto volume, os macacos, sem nenhuma razão aparente, deixaram de aparecer, e o bom sacerdote ficou muito preocupado com eles. No segundo dia de ausência, ele saiu à sua procura, temendo que pudessem ter sofrido algum infortúnio. Por toda parte o monge encontrava rastros dos esforços que eles fizeram em seu benefício — galhos de árvores frutíferas quebrados, arranhões e buracos no chão onde eles escavaram em busca de tubérculos selvagens. Era evidente que os macacos haviam trabalhado com afinco, e o pobre homem se sentia cada vez mais apreensivo em relação a eles.

Por fim, perto do cume da montanha, seu coração disparou e se encheu de tristeza quando ele encontrou um buraco que os macacos cavaram em busca de tubérculos selvagens — tão profundo que eles não conseguiram sair. Sem dúvida haviam morrido amargurados, por temerem que o sacerdote pensasse que havia sido abandonado por eles.

Não havia muito o que fazer a não ser enterrar os macacos e rezar para pedir bênção a eles; e foi isso o que o monge fez. Pouco tempo depois, o sacerdote foi transferido de um templo para outro; como não viu mais necessidade de continuar copiando o livro sagrado budista, ele deixou os cinco volumes que havia feito em um dos pilares do templo, que tinha uma espécie de prateleira entalhada.

Quarenta anos depois chegou ao templo um certo Kinomi-ta-ka Ason, que se tornou governador e soberano da província de Echigo. Ele apareceu com metade de seu corpo de atendentes e criados, e perguntou aos sacerdotes se sabiam alguma coisa sobre a cópia não terminada do livro sagrado budista. Por acaso ainda estaria no templo?

"Não", eles responderam, "nenhum de nós estava aqui na época que Vossa Senhoria mencionou. Mas temos aqui um velho, um criado, que tem 85 anos de idade e pode saber de alguma coisa. Vamos mandar chamá-lo."

Pouco depois entrou um homem com uma barba branca esvoaçante.

"É o velho documento que um sacerdote começou a copiar para os macacos que o senhor quer? Bem, se for, é algo que nunca foi tocado desde então, e uma coisa de tão pouca importância que quase esqueci que existia. O documento está em uma prateleirinha secreta escavada em um dos pilares principais do templo. Eu vou buscar."

Cerca de dez minutos depois os documentos estavam na mão de Kinomi-ta-ka Ason, que ficou extasiado de deleite ao vê-los. Ele disse aos sacerdotes e ao velho que era o soberano da província de Echigo, e que havia viajado até o templo só para ver se os volumes não terminados das escrituras sagradas ainda estavam lá. "Pois eu era o mais velho dos dois macacos que estavam tão ansiosos para obter todos os sermões do senhor Buda", ele falou. "E, agora que renasci como homem, gostaria de concluí-los."

Kinomi-ta-ka Ason pôde levar consigo os cinco volumes, e por cinco anos continuou copiando o livro sagrado. Ele concluiu 3 mil volumes no total, que hoje dizem estar no Templo de Kinoto, em Echigo, mantido como o mais sagrado dos tesouros.

O cavaleiro Takadai Jiro vai à região litorânea de Oiso passar uma temporada em repouso. Lá ele conhece uma linda mergulhadora por quem fica perdidamente apaixonado. Mas, apesar de jovem, ela sabe que a diferença de classe social é intransponível e resiste às investidas dele.

A MERGULHADORA DA BAÍA DE OISO 23

Oiso, na província de Sagami, tornou-se um lugar tão badalado por ser o local de residência escolhido pelo marquês Ito e várias outras importantes autoridades japonesas que uma história de natureza um tanto romântica, que remonta ao período Ninnan, pode ser interessante.

Durante os primeiros tempos desse período, que durou de 1116 d.C. a 1169 d.C., um certo cavaleiro, cujo nome era Takadai Jiro, adoeceu na cidade de Kamakura, onde estava alocado, e recebeu uma recomendação para passar o mês quente de agosto em Oiso em total repouso, paz e quietude.

Quando recebeu permissão para tanto, Takadai Jiro não perdeu tempo em se instalar por lá com o maior conforto possível em uma pequena hospedaria de frente para o mar. Morador da porção central do país que (com exceção do período de serviço em Kamakura) quase não tinha contato com o mar, Takadai gostava de observar o movimento das ondas dia e noite, pois, como quase todos os japoneses de família importante, era um homem poético e romântico.

Ao chegar a Oiso, Takadai se sentia cansado e sujo. Assim que seu quarto foi providenciado, ele tirou as roupas e foi se banhar. Takadai, que tinha por volta de 25 anos e era um bom nadador, mergulhou no mar sem medo e avançou quase um quilômetro. No entanto, foi atingido por um golpe de má sorte. Acometido por uma câimbra violenta, começou a afundar. Um barco de pesca com um homem nos remos e uma mergulhadora como passageira estava por perto e foi ao seu resgate; mas a essa altura ele já havia perdido a consciência, e afundou pela terceira vez.

A garota pulou da embarcação e nadou até o local onde ele desaparecera; então, mergulhando fundo, trouxe-o de volta à superfície, mantendo-o à tona até que o barco chegasse e, unindo esforços com seu pai, conseguiu puxar Takadai para bordo, mas não sem antes ele perceber que o braço macio que envolvia seu pescoço era de uma mulher.

Quando recobrou a consciência por completo, antes de chegar à praia, Takadai viu que sua salvadora era uma linda *ama* (mergulhadora) de no máximo dezessete anos. Era de uma beleza que ele nunca havia visto antes — nem mesmo nos altos círculos que estava acostumado a frequentar. Takadai estava apaixonado pela beldade que fez seu resgate antes mesmo de o barco atracar na praia pedregosa. Determinado a retribuir de alguma forma a gentileza recebida, Takadai ajudou a arrastar o barco pela superfície inclinada à beira-mar e depois a carregar peixes e redes até a pequena cabana com telhado de palha, onde agradeceu à moça por seu gesto nobre e corajoso e parabenizou o pai por ter uma filha assim. Depois disso, voltou para sua hospedaria, que ficava a pouco mais de cem metros de distância.

A partir desse momento, a alma de Takadai não sabia mais o que era paz. Um amor do tipo mais enlouquecedor o consumia. Ele não conseguia dormir à noite, pois não conseguia se desvencilhar da imagem da linda mergulhadora, cujo nome (ele descobriu) era Kinu. Por mais que tentasse, não conseguia tirá-la da cabeça nem por um instante. Durante o dia era pior, pois não podia ver O Kinu, que estava no mar com o pai, mergulhando atrás de abalones e outros frutos do mar; e em geral já era fim de tarde ou início da noite quando ela voltava, e era impossível enxergá-la com tão pouca luminosidade.

Certa vez, Takadai chegou a tentar conversar com O Kinu; mas ela não tinha nada a lhe dizer, e continuou se ocupando apenas de ajudar o pai a carregar as redes e os peixes até a cabana. Isso deixou Takadai ainda pior, e ele voltou para seu quarto enlouquecido, descontrolado e mais apaixonado do que nunca.

Por fim o amor se tornou tão grande que ele não era mais capaz de suportar. Sentia que precisava no mínimo do alívio de poder declará-lo. O que fez então foi confiar o segredo a seu servo mais fiel, que foi despachado com uma carta até a cabana do pescador. O Kinu San sequer escreveu uma resposta, mas pediu ao velho que agradecesse seu senhor em seu nome pela carta e pela proposta de casamento. "Diga a ele também que nada de bom pode vir da união de alguém de nascimento tão elevado com alguém tão inferior como eu", falou ela. "Um casal com tantas diferenças jamais teria um lar feliz." Confrontada com argumentos contrários por parte do servo, ela apenas acrescentou: "Já lhe disse o que falar a seu senhor; mande a ele minha mensagem".

Ao ouvir o que O Kinu tinha dito, Takadai Jiro não se enfureceu. Ficou simplesmente perplexo. Era impossível para ele compreender que uma pescadora poderia recusar um pedido de casamento de alguém como ele — um samurai de uma classe superior. Na verdade, em vez de se irritar, Takadai se viu tão aturdido que chegou a apreciar a resposta; pois pensou que talvez ele tivesse abordado a bela O Kinu San de forma um tanto abrupta, e que essa primeira recusa era apenas um estratagema da parte dela, que não deveria ser levado tão a sério. "Vou esperar um dia ou dois", pensou Takadai. "Agora que Kinu sabe de meu amor, pode começar a pensar em mim, e ficar ansiosa em me ver. Vou manter distância. Talvez assim ela fique tão angustiada para me ver quanto eu fico para vê-la."

Takadai permaneceu fechado no quarto pelos três dias seguintes, acreditando do fundo do coração que O Kinu devia estar pensando nele. Na noite do quarto dia, escreveu outra carta para a moça, mais apaixonada que a primeira, despachou seu velho servo e esperou pacientemente pela resposta.

Quando O Kinu recebeu a carta, deu risada e falou:

"Sinceramente, estou achando muita graça de você me trazer essas cartas. É a segunda em quatro dias, e até então eu nunca havia recebido uma carta na vida. O que será que esta diz?"

Depois de dizer isso, ela rasgou o envelope e leu, antes de se virar para o servo e dizer: "Não consigo entender. Se você transmitiu corretamente minha mensagem para seu senhor, é impossível que ele não tenha entendido que não podemos nos casar. A posição dele é elevada demais. Seu senhor está bem da cabeça?"

"Sim. Com exceção do amor por você, meu senhor está em seu perfeito juízo; mas desde que lhe viu não fala nem pensa em outra coisa, tanto que até me cansei de ouvir, e rezo de coração todos os dias a Kwannon para que o tempo esfrie para podermos retornar a nosso posto em Kamakura. Por três dias precisei ficar fechado na hospedaria ouvindo os poemas de meu jovem senhor sobre sua beleza e o amor que ele sente. E todos os dias, como qualquer pessoa sensata faria, desejei sair para pegar um barco e pescar um delicioso *aburamme*, pois nessa época esses peixes estão gordos e suculentos. Sim, meu senhor está bem da cabeça; mas você o tirou do prumo, ao que parece. Ora, case-se com ele, para que possamos ficar todos felizes e sair para pescar todos os dias em vez de perder tempo com essas férias tão exóticas."

"Você não passa de um velho egoísta", retrucou O Kinu. "Acha mesmo que eu me casaria só para aplacar o amor de seu senhor e satisfazer sua vontade de pescar? Eu já lhe disse para avisar seu senhor que não vou me casar com ele porque não podemos ser felizes, por termos posições tão diferentes na vida. Volte lá e repita essa resposta."

O servo fez mais um apelo; O Kinu, porém, manteve-se firme, e por fim o velho foi obrigado a dar a notícia desagradável a seu senhor.

Pobre Takadai! Dessa vez ele ficou abalado, pois a moça se recusava até mesmo a encontrá-lo para uma conversa. O que ele poderia fazer? No fim, escreveu mais uma carta suplicante, e falou com o pai de O Kinu; mas o pescador disse: "Senhor, minha filha é tudo para mim neste mundo; não tenho como querer influenciá-la em uma questão como o amor. Além disso, nossas mergulhadoras têm personalidades fortes como seus corpos, pois o perigo constante as deixa com nervos de aço; elas não são como as agricultoras passivas, que podem ser influenciadas e até obrigadas a se casar com homens que detestam. Na maioria das vezes, elas são mais determinadas do que nós. Eu sempre fiz o que a mãe de Kinu me mandava, e não tenho como influenciá-la em questões de casamento. Posso lhe dar conselhos, e isso vou fazer; mas, senhor, nesse caso sou obrigado a concordar com minha filha que, por maior que seu pedido seja uma honra, não seria prudente da parte dela se casar com alguém em uma posição tão mais elevada na vida."

Takadai ficou com o coração partido. Não havia mais nada que pudesse dizer ou fazer. Com uma mesura profunda, ele deixou a cabana do pescador e se retirou para seu quarto na hospedaria, do qual não saía mais, para grande consternação de seu servo.

A cada dia, ia ficando mais magro e, conforme o dia de ir embora se aproximava, Takadai estava muito pior do que quando chegara a Oiso. O que ele faria? O velho provérbio segundo o qual "de onde saem bons peixes do mar sempre existem outros" não lhe exercia nenhum apelo. Ele passou a sentir que sua vida não valia a pena. E decidiu encerrá-la no mar, onde seu espírito talvez pudesse ficar vagando e pudesse ver de tempos em tempos a linda mergulhadora que encantou seu coração.

Nessa noite, Takadai escreveu uma última carta para Kinu, e assim que os moradores de Oiso se recolheram para dormir ele se levantou e foi até a cabana, passando a folha por baixo da porta. Em seguida se encaminhou para a praia e, depois de amarrar uma corda pesada no pescoço, pegou um barco e remou até aproximadamente cem metros da costa, onde se jogou na água com a pedra nas mãos.

Na manhã seguinte, O Kinu ficou chocada ao ler na carta que Takadai Jiro se mataria por amor. Ela correu para a praia, mas encontrou apenas um barco de pesca vazio a trezentos ou quatrocentos metros da costa, e foi nadando até lá. Na embarcação, encontrou a caixa de tabaco de Takadai e sua *juro* (caixinha de remédios). O Kinu concluiu que Takadai devia ter se jogado no mar ali perto; então se pôs a mergulhar, e não demorou muito para encontrar o cadáver, que trouxe à superfície com certa dificuldade, por causa do peso da pedra à qual os braços rígidos do morto se agarrava. O Kinu levou o corpo de volta à praia, onde encontrou o velho servo de Takadai gesticulando desesperadamente.

O corpo foi levado a Kamakura, onde foi enterrado. Comovida, O Kinu fez um voto se comprometendo a nunca se casar com ninguém. Não amava Takadai, verdade; mas ele a amava, e morrera por ela. Se algum dia se casasse, o espírito dele não descansaria em paz.

Assim que O Kinu tomou essa generosa resolução mental, uma coisa estranha aconteceu.

As gaivotas, que eram especialmente raras na baía de Oiso, começaram a se dirigir para lá em grande número; elas pousavam no exato ponto em que Takadai se afogara. Em dias de tempestade, ficavam sobrevoando o local; mas nunca iam embora de lá. Os pescadores consideravam aquilo um acontecimento extraordinário; mas Kinu sabia que o espírito de Takadai devia ter se transferido para as gaivotas, e rezava por ele com frequência no templo, e com suas parcas economias construiu uma pequena tumba consagrada à memória de Takadai Jiro.

Quando Kinu tinha vinte anos de idade, sua beleza a tornara famosa, e muitos foram os pedidos de casamento que recebeu; mas ela recusou todos e manteve o voto de celibato. Durante toda sua vida, as gaivotas continuaram a frequentar o local onde Takadai se afogara. Ela morreu no mar em meio a um terrível tufão, nove anos depois de Takadai; e desde então as gaivotas desapareceram, o que era um sinal de que o espírito não mais temia que O Kinu viesse a se casar.

盗まれた観音像

Uma imagem de ouro maciço, presenteada pelo xogum Tsunayoshi, é roubada do palácio do senhor feudal de Kii por um famoso ladrão. O guarda Mumashima Iganosuke culpa-se pela falha na vigilância e coloca sua vida à disposição, mas em vez disso é incumbido de recuperar a imagem.

盗まれた観音像

O ROUBO DA KWANNON DE OURO   24

No período de Genroku, que durou de 1688 a 1704, quando o poder do xogum, ou governante militar, Tsunayoshi[1] estava no auge, ele presenteou cada chefe das três principais famílias dos territórios de Kii, Mito e Owari[2] com uma imagem de ouro maciço de Kwannon, a Deusa da Misericórdia, que eram consideradas de imenso valor por esses senhores feudais, ou daimiôs, que as mantinham em seus palácios privados, onde era quase impossível entrar, o que as deixava quase totalmente a salvo de ladrões; mas, mesmo assim, o senhor feudal de Kii tomava precauções adicionais, deixando sempre um homem dia e noite a tomar conta da estátua.

Nessa mesma época vivia um temido ladrão chamado Yayegumo. Mais do que um ladrão comum, era o que as pessoas chamavam de *fu-in-kiri*, que significa "rompedor de selos" ou "cortador de selos"; um gatuno de primeira

---

1   Tokugawa Tsunayoshi. Quinto governante do xogunato Tokugawa. [NE]
2   Conhecidas como Tokugawa Gosanke (literalmente três casas dos Tokugawa), estas três famílias ocupavam a posição imediatamente seguinte à do xogum Tokugawa. Kii era o território que se estendia sobre toda a atual província de Wakayama e a parte sul da atual província de Mie; a cidade de Mito era a capital da atual província de Ibaraki, e Owari situava-se na parte ocidental da atual província de Aichi. [NE]

linha, na verdade, que nunca se rebaixava a roubar dos pobres, mas assaltava apenas os mais ricos e os palácios e castelos mais difíceis de entrar, e levava somente os tesouros mais valiosos que encontrava.

Pois esse ousado ladrão entrou no palácio do senhor do domínio de Kii — ninguém sabia como —, levou a imagem de Kwannon e deixou seu nome anotado em um pedaço de papel. O soberano de Kii, muito irritado, mandou chamar o guarda, cujo nome era Mumashima Iganosuke, e o repreendeu duramente, perguntando qual era sua explicação para o ocorrido. "Nenhuma, meu senhor: o cansaço tomou conta, e eu dormi. Só existe uma forma de mostrar meu arrependimento, e farei isso acabando com minha vida."

O senhor do domínio de Kii, que era um homem de sabedoria, respondeu que antes disso Iganosuke poderia ser mais útil perseguindo o ladrão e tentando recuperar a imagem. Iganosuke, que sempre foi um servo fiel, aceitou imediatamente e, obtendo uma dispensa por tempo indefinido, logo partiu. Por quatro meses inteiros amargou insucessos, apesar de ter viajado metade do país. Foi quando ficou sabendo de relatos de roubos em Chugoku,[3] e depois na região de Shikoku.[4] Partindo às pressas de Izumo para Okayama, ele subiu a bordo de um navio que atravessaria o Mar Interior até Takamatsu, em Shikoku. O tempo estava bom, o mar estava tranquilo, e Iganosuke estava animado, pois ouvira que um ou dois roubos certamente haviam sido cometidos por Yayegumo, e sentia que enfim poderia estar mais próximo do homem que queria capturar — talvez ele até estivesse naquela mesma embarcação! Quem poderia garantir que não? Imaginando tais possibilidades, Iganosuke se manteve discreto, observando as pessoas, cujo ânimo parecia ter sido afetado pelo tempo aberto, pois, apesar de não se conhecerem, pareciam ser bastante sociáveis.

Entre os passageiros havia um samurai jovem e belo que atraiu a atenção de Iganosuke por sua aparência refinada e também por um lindo cachimbo de ouro que sacou do estojo e fumou enquanto conversava com um companheiro de viagem. Depois de um tempo, um samurai que parecia ser sexagenário se aproximou do jovem e disse:

"Senhor, perdi meu cachimbo e meu tabaco em algum lugar deste barco. Sou um fumante contumaz, e estou morrendo por uma pitada de fumo. Eu poderia pegar o seu emprestado um pouco?"

3 Região ocidental da ilha principal do Japão, constituída pelas atuais províncias de Okayama, Hiroshima, Yamaguchi, Tottori e Shimane. [NE]
4 A menor das quatro ilhas principais do arquipélago japonês, constituída pelas atuais províncias de Kochi, Tokushima, Ehime e Kagawa. [NE]

O jovem samurai entregou o cachimbo e o saquinho de tabaco para o velho com uma mesura, dizendo que era um prazer.

O velho samurai, depois de três baforadas no cachimbo, estava prestes a esvaziar as cinzas e colocar mais fumo. Para isso, sem pensar no que estava fazendo, bateu com o cachimbo na amurada da embarcação. Para seu horror, o *gankubi* (o recipiente para a queima do tabaco) caiu no mar. Ciente de que um cachimbo de ouro era valioso, o velho ficou totalmente desconcertado, sem saber o que dizer. Ele pediu desculpas em profusão; mas não era possível recuperar a ponta do cachimbo. O jovem samurai ficou irritadíssimo, claro; mas não adiantaria nada ficar nervoso. Seria no mínimo extremamente vulgar perder a cabeça, em especial com um velho. Ele falou:

"Ah! Esse cachimbo foi dado a mim pelo chefe de meu clã pelo serviço meritório que prestei em uma grande caçada no último ano, e de verdade não sei como vou lidar com essa perda sem provocar sua ira." O jovem empalideceu enquanto falava.

O velho samurai, lamentando mais do que nunca, respondeu:

"Só existe uma maneira de você encarar seu senhor, e é com minha morte. Eu também fui um samurai de certa importância na juventude, e sei como devo me conduzir. O correto a fazer é abrir minha barriga como uma forma de me desculpar com você por meu descuido." Depois de dizer isso, o samurai expôs o braço e o ombro direito, abrindo o quimono.

Surpreso com a demonstração de honra do velho, o jovem samurai agarrou a mão com que o velho segurava a espada e o deteve, dizendo:

"Isso não será útil. Não tornará mais fácil as explicações que devo a meu senhor. Sua morte não servirá como um pedido de desculpas para ele. Fui eu que lhe entreguei o cachimbo e quem o perdeu por tê-lo emprestado. Portanto sou eu quem deve oferecer um pedido de desculpas a meu senhor cometendo *harakiri*!"[5] Em seguida, o samurai se preparou para tirar a própria vida.

Iganosuke, que observava o incidente, deu um passo à frente e falou:

"Cavalheiros, eu também sou um samurai, e ouvi sua conversa. Permitam-me dizer que, apesar de a ponta do cachimbo ter caído no mar, isso não significa que não possa ser recuperado. Ambos estão me parecendo precipitados demais. Eu sou um bom mergulhador e nadador; a embarcação está seguindo devagar; e as águas por aqui não são profundas. Estou disposto a tentar ajudá-los a recuperar o cachimbo, se assim quiserem."

---

5   Ato de cortar a própria barriga para suicidar-se. [NE]

Obviamente, os dois samurais gostaram da ideia que, por não serem bons nadadores, sequer passara por suas cabeças. E Iganosuke não perdeu tempo em tirar o quimono e se jogar no mar, onde se sentia em casa, pois em sua juventude fora mergulhador tão exímio que ensinara vários dos samurais de Kii a nadar.

Ao mergulhar, não encontrou nada além de sete varas de medição japonesas de um metro e meio cada. O fundo era composto em sua maior parte de pedras, e era bem límpido. Iganosuke não precisou nadar muito antes de localizar a ponta do cachimbo de ouro, e alguma outra coisa brilhando em meio às pedras. Prendendo o cachimbo entre os dentes, ele agarrou o outro objeto, que para seu enorme espanto era nada menos que a imagem de ouro de Kwannon que fora roubada do castelo do senhor feudal de Kii.

Voltando à superfície com gestos cautelosos, Iganosuke subiu a bordo e entregou a ponta do cachimbo ao agradecido jovem samurai, que, junto com o velho, fez uma mesura profunda até o chão.

Depois de se vestir, Iganosuke falou:

"Sou atendente do senhor do domínio de Kii, e venho de nosso castelo de Takegaki para perseguir o ladrão que roubou exatamente esta imagem de Kwannon que tive a sorte de encontrar enquanto procurava seu cachimbo. Não é incrível? Realmente o velho ditado '*Nasakewa hito no tame naradzu*'[6] é absolutamente verdadeiro!"

Então o velho, vibrando de contentamento, gritou: "E ainda mais curioso é isto: meu nome é Matsure Fujiye, de Takamatsu. Apenas um mês atrás o ladrão chamado Yayegumo Fu-in-kiri, o rompedor de selos, entrou no quarto de meu senhor e estava prestes a roubar objetos valiosíssimos quando eu, que estava de guarda, tentei capturá-lo. Apesar de velho, ainda sou um espadachim; mas ele foi mais esperto e escapou. Eu o segui até a praia, mas não fui veloz o bastante, e ele fugiu. Desde então sempre quis saber o que ele tinha nos bolsos do quimono, pois dava para ver o reflexo brilhante de alguma coisa dourada lá dentro. O ladrão ainda devia estar perto da praia quando uma grande tempestade caiu. Sua embarcação afundou, e ele morreu afogado. O cadáver e o barco foram encontrados dias depois, e eu os reconheci; mas não havia nada em seus bolsos. Agora está claro que, quando o barco tombou, o ladrão perdeu a Kwannon, que devia ser o objeto brilhante que vi em seu bolso."

---

6 Os beneficiários de nossos favores somos nós mesmos. [NA]

De verdade, era uma série impressionante de coincidências!

Iganosuke, que não tinha mais motivos para seguir viajando, reapresentou-se ao senhor do domínio de Kii e relatou suas aventuras e sua boa sorte. O daimiô ficou tão satisfeito que deu um presente a Iganosuke.

A imagem de ouro de Kwannon passou a ser mais bem guardada do que nunca. Sem dúvida nenhuma tinha poderes milagrosos, e pode estar até hoje entre os maiores tesouros de Kii.

Numa época em que a ilha Nao é habitada somente por um velho casal, o ex-imperador Sutoku é condenado a exilar-se no local e passa a desfrutar da vida simples com a ajuda deles. A tranquilidade de Sutoku é abalada quando os cavaleiros da corte imperial aparecem na ilha para buscar sua cabeça.

A ROCHA DE SAIGYO HOSHI   25

西行法師の岩

Cerca de vinte quilômetros a oeste de Shodo-shima (Ilha Shodo) fica a razoavelmente extensa ilha Nao, ou Naoshima, no lado ocidental do encantador Mar Interior de Seto, que eu tive a boa sorte de atravessar com a ajuda, em vez dos impedimentos, do governo japonês, graças à gentileza de Sir Ernest Satow. Naoshima tem poucos habitantes, no máximo entre sessenta e cem pessoas, creio eu; na época de nossa história, por volta do ano de 1156, havia apenas dois — Sobei e sua boa mulher O Yone. Eles viviam sozinhos em uma linda e pequena baía, onde construíram uma cabana de pesca e cultivavam cerca de 3 mil *tsubo*[1] de terras, com cuja produção, somada a um suprimento ilimitado de peixes, viviam em perfeita felicidade, sem ser incomodados pelas disputas de seus tempos, que eram particularmente sérias, pois era o período Hogen, que, estendendo-se de 1156 a 1160, ganhou esse nome graças àquela que ficou conhecida como revolta ou (para usar o nome correto) revolução de Hogen. Foi durante esse inquietante período que o ex-imperador Sutoku (que viveu de 1124 a 1141), suspeito de liderar a rebelião, acabou banido pelos ocupantes do poder para a ilha Naoshima.

---

1 Unidade de medida geométrica equivalente a 3,306 metros quadrados. [NE]

Abandonado em um local deserto com não mais do que as roupas do corpo, ele estava em uma situação nada invejável. Em seu entendimento, aquela era uma ilha deserta. Depois que seus captores zarparam, ele caminhou pela praia, pensando no que fazer a seguir. Deveria tirar a própria vida ou lutar para se manter vivo? Em meio a esses questionamentos a noite caiu, antes que Sutoku tivesse a oportunidade de construir um abrigo, e, portanto, não lhe restou nada a fazer a não ser se sentar e pensar sobre o passado, ouvindo o barulho triste das ondas.

Na manhã seguinte, quando o sol se ergueu sobre o horizonte, o ex-imperador se pôs em movimento. Ele decidira viver. Não havia ido muito longe do local onde estava na praia quando encontrou marcas de pegadas na areia e, logo depois, do outro lado de um pequeno promontório de pedra, viu fumaça se erguendo no ar estagnado. Com o coração mais leve, o ex-imperador seguiu em frente e, depois de vinte minutos de uma trabalhosa subida desceu à baía onde ficava a cabana de Sobei e sua esposa. Aproximando-se com passos confiantes, ele explicou quem era, contou que fora exilado e fez uma porção de perguntas.

"Senhor", disse Sobei, "minha mulher e eu somos pessoas muito humildes. Vivemos em paz, pois não há ninguém para nos perturbar aqui, e levamos uma vida muito feliz. O senhor é muito bem-vindo em nossa humilde morada. Nossa cabana é pequena; mas o senhor pode usar como abrigo enquanto construímos outra melhor para seu uso, e sempre pode contar conosco como seus servos."

O ex-imperador ficou satisfeito por ouvir palavras tão amigáveis, e se uniu à pequena família. Ele os ajudou a construir sua cabana. Também auxiliava o velho casal em seu trabalho de pesca e agricultura, e se tornou muito apegado aos dois.

No outono ele adoeceu, vítima de uma febre perigosa, e seus remédios foram fabricados por O Yone com folhas, algas e outros produtos naturais da ilha; e perto do início da primavera ele começou a se recuperar. Já em convalescência, o ex-imperador saiu certo dia para se sentar à beira do mar e admirar a paisagem, e ficou tão distraído observando as gaivotas que seguiam um cardume de sardinhas que não se deu conta do que acontecia ao seu redor. Quando deu por si, de repente estava cercado por nada menos que catorze cavaleiros de armadura.

Assim que eles perceberam que o ex-imperador os havia visto, um dos mais velhos, um homem de cabelos grisalhos e aspecto benevolente, se aproximou, fez uma mesura e falou:

"Ah, meu amado soberano, finalmente o encontrei! Meu nome é Furuzuka Iga, e lamento informar que fui enviado pelo Mikado[2] para levar sua cabeça. Ele teme que o senhor estando vivo, mesmo no exílio, seja uma ameaça à paz do país. Por favor, me permita cortar sua cabeça da forma mais rápida e indolor possível. Infelizmente preciso fazer isso."

O ex-imperador não pareceu nem um pouco surpreso ao ouvir isso. Sem dizer uma palavra, ele se colocou em uma posição apropriada, com o pescoço exposto para receber o golpe da espada de Iga.

Comovido com tamanha demonstração de hombridade, Iga começou a chorar e exclamou:

"Oh, que soberano mais corajoso! Que samurai! Como lamento ser seu executor!" Mas seu dever era claro, portanto, ele controlou os nervos e decapitou o ex-imperador com um único golpe.

Assim que a cabeça atingiu a areia, os demais cavaleiros se aproximaram respeitosamente, colocaram-na em um saco de seda e ficaram à espera das ordens de seu chefe.

"Meus amigos", disse Furuzuka Iga, "voltem ao barco e levem a cabeça de Sutoku ao imperador. Diga que suas ordens foram cumpridas, e que ele não tem mais nada a temer no futuro. Podem ir sem mim, pois ficarei aqui para chorar pelo que fui obrigado a fazer."

Os cavaleiros ficaram perplexos; mas partiram mesmo assim, e Iga se entregou à tristeza.

Pouco depois Sobei e sua esposa saíram para procurar o ex-imperador, pois sua ausência estava se prolongando demais. Eles sabiam onde Sutoku gostava de se sentar para admirar a bela paisagem. E foi lá que encontraram Iga chorando.

"O que é isso?", gritaram. "O que significa todo esse sangue na praia? Quem é o senhor, e onde está nosso hóspede?"

Iga explicou que era um enviado do Mikado e contou que sua dolorosa missão era matar o ex-imperador.

A fúria que tomou conta de Sobei e sua esposa foi violenta. Instintivamente, eles decidiram que deveriam ambos morrer depois de vingar o ex-imperador assassinando Iga. Eles partiram para o ataque com suas facas — Sobei à frente e a mulher mais atrás.

Iga conseguiu se desvencilhar deles com suas técnicas de *jūjutsu*. Em dois tempos tinha os dois imobilizados pelos pulsos, e falou:

---

2 O imperador do Japão. [NE]

"Sei que vocês são boas pessoas, então escutem minha história. O ex-imperador foi mandado para o exílio nesta ilha há quase um ano, e o homem com quem vocês fizeram amizade e ajudaram a não morrer de fome ao relento não é o verdadeiro ex-imperador, e sim meu filho, Furuzuka Taro!"

Sobei e sua esposa encararam o homem com expressões de perplexidade, exigindo uma explicação.

"Basta me escutarem que eu conto tudo", disse Furuzuka Iga. "Como consequência da revolução na Casa Imperial, o ex-imperador Sutoku foi declarado um inimigo pelo atual imperador, e condenado ao exílio nesta ilha considerada inabitada, exceto por vocês dois que vivem aqui. O ex-imperador teria perecido caso não contasse com seu apoio, e apesar de meu vínculo com a corte imperial eu não queria ver um homem que foi meu soberano morrer à míngua. Meu dever era abandonar o ex-imperador aqui. Só que em vez dele deixei aqui meu próprio filho, que era muito parecido com ele e assumiu de bom grado a identidade do ex-imperador. Infelizmente, a mente do Mikado se tornou inquieta durante o inverno, temendo que enquanto o ex-imperador estivesse vivo haveria o risco de mais conflitos, e mais uma vez fui mandado à ilha Naoshima, desta vez para buscar a cabeça do ex-imperador. Vocês já sabem o que precisei fazer. Algum pai por acaso já teve que cumprir uma tarefa tão terrível? Tenham pena de mim, não raiva. Vocês perderam um amigo, e eu, meu filho; mas o ex-imperador ainda está vivo; além disso, ele sabe de minha lealdade, e em pouco tempo estará aqui, em segredo e usando um disfarce. Foi por isso que fiquei, e era essa a história que tinha a contar; saibam que sou profundamente grato a vocês pela grande generosidade com que trataram meu filho Taro."

O pobre samurai se prostrou no chão, e o velho casal, por serem pessoas simplórias demais para saberem o que fazer, ficou em silêncio, com lágrimas de tristeza e compaixão escorrendo pelo rosto.

Durante meia hora, nada foi dito. Eles continuaram chorando na praia manchada de sangue, esperando a maré subir e lavar as marcas; e teriam ficado assim por mais tempo, caso não tivessem ouvido a doce melodia de *biwa* (instrumento musical de quatro cordas, um alaúde). Então Iga se levantou, enxugou as lágrimas e disse: "Meus amigos, aí vem o verdadeiro ex-imperador, ainda que disfarçado. Ele não vai a lugar nenhum sem seu alaúde, e temos certos sinais combinados a partir da maneira como toca. Está perguntando se é seguro continuar avançando, e se eu não responder a resposta é sim. Escutem, e observem sua chegada!".

Sobei e sua esposa nunca tinham ouvido uma melodia tão suave e encantadora antes e, com os corações cheios de tristeza, ficaram escutando. A música foi ficando cada vez mais próxima, até que eles viram chegando pela praia um homem vestido em roupas simples, que quase poderiam ter confundido com seu amigo morto, tamanha era a semelhança entre eles.

Quando ele chegou mais perto, Iga o recebeu com uma mesura, e então conduziu o recém-chegado até onde estavam o pescador e sua esposa e os apresentou, contando ao ex-imperador sobre a generosidade com que tinham tratado seu filho Taro. O ex-imperador ficou satisfeito ao ouvir isso, e disse que se sentia extremamente grato e que considerava o casal como parte do pequeno grupo de pessoas fiéis que se esforçaram para salvar sua vida. Nesse momento, uma embarcação foi vista contornando a baía. Era o barco em que Iga chegara, onde estava a cabeça de seu filho. O ex-imperador, acompanhado por Iga, Sobei e sua esposa, se ajoelhou na praia perto da mancha de sangue e fez uma longa prece pela paz do espírito de Taro.

No dia seguinte, o ex-imperador anunciou sua intenção de permanecer o resto da vida na ilha Naoshima com Sobei e O Yone. Iga foi levado até a costa por Sobei, e voltou à capital.

O ex-imperador, contando com o apoio do velho e fiel casal, viveu na ilha por um ano. Ele passava seu tempo tocando *biwa* e rezando pelo espírito de Taro. Passado um ano, ele morreu de melancolia. Sobei e a esposa dedicaram todo seu tempo livre à construção de um pequeno santuário em sua memória. Segundo dizem, ainda permanece de pé.

No terceiro ano do período Ninnan, o famoso, porém excêntrico sacerdote e poeta Saigyo, que tinha parentesco com a família imperial, passou dezessete dias na ilha, rezando dia e noite. Durante esse tempo, ficava sentado no lugar predileto de Taro e do ex-imperador. Esse local é conhecido até hoje como Saigyo iwa ("Rocha de Saigyo").

正國の眼

O sucesso do ferreiro Masakuni provoca inveja aos colegas de profissão e um deles tenta destruir sua carreira tirando--lhe a visão. A filha O Ai busca a cura através de preces, mas ela o faz sob condições rigorosas e isso pode custar a própria vida.

正国の眼

A VISÃO DE MASAKUNI   26

Cerca de setenta anos atrás vivia em Kyoto um famoso fabricante de espadas, um nativo da província de Awa,[1] em Tokushima. Awanokami Masakuni — era esse seu nome — morava em Kyoto por motivos de negócios, e por ficar mais próximo das casas dos grandes dignitários, que pagavam melhor por suas espadas. Junto com ele vivia sua linda filha Ai, ou O Ai San (Ai significa "amor"). Aos catorze anos de idade, ainda era uma criança; mas sua beleza conquistava a atenção de todos que a viam. O Ai não pensava em ninguém além de seu pai, por quem sentia uma enorme afeição.

Com o tempo, Masakuni se aprimorou tanto na arte de fabricar espadas e forjar lâminas que passou a ser encarado com inveja por outros ferreiros, todos eles, assim como Masakuni, habitantes do distrito de Karasu-Tengu de Kyoto, onde era de bom-tom que os fabricantes de lâminas morassem naquela época. Infelizmente, a habilidade de Masakuni lhe custou um olho! Embora os samurais e espadachins seguissem códigos de ética e honra dos *bushi*[2] que os elevava muito acima dos demais, esse não parecia ser o caso dos fabricantes de espadas. Muitas vezes eles cometiam crimes horrendos e covardes. Um exemplo

---

[1]   Situava-se na atual província de Tokushima. [NE]
[2]   Samurais. [NE]

desse tipo era arrancar um ou ambos os olhos de seus concorrentes enquanto eles dormiam. Foi isso o que aconteceu certa noite, quando a pequena O Ai San foi despertada de seu sono por um grito torturante de seu pai, e o encontrou no chão se contorcendo de dor, com o olho direito perfurado e estourado.

O Ai foi buscar ajuda; porém nada podia ser feito para recuperar o olho. Estava totalmente perdido; e, embora a ferida pudesse ser tratada, Masakuni precisaria se acostumar com a ideia de que jamais usaria o olho direito de novo. Não houve sequer a satisfação de capturar o agressor, pois ele não sabia quem era. Diante das circunstâncias, ficou evidente que Masakuni não poderia continuar fabricando espadas: depois da perda do olho seria impossível manter o padrão de qualidade necessário para preservar sua reputação. Sendo assim, ele voltou com a filha para seu vilarejo natal, Ohara, na província de Awa.

O pobre Masakuni mal havia se instalado em seu antigo lar quando seu olho esquerdo começou a falhar, e em menos de uma semana ele parecia prestes a perder a visão por completo.

Ai ficou inconsolável. A ideia de que seu querido pai perderia os dois olhos era terrível. Ela o amava muito, e sabia que o único prazer que lhe restava na vida era a filha e a possibilidade de contemplar belas paisagens. O que ela poderia fazer, aquela pobre criança? Ai cuidava dele dia e noite, era sua cozinheira e enfermeira. Quando esgotou todos os meios ao seu alcance para ajudá-lo, e o olho esquerdo de seu pai piorou, ela partiu para as orações. Todos os dias encarava o ambiente selvagem e rochoso da montanha de Shiratake, onde perto do cume havia um pequeno altar dedicado a Fudo, que em alguns círculos é visto como o Deus da Sabedoria. Lá, dia após dia, ela rezava para descobrir uma cura para seu pai e, embora fosse o gelado mês de janeiro, depois disso se despia e ficava quase meia hora sob a cachoeira graças à qual a montanha ganhou seu nome, como era costume de todos os que queriam provar à deidade que suas preces eram sinceras.

Por três meses, O Ai continuou subindo a montanha diariamente para rezar e suportar o frio terrível da água da cachoeira; mesmo assim suas preces continuavam não atendidas, pois seu pai não melhorava. O Ai, porém, não desanimava. Perto do fim de fevereiro, ela fez mais uma incursão à montanha. Apesar do frio intenso (havia gelo pendurado em várias partes da paisagem rochosa), O Ai, depois de rezar para Fudo San, tirou as roupas e entrou na cachoeira, para dar continuidade às preces até o ponto em que fosse possível suportar sem correr risco de morte. O frio era tamanho que em pouco tempo ela perdeu os sentidos e caiu na piscina natural logo abaixo da queda d'água, sofrendo um ferimento sério na cabeça.

Nesse momento, em um incomum golpe de sorte, um velho, acompanhado de seu servo, estava subindo ao alto da montanha para admirar a cachoeira. O corpo branco de O Ai San chamou sua atenção enquanto era arrastado pela base da queda d'água a não mais que dez metros de onde ele estava. O velho e o servo correram para tirá-la de lá e começaram a massageá-la ao notarem que ainda estava vida. O Ai estava semiafogada e com o corpo amortecido, insensível ao frio e ao golpe, com um sangramento abundante no local do ferimento.

Os dois homens estavam determinados a salvar aquela linda menina, e se empenharam nisso com vigor. Uma fogueira foi acesa; depois de aquecer suas roupas, eles as vestiram; e em menos de vinte minutos ela abriu os olhos e conseguiu falar. Então o velho perguntou:

"Foi por acidente que a encontramos quase morta ou você estava tentando tirar a própria vida?"

"Não", disse a menina. "Eu não queria tirar minha própria vida. É para salvar a visão de meu pai que venho aqui rezar; este é meu centésimo dia de preces. Amanhã e todos os dias voltarei aqui para rezar de novo, e assim continuarei; pois é contrário aos ensinamentos de Buda cair em desespero." O Ai então contou a história da cegueira de seu pai.

O velho disse em resposta:

"Como o cumprimento do dever com devoção sempre traz recompensa, a sua acaba de chegar, minha jovem. Talvez você não saiba quem eu sou. Meu nome é Uozumi, dr. Uozumi. Sou um médico-chefe de Kyoto, e o único formado em todas as disciplinas das ciências médicas dos holandeses. Estava visitando o palácio em Yedo, e agora estou a caminho de Kyoto. Atraquei meu barco aqui apenas por hoje, e subi a montanha para admirar a paisagem. Agora encontrei você, e para acompanhá-la neste momento de dificuldade ficarei aqui por uma semana ou duas para ver o que pode ser feito por seu pai. Não percamos tempo: vista o restante das roupas e vamos para sua casa."

O Ai San ficou contentíssima. Finalmente, ela pensou, suas preces haviam sido atendidas por Fudo San. Com alegria no coração, ela quase saiu correndo montanha abaixo, esquecendo-se de que quase havia morrido e que tinha um corte feio na cabeça. O dr. Uozumi teve dificuldade para acompanhar aquela jovem tão cheia de saúde.

Uma vez na casa, Uozumi examinou o paciente e receitou remédios de acordo com as prescrições de tratamento dos holandeses, e felizmente eram medicamentos que ele trazia consigo. Dia após dia, o médico e O Ai cuidavam de Masakuni, e ao final do décimo dia o olho esquerdo dele estava totalmente curado.

Masakuni ficou felicíssimo com a recuperação parcial da visão e, como a filha, atribuiu a boa sorte da chegada do famoso médico à misericórdia de Fudo San. Depois de purificar o corpo e a alma com uma dieta vegetariana e tomando banhos gelados por dez dias, ele começou a fabricar duas espadas, que algum tempo depois ficaram prontas. Uma foi presenteada ao deus Fudo, e a outra, ao dr. Uozumi. Mais tarde, tornaram-se espadas famosas, por terem sido feitas pelo semicego Masakuni.

O médico achava uma pena que um artesão tão habilidoso como Masakuni ficasse em um vilarejo remoto na província de Awa, e também que a linda O Ai perdesse o viço em um local como aquele, então os convenceu a acompanhá-lo até Kyoto. Mais tarde ele conseguiu para O Ai San uma posição de dama de honra no palácio do duque de Karasumaru, onde ela foi muito feliz.

Cinco anos depois Masakuni morreu, e foi enterrado no cemitério de Toribeyama, na parte leste de Kyoto. Foi isso que relatou Fukuga, que me contou a história.

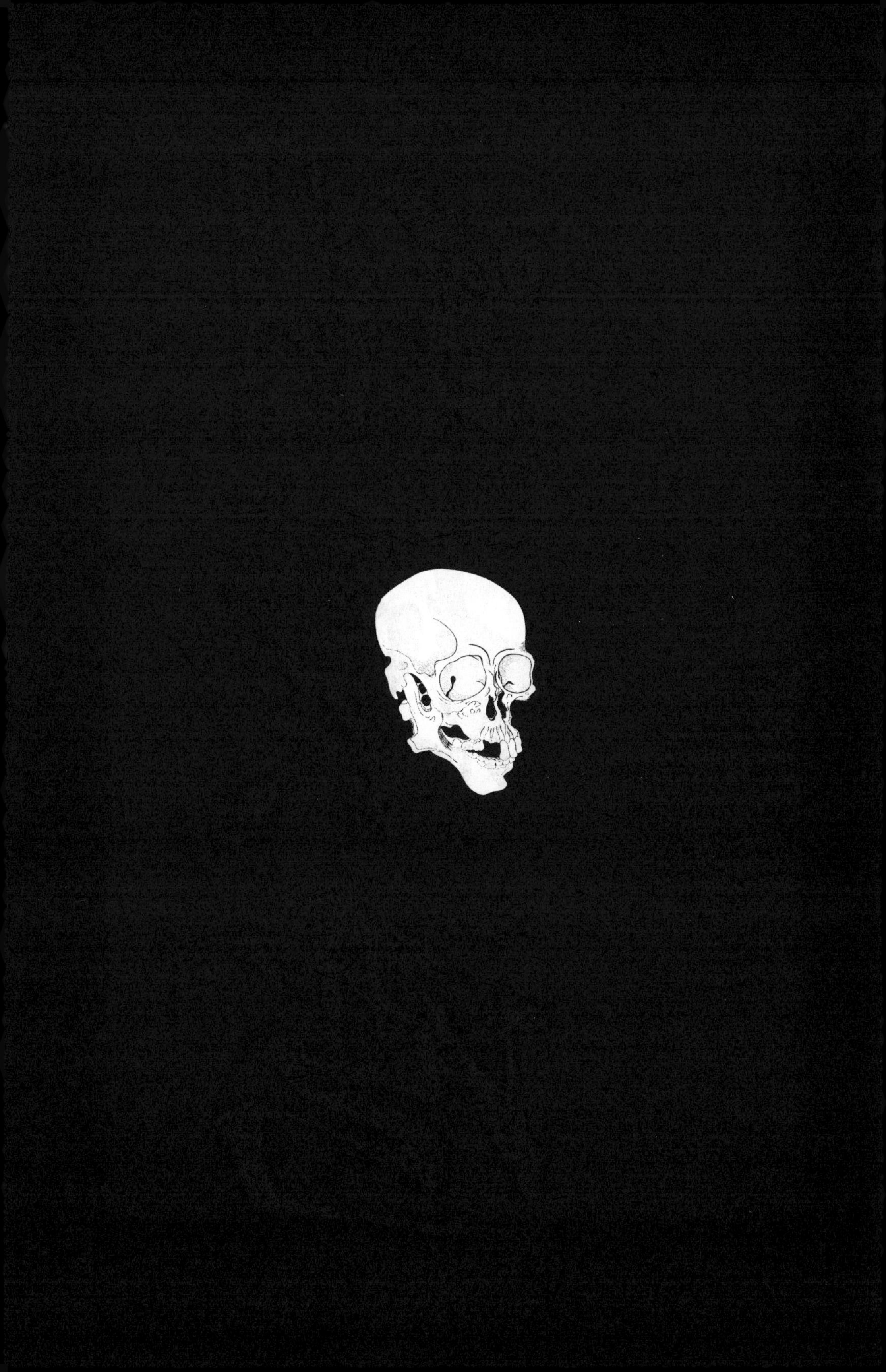

相模
模
湾

A pequena e isolada ilha Hatsushima vira palco de um drama quando todos os homens solteiros do povoado demonstram o desejo de se casar com O Cho, a mais bela jovem do local. As brigas dos pretendentes acabam por afetar toda a ilha, para consternação de O Cho.

相
模
湾

BAÍA DE SAGAMI   27

A ilha Hatsushima provavelmente é desconhecida de todos os estrangeiros, e de 9.999 entre 10 mil japoneses; consequentemente, não é um local de grande importância. Mesmo assim, produziu uma notável historinha romântica, que foi contada por um amigo que visitou o local cerca de seis anos atrás.

    A ilha fica a pouco mais de dez quilômetros a sudeste de Atami, na baía de Sagami (província de Izu). É bastante isolada da costa, e tem pouco contato com o mundo exterior. Inclusive, dizem que os habitantes de Hatsushima são pessoas exóticas, que preferem manter distância. Até mesmo hoje só há cerca de duzentas casas, e a população é de no máximo mil pessoas. O grosso da produção da ilha se resume obviamente a peixes; mas é um lugar celebrado também pelas flores conhecidas como junquilhos (*suisen*). Portanto é possível afirmar que o intercâmbio comercial é quase inexistente por lá. O pouco que as pessoas compram ou vendem na costa precisa ser transportado em seus próprios barcos de pesca. Os casamentos também costumam ocorrer somente entre os nativos, que em geral são conservadores e vivem bem assim.

    Existe uma cantiga de pescador bastante conhecida na ilha Hatsushima. Seu significado é mais ou menos o seguinte, e a origem dessa estranha estrofe é a história contada aqui:

> *Hoje é dez de junho. Que caia uma chuva torrencial!*
> *Pois quero muito ver minha querida O Cho San.*
> *Hi, Hi, Ya-re-ko-no-sa! Ya-re-ko-no-sa!*

Muitos anos atrás vivia na ilha uma filha de pescador cuja beleza era extraordinária desde a infância. Quando cresceu, Cho — era esse o nome dela — se tornou ainda mais atraente e, apesar do nascimento inferior, tinha os modos e o refinamento de uma dama. Aos dezoito anos de idade, não havia um jovem na ilha que não fosse apaixonado por ela. Estavam todos ávidos por conseguir sua mão em casamento; mas quase ninguém ousava pedir, nem mesmo por meio de um intermediário, como era costume na época.

Entre eles havia um belo pescador de cerca de vinte anos que se chamava Shinsaku. Por ser menos simplório que os demais, e um pouco mais ousado, certo dia abordou Gisuke, o irmão de O Cho, para falar a respeito. Gisuke não tinha nada contra a ideia de sua irmã se casar com Shinsaku; na verdade, até gostava dele; e as famílias dos dois sempre foram amigos. Sendo assim, ele chamou sua irmã O Cho à praia, onde estavam sentados, e disse que Shinsaku pedira sua mão em casamento, e que achava uma excelente ideia, que seria aprovada também por sua mãe, caso estivesse viva. Ele ainda acrescentou: "Você deve se casar em breve, sabe. Você tem dezoito anos, e nós não queremos solteironas em Hatsushima, ou que tragam garotas lá da costa para se casar com os homens da ilha".

"Fique tranquilo, meu caro irmão! Não preciso desse sermão sobre solteironas", protestou O Cho. "Não tenho a menor intenção de continuar solteira, eu garanto; e, quanto a Shinsaku, prefiro me casar com ele do que com outro qualquer — então não se preocupe mais com isso. Basta marcar o dia desse acontecimento feliz."

Não é preciso nem dizer que Gisuke ficou satisfeitíssimo, assim como Shinsaku; e eles definiram que o casamento seria dali a três dias.

Em pouco tempo, quando os barcos de pesca voltaram ao vilarejo, a notícia se espalhou; e seria difícil descrever ao certo o estado de espírito dos homens mais jovens. Até então, todos sonhavam em conquistar a linda O Cho San; eles se alimentavam dessa esperança, e desfrutavam das possibilidades abertas pelo amor, que traz tanta felicidade em seus estágios iniciais. Shinsaku costumava ser uma pessoa querida na ilha. Mas agora a esperança de todos havia caído por terra. O Cho não seria mais de nenhum deles. Quanto a Shinsaku, como passaram a detestá-lo de repente! O que fazer? — eles perguntavam um ao outro, ignorando o aspecto quase cômico da coisa, ou o fato de que, de todo modo, O Cho se casaria com apenas um dos jovens locais.

Ninguém deu atenção aos peixes que haviam pescado; os barcos foram largados na praia sem grande preocupação com a segurança; a mente de todos estava voltada para a questão de como fazer para se casar com O Cho San. Em primeiro lugar, eles decidiram dizer a Shinsaku que impediriam o casamento se fosse possível. Houve muitas brigas naquela praia, cuja tranquilidade jamais fora perturbada antes por demonstrações de hostilidade. Por fim Gisuke, o irmão de O Cho, foi conversar com ela e Shinsaku; e o decidido foi que, em nome da paz na ilha, o noivado seria desfeito, e O Cho e seu amado se comprometeram a não se casar com mais ninguém.

No entanto, nem mesmo esse grande sacrifício teve um efeito benéfico. Havia trinta homens envolvidos no caso; na verdade, todos os solteiros locais queriam se casar com O Cho; eles brigavam todos os dias; a ilha inteira estava descontente. Pobre O Cho San! O que ela poderia fazer? Ela e Shinsaku já não haviam feito o bastante, sacrificando sua felicidade pela paz da ilha? Só havia uma atitude possível a tomar e, sendo uma moça japonesa, ela não hesitou em fazê-lo. Escreveu duas cartas de despedida, uma para seu irmão Gisuke e outra para Shinsaku. "Na ilha Hatsushima nunca houve desarmonia, até que eu nasci", ela declarou. "Por mais de trezentos anos, nosso povo, embora pobre, sempre viveu feliz e em paz. Infelizmente, não é mais esse o caso, e por minha causa. Adeus! Eu preciso morrer. Diga a nosso povo que eu morri para as pessoas voltarem a si, pois estão se comportando como tolas por culpa minha. Adeus!"

Depois de deixar as duas cartas no quarto onde Gisuke dormia, O Cho saiu silenciosamente da casa (era uma noite de tempestade, no dia 10 de junho), escalou as rochas perto de sua cabana e se jogou no mar, depois de encher as mangas das roupas de pedras, para garantir que afundaria.

Na manhã seguinte, quando Gisuke encontrou as cartas, instintivamente soube o que devia ter acontecido, e saiu correndo para procurar Shinsaku. O irmão e o noivo leram as cartas juntos, e ficaram arrasados, assim como todo mundo na ilha. Uma busca foi feita, e em pouco tempo as sandálias de palha de O Cho foram encontradas na beira das rochas perto de sua casa. Gisuke entendeu que ela havia se atirado na água dali, e ele e Shinsaku mergulharam e encontraram seu corpo no fundo do mar. Eles trouxeram o cadáver à superfície, e o enterraram perto das pedras onde ela ficou de pé pela última vez.

Desse momento em diante, Shinsaku não conseguia mais dormir à noite. O pobre sujeito ficou muito abalado. Colocou a carta de O Cho e suas sandálias de palha ao lado de sua cama, cercando tudo de flores. Ele passava os dias chorando e enfeitando o túmulo dela.

Por fim, certa noite, Shinsaku resolveu acabar com a própria vida, para que seu espírito pudesse encontrar O Cho; e foi até o túmulo dela para um último adeus. No caminho, pensou ter visto O Cho, e gritou seu nome três ou quatro vezes, estendendo os braços para ela, extasiado. Os berros acordaram Gisuke, cuja casa ficava perto da sepultura. Ele saiu e encontrou Shinsaku agarrado ao pilar de pedra que servia de lápide.

Shinsaku explicou que tinha visto o espírito de o Cho, e que a seguiria tirando a própria vida; porém, acabou sendo dissuadido disso.

"Não faça isso; dedique sua vida a construir um santuário em homenagem à Cho, e eu posso ajudá-lo. Você pode se juntar a ela morrendo de causas naturais; e pode agradar seu espírito simplesmente não se casando com outra."

Shinsaku fez essa promessa. Os jovens da ilha começaram a sentir uma profunda compaixão por Shinsaku. Como tinham sido brutos e egoístas!, eles pensavam. Mas ainda tinham como se redimir, e poderiam dedicar seu tempo livre à construção de um santuário para O Cho San; e assim foi feito. Seu nome é "Santuário de O Cho San de Hatsushima", e todo dia 10 de junho é realizada uma cerimônia por lá. Um fato curioso é que sempre chove nesse dia, e os pescadores dizem que é o espírito de O Cho aparecendo em forma de chuva. Daí a cantiga:

Hoje é dez de junho. Que caia uma chuva torrencial!
Pois quero muito ver minha querida O Cho San.
Hi, Hi, Ya-re-ko-no-sa! Ya-re-ko-no-sa!

O santuário ainda existe, segundo me disseram.

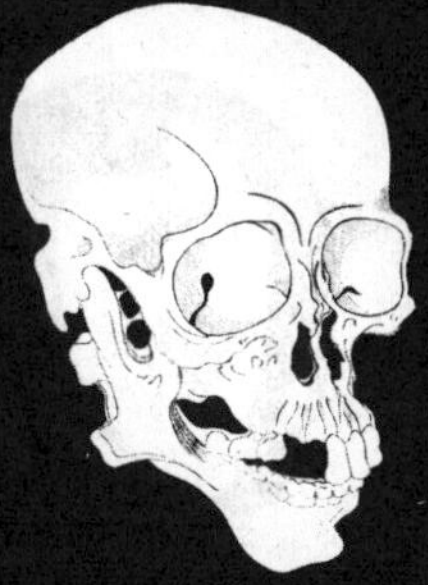

島の王者

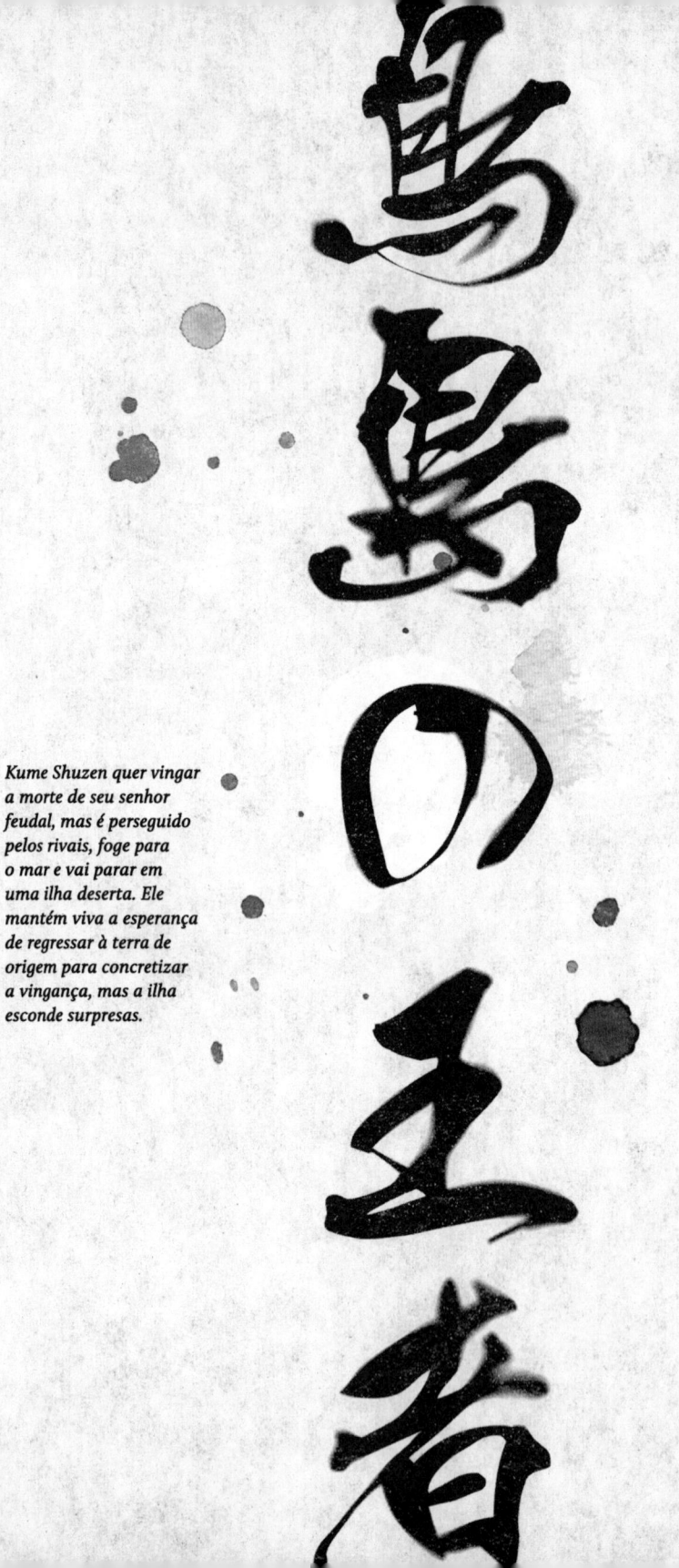

Kume Shuzen quer vingar a morte de seu senhor feudal, mas é perseguido pelos rivais, foge para o mar e vai parar em uma ilha deserta. Ele mantém viva a esperança de regressar à terra de origem para concretizar a vingança, mas a ilha esconde surpresas.

鳥島の王者

O REI DE TORIJIMA[1]

28

Muitos anos atrás havia um daimiô chamado Tarao. O castelo onde morava ficavam em Osaki, na província de Osumi,[2] e entre seus atendentes havia um servo fiel, seu predileto, cujo nome era Kume Shuzen. Kume fora por um longo tempo administrador das terras do sr. Tarao, e tinha inclusive permissão para tratar em nome dele de qualquer assunto relacionado a negócios.

Certo dia Kume estava na capital, Kyoto, para cuidar de assuntos de seu senhor, quando o daimiô Toshiro, de Hyuga,[3] iniciou uma disputa com o daimiô de Osumi em razão de questões relacionadas a fronteiras e, como o atendente não estava lá para ajudá-lo e seu senhor era uma pessoa impetuosa, os dois clãs se enfrentaram no sopé do monte Kitamata. O daimiô Tarao de Osumi

---

1 É impossível determinar exatamente a qual das ilhas Torijima a história se refere. Existem duas — um rochedo a cerca de cem quilômetros de Okinawa-jima, a ilha principal, onde fica Naha, a capital de todo o arquipélago; e a outra Torijima, a maior, localizada entre as longitudes 1280 e 1290, e não muito ao sul da linha latitudinal de 380. A pessoa que me contou a história disse que o cenário é a Ilha Rochosa Sul, cujas cartas apontam ficar a mais ou menos vinte metros acima do nível do mar na maré alta e tem uma ilha adjacente chamada Kumeshima; eu argumento ser mais provável que se trate da Torijima mais ao norte, que tem como vizinha uma ilha maior de nome Takuneshima, que pode muito bem ser Kumeshima. Como essas ilhas têm um nome em japonês, outro em chinês e outro ainda em idiomas ocidentais, podem se tornar motivo de muita confusão. Os japoneses, apesar de excelentes cartógrafos, não são bons geógrafos, pois alteram os nomes a seu bel-prazer. [NA]
2 Península que ocupa a parte oriental da atual província de Kagoshima. [NE]
3 Território que ocupava parte das atuais províncias de Miyazaki e Kagoshima. [NE]

foi morto, assim como a maioria dos homens de seu mestre. Mas não foram completamente vencidos. Os sobreviventes bateram em retirada para o castelo de seu senhor em Osaki; porém os inimigos os seguiram e mais uma vez os venceram, tomando a propriedade para si.

Mensageiros foram despachados para mandar chamar Kume de volta, claro; mas Kume decidiu que só havia uma coisa honrosa a fazer, que era juntar os poucos samurais restantes que podia e promover mais uma luta em nome de seu senhor. Infelizmente, apenas cerca de cinco dezenas de homens atenderam a seu chamado. Junto com Kume, eles se esconderam nas montanhas com a intenção de esperar até recrutarem mais gente. Mas um dos espiões de Toshiro descobriu, e todos com exceção de Kume foram feitos prisioneiros.

Perseguido de forma implacável, Kume conseguiu se esconder durante o dia, e se lançou ao mar à noite. Três dias depois chegou a Hizaki, onde comprou todas as provisões que era capaz de carregar e se manteve incógnito até que aparecesse a oportunidade de tomar um barco em meio à escuridão, na esperança de confundir os inimigos.

Kume não era um grande navegador; na verdade, nas poucas vezes em que estivera em uma embarcação, fora como passageiro. Encontrar um barco não foi difícil. Ele se afastou da praia e deixou o barco seguir à deriva, mas não sabia usar os remos e não entendia como funcionavam as velas. Para sua sorte, Hizaki é um cabo comprido encravado na costa sudeste, voltado para o mar aberto do Pacífico, portanto ele não teve dificuldade para fugir, pois o vento e a maré lhe foram favoráveis; além disso, havia por lá uma corrente marítima que seguia para o sul, na direção das ilhas Ryukyu. Para Kume, não fazia muita diferença para onde estava indo, e mesmo que se importasse com isso não poderia fazer nada, pois, por melhor que fosse seu senso de direção em terra, assim que se via cercado de água por todos os lados se sentia perdido. Só o que sabia era que o sol nascia onde não havia terras por perto, que a China ficava na direção em que o sol se punha e que mais ao sul havia ilhas que diziam ser territórios de *nambanjin* (estrangeiros selvagens sulistas). Sendo assim, Kume se manteve à deriva, pois não havia como ser de outra forma, deitado no fundo do barco e sem se preocupar em economizar suas provisões; e, como seria de se esperar, no fim do segundo dia não havia mais água para beber, e ele sofreu muito por isso.

Perto do amanhecer do quinto dia, Kume estava semiadormecido no fundo do barco. De repente, sentiu um impacto.

"Ora, uma pancada!", ele disse a si mesmo em seu idioma nativo e, ao se sentar, descobriu que havia sido levado ao acaso até uma ilha rochosa. Logo em seguida, ele desceu à praia e arrastou o barco para o lugar mais alto de que era capaz. A primeira coisa que fez foi procurar água para matar a sede. Enquanto caminhava pela praia pedregosa à procura de um riacho, Kume percebeu que aquela ilha não poderia ser habitada, porque havia dezenas de milhares de aves marinhas empoleiradas nas rochas, procurando comida nos arredores ou boiando no mar; outras ainda chocavam seus ovos. Kume concluiu que provavelmente não passaria fome em um local que os pássaros usavam para procriar, e além disso era possível ver que havia peixes em abundância, pois os alcatrazes se banqueteavam com uma espécie de *iwashi* (sardinha), que transformava em espuma a calmaria do mar em seu esforço para escapar dos peixes maiores que os perseguiam sob a superfície. Os peixes saltadores chegavam bem perto da praia, perseguidos pela magnífica albacora; era um sinal claro de que os pescadores não visitavam aquelas paragens. Os mariscos eram abundantes nas piscinas de corais, e entre eles, bem pertos uns dos outros, havia os menores entre os mexilhões de pérolas que Kume conhecia de sua terra natal.

Não havia areia naquela ilha — ou pelo menos não à beira-mar. A paisagem parecia dominada por uma formação de corais, mas havia uma substância espessa e amarelada por cima de tudo, a partir da qual cresciam árvores atarracadas que davam muitos frutos, que Kume descobriu serem excelentes para comer. Ele não teve problemas para encontrar água: havia vários riachos fluindo para a praia, atravessando a vegetação baixa.

Kume voltou a seu barco, para garantir que estava seguro e, depois de encontrar um abrigo melhor, moveu-o para mais adiante. Então, depois de comer mais frutas, mariscos e algas, Kume se deitou para dormir e pensar em seu senhor feudal morto, imaginando como conseguiria se vingar do daimiô Toshiro de Hyuga.

Quando amanheceu, Kume não ficou nem um pouco surpreso ao ver oito ou nove silhuetas de pessoas, como ele pensou a princípio, ainda sonolento; mas quando ficou mais claro ele descobriu que eram tartarugas, e não demorou muito para correr até a praia e virar uma delas; mas então, lembrando-se de que havia como conseguir alimento de sobra por ali sem tirar a vida de um animal tão venerado, Kume a soltou. "Talvez", ele pensou, "como aconteceu com Urashima,[4] minha bondade com a tartaruga possa me salvar. Inclusive, essas tartarugas podem ser mensageiras ou atendentes do Palácio do Rei do Mar!"

---

4   Urashima Taro. Personagem principal de um conto japonês, no qual um pescador salva uma tartaruga dos maus-tratos de crianças e, como retribuição, é levado pela tartaruga a um palácio no fundo do mar, onde desfruta de momentos de alegria. Porém, ao retornar, descobre que muito tempo havia se passado desde a sua partida. [NE]

Uma coisa que Kume se determinou a aprender foi a usar o remo e a vela do barco. Ele se dedicava a isso todas as manhãs, e quase dominou totalmente a arte de manejar o imenso tipo de remo usado pelos japoneses tanto do passado como do presente. À tarde, ele explorava a parte alta da ilha; no entanto, a elevação não era suficiente para ver nenhum outro pedaço de terra, embora certa vez ele tenha ficado com a impressão de que viu um fino contorno azul no horizonte que poderia ser o prenúncio de uma terra distante.

Mas por ora ele estava seguro; tinha comida em abundância, e água também; as aves causavam um certo incômodo, verdade, pois não se comportavam de acordo com o que seria de se esperar. Havia algo perturbador na maneira como se empoleiravam e o observavam. Ele não gostava disso, e muitas vezes atirava pedras em sua direção; mas nem isso resolvia — só parecia deixar os pássaros mais curiosos.

Embora não fosse nenhum marujo, Kume nadava bem, assim como a maioria dos japoneses moradores de províncias na costa, e era capaz de fazer sem correr muitos riscos mergulhos a uma profundidade de três braçadas japonesas — quatro metros e meio. Portanto era assim que Kume passava o tempo quando não estava praticando com o barco ou coletando mariscos; em pouco tempo descobriu que havia por lá uma enorme quantidade de ostras, contendo pérolas belíssimas; depois de pegar cinquenta ou sessenta, de todos os tamanhos, cortou uma das mangas do casaco e fez um saco, que pretendia encher. Certo dia, enquanto mergulhava atrás de pérolas e mariscos, Kume encontrou, espiando os buracos das pedras em um horário de maré baixa, pérolas que haviam caído das conchas mortas e apodrecidas depositadas mais acima; em determinado lugar eram abundantes como cascalho, e ele as retirava da cavidade em punhados de mão cheia. Eram descoloridas, verdade; mas Kume as reconhecia pelo formato bem redondo, e depois de esfregadas com areia ou terra se revelavam pérolas verdadeiras. Ele começou a trabalhar com energia redobrada, na esperança de futuramente conseguir dinheiro o bastante para vingar seu senhor.

Cerca de seis semanas depois de ir parar naquela ilha, ele viu à distância a silhueta de uma vela. Durante o dia todo, observou com bastante atenção; mas a embarcação não parecia estar se afastando nem se aproximando, e Kume chegou à conclusão de que devia ser um barco de pesca ancorado, pois havia brisa suficiente para movê-lo para longe da vista caso seus tripulantes assim quisessem.

"Com certeza deve haver terra firme em algum lugar mais além de onde está o barco, que, caso contrário, não ficaria ancorado ali por meio dia. Amanhã, como agora sei manejar a vela e remar meu barco, vou fazer uma expedição para ver. Não que eu espere que haja compatriotas meus por lá; mas posso encontrar chineses não hostis, e se forem selvagens sulistas, com minha boa espada japonesa, não tenho por que temê-los!"

Na manhã seguinte, Kume carregou seu barco com frutas, água, mariscos e ovos e, amarrando o saco de pérolas junto ao corpo, saiu velejando na direção sudoeste. O vento estava fraco, e a embarcação avançava devagar; mas Kume seguiu navegando por toda a noite, o que era natural, devido à falta de experiência. Ele não ousou dormir e correr o risco de perder o senso da direção de onde viera. Quando o dia raiou e o sol se levantou a bombordo, ele se viu a seis ou sete quilômetros de uma ilha que ficava bem à frente de onde estava. Empolgado com seu primeiro sucesso como navegador, Kume começou a remar para chegar mais depressa. Em terra firme, a recepção que teve não foi nem um pouco agradável. Havia pelo menos uma centena de selvagens furiosos com lanças e bastões; mas o que eram eles (questiona meu tradutor) para um samurai japonês? Quinze deles foram neutralizados sem que o espadachim sofresse um arranhão, pois Kume era proficiente em todas as artes de defesa ensinadas em seu treinamento militar, e era mestre nos golpes do *jūjutsu*.

Os demais adversários se assustaram e começaram a fugir. Kume capturou um deles e tentou perguntar que ilha era aquela, e qual povo a habitava. Por meio de sinais, ele explicou que era japonês, de forma nenhuma um inimigo — muito pelo contrário, queria estabelecer um contato amigável e estava claramente sozinho. Impressionadíssimos com a proeza de Kume, e satisfeito por ele não querer retomar as hostilidades, os nativos cravaram as lanças na areia com a ponta para baixo e se aproximaram de Kume, que embainhou a espada e foi examinar os quinze homens que haviam tombado. Onze tinham sido derrubados com golpes bem aplicados de *jūjutsu*, e pareciam mortos; mas Kume os abordou de diferentes maneiras e os fez voltar à vida através da conhecida arte do *kwatsu* (na verdade, uma técnica de respiração artificial), praticada no Japão havia centenas de anos em associação com alguns golpes secretos do *jūjutsu* que dizem ser capaz de matar — a não ser que haja alguém presente que conheça a arte do *kwatsu*, a vítima morre depois de duas horas sem atendimento. Hoje em dia, é proibido matar temporariamente as pessoas, mesmo para quem conhece a arte do *kwatsu*. Kume reanimou nove de seus inimigos caídos, o que foi considerado um feito maravilhoso e lhe rendeu muito respeito. Os outros dois morreram. Os demais tinham ferimentos tratáveis e se recuperaram.

Tendo estabelecido a paz, Kume foi levado até o chefe do vilarejo, ganhou uma cabana, e passou a considerar aquele povo gentil e agradável. Uma esposa foi designada a ele, e Kume tratou de se adaptar à vida na ilha e a aprender seu idioma, que em muitos aspectos era parecido com o seu.

A cana e o inhame eram os principais cultivos locais — além do arroz nos morros, claro, pois havia água suficiente para o terraceamento —, mas a pesca era a principal ocupação de todos. Quatro ou cinco vezes por ano, os ilhéus eram visitados por uma barcaça que comprava sua produção e lhes vendia as coisas que queriam — como camas, barras de ferro, chita e sal. Depois de três meses de residência, Kume já falava um pouco da língua nativa, e era capaz de narrar suas aventuras; além disso, explicou que a ilha de onde viera — a que dera o nome de Torijima,[5] por causa das aves de lá — era muito melhor que a deles em termos do que era possível extrair do mar. "Venham comigo, amigos", disse Kume, "vamos até lá e vocês verão. Já mostrei minhas pérolas, e não sou um grande mergulhador; mas para os mergulhadores a abundância é total — além de lesmas-do-mar, pepinos-do-mar ou *namako* dos melhores tipos."

"Você sabia que essa ilha que chama de 'Tori' é enfeitiçada?", eles questionaram. "É impossível chegar lá, pois existe um pássaro gigante que aparece duas vezes por ano e mata todos os homens que se aventuraram a atracar. Não devia estar lá quando você ficou na ilha, caso contrário não teria sobrevivido um único dia."

"Ora, meus amigos", disse Kume, "eu não tenho medo de pássaros e, como foram muito generosos comigo, eu gostaria de lhes mostrar minha Torijima, pois, apesar de pequena, é melhor que a ilha de vocês em termos do que pode ser extraído do mar, e vocês concordariam comigo se fossem lá ver. Por favor, digam que pelo menos alguns vão me acompanhar."

Por fim, ao menos trinta homens disseram que iriam; seriam três barcos lotados.

Sendo assim, no fim da tarde seguinte eles partiram e, como os nativos das ilhas Ryukyu conheciam bem aquela rota, chegaram às praias de Torijima ao nascer do sol.

O barco de Kume foi o primeiro a atracar. Apesar de ter sido avisado sobre o pássaro gigante que deveria estar ausente durante sua estadia na ilha, Kume desembarcou sozinho e estava caminhando pela praia quando uma imensa águia com um corpo maior que o seu desceu sobre ele e começou a atacá-lo. Kume, um espadachim japonês, imediatamente cortou o monstro ao meio.

---

5   Ilha do pássaro. [NA]

Desse dia em diante, Torijima foi colonizada pelos pescadores, e lhes fornecia mais pérolas, corais e peixes do que a outra, que eles passaram a chamar de Kumijima, e às vezes de Shuzen-shima (sendo ambos nomes do mesmo lugar); além disso, Kume Shuzen foi nomeado rei de ambas as ilhas. Kume nunca voltou ao Japão para vingar seu senhor Tarao. Na verdade, estava em uma situação melhor do que antes, e levou uma vida feliz nas duas ilhas Ryukyu selvagens, que ainda não haviam passado para o domínio chinês, pois eram pequenas demais para serem levadas em consideração.

Cerca de quinze anos depois, Kume morreu e foi enterrado em Kumijima. Segundo quem me contou a histórias, aqueles que visitam as Ryukyu e passam por Kumijima veem a partir do mar que lá existe um monumento erguido em homenagem a Kume Shuzen.

A devoção à deusa
Kwannon faz Okureha
enfrentar o difícil acesso a
um santuário na montanha
Daimugenzan. Depois
de ser salva do perigo
por uma desconhecida,
Okureha passa a vê-la
regularmente e a levar-lhe
flores do campo, já que
a sua benfeitora não
pode apanhá-las por si.

A BEBIDA DA VIDA PERPÉTUA 29

Entre as fronteiras nordeste da província de Tōtomi[1] e a fronteira noroeste da província de Suruga existe uma montanha bem alta, Daimugenzan. Trata-se de uma montanha selvagem e escarpada, coberta em quase três quartos de sua extensão por pinheiros enormes, *yenoki*,[2] *icho*, canforeiros etc. Existem apenas algumas poucas trilhas, e quase ninguém sobe a colina. Mais ou menos na metade da subida há um santuário erguido em homenagem a Kwannon; mas é tão pequeno que nenhum sacerdote vive lá, e a estrutura está apodrecendo. Ninguém sabe por que ele foi construído em um local tão inacessível — a não ser, talvez, uma garota solitária e seus pais, que costumavam frequentá-lo por razões que só diziam respeito a eles mesmos.

Certo dia, por volta do ano 1107 d.C., a garota estava rezando para que sua mãe se recuperasse de uma doença. Okureha era seu nome. Vivia em Tashiro, ao pé da montanha, e era a beldade da região — filha de um samurai muito querido e de certa importância. Em meio ao silêncio solene, Okureha bateu

---

[1] Situava-se na parte ocidental da atual província de Shizuoka. [NE]
[2] Conhecida também como *enoki*. Agreira asiática (*Celtis sinensis*). Árvore de porte grande e de boa madeira. [NE]

palmas três vezes diante de Kwannon enquanto rezava, fazendo as montanhas ecoarem o som. Terminadas as preces, Okureha começou sua descida, mas então foi abordada por um homem mal-apessoado, que a agarrou pelo braço.

Ela gritou bem alto por ajuda; mas não houve resposta, a não ser os ecos de sua voz, e a moça se deu por perdida.

De repente uma brisa penetrante começou a soprar, carregando as folhas de outono em pequenas colunas. Okureha resistia violentamente ao agressor, que parecia enfraquecer com o vento gelado batendo no rosto. A moça também se sentia mais fraca. Em alguns segundos, o homem tombou como se estivesse em um sono embriagado, e ela estava a ponto de cair (sem saber por quê) e adormecer (pois mal conseguia manter os olhos abertos). Nesse momento o vento se tornou quente em vez de frio, e ela se sentiu desperta de novo. Ao olhar para cima notou a aproximação de uma linda moça, que não parecia muito mais velha que ela. A desconhecida estava vestida de branco e parecia deslizar pelo chão. Seu rosto era claro como a neve que cobria o cume do monte Daimugenzan; suas sobrancelhas tinham o formato de luas crescentes, como as de Buda; sua boca era como flores. Com uma voz prateada, ela se dirigiu a Okureha, dizendo:

"Não fique surpresa nem com medo, minha criança. Vi que você estava em perigo, e vim em seu auxílio, colocando aquela criatura selvagem para dormir; enviei a brisa quente para que você não dormisse também. Não precisa temer, pois o homem não está morto. Posso revivê-lo se quiser, ou mantê-lo assim, se desejar. Como você se chama?"

Okureha caiu de joelhos para expressar sua gratidão, e depois de se levantar falou: "Meu nome é Okureha. Meu pai é o samurai que é dono da maior parte do vilarejo de Tashiro, ao pé da montanha. Minha mãe está doente, então vim ao velho santuário rezar para Kwannon por sua recuperação. Já estive aqui em cima cinco vezes, mas nunca havia encontrado ninguém até hoje, quando esse homem horrível me atacou. Devo minha salvação inteiramente a Vossa Sagrada Senhoria, a quem agradeço profundamente com toda a humildade. Espero poder voltar aqui e rezar no santuário mais vezes. Meu pai e minha mãe rezaram aqui antes de eu nascer, para Kwannon e para o Tennin[3] da montanha. Eram um casal sem filhos, e eu fui mandada pra eles por suas preces. Portanto é justo que eu venha até aqui rezar por minha mãe; mas esse homem horrível me assustou tanto que sentirei medo de voltar sozinha".

3   Anjo. [NA]

A Deusa da Montanha (pois fora essa a salvadora de Okureha) sorriu e falou: "Não precisa ter medo, minha linda criança. Venha quando quiser, e eu serei sua protetora. Filhos que são tão dedicados aos pais como você merecem tudo o que há de bom e sagrado. Se quiser me agradar, volte amanhã, para que possamos conversar; e me traga algumas flores dos campos, pois nunca desço o bastante para conseguir pegá-las, apesar de serem minhas favoritas — elas têm um aroma tão doce. E agora é melhor você ir para casa. Quando passar o tempo necessário para chegar lá, farei esse homem horrível voltar à vida e o deixarei ir. É pouco provável que ele volte a incomodá-la".

"Eu voltarei amanhã", disse Okureha, fazendo mesuras de agradecimentos entre um e outro "Sayonara".

Okureha San ficou tão impressionada com a visão da deusa que não conseguiu dormir, e ao amanhecer do dia seguinte estava nos campos colhendo flores, que levou montanha acima até o santuário, onde encontrou a deusa à sua espera.

Elas conversaram sobre muitos assuntos e, como apreciavam a companhia uma da outra, marcaram de se encontrar com frequência. Sendo assim, sempre que tinha tempo, Okureha subia a montanha. Isso continuou acontecendo por quase um ano, quando certo dia Okureha levou flores para a deusa como de costume; mas parecia triste, e se sentia de fato assim.

"Por que isso?", perguntou a deusa. "Por que está tão triste?"

"Ah, sua santidade tem razão", respondeu Okureha. "Estou triste, pois este pode ser o último dia que posso subir aqui para vê-la. Estou com dezessete anos de idade, e meus pais acham que já tenho idade para me casar. Doze anos atrás meu pai decidiu que eu me casaria com o filho de um de seus amigos, Tokue, de Iwasaki-mura, quando chegássemos à idade certa. Agora eles dizem que já tenho idade, então preciso me casar. O casamento será em três dias. Depois disso precisarei ficar em casa e trabalhar para meu marido, e acho que não poderei mais vê-la. É por isso que estou tão triste." Enquanto falava, as lágrimas rolavam por seu rosto, e por alguns poucos momentos ficou inconsolável; mas a deusa a tranquilizou, dizendo:

"Não precisa ficar triste, minha criança querida. Pelo contrário, você está prestes a entrar na condição mais feliz da vida, estando casada. Se as pessoas não se casassem, não teríamos crianças para herdar novos espíritos e a vida não haveria continuação. Volte para casa feliz, minha criança; case-se e tenha filhos. Você será feliz e cumprirá seu dever com o mundo e com a deusa. Antes de nos despedirmos, eu lhe entrego esta pequena cuia de *furōshu*.[4] Cuide bem

---

4   Saquê da juventude perpétua. [NA]

dela na descida da montanha, e quando se casar dê um pouco para seu marido. Ambos permanecerão com a aparência que têm hoje, sem envelhecer um dia sequer, apesar de viverem por séculos, pois sua vida será longa; além disso, a bebida lhe dará uma felicidade perfeita. Agora, adeus!"

Mais uma vez, os olhos de Okureha se encheram de lágrimas ao se despedir de sua benfeitora; mas ela conseguiu se controlar e, com uma última mesura, desceu a montanha chorando. Três dias depois, Okureha se casou. Era um dia afortunado, de acordo com os calendários, além disso, foi no ano em que o imperador Toba subiu ao trono, 1108 d.C.

Quando estavam celebrando a ocasião em um piquenique, Okureha deu ao marido um pouco do saquê *furōshu* e bebeu o resto, como recomendara a deusa. Eles estavam sentados em um local lindo e gramado, onde cresciam violetas selvagens de fragrância deliciosa; a seus pés serpenteava um riacho cristalino que descia da montanha. Para sua surpresa, eles viram pétalas de flores de cerejeira começarem a cair ao seu redor de forma repentina. Como não havia nenhuma cerejeira por perto, ficaram perplexos; mas então viram no céu azul uma nuvem branca que acabara de passar por cima de suas cabeças, e sentada nela estava a Deusa do Monte Daimugenzan. Okureha a reconheceu, e mostrou ao marido sua benfeitora. A nuvem branca a carregou até o alto da montanha, onde permaneceu até ser escondida pelas sombras do crepúsculo.

Okureha e seu marido nunca envelheceram. Viveram centenas de anos como *Sennins*[5] no monte Daimugenzan.

---

5   Eremitas. [NE]

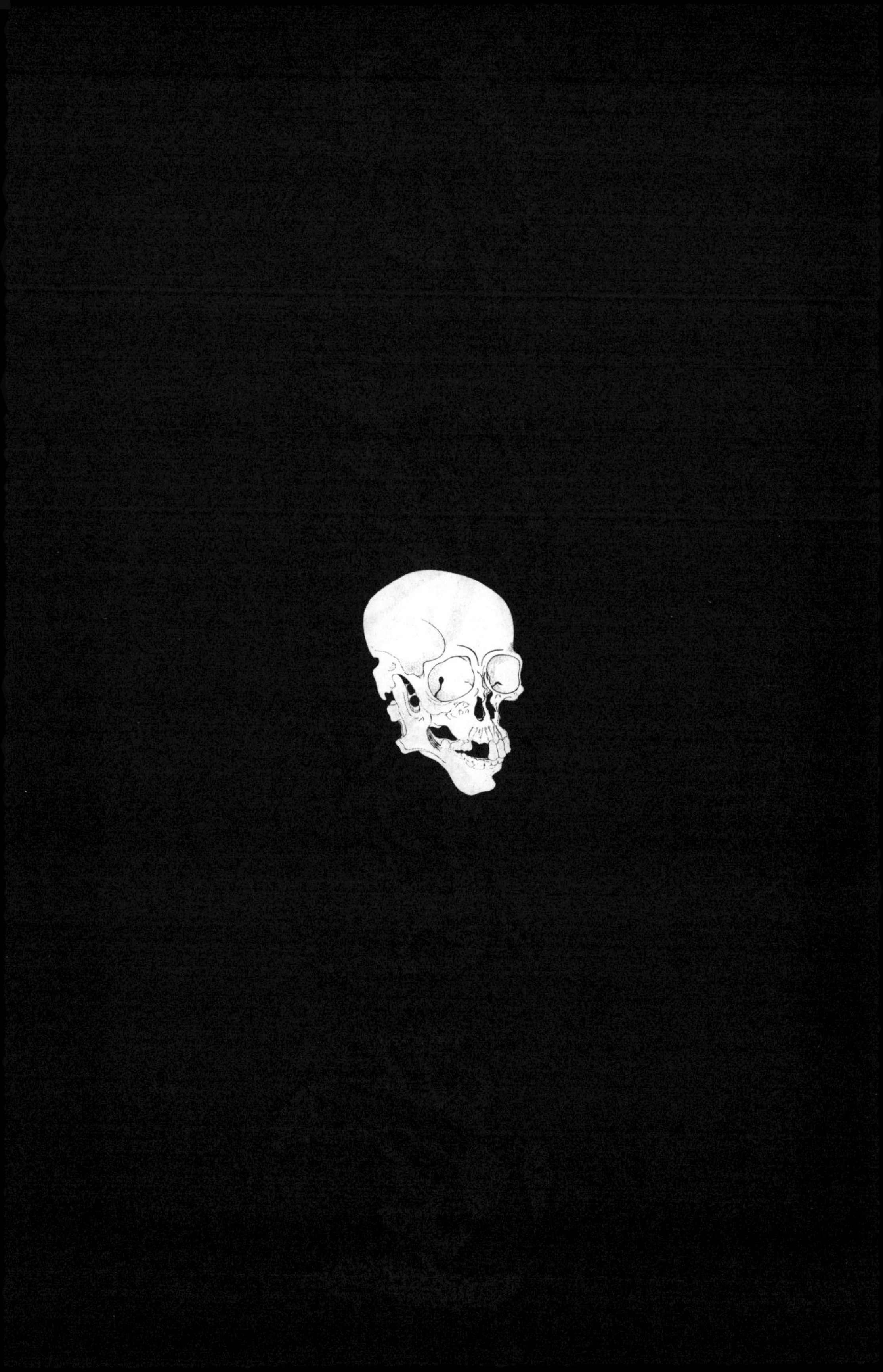

仙洞窟堂

Um velho aproxima-se de crianças que brincam no vilarejo e examina três delas — Yuka, com uma deformidade na perna, Tarako, o menino cego, e Rinkichi, totalmente surdo. O ancião diz a eles que poderão se curar se encontrarem-no no monte Norikuradake no dia seguinte, sem contar a seus pais.

A CAVERNA DO EREMITA

30

Muitos anos atrás, vivia no vilarejo de Nomugi, na província de Hida,[1] um velho agricultor chamado Jinnai, junto com sua esposa. Eles tinham uma filha que amavam mais do que tudo. Seu nome era Yuka. Tinha sete anos de idade, e era uma menina lindíssima. Infelizmente, nessa idade ela desenvolveu um problema na perna, que foi piorando cada vez mais até o membro ficar deformado. O Yuka não sofria de dores; seus pais, porém, estavam preocupadíssimos. Médicos, remédios e conselhos de diversos amigos foram mobilizados, mas a perna de Yuka não melhorava.

"Que tristeza isso vai ser para ela mais adiante na vida!", diziam seus pais. "Mesmo hoje é triste ver que ela tem uma perna deformada quando brinca com as outras crianças."

Como a situação era irremediável, Yuka e seus pais precisavam minimizar seus efeitos. De qualquer forma, Yuka não era a única pessoa no vilarejo com deformidades. Havia outros casos. Um dos meninos que brincavam com Yuka, Tarako, era cego de nascença; e outro, Rinkichi, era tão surdo que podia colar o ouvido ao sino do templo enquanto as crianças o badalavam que não ouvia som nenhum, apesar de sentir a vibração. Bem, esses dois talvez tivessem problemas até piores que o de Yuka, e por fim seus pais encontraram algum consolo. Sua filha continuava brincando com as outras crianças e parecia feliz.

[1] Situava-se na região norte da atual província de Gifu. [NE]

O vilarejo de Nomugi fica ao pé da grande montanha Norikuradake, com 3.200 metros de altura, um lugar selvagem de origem vulcânica.

A maior parte das crianças de Nomugi costumava ir todos os dias brincar na encosta gramada de uma antiga represa na extremidade do vilarejo. Elas jogavam pedras na água, pescavam, andavam de barco e colhiam flores. A represa era uma espécie de parque para as crianças. Desde cedo elas já estavam lá, e levavam arroz para comer sem precisar voltar para casa até o anoitecer.

Certo dia, enquanto brincavam, elas foram surpreendidas pela aproximação de um velho com uma longa barba branca. Ele vinha da direção da montanha. Todos pararam o que estavam fazendo para observá-lo. Ele se misturou às crianças e, dando tapinhas carinhosos em suas cabeças, começou a fazer amizade naturalmente. Ao notar a perna defeituosa de Yuka, o velho comentou: "Ora, o que é isso? Seus pais não tentaram achar uma cura?". A pequena Yuka respondeu que sim, mas que não adiantou. O velho a fez deitar na grama e começou a manipular a perna, puxando-a para um lado e depois para o outro e esfregando um medicamento vermelho que ele retirou de um estojo. O velho então tratou de Tarako, o menino cego, e Rinkichi, o surdo.

"Pois bem, meus pequenos", disse ele, "todos vocês amam seus pais e suas mães, e eles ficarão muito satisfeitos em vê-los curados de suas enfermidades. Vocês ainda não estão recuperados, mas ficarão, se fizerem o que digo, em questão de três ou quatro dias. Mas só devem contar que me viram quando eu der permissão — depois que estiverem curados. Amanhã nos encontraremos na pedra plana diante da caverna no monte Norikuradake. Vocês sabem onde é. Muito bem: até amanhã, e se fizerem o que digo proporcionarei divertimento para todos, mostrando alguns truques interessantes." Em seguida ele se afastou, caminhando na direção de onde viera.

As crianças continuaram as brincadeiras, pensando: "Que velhinho bonzinho!". E, por mais estranho que pareça, enquanto voltava para casa O Yuka sentiu que sua perna melhorava.

No Japão, as pessoas não dão muita atenção às crianças. Elas são quase sempre cordatas e bem comportadas, como pequenos adultos, na verdade; sendo assim, todos jantaram e foram para cama como bons meninos, sem falar nada sobre as diversões do dia ou sobre aquele estranho velho.

No dia seguinte, as crianças foram para a pedra plana. Como chovia, só puderam subir quando já era um pouco tarde; mas encontraram o velho mesmo assim e, embora não houvesse tempo para brincar e mostrar os truques que prometera, ele cuidou da perna de Yuka, do surdo e do cego do mesmo jeito.

"Agora podem ir", ele falou, "e voltem amanhã. Quando chegarem em casa, a perna de Yuka estará boa, Tarako conseguirá enxergar e Rinkichi passará a ouvir; e tenho certeza de que suas famílias ficarão muito contentes. Amanhã, se puderem, vocês devem chegar cedo, e vamos nos divertir muito."

Mesmo antes que as crianças chegassem em casa, tudo se deu como o velho dissera. Os três estavam recuperados. Os moradores dos vilarejos e os pais dos curados celebraram juntos; mas todos ficaram muito intrigados em saber quem poderia ser o mago.

"Se ele volta para a montanha, como dizem as crianças, deve morar na caverna", sugeriu alguém. "Deve ser um *Sennin*", especulou outro. "Dizem que o mais famoso dos sacerdotes, Kukai shonin, que fundou o templo do monte Koya-san, na província de Kii, era capaz de fazer essas curas inacreditáveis em crianças", acrescentou um terceiro. Mas, apesar de tantos rumores e conjecturas, ninguém era capaz de explicar como fazer um menino nascido cego enxergar. Por fim, alguém sugeriu que dois ou três adultos seguissem as crianças em segredo no dia seguinte: se permanecessem escondidos, eles poderiam ver o que aconteceria. Esse excelente plano foi aceito.

Na manhã seguinte, cerca de trinta crianças saíram logo ao amanhecer, seguidas sem saber por dois homens do vilarejo.

Quando chegaram à pedra plana — que dizem ser grande o suficiente para comportar mil tatames esticados de um metro e oitenta por noventa centímetros —, as crianças encontraram o velho sentado em uma de suas extremidades. Os dois homens que as seguiram se esconderam atrás de arbustos de azaleias.

Primeiro viram o velho se levantar, aproximar-se das crianças e perguntar como estavam os três curados, e como seus pais receberam a notícia. Tarako talvez fosse o mais empolgado dos três, pois nunca havia visto o mundo antes, e nem seus pais.

"Agora, meus pequenos, como vieram me ver, proporcionarei diversão a todos. Venham ver!" Depois de dizer isso, o velho apanhou alguns gravetos e, soprando suas pontas, produziu galhos de cerejeiras em flor, além de ameixeiras e pessegueiros, e entregou um para cada menina. Depois apanhou uma pedra, jogou no ar e — surpresa! — transformou-a em uma pomba. Outra foi transformada em um gavião, ou na verdade qualquer pássaro que os garotos queriam.

"Agora", continuou o velho, "mostrarei a vocês alguns animais que farão vocês rirem." Ele recitou alguns versos místicos, e macacos apareceram pulando na pedra plana e começaram a lutar uns contra os outros. As crianças bateram palmas de alegria; mas um dos homens que estava escondido exclamou, assombrado:

"Quem pode ser esse mago? Apenas um mago poderia fazer uma coisa dessas!" O venerável homem escutou e, lançando um olhar cauteloso ao redor, falou: "Crianças, não conseguirei fazer mais truques hoje. Meu encanto se perdeu. Preciso ir para casa, e é melhor vocês irem também. Adeus."

Dito isso, o velho fez uma mesura e tomou uma trilha na montanha, na direção da caverna.

Os dois homens saíram de onde estavam escondidos e, junto com as crianças, tentaram segui-lo. Apesar da idade avançada, ele era muito mais ágil que os demais no terreno rochoso; mas seus perseguidores conseguiram ficar perto o bastante para vê-lo entrar na caverna. Alguns minutos depois, eles foram até a entrada e fizeram uma prostração no local. A entrada era cercada por flores perfumadas; mas ninguém se arriscou a penetrar suas entranhas escuras.

De repente O Yuka apontou para cima, gritando: "Lá está o vovô!". Todos olharam para o local indicado; e viram o velho de pé sobre uma nuvem, logo acima do cume da montanha.

"Ah, agora ficou claro!", gritou um dos homens. "É o famoso eremita do monte Norikuradake." Todos se prostraram no chão, e depois voltaram para relatar aos moradores do vilarejo o que tinham visto.

Doações foram coletadas; um pequeno templo foi construído na caverna, e recebeu o nome de Sendokutsu, que significa "O Templo do *Sennin*".

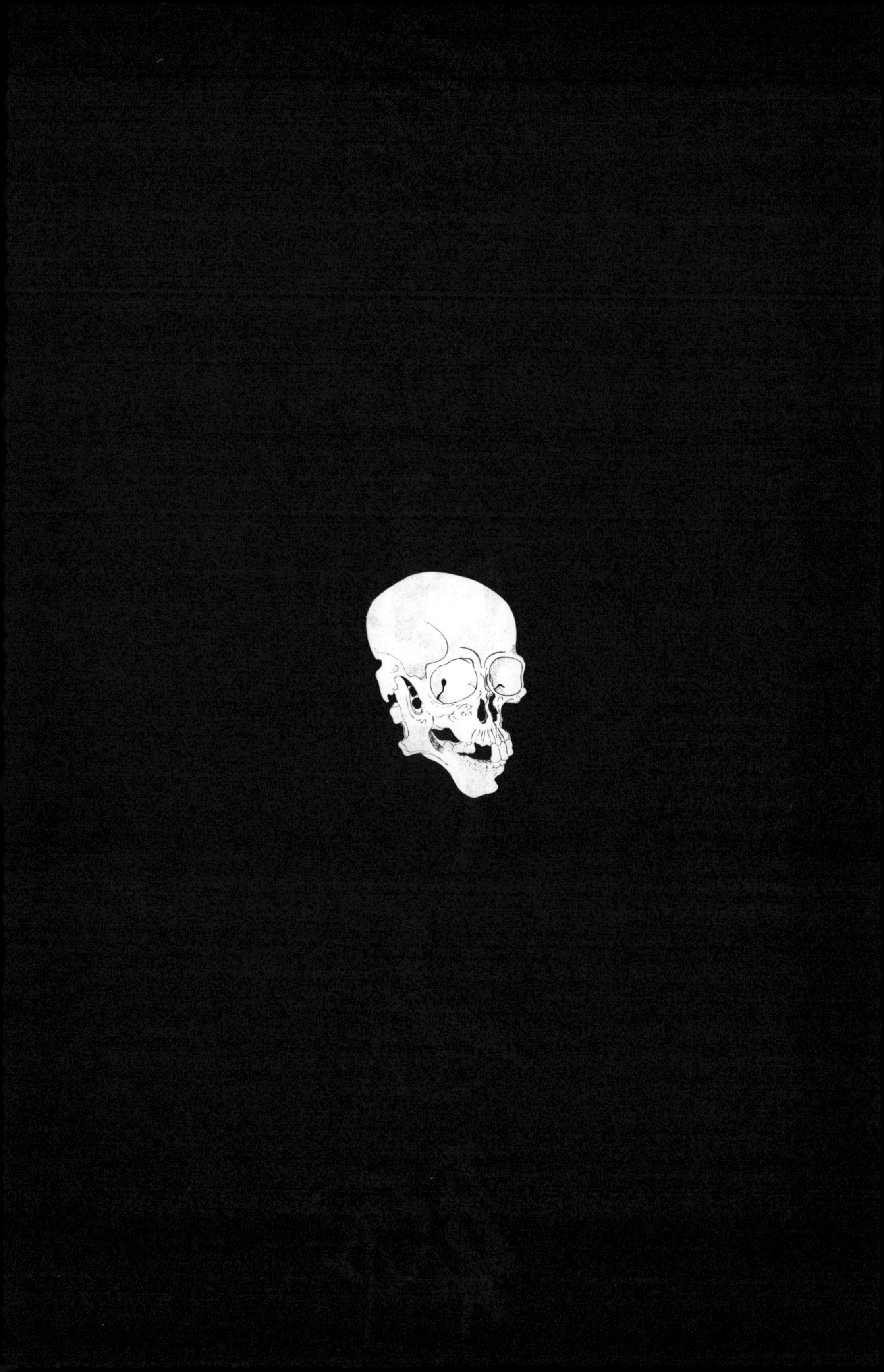

富士山の女神

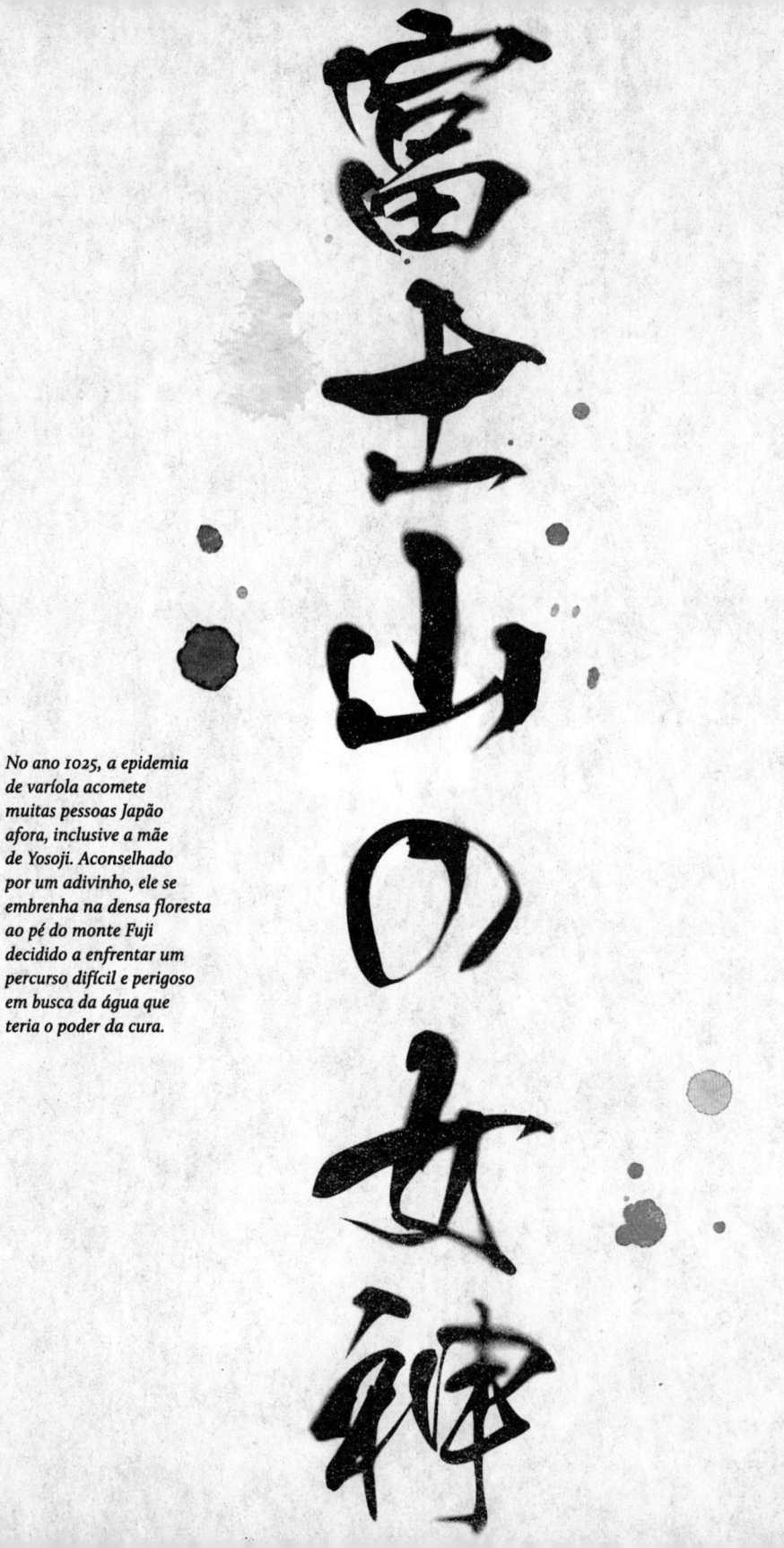

No ano 1025, a epidemia de varíola acomete muitas pessoas Japão afora, inclusive a mãe de Yosoji. Aconselhado por um adivinho, ele se embrenha na densa floresta ao pé do monte Fuji decidido a enfrentar um percurso difícil e perigoso em busca da água que teria o poder da cura.

富士山の女神

A DEUSA DO MONTE FUJI   31

No reinado do imperador Sanjo, houve uma época especialmente desafortunada. Foi por volta do ano 1013 d.C., quando Sanjo subiu ao trono — o primeiro ano do período Chowa. Uma praga se espalhou pelo país. Dois anos depois, o Palácio Real pegou fogo, e teve início uma guerra com a Coreia, na época conhecida como Shiragi.

Em 1016, um outro incêndio atingiu o novo palácio. Um ano depois, o imperador abdicou do trono, em razão da cegueira e outras causas. Ele entregou o cargo ao príncipe Atsuhara, que passou a se chamar imperador Go Ichijo, e subiu ao trono no primeiro ano do período Kwannin, em 1017 ou 1018. O tempo em que o imperador Go Ichijo governou o país — um intervalo de vinte anos, até 1036 — foi um dos piores da história do Japão. Houve mais guerras, mais incêndios e pragas piores do que nunca. A desordem era total, e nem mesmo Kyoto estava segura para pessoas de posse, por causa das quadrilhas assaltantes. Em 1025, houve um assustador surto de varíola; quase nenhum vilarejo ou cidade do país escapou.

É nesse período que nossa história começa. Nossa heroína (se é que pode ser chamada assim) é ninguém menos que a deusa da grande montanha Fuji, da qual quase todos no mundo já ouviram falar, ou viram em algum retrato. Portanto, se a lenda parecer tola ou infantil, saiba que a culpa é da minha maneira de contá-la (com a mesma simplicidade com que me foi contada), e lembre-se que se trata da Grande Montanha do Japão, sobre a qual tudo é interessante; além disso, tente encontrar uma maneira melhor de narrar os acontecimentos. Eu pessoalmente não fui capaz.

Durante a terrível epidemia de varíola, havia um vilarejo na província de Suruga chamado Kamiide, que ainda existe, mas não é de grande importância. Foi um local atingido mais duramente pela doença que a maioria dos demais vilarejos. Quase ninguém escapou. Um jovem de dezesseis ou dezessete anos passou por uma grande provação. Sua mãe foi atingida pela doença e, como seu pai já morrera, a responsabilidade pela casa recaiu sobre Yosoji — era esse seu nome.

Yosoji procurou toda a ajuda possível para sua mãe, sem deixar de tentar nenhum tipo de tratamento ou atendimento; mas ela piorava dia a dia, até ficar completamente desenganada. Vendo seus recursos esgotados, Yosoji resolveu consultar um famoso mago e adivinho, Kamo Yamakiko.

Kamo Yamakiko disse a Yosoji que só havia uma chance de sua mãe ser curada, e que dependeria muito da coragem do rapaz. "Se for até um pequeno riacho que corre pela face sudoeste do monte Fuji", disse o adivinho, "e encontrar um pequeno altar perto de sua nascente, onde Oki-naga-suku-neo[1] é venerado, você pode ser capaz de curar sua mãe trazendo água de lá para ela beber. Mas vou logo avisando que é um lugar cheio de perigos, entre animais selvagens e outras coisas, e que você pode não voltar ou nem mesmo chegar lá."

Yosoji, sem se deixar abalar pelo desânimo, decidiu que viajaria na manhã seguinte e, depois de agradecer ao adivinho, foi para casa a fim de se preparar para sair logo cedo.

E às três da manhã ele partiu.

Era uma caminhada longa e difícil, que ele nunca havia feito antes; mas ele prosseguiu com animação, pois estava saudável e motivado por uma preocupação profunda.

Perto do meio-dia, Yosoji chegou a um lugar onde três trilhas se encontravam, e ficou em dúvida sobre qual caminho pegar. Enquanto pensava a respeito, viu a silhueta de uma linda garota vestida de branco se aproximando pela floresta. A princípio, Yosoji sentiu vontade de fugir; mas a figura o chamou com uma voz sedutora, e lhe disse:

---

1   O Deus do Fôlego Longo. [NA]

"Não vá embora. Eu sei o que você veio fazer aqui. Você é um rapaz corajoso e um filho leal. Guiarei você até o riacho e — eu lhe dou minha palavra — as águas vão curar sua mãe. Siga-me se quiser, e controle seu medo, pois o caminho é difícil e perigoso."

A garota se virou, e Yosoji a seguiu, embasbacado.

Em silêncio, os dois percorreram mais de seis quilômetros, sempre subindo e se embrenhando cada vez mais em florestas escuras. Por fim chegaram a um pequeno altar, diante do qual havia dois *torii*, e de uma abertura em uma rocha gorgolejava uma correnteza cristalina como Yosoji nunca havia visto antes.

"Aí está", disse a garota de branco, "o riacho que você procura. Encha sua cabaça e beba, pois as águas impedirão que a praga o atinja. Seja rápido, pois está tarde, e não seria bom passar a noite aqui. Eu o guiarei de volta ao local onde nos encontramos."

Yosoji obedeceu — bebeu a água e depois encheu o recipiente até a boca.

A volta foi bem mais rápida que a ida, pois o caminho era montanha abaixo. Ao chegar no entroncamento das três trilhas, Yosoji fez uma mesura para sua guia e agradeceu por sua enorme generosidade; e a garota lhe disse novamente que era uma satisfação ajudar um filho tão dedicado.

"Em três dias você precisará de mais água para sua mãe", disse ela, "e eu estarei neste mesmo lugar para guiá-lo outra vez."

"Posso perguntar a quem devo tamanha gentileza?", disse Yosoji.

"Não. Você não deve perguntar, e eu não responderei", falou a garota. Com mais uma mesura, Yosoji seguiu seu caminho com a maior pressa possível, com a cabeça cheia de perguntas.

Ao chegar em casa, descobriu que sua mãe havia piorado. Ele lhe deu um copo com a água, e contou sobre suas aventuras. Durante a noite, Yosoji se levantou para cuidar da mãe, como sempre fazia, e lhe deu mais água. Na manhã seguinte, ela estava inegavelmente melhor. Durante o dia ele lhe serviu mais três doses, e ao amanhecer do terceiro dia saiu para seu encontro marcado com a bela dama de branco, que estava sentada à sua espera em uma pedra no entroncamento dos três caminhos.

"Sua mãe melhorou: estou vendo pela alegria em seu rosto", disse ela. "Agora siga-me como antes, e vamos depressa. Volte em três dias, e eu o encontrarei. Serão necessárias cinco viagens no total, pois a água precisa estar fresca. Pode dar um pouco para os outros doentes de seu vilarejo também."

Yosoji fez a viagem cinco vezes. Ao final da quinta, sua mãe estava plenamente recuperada, e muitíssimo grata por ter sua saúde de volta; além disso, a maioria dos moradores locais que não haviam morrido se curou. Yosoji se tornou um herói no vilarejo. Estavam todos encantados com sua história, e curiosos para saber quem era a garota de branco; pois, apesar de já terem ouvido falar do altar de Oki-naga-suku-neo, ninguém sabia onde era, e poucos ousariam ir até lá caso soubessem. Obviamente, todos sabiam que Yosoji estava em débito antes de tudo ao adivinho Kamo Yamakiko, a quem o vilarejo inteiro mandou presentes. Yosoji estava com a mente intranquila. Apesar do bem que havia feito, achava que devia todo seu sucesso por encontrar e trazer a água à sua linda guia, e sentia que não havia demonstrado gratidão suficiente por ela. Simplesmente corria para casa depois de pegar a preciosa água, limitando-se a uma mesura de agradecimento. Agora ele sentia que precisava fazer mais. Era necessário fazer preces no altar, ou alguma coisa assim; e quem era a moça de branco? Ele precisava descobrir. Sua curiosidade o obrigava a isso. Por isso Yosoji resolveu fazer mais uma visita à nascente, e partiu de manhã logo cedo.

Como já conhecia o caminho, ele não parou no entroncamento das três trilhas, e foi diretamente até o altar. Era a primeira vez que viajava sozinho por ali e, por mais que se esforçasse para manter a calma, sentiu medo, sem saber nem por quê. Talvez fosse a penumbra opressiva da misteriosa floresta escura à sombra do sagrado monte Fuji, que por si só já era um mistério cercado de superstições, fervores religiosos e sensações de assombro. Nem mesmo hoje uma pessoa mais imaginativa consegue ir à montanha sem lidar com uma ou todas essas emoções.

Yosoji, no entanto, apertou o passo e seguiu o mais depressa que podia até chegar ao altar de Oki-naga-suku-neo. Uma vez lá, viu que a nascente secara. Não restava uma gota d'água. Yosoji caiu de joelhos diante do altar e agradeceu ao Deus do Fôlego Longo por ter lhe proporcionado um modo de curar sua mãe e os moradores restantes de seu vilarejo. Ele rezou para que aquela que o guiara até a nascente revelasse sua presença, para poder mais uma vez agradecer por sua bondade. Quando se levantou, Yosoji viu sua guia ao seu lado, e se prostrou a seus pés. Ela foi a primeira a falar:

"Você não deve vir aqui", ela falou. "Eu já lhe disse isso antes. É um lugar muito perigoso. Sua mãe e seus vizinhos estão curados. Não há mais razão para continuar vindo.

"Eu vim porque não lhe agradeci o suficiente", explicou Yosoji, "e porque gostaria de expressar o quanto sou grato, assim como minha mãe e os demais moradores de nosso vilarejo. Além disso, todos queremos saber a quem devemos o favor de ter me guiado até a nascente. Embora Kamo Yamakiko tenha me contado sobre o riacho, eu jamais encontraria se não fosse a sua generosidade, que se estendeu por cinco semanas. Certamente você há de nos contar a quem devemos tamanho favor, para que possamos pelo menos erguer um altar em nosso templo."

"Isso que você quer saber é desnecessário. Fico contente com sua demonstração de gratidão. Sabia que um filho tão bom se sentiria assim, e foi por causa de seu sentimento por sua mãe e por sua bondade que o guiei até a nascente da saúde, que, como pode ver, não pode mais ser usada. Você não precisa saber quem eu sou. Precisamos nos despedir agora — então adeus. Termine sua vida como começou e você será feliz." A linda donzela brandiu um galho carregado de camélia selvagem sobre a cabeça como quem faz um aceno, e uma nuvem desceu do cume do monte Fuji, envolvendo-a em brumas. A nuvem então se ergueu, revelando sua silhueta para Yosoji, que, com o rosto banhado em lágrimas, começou a se dar conta de que amava aquela figura que ia se afastando, que era ninguém menos que a grande Deusa do Fujiyama. Yosoji se ajoelhou e rezou para ela, e a deusa, ouvindo suas preces, jogou para ele o galho de camélia selvagem.

Yosoji o levou para casa, plantou-o e cuidou dele com todo o cuidado. O galho se transformou em uma cameleira com uma velocidade incrível, chegando a seis metros de altura em dois anos. Um altar foi construído; as pessoas vinham fazer louvores à árvore; e dizem que as gotas de orvalho de suas folhas curam qualquer doença relacionada aos olhos.

O sacerdote Yoda Emon
vive em exílio na ilha de
Ōshima, longe da família, e
encontra consolo na pesca.
Uma experiência rara em
alto-mar faz com que ele
reveja seu comportamento e
isso resulta na proibição de
caça às baleias na região.

鯨

BALEIAS 32

Existem muitas histórias e superstições relacionadas a baleias. Escolhi uma, que data do período Hoen (1135), para mostrar a veneração e o medo com que os japoneses sempre encararam essas criaturas. Incluí também a tradução do sr. Ando, de nosso consulado, de uma nota de jornal datada de 12 de fevereiro de 1907, para provar que essas superstições ainda existem.

Mais ou menos 172 anos atrás, quando começou o período Hoen, o santuário de Atsuta, em Nagoya, pegou fogo. Por alguma razão, surgiu o boato de que essa calamidade aconteceu porque o principal responsável pelo santuário, Yoda Emon, tinha perturbado um dos deuses.[1]

Enfim, de qualquer forma o santuário sagrado pegou fogo, e seu responsável foi exilado para a ilha de Ōshima, na província de Izu, hoje conhecida pelo nome genérico de "Vries". Trata-se da ilha mais extensa e mais ao norte de um arquipélago que se estende em cadeia na direção sudoeste. O local mais próximo de Ōshima é a ilha Toshi, muitas vezes chamada de Rishima, da qual trata nossa história.

---

[1] Os principais deuses cultuados em Atsuta são a Deusa do Sol Amaterasu, seu irmão Susanoo, o príncipe Yamato-dake, sua esposa Miyazu-hime e o irmão dela, Takeina-tane; mas o objeto de maior veneração no local é a espada chamada "Kusanagi no Tsurugi", uma das três principais relíquias que formam a Insígnia Imperial do Japão, sobre a qual já contei uma história ou duas, em especial a de Yamato-dake no Mikoto (p. 63 deste volume). [NA]

Yoda Emon era um homem de mente aguçada e bastante ativo na perseguição de seus interesses. Talvez tenha sido por isso que perturbou o deus que causou o incêndio em Atsuta. Seja como for, seu exílio o deixou abaladíssimo. Ele não conseguia obter notícias de sua terra natal ou de sua família, e se afligiu a ponto de pensar, depois de várias noites sem dormir, que se sua mente não encontrasse logo algum alívio acabaria se matando ou enlouquecendo.

Por fim lhe ocorreu que talvez conseguisse permissão para pescar; e de fato a obteve, desde que se mantivesse a menos de dois quilômetros da costa. Dia após dia, Yoda pegava o barco que lhe fora emprestado, e costumava voltar com um bom suprimento de peixes, cantando sozinho enquanto remava ao chegar ou deixar a praia. Em pouco tempo passou a ter um sono tranquilo e recobrou as forças. Depois de um mês ou dois, Yoda se tornou uma figura muito popular, distribuindo peixes a quem quisesse levá-los, e logo pôde ir além do limite de dois quilômetros inicialmente imposto. Ele se tornou um ótimo navegador e, não fosse pela perda de sua família, seria muito feliz em seu novo lar. Certo dia, como a manhã estava tranquila, resolveu se aventurar em um local mais distante que o de costume, na esperança de capturar um dos peixes maiores que diziam ser abundantes a cerca de quinze quilômetros de Toshi-shima. Ele teve sorte, e capturou três espécimes magníficos da família das cavalinhas, conhecidos como *sara* no Japão, *seer* na Índia e albacora na Inglaterra, onde nunca são vistos. Infelizmente, depois disso o vento, em vez de soprar do sudeste como era habitual, veio do noroeste e, em vez de voltar a Ōshima, Yoda foi arrastado para longe da ilha. O vento foi ficando cada vez mais forte, até virar um vendaval, e em pouco tempo o mar ficou agitado. A escuridão chegou, e Yoda pensou que se tratasse de um castigo por estar pescando. "Ah", ele gritou, "que pecado tolo eu cometi agora? Com certeza minha situação de sacerdote banido deveria ser um sinal de que não posso matar peixes!" Ele se jogou no fundo do barco e rezou; mas suas preces não surtiram efeito, pois o vento ganhou mais força, e o mar se alvoroçou ainda mais. Já era mais de meia-noite quando um vagalhão partiu o barco em pedaços. Atordoado e quase afogado, Yoda se agarrou ao enorme remo, e assim permaneceu por cerca de três horas.

Por fim se sentiu arrastado para o que parecia ser uma rocha, e largando o remo ele escalou, mais morto do que vivo. Com muito esforço, tão exausto que se sentia amortecido, ele se sentou na escuridão, apenas semiconsciente.

Ao amanhecer, a mudança da maré fez as águas se acalmarem, e quando o sol se ergueu Yoda descobriu, horrorizado, que não estava sentado sobre uma rocha, e sim sobre uma gigantesca baleia. Yoda não sabia o que fazer nem o que pensar; não ousou se mover, por medo de interromper o descanso do animal. Nem mesmo quando a baleia soltou água e ar pelo espiráculo ele arriscou virar o corpo. Silenciosamente, porém, murmurava preces o tempo todo. Por fim, quando o sol já estava alto, a baleia começou a se mexer, e com isso Yoda viu um grande barco de pesca a menos de um quilômetro de distância. Ele gritou e gritou a plenos pulmões, tentando atrair atenção; mas não se movia, por medo de ser derrubado pela baleia. O vento ainda soprava forte, mas o mar estava calmo.

De forma repentina, o barco de pesca mudou de curso, e a baleia ficou imóvel de novo, relaxando sob o sol. A embarcação avançava rapidamente, e só parou quando estava a cerca de 25 metros da baleia. Uma boia amarrada a uma corda foi lançada, e quando se aproximou o suficiente Yoda deslizou o corpo para agarrá-la e foi puxado até o barco, agradecendo profusamente por ter sido salvo. Assim que Yoda subiu a bordo, a embarcação se pôs em movimento, pois a baleia balançava a cauda e estava brincando na água, provocando ondas bastante fortes; mas, para alívio de todos, a criatura tomou o rumo sul, em direção ao mar aberto.

Os tripulantes do barco de pesca eram da ilha Toshi, já tinham ouvido falar de Yoda Emon e, como eram pessoas de bom coração, sentiam pena do exilado. Depois de sua impressionante aventura com a baleia, eles não se incomodaram nem um pouco em levá-lo de volta a Ōshima, onde chegaram ao pôr-do-sol.

Yoda imediatamente se reportou a quem deveria, e foi parabenizado por ter conseguido escapar de forma tão extraordinária.

Depois desse dia Yoda desistiu de pescar e se submeteu sem queixas à disciplina severa do exílio. Quando da ascensão do príncipe Tanin ao trono, foi baixado um decreto concedendo liberdade a vários prisioneiros e exilados. Yoda Emon estava entre eles, e recebeu permissão para voltar a sua terra natal; no entanto, disse que havia feito tantos amigos na ilha, e que sua vida fora salva de forma tão milagrosa, que preferia continuar onde estava. A autorização oficial para isso foi dada, e para que trouxesse sua família também, o que ele fez depois de construir sua casa. No primeiro ano do período Koji (1142-1144), Yoda foi prefeito de Shichitō — as sete ilhas que incluíam Ōshima e as outras espalhadas ao redor ou mais ao sul. "Agora", pensou ele, "poderei recompensar a bondade que a baleia me demonstrou salvando minha vida!" Yoda baixou um decreto proibindo que baleias fossem perseguidas ou mortas nas proximidades das ilhas sob sua jurisdição. De início, houve alguns protestos; mas o governo central mandou mensageiros a Ōshima para avisar que o imperador aprovava a ordem dada pelo prefeito, e enquanto Yoda Emon viveu nenhuma baleia foi morta em Shichitō.

BALEIA E BALEEIRO — Alguns anos atrás vivia em Matsushima, Nagasaki, um próspero pescador chamado Matsushima Tomigoro. Ele fez fortuna capturando baleias. Certa noite, teve um sonho estranho. Uma baleia (*zato kujira*), carregando um filhote, apareceu diante de seu travesseiro e lhe pediu para deixar que ela e seu bebê prosseguissem em segurança — mãe e filhote passariam por uma determinada parte do mar em certo horário e data. Implacável, Matsushima não concordou, e ainda tirou vantagem da informação. Armou uma rede no local e no dia mencionados, e capturou uma baleia e seu filhote. Não muito depois, o cruel baleeiro começou a colher os frutos de sua falta de compaixão. Infortúnio após infortúnio o atingiram, e sua fortuna se perdeu. "Deve ser resultado da crueldade de ter matado a baleia e seu bebê", disseram os vizinhos; e por um tempo ninguém na região capturou baleias que levavam filhotes. (Tradução do sr. Ando.)

結びの神
神社の神祭桜

O viúvo Sodayu quer escolher um marido para sua filha Hanano. Ela sabe que não poderá contrariar a decisão do pai, e a única coisa que lhe resta é rezar para o Deus do Amor, na esperança de que o futuro marido seja de seu agrado.

結びの神神社の神桜

A CEREJEIRA SAGRADA DO TEMPLO MUSUBI-NO-KAMI

33

Na província de Mimasaka,[1] há uma cidadezinha chamada Kagami, e no templo local existe um altar que está lá há centenas de anos, dedicado a Musubi-no-Kami, o Deus do Amor. Logo ao lado ficava uma magnífica cerejeira ancestral que recebeu o nome de Kanzakura, ou Cerejeira Sagrada, e foi em honra a essa árvore que o altar dedicado ao Deus do Amor foi construído.

Muito tempo atrás, quando Kagami era ainda menor do que hoje, tinha entre seus principais residentes um homem chamado Sodayu. Era um desses tipos encontrados na maioria dos vilarejos japoneses, que apesar de fazerem muito pouco prosperam com o trabalho dos outros e ficam mais ricos que a maioria. Ele comprava e vendia a produção agrícola local, cobrando comissão nas duas pontas, e antes da meia-idade já era um homem rico.

Sodayu era viúvo; mas tinha uma linda filha de dezessete anos, e achava que havia chegado a hora de procurar um bom marido para Hanano. Assim sendo, ele mandou chamá-la e disse:

"Chegou a hora, minha menina querida, em que é meu dever encontrar para você um marido apropriado. Quando eu fizer isso, tenho certeza de que você aprovará minha escolha, e é sua obrigação se casar com ele."

---

1   Situava-se na região nordeste da atual província de Okayama. [NE]

Obviamente, O Hanano fez uma mesura e cedeu ao que o pai determinou; mas ao mesmo tempo confessou à sua serva favorita, Yuka, que não gostava da ideia de se casar com um homem que poderia não amar.

"O que eu posso fazer? O que você me aconselha a fazer, minha cara O Yuka? Tente pensar em uma forma para eu conseguir um homem que possa amar. Precisa ser bonito, e ter no máximo 22 anos de idade."

O Yuka respondeu que era um pedido muito difícil; mas tinha uma coisa que era possível fazer, segundo ela. "Você pode ir ao templo e fazer preces no altar de Musubi-no-Kami, o Deus do Amor. Reze para que o marido que seu pai escolher seja bonito e agrade seu coração. Dizem que, se você rezar nesse altar 21 dias seguidos, consegue o tipo de amor que deseja."

O Hanano gostou da ideia, e naquela tarde, acompanhada de Yuka, sua criada, foi rezar no altar de Musubi-no-Kami. Dia após dia elas continuaram fazendo o mesmo, até que o vigésimo primeiro e último dia chegou. Quando terminaram as preces e estavam saindo do templo, passando sob a grande árvore conhecida como Kanzakura, ou Cerejeira Sagrada, viram perto do tronco um jovem de vinte ou 21 anos. Era um belo rapaz, de pele clara e olhos expressivos. Em sua mão segurava um ramo de flores de cerejeira. Ele abriu um sorriso agradável para Hanano, que retribuiu; então, com uma mesura, aproximou-se sorridente e a presenteou com as flores. O jovem fez outra mesura e se foi; assim como Hanano, que sentia o coração bater acelerado e estava felicíssima, pois achava que aquele rapaz devia ser o enviado do Deus do Amor em resposta a suas preces. "Claro que deve ser ele", Hanano disse a O Yuka. "É o vigésimo primeiro dia, e completamos o ciclo de orações de que você falou. Não é muita sorte minha? E ele não é bonito? Talvez eu nunca tenha visto um jovem tão bonito na vida. Seria melhor se ele não tivesse ido embora tão depressa." O Hanano falou isso e muito mais com sua criada no caminho de casa, e, quando chegou, a primeira coisa que fez foi pôr o ramo de flores em um vaso em seu quarto.

"O Yuka!", ela chamou pela vigésima vez no mínimo. "Agora você precisa descobrir tudo o que puder sobre esse jovem; mas não diga nada a meu pai ainda. Provavelmente não é o marido que ele está escolhendo para mim; mas eu não tenho como amar nenhum outro, de qualquer forma, e vou amá-lo em segredo, se for o caso. Agora vá, minha cara Yuka. Descubra tudo o que puder e mostre que continua mais leal e importante para mim do que nunca." E a fiel criada foi cumprir a tarefa dada por sua jovem senhora.

Na verdade, O Yuka não conseguiu descobrir nada sobre o jovem que viram sob a Cerejeira Sagrada; mas ficou sabendo que havia outro rapaz no vilarejo apaixonadíssimo por sua senhora e, como ouviu que o pai de O Hanano procurava por um marido apropriado para a filha, pretendia apresentar-se a ele no dia seguinte. Seu nome era Tokunosuke. Era um jovem razoavelmente bem relacionado, e de algumas posses; sua aparência, porém, não era sequer comparável ao do rapaz que dera o ramo de flores de cerejeira para Hanano. Depois de fazer suas apurações, Yuka foi até sua senhora para contar tudo.

No dia seguinte, logo cedo, no horário mais formal de visitas, Tokunosuke solicitou uma audiência com o pai de Hanano. Ela foi chamada para servir o chá, e foi quando viu o jovem. Tokunosuke foi escrupulosamente formal e educado, e ela retribuiu o tratamento; e assim que ele foi embora Hanano ouviu de seu pai que aquele era o jovem escolhido para ser seu marido. "Ele é desejável em todos os sentidos", acrescentou Sodayu. "Tem dinheiro. Seu pai é meu amigo, e ele nutre uma paixão secreta por você já faz meses. Não dá para querer nada melhor."

O Hanano não respondeu, só caiu no choro e se retirou do recinto; e Yuka foi chamada em seguida.

"Encontrei o jovem mais apropriado para ser marido de sua senhora", informou Sodayu; "mas, em vez de se alegrar e se sentir grata, ela saiu da sala chorando. Você pode me explicar os motivos? Pois deve conhecer seus segredos. Existe alguém que ela ama sobre quem não sei nada a respeito?"

O Yuka não estava preparada para encarar a fúria do pai de sua senhora, e achou que nesse caso revelar a verdade seria mais benéfico para Hanano. Sendo assim, contou a história com detalhes e sem temores. Sodayu agradeceu e voltou a chamar a filha, avisando que ela deveria lhe apresentar seu amado ou permitir que Tokunosuke pedisse sua mão oficialmente. Na manhã seguinte, Tokunosuke fez sua visita; mas Hanano respondeu com lágrimas nos olhos que não poderia amá-lo, pois era apaixonada por outro, de quem não sabia sequer o nome.

"Que conversa estranha", pensou Tokunosuke consigo mesmo. "É um tanto humilhante se apaixonar por um homem de quem não se sabe nem o nome!" E, fazendo uma mesura profunda, ele se retirou da casa, determinado a descobrir quem era esse seu rival sem nome, mesmo que tivesse de se disfarçar e começar a seguir Hanano para isso.

Nessa mesma tarde Hanano e Yuka saíram para fazer suas preces, como de costume, e, ao sair, mais uma vez encontraram o belo jovem de pé sob a cerejeira, e mais uma vez ele se aproximou com um sorriso no rosto e entregou a Hanano um ramo carregado de flores; porém, de novo não disse nada, e ficou claro para Tokunosuke (que estava escondido atrás de uma lanterna de pedra) que os dois não deviam se conhecer havia muito tempo.

Logo em seguida, eles fizeram mesuras e seguiram cada um por seu caminho. O Hanano e sua criada foram embora do templo, enquanto o jovem sob a cerejeira as observava.

Tokunosuke ficou enlouquecido de ciúmes. Ele saiu de seu esconderijo e abordou o jovem sob a cerejeira com palavras rudes e ásperas.

"Quem é você, seu malandro detestável? Quero seu nome e endereço imediatamente! E me diga como ousa seduzir a linda O Hanano San para amá-lo!" Ele estava prestes a agarrar seu oponente pelo braço quando o outro deu um salto repentino para trás, e, antes que Tokunosuke tivesse a chance de agarrá-lo, uma rajada de vento repentino fez as flores se desprenderem da cerejeira. Foram tantas flores caindo ao mesmo tempo que Tokunosuke não conseguiu enxergar nada por alguns momentos. Quando seu campo de visão se abriu novamente, o belo jovem desaparecera; mas era possível ouvir um estranho gemido vindo de dentro da árvore, e um dos sacerdotes do templo veio correndo em sua direção, irritadíssimo, gritando: "Ah, seu perpetrador de sacrilégios! Como pode tentar cometer um ato de violência aqui? Por acaso não sabe que essa cerejeira está neste local há centenas de anos? É uma árvore santa, e contém um espírito sagrado, que às vezes aparece na forma de um jovem. Foi ele que você tentou tocar com sua mão imunda e profana. Vá embora daqui, e nunca mais ouse entrar neste templo, estou avisando!".

Tokunosuke não retrucou. Ele se virou e saiu correndo, dirigindo-se diretamente à casa de Sodayu, onde contou o que vira, e o que acontecera consigo, sem omitir nada, inclusive as ofensas que sofreu do sacerdote.

"Talvez agora sua filha possa concordar em se casar comigo", ele disse por fim. "Ela não tem como se casar com um espírito sagrado!"

O Hanano foi chamada para ouvir a história, e ficou abalada ao ouvir que havia entregado seu coração a um espírito. "Que pecado será que cometi", ela gritou, "me apaixonando por um deus?" Ela correu até o santuário para implorar perdão. Fez longas e sinceras preces para que seu pecado fosse perdoado, e decidiu dedicar o resto da vida ao templo, e obteve o consentimento do pai para sua recusa ao casamento. Então pediu permissão para viver e trabalhar no templo. Raspou a cabeça e passou a usar uma túnica de linho branco com pantalonas vermelhas, um traje que comunica que a pessoa não faz mais parte do mundo. O Hanano permaneceu no templo até o resto de seus dias, varrendo o chão e rezando.

O templo ainda está de pé. É bastante provável que se ainda houver resquícios da cerejeira outra árvore tenha sido plantada logo ao lado, como de costume.

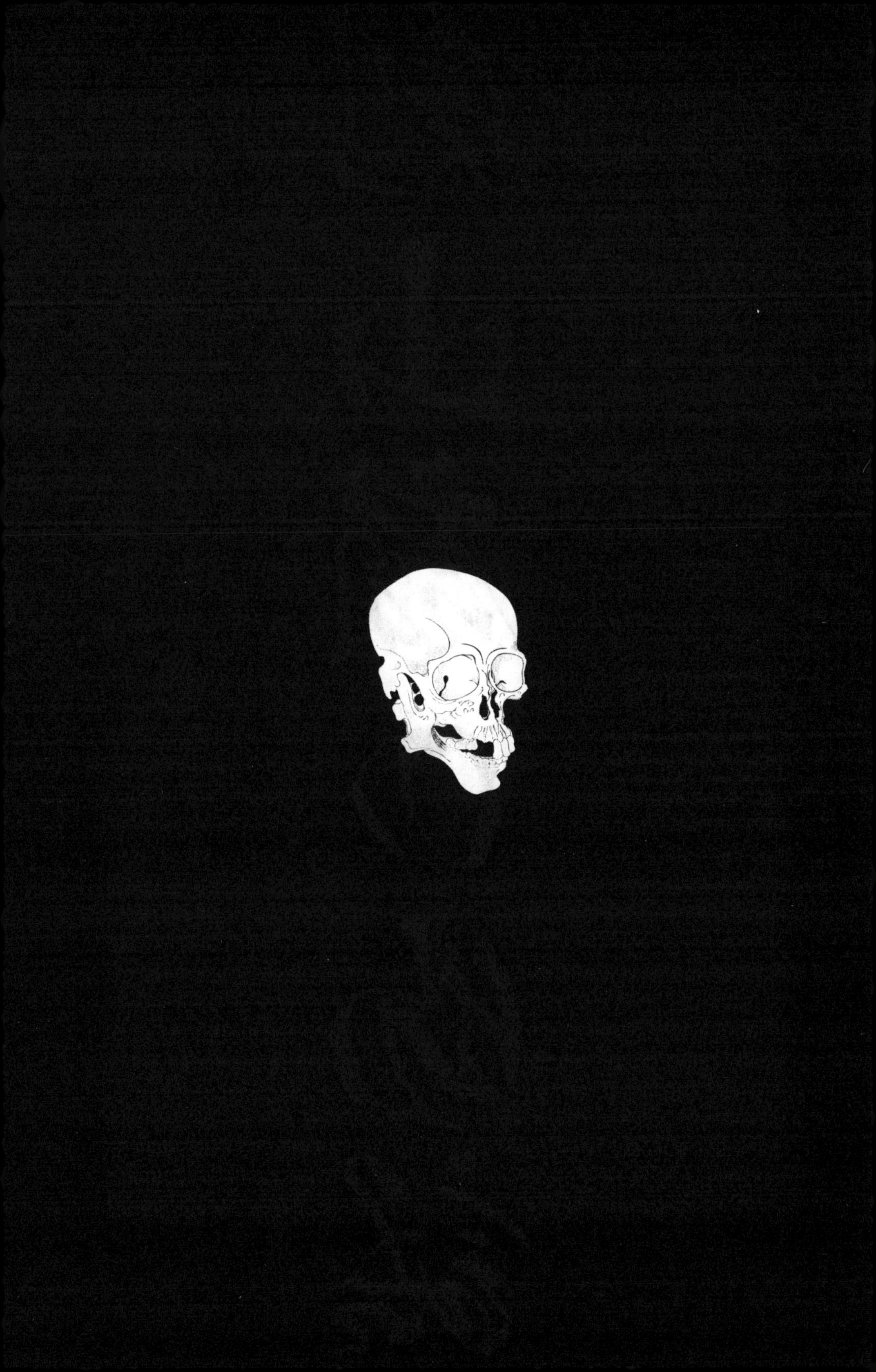

剣山嶺の物語

Um lenhador conhecido como "Recluso" leva uma vida reservada no sopé do monte Kanzanrei, no nordeste da Coreia. A bela e autoconfiante Choyo tenta conquistá-lo, a despeito do caráter irredutível dele.

剣山嶺の物語

UMA HISTÓRIA DO MONTE KANZANREI   34

Na extremidade da costa nordeste da Coreia existe uma montanha chamada Kanzanrei e, não muito longe de sua base, onde fica o distrito de Kanko Fu, há um vilarejo chamado Teiheigun, onde as trocas comerciais se restringem a produtos naturais como cogumelos, madeira, peles, peixes e algum ouro.

Nesse vilarejo vivia uma bela garota chamada Choyo, uma órfã que dispunha de um volume razoável de recursos materiais. Seu pai, Choka, havia sido o único mercador do distrito, e fez uma boa fortuna para os parâmetros locais, que deixou para Choyo quando ela estava com dezesseis anos de vida.

No sopé da montanha Kanzanrei vivia um lenhador de hábitos simples e frugais. Ele morava sozinho em uma cabana dilapidada, mantinha contatos apenas com aqueles que compravam sua madeira e era considerado pela população em geral como um homem arredio e pouco sociável. Era chamado de "Recluso", e muitos tinham curiosidade para saber quem era, e por que se resguardava tanto, pois não tinha nem trinta anos de idade e tinha uma notável boa aparência e um corpo forte e robusto. Sawada Shigeoki era seu nome; mas as pessoas não sabiam.

Certa noite, enquanto circulava pelas trilhas cerradas das montanhas com um enorme fardo de lenha nas costas, o Recluso parou para descansar em uma passagem rochosa e particularmente selvagem entre enormes pinheiros que projetavam sombras sobre toda parte, e teve um sobressalto ao ouvir um farfalhar próximo do local onde estava. Apreensivo, olhou ao redor, em busca de um ponto que segundo se dizia era assombrado por tigres, e com certa razão, pois vária pessoas haviam sido mortas por eles em templos recentes. Nessa ocasião, porém, o barulho que assustou o Recluso não foi causado por tigre nenhum, e sim por um faisão que voara de seu ninho e imitava os gestos de um pássaro ferido, para atrair a atenção do invasor para longe da direção de seus ovos ou filhotes. Mas era estranho que a ave agisse assim, pensou o Recluso, pois não poderia tê-lo visto ou ouvido; então ele apurou os ouvidos para entender o que estava acontecendo. Não precisou esperar por muito tempo. Quase de imediato, o Recluso ouviu sons de vozes e passos e, escondido atrás do tronco de uma enorme árvore, ficou à espera, com o machado em punho.

Pouco depois, viu uma garota de beleza impressionante ser carregada, empurrada e arrastada pela trilha. Estava sob o poder de três homens mal-encarados que o Recluso logo reconheceu como bandidos.

Enquanto se aproximavam de onde estava, o Recluso manteve sua posição, escondido atrás do grande pinheiro, segurando o machado com mais força; quando os quatro apareceram, ele saltou à frente deles e bloqueou sua passagem.

"Quem são vocês, e o que estão fazendo com essa moça?", gritou ele. "Soltem-na agora, ou vão sofrer as consequências!"

Por estarem em vantagem de três contra um, os assaltantes não se intimidaram, e gritaram de volta: "Saia do caminho, seu tolo, e nos deixe passar — a não ser que não dê valor à vida". O lenhador, porém, não demonstrou nenhum medo. Ergueu o machado, e os ladrões sacaram suas espadas. Mas eles não eram páreo para o lenhador, que em um instante aplicou um golpe mortal em um e jogou o outro do precipício, enquanto o terceiro virou as costas e saiu correndo para se salvar.

O Recluso então se agachou para socorrer a moça, que estava desmaiada. Ele pegou água e jogou em seu rosto, fazendo-a recobrar os sentidos, e assim que ela se mostrou capaz de falar o lenhador perguntou qual era seu nome, se estava ferida e como havia ido parar na mão de escroques como aqueles.

Entre soluços e prantos, a garota respondeu:

"Sou Choyo Choka. Moro no vilarejo de Teiheigun. Hoje é aniversário da morte de meu pai e fui visitar seu túmulo ao pé da montanha Gando. Como o dia estava bonito, resolvi fazer o caminho mais longo e voltar por aqui. Cerca de uma hora atrás fui atacada por esses assaltantes; e o resto o senhor já sabe. Ah, meu senhor, sou muito grata por sua coragem de ter me salvado. Por favor, me diga seu nome."

O lenhador respondeu:

"Então você é a famosa beldade do vilarejo de Teiheigun, de quem tanto ouço falar! É uma honra poder ajudá-la. Quanto a mim, sou um lenhador. O 'Recluso', como as pessoas me chamam, e moro no pé desta montanha. Se quiser me acompanhar, pode descansar um pouco em minha cabana; depois eu a acompanho em segurança até sua casa."

Choyo expressou toda sua gratidão ao lenhador, que jogou seu fardo de lenha sobre o ombro e, segurando-a pela mão, conduziu-a ao longo da trilha inclinada e traiçoeira. Em sua cabana os dois descansaram, e ele preparou chá; em seguida a levou até a entrada do vilarejo, onde, com boas maneiras, muito superiores às de um simples camponês, fez uma mesura e se despediu.

Nessa noite, Choyo não conseguia pensar em mais nada a não ser no belo e corajoso lenhador que salvara sua vida; a ponto de, ao raiar do dia, ela se sentir profunda e desesperadamente apaixonada.

O dia se passou e a noite caiu. Choyo contou a todos que conhecia como ela havia sido salva, e por quem. Quanto mais falava, mais pensava no lenhador, até que por fim decidiu que precisava ir vê-lo, pois sabia que ele não tentaria uma aproximação. "Tenho o pretexto de ir até lá agradecer", ela pensou; "e, além disso, vou levar de presente alguns peixes e guloseimas".

E, de fato, no dia seguinte ela saiu logo ao amanhecer, carregando seu presente em um cesto. Por sorte, encontrou o Recluso em casa, afiando os machados, mas fora isso estava tirando um dia de folga.

"Vim até aqui para agradecer ao senhor mais uma vez por sua coragem ao me salvar naquele dia, e trouxe um humilde presente que, por menos valioso que seja, acredito que deva aceitar", disse a apaixonada Choyo.

"Não há por que me agradecer por um ato tão corriqueiro", respondeu o Recluso; "mas de lábios tão belos como os seus é sempre bom ouvir agradecimentos, e considero isso uma grande honra. O presente, porém, não posso aceitar; pois nesse caso eu estaria em débito com você, o que não é certo para um homem."

Choyo se sentiu lisonjeada e rejeitada ao ouvir aquilo, e mais uma vez tentou fazer com que o Recluso aceitasse o presente; mas, embora suas tentativas tenham sido recebidas de forma simpática e com gracejo, ele recusou, e Choyo foi embora dizendo:

"Bem, hoje o senhor levou a melhor; mas eu voltarei, e com o tempo o convencerei a aceitar um presente meu."

"Pode vir quando quiser", falou o Recluso. "Sempre ficarei feliz em vê-la, pois você é como um raio de luz iluminando minha cabana miserável; porém, você jamais me colocará em débito me fazendo aceitar um presente."

Era uma resposta curiosa, pensou Choyo ao sair; mas: "Ah, como ele é bonito, e como estou apaixonada! E, de qualquer forma, vou visitá-lo de novo, e com frequência, e vejamos quem sairá vencedor no final".

Era esse o nível de confiança de uma garota bela como Choyo. Ela sentia que conseguiria o que queria no fim das contas.

Nos dois meses seguintes, ela visitou o Recluso com frequência, e eles costumavam sentar-se e conversar. Ele lhe dava flores selvagens raras e de grande beleza das mais altas montanhas, além de frutas vermelhas para comer; mas em nenhum momento fez amor com ela ou sequer aceitou o mínimo agrado vindo de suas mãos. Porém isso não impediu Choyo de perseguir seu amor. Ela estava determinada a conquistá-lo ao fim e ao cabo, e até sentia que, à sua própria maneira, aquele estranho homem retribuía seu amor, mas por alguma razão se recusava a admitir.

Certo dia, no terceiro mês após seu resgate, Choyo foi mais uma vez visitar o Recluso. Ele não estava em casa, então ela esperou, examinando a cabana miserável e pensando que era uma pena que um homem tão nobre vivesse naquelas condições, enquanto ela, que era bem de vida, desejava tanto se casar com ele; e além disso era uma moça reconhecidamente bela. Enquanto ela se entregava a esses pensamentos, o lenhador voltou, mas não em seus andrajos habituais, mas com um belo traje de samurai japonês. Absolutamente perplexa, ela se levantou para saudá-lo.

"Oh, bela Choyo, você está surpresa em me ver assim, e é também com grande tristeza que devo lhe dizer o que faço, pois bem sei o que se passa em sua cabeça e seu coração. Hoje precisamos nos despedir para sempre, porque estou indo embora."

Choyo se atirou ao chão, chorando amargamente, e ao se levantar falou entre soluços: "Oh, não pode ser! Você não pode me deixar, me leve junto. Até então nunca disse nada, pois não é papel de uma donzela declarar seu amor; mas eu sou apaixonada por você desde o dia em que me salvou dos assaltantes. Me leve junto, não importa para onde; pode ser até para a Caverna dos Demônios do Inferno que eu o seguirei se me permitir! Você precisa fazer isso, porque não vou conseguir ser feliz sem a sua companhia".

"Infelizmente é impossível!", gritou o Recluso. "É impossível; eu sou japonês, não coreano. Apesar de amá-la tanto quanto você me ama, não podemos ficar juntos. Meu nome é Sawada Shigeoki. Sou um samurai de Kurume. Dez anos atrás, cometi um erro político e precisei fugir de meu país. Vim para a Coreia disfarçado de lenhador, e até conhecê-la não encontrei um dia de felicidade aqui. Mas agora nosso governo mudou, e estou livre para voltar. Estou revelando minha história para você, e só para você. Perdoe minha insensibilidade por deixá-la. Faço isso com lágrimas nos olhos e tristeza no coração. Adeus!" Dito isso, o "bravo samurai" (nas palavras de quem me contou a história) saiu da cabana para nunca mais voltar a ver a pobre Choyo.

Choyo continuou a chorar até anoitecer, e ficou tarde demais para que voltasse para casa em segurança; sendo assim, ela passou a noite onde estava, aos prantos. Na manhã seguinte, foi encontrada por seus servos, delirando de febre. Foi carregada para casa, e por três meses continuou gravemente enferma. Depois de se recuperar, doou quase todo seu patrimônio para os templos e para a caridade; vendeu a casa e só ficou com dinheiro suficiente para comprar arroz para se alimentar, e passou o resto de seus dias sozinha naquela pequena cabana no pé do monte Kanzanrei, onde aos 21 anos foi encontrada morta, com o coração partido. O samurai era decerto corajoso; mas era mesmo nobre em seu arrogante orgulho nacionalista? Para os japoneses, ele agiu como Buda quando renunciou aos amores mundanos. Que chance pode existir, se todos os homens se comportarem dessa forma, de que se estabeleça uma amizade sincera entre Japão e Coreia?

O sacerdote Ajari Joan enlouquece de amor e passa a ser chamado de Sacerdote Demônio por suas atitudes nefastas, nada condizentes com suas virtudes de outrora. Um sacerdote peregrino ouve os rumores e vai ao encontro daquele que aparentemente abandonou os ensinamentos do Buda.

白骨山

A MONTANHA DO OSSO BRANCO 35

Ao pé do monte Shumongatake, na província de Echigo, no noroeste, certa vez houve, e talvez ainda exista, em um estado decrépito ou restaurado, um templo de alguma importância, pois era o local da tumba dos ancestrais do senhor feudal Yamana. O nome do templo era Fumonji, e muitos sacerdotes importantes o mantiveram em funcionamento geração após geração, em razão da ajuda anterior recebida dos familiares de Yamana. Entre os sacerdotes desse templo havia um chamado Ajari Joan, que foi adotado como filho pela família Otomo.

Ajari era culto e virtuoso, e tinha muitos seguidores; mas certo dia, ao ver uma belíssima garota chamada Kiku,[1] de dezoito anos de idade, seu equilíbrio religioso foi abalado. Ele se apaixonou desesperadamente, dispondo sacrificar sua posição e reputação se ela ouvisse seus apelos e os dois se casassem; mas a linda O Kiku San resistiu a todas as suas investidas. Um ano depois ela caiu doente com uma febre gravíssima e morreu, e surgiram boatos de que o sacerdote Ajari a amaldiçoara por ciúme e provocara sua enfermidade e seu falecimento. Não era exatamente um rumor infundado, pois Ajari enlouqueceu uma semana depois da morte de O Kiku. Ele começou a negligenciar suas

---

[1] Crisântemo. [NA]

obrigações, e então ficou pior, correndo enlouquecido pelo templo, berrando à noite e assustando todos os que estavam por perto. No fim, acabou certa noite desenterrando o cadáver de O Kiku e comendo parte de sua carne.

As pessoas diziam que ele se transformara no Demônio, e ninguém ousava se aproximar do templo; até mesmo os sacerdotes mais jovens se foram, e ele foi deixado sozinho. O povo local estava tão apavorado que ninguém ia ao templo, o qual em pouco tempo se dilapidou e ficou em ruínas. Arbustos espinhosos cresceram no telhado, o musgo tomou conta dos pisos até então bem limpos e polidos; os pássaros construíram ninhos lá dentro, empoleirados nas tabuletas mortuárias, fazendo uma tremenda sujeira; o templo, que outrora fora uma obra-prima da beleza, estava apodrecendo a olhos vistos.

Em uma noite de verão, seis ou sete meses depois, uma velha que era dona de uma casa de chá ao pé da montanha Shumongatake estava fechando suas janelas quando ficou apavorada ao ver um sacerdote com uma touca branca se aproximando. "O Sacerdote Demônio! O Sacerdote Demônio!", ela gritou ao fechar a última janela na cara dele. "Vá embora, vá embora! Não podemos receber você aqui!"

"Como assim, 'Sacerdote Demônio'? Sou um sacerdote peregrino, não um ladrão. Deixe-me entrar logo, pois preciso descansar e me refrescar", gritou uma voz do lado de fora. A velha olhou por uma fresta na janela e viu que não era o tão temido louco, e sim um venerável sacerdote peregrino; então abriu a porta e o deixou entrar, pedindo mil desculpas e contando que estavam todos assustadíssimos em razão do sacerdote do templo Fumonji, que enlouquecera de amor.

"Oh, meu senhor, é uma coisa terrível! Não temos coragem de chegar nem a um quilômetro do templo agora, e algum dia o sacerdote louco com certeza vai sair de lá e matar alguém."

"Está me dizendo que um sacerdote chegou ao ponto de abandonar os ensinamentos de Buda e se tornar escravo de paixões mundanas?", questionou o viajante.

"Sobre paixões mundanas eu não sei", retrucou a velha; "mas nosso sacerdote virou um demônio, como todo mundo aqui há de lhe dizer, porque até desenterrou e comeu a carne da pobre garota que matou com sua maldição!"

"Já houve casos de pessoas que viraram demônios", disse o sacerdote; "mas em geral é gente comum, não sacerdotes. Um cortesão do imperador So virou uma serpente, a esposa de Yosei, uma mariposa, a mãe de Ogan, um Yasha;[2] mas nunca ouvi falar em um sacerdote se transformando em demônio. Além

---

2 Morcego vampiro. [NA]

disso, sempre ouvi dizer que Ajari Joan, o sacerdote do templo de Fumonji, era um homem virtuoso e inteligente. Inclusive, vim até aqui para ter a honra de conhecê-lo, e amanhã vou até vê-lo."

A velha serviu um chá ao sacerdote e implorou para que ele não fizesse aquilo; mas ele insistiu, e disse que no dia seguinte faria o que disse, e que leria um ensinamento para o sacerdote louco; depois disso, recolheu-se e foi dormir.

Na tarde seguinte o sacerdote, fiel à sua palavra, tomou o caminho do templo Fumonji, e a velha o acompanhou na primeira parte da caminhada, até o caminho que levava à montanha, onde se despediu, recusando-se a dar mais um passo sequer adiante.

O sol estava começando a se pôr quando o templo surgiu no campo de visão do sacerdote, que reparou que o local estava em grande desordem. Os portões estavam arrancados dos batentes, e havia folhas secas por toda parte, estalando sob seus pés; mas ele avançou corajosamente mesmo assim, e tocou a sineta do templo com seu cajado. Com o barulho, vários pássaros e morcegos saíram voando lá de dentro, e os morcegos ficaram revoando em torno de sua cabeça; mas, fora isso, não havia nenhum sinal de vida. Ele tocou a sineta de novo com força renovada, provocando clangores e ecos. Por fim, um sacerdote magérrimo com aspecto miserável apareceu, e perguntou com um olhar enlouquecido:

"Quem é você, e o que veio fazer aqui? O templo está abandonado faz tempo, por algum motivo que não consigo entender. Se quiser um lugar para se hospedar, vá para o vilarejo. Não há comida nem cama aqui."

"Sou um sacerdote da província de Wakasa.[3] O belo cenário e os riachos cristalinos fizeram com que me demorasse demais em minha jornada. Agora ficou muito tarde para voltar ao vilarejo, e estou cansado demais; por favor, me deixe ficar o restante da noite", pediu o sacerdote. Ao que o outro respondeu:

"Não tenho como mandá-lo embora. Este lugar não passa de ruínas. Pode ficar, se quiser; mas não há comida nem camas." Dito isso, ele foi se sentar no canto de uma pedra, enquanto o peregrino se sentou em outra, não muito longe. Nenhum dos dois disse nada até que a noite caísse e a lua aparecesse. Então o sacerdote louco falou: "Encontre um lugar lá dentro para dormir. Não há camas; mas o telhado impede que o orvalho da montanha caia sobre você durante a noite, e se ficar aqui fora você vai acabar todo molhado". Depois disso entrou no templo — o peregrino não viu em que parte, pois estava escuro e não havia como segui-lo, com o piso coberto de imagens, e caibros e móveis que o sacerdote louco deixara em pedaços quando dos estágios iniciais de sua

---

3 Situava-se na região sudoeste da atual província de Fukui. [NE]

loucura. Só o que o peregrino pôde fazer foi sair tateando até encontrar um lugar entre uma imagem grande tombada e uma parede; e foi ali que decidiu passar a noite, pois era o melhor lugar que podia encontrar para se esconder do louco sem o auxílio de uma luz. Felizmente para ele, apesar da idade avançada, ainda era um homem forte e saudável, que poderia passar sem dificuldades uma noite sem comida e escapar ileso da friagem e da umidade. O sacerdote ouvia o som dos diversos riachos que serpenteavam montanha abaixo. Havia também o som desagradável dos guinchos dos ratos enquanto corriam e brigavam, dos morcegos voando e dos pios da coruja; fora isso, nada — nada do sacerdote louco. Passaram-se as horas até que, de repente, à uma da madrugada, quando o peregrino começava a pegar no sono, foi despertado por um ruído. O templo inteiro parecia estar sendo derrubado. As janelas sofriam pancadas tão violentas que foram ao chão; à direita e à esquerda as imagens e os móveis estavam sendo arremessados. Era possível ouvir o som dos passos descalços do sacerdote enlouquecido, que gritava:

"Oh, onde está a linda O Kiku, minha doce amada Kiku? Oh, onde ela está? Os deuses e os demônios se juntaram para tirá-la de mim, e não me importo em desafiar qualquer um deles. Kiku, Kiku, venha até mim!"

O peregrino, considerando que continuar deitado seria perigoso se o louco se aproximasse, aproveitou-se de uma brecha que surgiu quando o outro se encaminhou para um ponto mais distante do templo para ir se esconder no pátio. Assim seria mais fácil ver o que estava acontecendo, pensou ele, e fugir se necessário.

Ele se escondeu primeiro em uma parte do pátio, depois em outra. Enquanto isso, o sacerdote louco fez várias visitas ao lado externo do templo, sem parar de emitir seus gritos terríveis chamando por O Kiku. Perto do amanhecer ele se recolheu de novo à parte do templo onde vivia, e não se ouviu mais nenhum barulho. O peregrino saiu de seu esconderijo e se sentou na pedra que havia ocupado no fim da tarde anterior, decidido a tentar emplacar uma conversa com o homem que havia perdido a cabeça e ler para ele um ensinamento sagrado de Buda. Ele continuou esperando pacientemente até que o sol estivesse alto no céu; mas o silêncio continuou. Não havia sinal do sacerdote enlouquecido.

Perto do meio-dia, o peregrino ouviu barulhos dentro do templo; e logo o louco apareceu, como se tivesse acabado de despertar de uma orgia inebriada. Parecia confuso, e se manteve quieto, mas levou um susto ao ver o velho sacerdote na pedra em que estivera na noite anterior. O velho se levantou, aproximou-se dele e disse:

"Amigo, meu nome é Ungai. Sou um irmão sacerdote — do templo de Daigoji, da província de Wakasa. Vim até aqui para vê-lo, pois ouvi falar de sua grande sabedoria; mas ontem à noite fiquei sabendo no vilarejo que você quebrou seus votos e entregou seu coração a uma donzela, e que por causa desse amor por ela se transformou em um demônio perigoso. Sendo assim, considerei que era meu dever vir até aqui ler um ensinamento, pois é impossível ignorar sua conduta. Por favor, escute e me diga se posso ajudá-lo.

O sacerdote louco respondeu de forma bastante cordata.

"Você é mesmo um Buda. Por favor, me diga o que posso fazer para esquecer o passado e me tornar um sacerdote santo e virtuoso de novo."

Ungai respondeu:

"Venha aqui para o pátio e sente-se nesta pedra." Em seguida ele leu um texto das escrituras budistas, e terminou dizendo: "E agora, se quiser redimir sua alma, precisa ficar sentado nessa pedra até conseguir explicar os seguintes versos, escritos neste livro sagrado: 'A lua no lago brilha ao vento entre os pinheiros, e a longa madrugada se aquieta à meia-noite!'". Depois de dizer isso, Ungai fez uma prostração e deixou Joan, o sacerdote louco, a refletir.

Por um mês, Ungai passou de templo em templo dando ensinamentos. No final desse período, voltou por um caminho que passava pelo templo de Fumonji, com a intenção de ver o que acontecera ao enlouquecido Joan. Na casa de chá onde fora da primeira vez, perguntou à velha proprietária se havia visto ou ouvido alguma coisa sobre o sacerdote louco.

"Não", disse ela, "não o vimos e nem tivemos notícias dele. Tem gente dizendo que ele foi embora; mas ninguém sabe, pois ninguém tem coragem de subir até o templo para ver."

"Bem", respondeu Ungai, "eu vou amanhã cedo para descobrir."

Na manhã seguinte, Ungai foi até o templo, onde encontrou Joan sentado exatamente no local onde o deixara, murmurando as palavras: "A lua no lago brilha ao vento entre os pinheiros, e a longa madrugada se aquieta à meia-noite!". Os cabelos e a barba de Joan haviam embranquecido com o tempo, e ele parecia magérrimo, quase transparente. Ungai ficou com pena ao notar a determinação implacável e a paciência de Joan, e seus olhos se encheram de lágrimas.

"Levante-se, levante-se", ele disse, "pois você é sem dúvida um homem santo e determinado."

Mas Joan não se moveu. Ungai o cutucou com o cajado para acordá-lo; mas, para seu horror, o corpo de Joan se desfez em pedaços e desapareceu como um floco de neve derretendo no calor.

Ungai permaneceu no templo por mais três dias, rezando pela alma de Joan. Os moradores do vilarejo, ao ficarem sabendo desse ato generoso, reconstruíram o templo e fizeram dele seu sacerdote. Antes, o templo pertencia à ordem Mitsu; mas então passou para a ordem Jo-do, e o nome Fumonji foi trocado para Hakkotsuzan (Montanha do Osso Branco). Dizem que o templo prosperou por centenas de anos depois disso.

嵐の夜の悲劇

No comando do Exército Imperial, Saigo Takamori foi uma das figuras importantes que lutaram para colocar fim a mais de trezentos anos de governo dos Tokugawa e restaurar o poder político ao imperador. Em uma parada no caminho a Yedo, Takamori e a tropa imperial buscam animação na melodia do shakuhachi tocado por um mendigo cego.

嵐の夜の悲劇

TRAGÉDIA EM NOITE DE TEMPESTADE[1]

36

Todos os que já leram alguma coisa a respeito da história japonesa devem ter ouvido falar de Saigo Takamori, que viveu entre os anos 1827 e 1877. Ele foi um grande defensor do imperador, por quem lutou até 1876, quando se retirou da batalha por não aprovar a europeização que ocorria no país e o abandono dos costumes nacionais tradicionais. No papel de comandante-chefe na prática do Exército Imperial, Saigo fugiu para Kagoshima, onde juntou um corpo de seguidores fiéis, que deu início à Rebelião Satsuma. Os adeptos do imperador os derrotaram, e em setembro de 1877 Saigo foi morto — segundo alguns, em um derradeiro enfrentamento, e de acordo com outros, cometendo *seppuku*, e sua cabeça teria sido cortada e enterrada em segredo, para que não caísse nas mãos dos inimigos. Saigo Takamori era respeitadíssimo mesmo entre os defensores do imperador. É difícil defini-lo como um rebelde. Ele não se rebelou contra um imperador, e sim contra a ideia de se tornar europeizado, que considerava repugnante. E quem pode afirmar que ele não tinha razão? Tratava-se de um homem de sentimentos nobres e grande lealdade. Nós por acaso acataríamos mansamente a ordem imperial na Inglaterra se nos dissessem que deveríamos adotar os modos e costumes dos habitantes das ilhas do Sul? A europeização causava essa mesma reação de repulsa em Saigo.

[1] Quem me contou essa história foi Fukuga, que garante sua veracidade. [NA]

Em 1868, o primeiro ano do período Meiji, o exército dos Tokugawa havia sofrido uma dura derrota para Saigo em Fushimi, e o marechal de campo Tokugawa Keiki enfrentou tremendas dificuldades para chegar ao mar e fugir para Yedo. O Exército Imperial seguiu pela estrada de Tokaido, determinado a dispersar as forças de Tokugawa. Sua guarda avançada chegou até Hiratsuka, aos pés do monte Fuji, no litoral.

Era 5 de abril, um dia de primavera, e as cerejeiras estavam em flor. Os moradores saíram para ver as tropas vitoriosas, formadas pela vanguarda das forças que derrotaram Tokugawa. Havia muitos mendigos pelas ruas, além de caixeiros-viajantes e vendedores ambulantes de doces, batatas assadas e várias outras coisas. Perto do fim da tarde o céu ficou nublado; às cinco horas, começou a chover; às seis, estavam todos abrigados.

Na principal hospedaria local estavam alguns oficiais do Estado-Maior do Quartel-General, entre eles o galante Saigo. Estavam fazendo o que era possível naquele tempo ruim, não exatamente animados, quando ouviram as notas suaves e melodiosa de um *shakuhachi*[2] no portão.

"É o pobre mendigo cego que vimos tocando hoje perto do templo", comentou um dos homens. "Sim, é mesmo", concordou outro. "O coitado deve estar todo molhado e se sentindo péssimo. Vamos convidá-lo a entrar."

"Uma ótima ideia", concordaram todos, inclusive Saigo Takamori. "Vamos mandá-lo entrar e arrecadar uma contribuição se ele tocar para elevar nosso moral neste tempo." Eles deram ao proprietário a ordem para admitir o flautista cego.

O pobre homem entrou por uma porta lateral e foi levado à presença dos oficiais. "Senhores", disse ele, "é uma grande honra para mim, e uma gentileza de sua parte, pois não é agradável ficar tocando na chuva com roupas de algodão. Acho que tenho como recompensá-los, pois dizem que toco o *shakuhachi* muito bem. Desde que fiquei cego é meu único prazer, e não só isso, mas também meu único meio de ganhar a vida. Não está fácil sobreviver nestes dias de inquietação, quando tudo está de cabeça para baixo. Não são muitos os viajantes que vêm para as hospedarias quando estão ocupadas pelas tropas imperiais. São dias difíceis, cavalheiros."

"Podem ser difíceis para você, um pobre cego; mas não vá dizer nada contra as tropas imperiais, pois podemos ficar desconfiados, já que existem espiões dos Tokugawa por aí. Na verdade, precisamos ter olhos até atrás da cabeça."

---

2 Instrumento de sopro feito de bambu com um bocal e cinco orifícios. [NE]

"Ora, ora, eu não tenho a menor intenção de falar nada contra as tropas imperiais", garantiu o cego. "Só o que tenho a dizer é que é uma oportunidade preciosa e rara para um cego conseguir arroz suficiente para encher o estômago. Só mais ou menos uma vez por semana sou chamado para tocar em festas particulares ou para massagear algum reumático que sofre com este tempo úmido — e louvados sejam os Deuses por isso!"

"Pois bem, vejamos o que podemos fazer por você, pobre homem", disse Saigo. "Circule pelo salão e veja o que consegue arrecadar, e então comecemos a apresentação."

Matsuichi obedeceu, e voltou dez minutos depois até onde estava Saigo com cinco ou seis ienes, aos quais o comandante acrescentou uma quantia, dizendo:

"Aqui, pobre homem, o que acha disso? Não fale mais que as tropas imperiais o fazem ficar de barriga vazia. Em vez disso, diga que se vivesse perto delas sua barriga ficaria tão grande que teria forças para abrir os olhos, e assim você teria como se sustentar. Mas agora vamos ouvir suas músicas. Estamos sem ânimo esta noite, e queremos levantar nosso moral."

"Oh, cavalheiros, isso é exigir demais, muito mesmo, de minha pobre música. Peguem uma parte do dinheiro de volta."

"Não, não", responderam eles. "Somos soldados e oficiais do Exército Imperial; arriscamos nossas vidas a cada dia. É um prazer poder exercer a generosidade e desfrutar de uma música quando possível."

O cego começou a tocar, e continuou por um bom tempo, e até tarde. Às vezes parecia animado, e às vezes melancólico como o vento da primavera que sacudia as cerejeiras; mas seus modos eram encantadores, e todos se sentiam gratos por aquela noite de divertimento. Às onze horas a apresentação terminou, e os homens foram descansar; o mendigo cego deixou a hospedaria; e Kato Shichibei, o proprietário, trancou a porta, apesar da presença de sentinelas do lado de fora.

A hospedaria tinha cercas vivas ao redor, e bambuzais impedindo a passagem pelos cantos. Na extremidade, havia um lago ao pé de uma montanha artificial, e perto da água uma pequena casa de veraneio, com um imenso e antiquíssimo pinheiro ao lado, cujos galhos se estendiam até o telhado da hospedaria. Por volta da uma da manhã a silhueta de um homem apareceu subindo na árvore às escondidas e se dirigindo ao galho que alcançava a hospedaria. De lá se esticou todo e começou a se balançar, em uma óbvia tentativa de chegar ao andar superior da construção. Para sua infelicidade, acabou quebrando um pequeno graveto seco, e o som atraiu o olhar do sentinela. "Quem está aí?", gritou o soldado, empunhando o mosquete;

mas não houve resposta. O sentinela gritou o alarme, e em menos de vinte segundos estavam todos acordados e a postos. Para o homem na árvore, tornou-se impossível escapar. Ele foi feito prisioneiro. É de se imaginar o espanto de todos quando descobriram que era o mendigo cego, mas que de cego não tinha nada; seus olhos faiscavam de indignação contra seus captores, pois o grande plano de sua jovem vida fracassara.

"Quem é ele", gritaram todos, "e por que o truque de se fingir de cego mais cedo esta noite?"

"Um espião — é isso o que ele é! Um espião dos Tokugawa!", falou um dos homens. "Vamos levá-lo ao Quartel-General, para ser interrogado pelos altos oficiais; e tomem a precaução de imobilizar suas mãos, pois parece ser um samurai e guerreiro."

Assim, o prisioneiro foi conduzido ao templo de Hommonji, onde estava instalado temporariamente o Quartel-General do Estado-Maior.

O prisioneiro foi levado à presença de Saigo Takamori e quatro outros oficiais imperiais, sendo um deles Katsura Kogoro. Ele foi obrigado a se ajoelhar. Então Saigo, que era o comandante-chefe, falou: "Levante a cabeça e nos diga seu nome".

O prisioneiro respondeu:

"Sou Watanabe Tatsuzo. Um dos homens que têm a honra de pertencer à guarda pessoal do gabinete de Tokugawa."

"Você é ousado", comentou Saigo. "Por acaso faria a gentileza de nos dizer por que se disfarçou de mendigo cego, e por que foi pego em uma tentativa de invadir a hospedaria?"

"Só porque descobri que o embaixador imperial estava dormindo lá, já que matar meros oficiais não ajuda em nada nossa causa!"

"Você é um tolo", rebateu Saigo. "O que vocês ganhariam matando Yanagiwara, Hashimoto ou Katsura?"

"Sua pergunta, sim, é uma tolice", o outro respondeu sem se abalar. "Cada homem faz sua parte. Meus esforços são só uma fração de um todo; mas pouco a pouco vamos conquistar nossos objetivos."

"Você tem algum camarada aqui?", questionou Saigo.

"Ah, não", respondeu o prisioneiro. "Nós agimos individualmente, de acordo com o que pensamos ser o melhor para a causa. Minha intenção era liquidar qualquer figura importante cuja morte pudesse nos fortalecer. Eu estava agindo para nosso benefício."

E Saigo falou:

"Sua lealdade é digna de nota, e admiro você por isso; mas deveria reconhecer que depois da mais recente vitória das tropas imperiais em Fushimi o tempo de governo dos Tokugawa, que se estende por mais de trezentos anos, chegou ao fim. É simplesmente natural que a família imperial retome o poder. Sua intenção ao que parece é dar apoio a um poder que está liquidado. Nunca ouviu falar no provérbio que diz: 'Não há apoio capaz de segurar uma torre que está tombando'? Agora me fale com sinceridade sobre as ideias absurdas que parecem habitar sua mente. Você realmente acha que os Tokugawa ainda têm chance?"

"Se você não fosse o heroico e louvável Saigo, eu me recusaria a responder a essas perguntas", disse o prisioneiro; "mas, como se trata do grande Saigo Takamori e eu admiro sua lealdade e coragem, confesso que depois de nossa derrota duzentos de nós samurais formamos uma sociedade disposta a sacrificar a própria vida pela causa de qualquer maneira que pudermos. Lamento dizer que quase todos fugiram, e que eu sou — até onde sei — o único restante. Quando me executarem, não restará nenhum."

"Pare!", gritou Saigo. "Não diga mais nada. Permita-me perguntar: você se juntaria a nós? Entenda que os Tokugawa estão liquidados. Diversos samurais fiéis, porém ignorantes, morreram por eles. A família imperial precisa assumir o poder: nove entre dez japoneses exigem isso. Apesar de sua culpa confessa, sua lealdade é admirável, e o aceitaríamos de bom grado ao nosso lado. Pense bem antes de responder."

Não foi necessária nenhuma reflexão. Watanabe Tatsuzo retrucou de imediato:

"Não... nunca. Embora esteja sozinho, não serei desleal à minha causa. É melhor vocês me decapitarem antes do raiar do dia. Entendo seu argumento de que a família imperial deveria assumir o poder; porém não posso alterar minha decisão em relação a meu próprio destino."

Saigo se levantou e falou:

"Eis aqui um homem que devemos respeitar. Existem muitos antigos defensores dos Tokugawa que se juntaram à nossa causa por medo; mas continuam com ódio no coração. Olhem bem, todos vocês, para Watanabe, e não se esqueçam dele, pois é um homem nobre e honesto até a morte." Depois de assim dizer, Saigo fez uma mesura para Watanabe e, virando-se para um guarda, falou:

"Leve o prisioneiro para Sambon matsu[3] e faça com que seja decapitado logo ao amanhecer."

---

3   Três pinheiros. [NA]

Watanabe Tatsuzo foi levado e executado de acordo com as ordens do comandante.

Existe uma encruzilhada no caminho que leva a Mariko, à direita do atracadouro de Nitta, a cerca de cinco ou seis *cho*[4] da colina de Ikegami, onde fica o templo de Hommonji, em Ebaragun, Tóquio, onde há um pequeno túmulo com uma lápide e os seguintes caracteres entalhados:

∴ 不徹子之墓

Esses dizeres significam "Tumba de Futetsu-shi", e marcam o lugar onde dizem que Watanabe Tatsuzo foi enterrado.

4 Quarteirão. [NE]

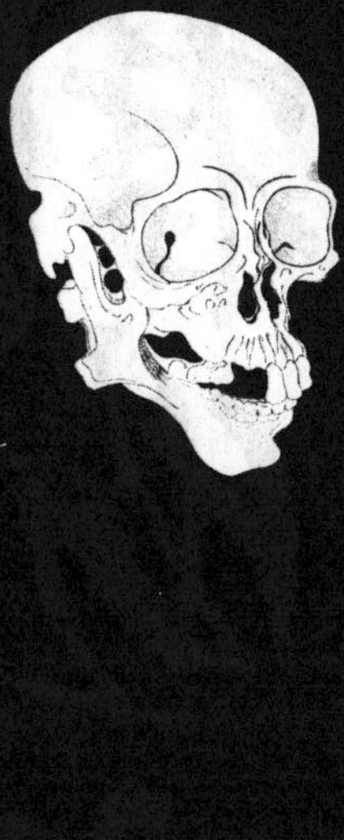

安芸の掛物幽霊

A jovem Kimi entrega-se de corpo e alma ao aprendiz de pintura Sawara Kameju, e este corresponde ao seu amor. Mas quando ele se muda a Kyoto e deixa de enviar-lhe notícias, a desinformação dá origem a arranjos alheios às suas vontades e a uma série de desencontros.

安芸の掛物幽霊

O FANTASMA DO KAKEMOMO[1] EM AKI[2]   37

No Mar Interior de Seto, entre Umedaichi e Kure (hoje um grande porto naval), na província de Aki,[3] existe um pequeno vilarejo chamado Yaiyama, onde vivia um pintor de algum renome, Abe Tenko. Era um artista que mais ensinava do que pintava, e vivia em grande parte do pequeno patrimônio que herdou com a morte do pai e das contribuições dos aspirantes a pintores que se dirigiam ao vilarejo para ter aulas diárias com ele. A ilha e o cenário rochoso dos arredores proporcionavam abundantes objetos de estudo, e para Tenko nunca faltavam alunos. Entre eles havia um que ainda era quase um menino, tinha apenas dezessete anos de idade. Seu nome era Sawara Kameju, um dos pupilos mais promissores que ele já tivera. Havia sido mandado para Tenko um ano antes, quando mal havia completado dezesseis anos, e como o pintor era amigo do pai do garoto, Sawara foi acolhido na casa do artista e era tratado como um filho.

---

1   O mesmo que *kakejiku*. Pintura feita em papel ou tecido que pode ser guardada em rolo. [NE]
2   Cerca de 250 anos atrás uma estranha lenda foi vinculada a um *kakemono* pintado pelo famoso artista Sawara Kameju que, por razões descritas na própria história, foi entregue aos cuidados do sumo-sacerdote do templo de Korinji. [NA]
3   Território que ocupava metade da porção ocidental da atual província de Hiroshima. [NE]

Tenko tinha uma irmã que fora entregue como serva ao senhor do domínio de Aki, com quem tivera um filho. Caso o bebê fosse um menino, teria sido adotado pela família Aki; mas, como era uma menina, de acordo com os costumes japoneses, foi mandada para a família da mãe, o que fez de Tenko o responsável pela criança, que se chamava Kimi. Como sua mãe morrera, ela vivia com o pintor havia dezesseis anos. Nossa história começa com O Kimi se tornando uma bela moça.

O Kimi era uma filha adotiva dedicadíssima a Tenko. Cuidava de quase todos os assuntos da casa, e Tenko a tratava como se fosse sua própria filha, e não uma sobrinha ilegítima, e confiava nela em todos os sentidos.

Depois da chegada do jovem aluno, o coração de O Kimi se tornou inquieto. Ela se apaixonou por ele. Sawara admirava muito O Kimi; mas sobre amor não dizia uma palavra, pois estava muito ocupado com os estudos. Enxergava Kimi como uma garota adorável, fazia suas refeições junto com ela e gostava de sua companhia. Entraria em qualquer briga por ela, e de fato a amava; mas nunca se permitiu pensar que ela não era sua irmã, e que os dois podiam fazer amor. Então por fim um dia aconteceu que O Kimi, com o amor a perturbar seu coração, aproveitou-se da ausência de seu tutor, que fora ao templo pintar alguma coisa para os sacerdotes. O Kimi criou coragem e fez amor com Sawara. Ela lhe disse que desde que ele chegara à casa não sabia mais o que era ter paz. O Kimi o amava, e gostaria de se casar com ele, caso aceitasse.

Esse pedido simples e tão intrinsecamente feminino, acompanhado do oferecimento de um chá, revelou-se irresistível para Sawara. Afinal, não havia nem o que pensar, concluiu ele: "Kimi é uma garota linda e meiga, e gosto muito dela, por isso devemos nos casar algum dia".

Sendo assim, Sawara disse a Kimi que a amava e que adoraria se casar com ela quando completasse seus estudos — o que aconteceria em dois ou três anos. Kimi ficou felicíssima, e quando o bom homem Tenko voltou do templo de Korinji informou a seu guardião sobre o acontecido.

Sawara redobrou seu ânimo, trabalhando sem parar e progredindo muito em seu estilo de pintura; um ano depois, Tenko achou por bem mandá-lo terminar os estudos em Kyoto, com um velho amigo seu, um pintor chamado Sumiyoshi Myokei. Portanto, na primavera do sexto ano do período Kyoho — ou seja, em 1721 —, Sawara se despediu de Tenko e sua bela sobrinha O Kimi e partiu para a capital. Foi uma despedida triste. Sawara amava Kimi profundamente a essa altura, e jurou que assim que ganhasse algum renome voltaria para se casar com ela.

Nos tempos antigos, os japoneses eram ainda menos afeitos a trocar correspondências do que hoje, e nem mesmo amantes e casais comprometidos costumavam escrever uns para os outros, como mostram várias das histórias aqui contadas.

Depois que completou um ano fora, esperava-se que Sawara fosse escrever para informar como estavam as coisas; porém ele não fez isso. Um segundo ano se passou, ainda sem notícias. Nesse meio-tempo, não foram poucos os admiradores de O Kimi que pediram a Tenko a mão da moça em casamento; mas Tenko sempre respondia que Kimi já estava comprometida — até que um dia teve notícias de Myokei, o pintor de Kyoto, que lhe contou que Sawara vinha fazendo um progresso espetacular, e que estava ansioso para casar sua filha com o jovem. Mas ele se sentiu na obrigação de pedir a permissão de seu velho amigo Tenko, antes mesmo de conversar com o jovem Sawara.

Tenko, por outro lado, tinha em mãos uma proposta de um comerciante rico pela mão de O Kimi. O que Tenko deveria fazer? Sawara não dava sinais de que voltaria; pelo contrário, parecia que Myokei estava interessadíssimo em torná-lo parte de sua família. "Isso será bom para Sawara", ele pensou. "Myokei é um professor melhor do que eu, e se Sawara se casar com sua filha vai se dedicar mais do que nunca a meu antigo aluno. Além disso, é conveniente que Kimi se case com aquele jovem comerciante rico, se eu conseguir convencê-la disso; mas será difícil, pois ela ainda ama Sawara. Mas acho que ele a esqueceu. Tentarei um pequeno estratagema, dizendo que Myokei me escreveu avisando que Sawara se casará com sua filha; depois disso, provavelmente, para se vingar, ela concordará em se casar com o jovem comerciante". Foi de forma condizente com essa linha de raciocínio que ele escreveu para Myokei informando que dava seu total consentimento para que seu amigo propusesse a Sawara que se tornasse seu genro, e desejou-lhe sucesso nesse sentido; e naquela noite conversou com Kimi.

"Kimi", ele falou, "hoje recebi notícias de Sawara através de meu amigo Myokei."

"Ah, então me conte!", gritou Kimi, empolgadíssima. "Ele vai voltar, já terminou seus estudos? Como ficarei feliz em vê-lo! Nós podemos nos casar em abril, quando as cerejeiras florirem, e ele pode pintar um quadro de nosso primeiro piquenique."

"Infelizmente, Kimi, a notícia que tenho não inclui a volta dele. Pelo contrário, Myokei me pediu permissão para que Sawara se casasse com sua filha e, como acho que esse pedido não teria sido feito caso ele tivesse se mantido fiel a você, respondi que não tenho nenhuma objeção à união dos dois. Quanto a você, lamento profundamente ter que dizer isso; mas como seu tio e seu tutor mais uma vez gostaria de aconselhar sobre a pertinência de seu casamento com Yorozuya, o jovem comerciante, que está apaixonadíssimo por você e é um marido desejável em todos os sentidos; inclusive sinto que devo insistir nesse ponto, pois considero muito recomendável."

A pobre O Kimi San irrompeu em lágrimas e soluços, e sem dizer uma palavra foi para seu quarto, e Tenko achou por bem manter certa distância naquela noite.

Pela manhã, a moça havia sumido, e ninguém sabia onde estava, pois não havia nem sinal dela.

Em Kyoto, Sawara continuava seus estudos, e se mantinha fiel a O Kimi. Depois de receber a carta de Tenko aprovando o pedido para que Sawara se tornasse seu genro, Myokei perguntou ao aluno se ele lhe daria essa honra. "Quando você se casar com minha filha, seremos uma família de pintores, e acho que você será um dos mais renomados que o Japão já produziu."

"Mas, senhor", protestou Sawara, "eu não tenho como me permitir a honra de me casar com sua filha, porque já estou comprometido — e já faz três anos — com Kimi, a filha de Tenko. Acho estranho que ele não lhe tenha contado!"

Myokei não sabia como explicar esse fato; mas isso deu a Sawara muito o que pensar. Era uma tolice enorme, talvez ele tenha pensado, os japoneses trocarem tão poucas correspondências. Assim sendo, ele escrevera duas vezes para Kimi, mas não recebeu resposta. Então Myokei caiu doente com um resfriado e morreu; Sawara voltou para seu vilarejo natal em Aki, onde foi recebido por Tenko, que, sem O Kimi, estava sozinho em sua velhice.

Quando Sawara ficou sabendo que Kimi fora embora sem deixar um endereço ou sequer uma carta ficou furioso, pois não sabia o motivo.

"Uma garota cruel e ingrata", ele disse para Tenko, "e foi muita sorte minha eu não ter me casado com ela!"

"Sim, sim", respondeu Tenko, "você teve sorte; mas não deveria sentir raiva. Mulheres são estranhas, e, como se costuma dizer, é mais fácil ver uma correnteza subindo um morro e uma galinha botando um ovo quadrado do que encontrar uma mulher honesta. Mas mudemos de assunto — gostaria de lhe dizer que, como agora estou velho e fraco, gostaria que você ficasse com minha casa e minha propriedade. Você precisa assumir meu nome e se casar!"

Enojado com a conduta de O Kimi, Sawara aceitou na hora. Uma bela jovem, filha de um próspero agricultor, foi a escolhida — Kiku (que significa "crisântemo") —, e ela e Sawara viveram felizes com o velho Tenko, cuidando de sua casa e administrando sua propriedade. Sawara pintava em seu tempo livre. Pouco a pouco, foi ganhando fama. Certo dia, o senhor do domínio de

Aki mandou chamá-lo e disse que gostaria que Sawara pintasse os sete belos cenários das ilhas de Kabakarijima (que provavelmente eram seis); os quadros seriam pintados em telas douradas.

Era a primeira encomenda recebida por Sawara de uma autoridade tão importante. Ele ficou muito orgulhoso, e partiu para os altos e os baixios das ilhas Kabakari, onde fez alguns esboços. Também passou pelas ilhas rochosas de Shokokujima, e pela pequena e inabitada ilha de Daikokujima, onde deparou com o inesperado.

Andando pela praia, encontrou uma garota, com a pele escurecida pelo sol e pelo vento. Usava apenas um retalho de algodão que chegava só até pouco abaixo dos quadris, e seus cabelos caíam sobre os ombros. Estava coletando mariscos, e tinha um cesto cheio deles debaixo do braço. Sawara achou estranho uma mulher sozinha em um lugar tão selvagem, e ficou ainda mais surpreso quando ela o abordou, dizendo: "Você é Sawara Kameju — não é?".

"Sim", respondeu Sawara, "sou eu; mas é muito estranho você me conhecer. Posso saber como?"

"Se você é Sawara, e sei que é, então deveria me reconhecer sem ter que perguntar, pois sou ninguém menos que Kimi, com quem você era comprometido!"

Sawara ficou perplexo e mal sabia o que dizer; então começou a perguntar como ela havia ido parar naquela ilha isolada. O Kimi explicou tudo, e terminou dizendo, com um sorriso no rosto:

"E como agora sei que tudo o que ouvi era mentira, meu caro Sawara, e que você não se casou com a filha de Myokei, e que nos mantivemos fiéis um ao outro, finalmente podemos nos casar e ser felizes. Ah, imagine como seremos felizes!"

"Infelizmente, minha queridíssima Kimi, isso não é possível! Fui levado a pensar que você abandonou Tenko, nosso benfeitor, e desistiu de mim. Ah, que tristeza, que crueldade! Eu me deixei convencer de que você não era de confiança, e acabei me casando com outra!"

O Kimi não respondeu, simplesmente saiu correndo pela praia até uma pequena cabana, que construíra para ser seu lar. Ela era rápida, e Sawara foi em seu encalço, gritando: "Kimi, Kimi, pare um pouco e converse comigo"; mas Kimi não parou. Ela chegou à cabana, pegou uma faca, enfiou na garganta e tombou para trás, sangrando até a morte. Profundamente infeliz, Sawara caiu no choro. Era terrível ver a garota que poderia ter sido sua esposa sem vida a seus pés, coberta de sangue depois de sofrer uma morte terrível pelas próprias mãos. Abaladíssimo, ele sacou um papel do bolso e fez um esboço do corpo. Em seguida ele e seu barqueiro enterraram O Kimi longe do alcance da maré, perto da cabana. Mais tarde, já em casa, com o coração enlutado, fez uma pintura da moça morta e pendurou-a em seu quarto.

Na primeira noite depois de terminar a pintura, Sawara teve um sonho terrível. Ao acordar, teve a impressão de que a figura do *kakemono* parecia ter ganhado vida: o fantasma de O Kimi saiu da pintura e se colocou ao lado de sua cama. Noite após noite o fantasma continuava aparecendo, até que Sawara se tornasse incapaz de dormir ou descansar. Não havia nada a fazer, pensou ele, a não ser mandar sua esposa de volta para a casa dos pais, o que ele fez; já o *kakemono* foi dado de presente ao templo de Korinji, onde os sacerdotes o mantiveram de forma bastante respeitosa, rezando todos os dias pelo espírito de O Kimi San. Depois disso, Sawara não viu mais o fantasma.

O *kakemono* se chama *Pintura de Fantasma de Tenko II*, e dizem que ainda é mantido no templo de Korinji, para onde foi mandado há 230 ou 240 anos.

白い酒

Yurine sente que sua vida está próxima do fim e pede ao filho Koyuri uma última dose de sua bebida preferida, o saquê. Sem dinheiro e sem saber como atender ao desejo do pai, o garoto vaga e topa com seres de corpo rubro apreciando a vista do recém-surgido monte Fuji e bebendo um saquê diferente.

白い酒

SAQUÊ BRANCO 38

Há dois mil anos ou mais, o lago Biwa, na província de Ōmi, e o monte Fuji, na província de Suruga, surgiram na mesma noite. Embora minha história apresente isso como um fato, você tem todo o direito de dizer, caso assim queira fazer: "Puxa, que maravilha são os caminhos da Natureza"; mas, por favor, faça isso de forma respeitosa e sem leviandade, para não cometer uma grande ofensa e demonstração de incompreensão da ética transmitida através dos contos folclóricos japoneses.

Enfim, na época desse extraordinário acontecimento geográfico, vivia um certo Yurine, um homem considerado pobre mesmo pelos padrões atuais. Ele adorava saquê, e mal conseguia passar um dia sem beber. Yurine morava perto de um lugar que hoje se chama Suzukawa, logo ao norte do rio conhecido como Fujikawa.

No dia que se seguiu à aparição de Fuji San, Yurine adoeceu, e por consequência se viu impossibilitado de beber seu copo de saquê. Ele foi piorando cada vez mais e, por fim se sentindo sem esperança, resolveu dar a si mesmo de beber uma última dose antes de morrer. Para isso, chamou seu único filho, Koyuri, um menino de catorze anos, e lhe pediu para ir buscar um ou dois copos de bebida. Koyuri ficou completamente desorientado. Não havia saquê na casa, nem uma única moeda que pudesse usar para comprar. Mas não queria dizer isso ao pai, temendo que essa desagradável situação agravasse ainda mais seu estado. Então ele pegou sua cabaça e saiu caminhando pela praia, perguntando-se como conseguir o que seu pai queria. Nesse momento, Koyuri ouviu uma voz chamar seu nome. Quando olhou na direção dos pinheiros que margeavam a praia, viu um homem e uma mulher sentados sob uma árvore enorme; seus cabelos eram vermelhos como fogo, assim como seus corpos. A princípio Koyuri ficou com medo — ele nunca tinha visto ninguém assim antes —, mas a voz era gentil, e o homem estava fazendo sinais para que se aproximasse. Koyuri foi até eles temeroso e tremendo, mas mantendo a frieza que caracteriza um rapaz japonês.

Quando Koyuri chegou mais perto daquelas pessoas estranhas reparou que estavam bebendo saquê em tigelas rasas conhecidas como *sakazuki*, e que na areia ao seu lado havia um jarro enorme, do qual se serviam da bebida; além disso, notou que aquele saquê era branco como ele nunca havia visto antes.

Sempre pensando no pai, Koyuri mostrou sua cabaça, contou sobre a doença do pai e implorou por saquê. O homem rubro pegou a cabaça e a encheu. Depois de expressar toda sua gratidão, Koyuri saiu correndo, exultante. "Aqui, pai, aqui!", ele falou ao chegar à cabana em que morava. "Trouxe saquê para o senhor, o melhor que já vi, e tenho certeza de que o gosto é tão bom quanto parece; experimente e me diga!"

O velho pegou o saquê e bebeu avidamente, expressando grande satisfação, e disse que de fato era o melhor que já experimentara. No dia seguinte, ele quis mais. O garoto encontrou seus dois amigos rubros, que mais uma vez encheram a cabaça. Resumindo, Koyuri voltou para se reabastecer de saquê cinco dias seguidos, e nesse meio-tempo seu pai recobrou o ânimo e estava quase bom.

Na cabana ao lado da que vivia Yurine, havia um vizinho antipático que também gostava de saquê, mas não tinha dinheiro para comprar. Seu nome era Mamikiko. Quando ficou sabendo que Yurine vinha bebendo saquê fazia cinco dias, ficou furioso de inveja, e chamou Koyuri para perguntar onde conseguira a bebida. O garoto explicou que ganhara de umas pessoas estranhas de cabelos vermelhos que estavam sempre perto do grande pinheiro nos últimos dias.

"Me passe sua cabaça para eu experimentar", gritou Mamikiko, tomando-a com um gesto brusco. "Você acha que seu pai é o único homem que merece um pouco de saquê?" Levando a cabaça aos lábios, ele começou a beber; mas jogou-a longe um segundo depois, e cuspiu o que tinha na boca. "O que é essa nojeira?", protestou ele. "Para seu pai, você dá o melhor saquê, e para mim, água podre! O que significa isso?" Ele deu uma bela surra em Koyuri, e depois mandou que o levasse até as pessoas vermelhas da praia, dizendo: "Você vai levar outra surra se eu não ganhar um bom saquê; então trate de conseguir!".

Koyuri mostrou o caminho, chorando pela perda de seu saquê, que Mamikiko jogara fora, e temendo a ira de seus amigos rubros. No local de sempre, encontrou os dois estranhos, que continuavam ambos bebendo. Mamikiko ficou surpreso com a aparência deles: nunca havia visto ninguém assim. O corpo deles era da cor de flores de cerejeira brilhando ao sol, e seus cabelos longos eram quase assustadores; ambos estavam nus, a não ser por traje verde curtíssimo feito de alguma estranha alga marinha.

"Ora, menino Koyuri, por que está chorando, e por que voltou tão depressa? Seu pai já bebeu todo o saquê? Se tiver bebido, deve gostar quase tanto quanto nós."

"Não, não, meu pai não bebeu; mas Mamikiko aqui tomou de mim e bebeu um pouco, cuspiu e falou que não era saquê; o resto ele jogou fora, e depois me obrigou a trazê-lo até aqui. Posso levar mais para meu pai?" O homem rubro encheu sua cabaça e lhe disse que não se preocupasse, e pareceu se divertir com o relato sobre Mamikiko ter cuspido a bebida.

"Eu gosto de saquê como todo mundo", gritou Mamikiko. "Não podem me dar um pouco?"

"Ah, sim; fique à vontade", disse o homem rubro. "Sirva-se." Mamikiko encheu a maior tigela que encontrou e, ao levá-la ao nariz, sentiu o aroma, que era delicioso; mas, assim que levou a bebida à boca sua expressão mudou, e ele foi obrigado a cuspir de novo, pois o gosto era repugnante.

"O que significa isso?", ele gritou, irritado; e o homem rubro respondeu em um tom ainda mais furioso:

"Acho que você não percebeu quem eu sou. Pois bem, eu lhe digo que sou um *shōjō*[1] respeitadíssimo, e vivo no fundo do oceano perto do Palácio do Dragão do Mar. Recentemente ouvimos falar que uma montanha sagrada surgiu à beira do mar, e como é um sinal prodigioso, um sinal de que o Império do Japão continuará existindo para sempre, eu vim aqui para ver. Enquanto desfrutava da magnífica paisagem da costa de Suruga, conheci esse bom menino Koyuri, que pediu saquê para seu pai pobre e doente, e eu lhe dei um pouco. Mas este saquê não é uma bebida comum, é sagrada, e aqueles que bebem vivem para sempre e se mantêm sempre jovem; além disso, cura todas as doenças, mesmo no caso dos idosos. Mas, como você deve saber, qualquer remédio às vezes funciona como veneno, e é por isso que este doce saquê sagrado só é saboroso para os justos, e amargo e venenoso para os maus. Portanto já sei que, como para você o gosto é horrível, você é um homem mau e perverso,

---

[1] Criatura mítica cuja cor da pele e do cabelo é vermelha e que tem predileção por álcool. [NE]

egoísta e ganancioso." E ambos os *shōjōs* riram de Mamikiko, que, ao ficar sabendo que as poucas gotas que bebeu poderiam matá-lo envenenado, começou a chorar, arrependendo-se de sua conduta. Ele implorou perdão para que sua vida fosse poupada, e jurou que se emendaria caso tivesse uma chance. O *shōjō* tirou um pouco de pó de um estojo e entregou a Mamikiko, instruindo-o a beber junto com saquê; "pois", ele disse, "se arrepender e se emendar mesmo na velhice é melhor do que nunca".

Mamikiko engoliu tudo dessa vez, e considerou o saquê doce e delicioso; a bebida o fortaleceu e o fez se sentir bem, e ele se emendou e se transformou em um bom homem. Reatou sua amizade com Yurine e passou a tratar Koyuri muito bem.

Alguns anos depois, Mamikiko e Yurine construíram uma cabana junto à face sul do Fuji San, onde fabricavam saquê branco a partir da receita cedida pelo *shōjō*, o qual distribuíam a todos os que sofriam de intoxicação alcoólica. Tanto Mamikiko como Yurine viveram trezentos anos.

Na Idade Média, um homem que ouviu essa história começou a fabricar saquê branco no pé do monte Fuji; ele fazia sua bebida com levedura de arroz, e as pessoas gostavam muito. Até hoje o saquê branco é fabricado em algum lugar no pé da montanha, e é conhecido como uma bebida especial típica do Fuji. Eu mesmo experimentei em 1907, sem nenhum medo de continuar vivendo além dos meus 55 anos.

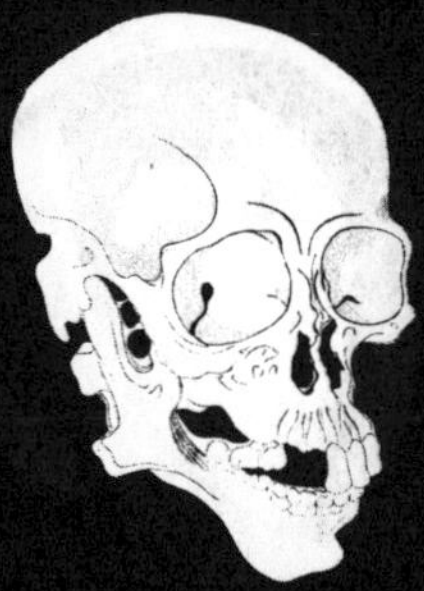

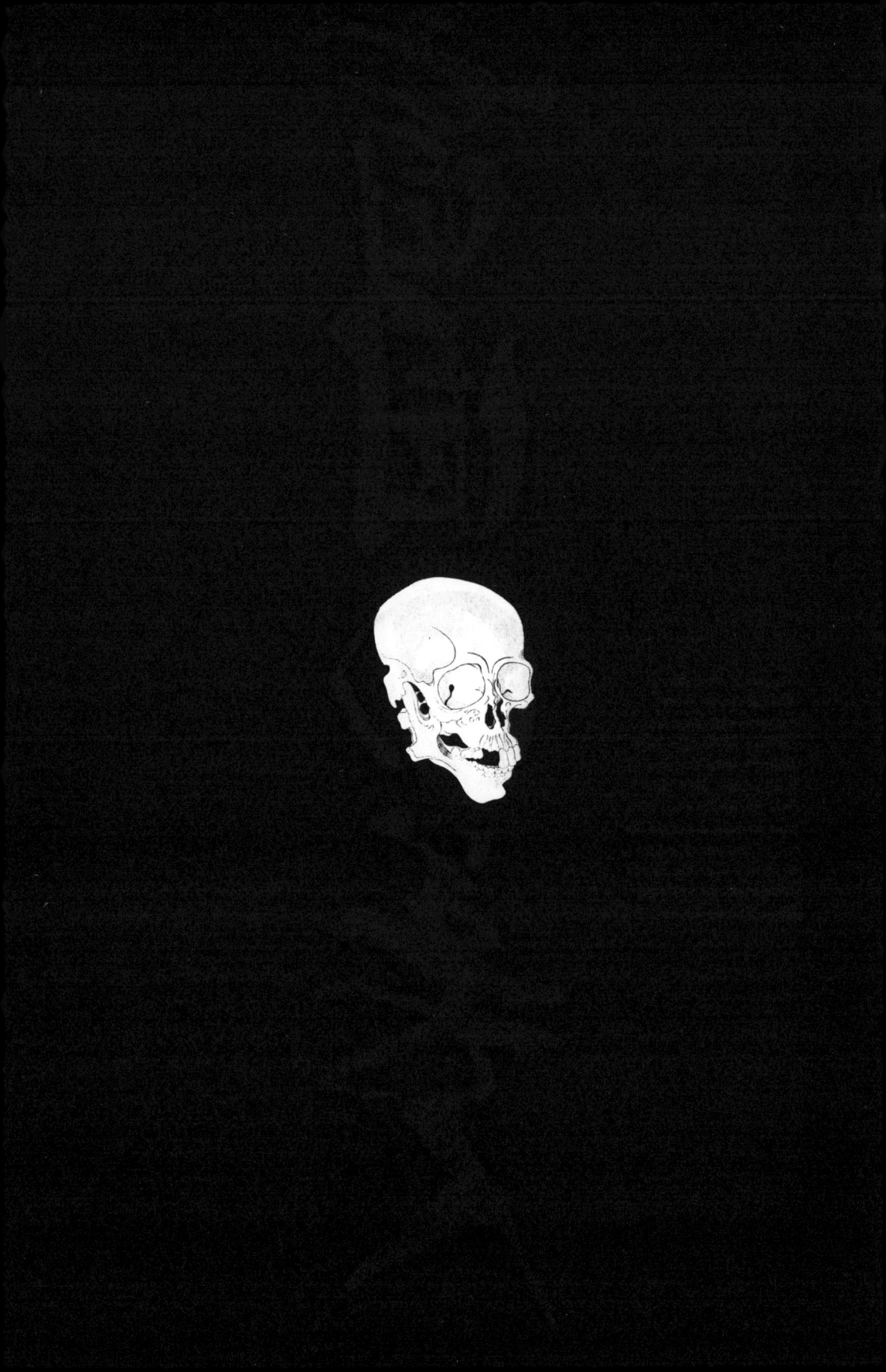

高圓の美人

Aos quinze anos de idade, Kichijiro tenta encontrar seu lugar no mundo trabalhando para o comerciante Shiwoya Hachiyemon. Ele é tão dedicado ao seu propósito que não nota a afeição da bela O Ima por ele e nem a perversidade de Kanshichi, apaixonado por ela e que deseja destruir o rival.

盲目の美人

A BELDADE CEGA 39

Quase trezentos anos atrás (ou, de acordo com quem me contou a história, no segundo ano do período Kan'ei, que deve ser 1626, já que o período em questão começou em 1624 e terminou em 1644), vivia em Maizuru, na província de Tango,¹ um jovem chamado Kichijiro.

Kichijiro era nascido no vilarejo de Tai, de onde seu pai era nativo; mas com a morte do pai foi morar com o irmão mais velho, Kichisuke, em Maizuru. O irmão era seu único parente vivo, com exceção de um tio, e cuidava dele havia quatro anos, encarregando-se de sua educação dos onze aos quinze anos de idade; Kichijiro se sentia muito grato, e depois de chegar aos quinze anos não queria mais ser um estorvo para o irmão, e sim começar a trilhar sozinho seu caminho no mundo.

Depois de procurar por algumas semanas, Kichijiro encontrou trabalho com Shiwoya Hachiyemon, um comerciante de Maizuru. Ele trabalhava com afinco, e logo conquistou a amizade do patrão; na verdade, Hachiyemon tinha seu aprendiz em alta conta; ele o favorecia de diversas formas em detrimento dos caixeiros mais velhos, e no fim chegou ao ponto de confiar a ele a chave de seus cofres, que continham documentos e muito dinheiro.

---

1   Situava-se na região norte da atual província de Kyoto. [NE]

Hachiyemon tinha uma filha da idade de Kichijiro, muito bonita e promissora, e ela se apaixonou desesperadamente por ele, que a princípio não notou. O nome da garota era Ima, O Ima San, e era uma daquelas moças coradas e de expressão alegre que só o Japão é capaz de produzir — uma mistura de amarelo com vermelho, com cabelos e sobrancelhas pretos como as penas de um corvo. Ima fazia elogios a Kichijiro de tempos em tempos; mas ele era um rapaz que não sabia quase nada sobre o amor. Estava procurando seu lugar no mundo, e o casamento era algo que ainda não lhe passava pela cabeça.

Depois de trabalhar por cerca de seis meses com Hachiyemon, Kichijiro cresceu ainda mais na estima do patrão; mas os demais caixeiros não gostavam dele. Sentiam inveja. Principalmente um deles. Seu nome era Kanshichi, e o detestava não só por contar com a preferência do comerciante, mas também porque era apaixonado por O Ima, que rejeitara duramente uma tentativa sua de fazer amor com ela. Esse ódio secreto cresceu tanto que por fim Kanshichi jurou que se vingaria de Kichijiro, e se necessário de seu patrão Hachiyemon e de O Ima também; pois se tratava de um homem perverso e calculista.

Certo dia, uma oportunidade apareceu.

Kichijiro conseguira de tal forma assegurar a confiança do patrão que foi mandado a Kasumi, na província de Tajima,[2] para negociar a compra de uma barcaça. Enquanto o outro estava fora, Kanshichi invadiu a sala onde ficava o cofre e tirou de lá dois sacos de ouro no valor de 200 *ryo*.[3] Ele eliminou todos os vestígios de sua ação e voltou discretamente ao trabalho. Dois ou três dias depois Kichijiro voltou, bem-sucedido em sua missão, e, depois de se reportar ao patrão, retomou sua rotina normal. Ao examinar o cofre, descobriu que havia 200 *ryo* em ouro faltando e, quando denunciou isso, tanto o escritório como a casa ficaram em polvorosa.

Depois de horas à procura do dinheiro, o ouro foi encontrado em um *kōro* (incensário) que pertencia a Kichijiro, e ninguém ficou mais surpreso do que ele com isso. Foi Kanshichi quem encontrou, claro, pois o colocara lá; mas ele não acusou Kichijiro de roubo — seus planos eram muito mais elaborados. Depois que o dinheiro fosse encontrado, ele sabia que Kichijiro precisaria dizer alguma coisa a respeito. É claro que Kichijiro falou que era inocente, e quando viajara para Kasumi o dinheiro ainda estava lá — ele havia conferido pouco antes de partir.

---

2   Situava-se na região norte da atual província de Hyogo. [NE]
3   Antiga unidade monetária japonesa. [NE]

Hachiyemon ficou profundamente perturbado. Ele acreditava na inocência de Kichijiro; mas como provar? Percebendo que seu patrão não considerava Kichijiro o culpado, Kanshichi decidiu que precisava agir de modo a tornar praticamente impossível para Hachiyemon fazer qualquer outra coisa que não fosse mandar embora seu tão odiado rival. Ele procurou o patrão e falou:

"Senhor, como caixeiro principal, sou obrigado a dizer que, embora Kichijiro possa ser inocente, a situação parece mostrar que não é, caso contrário, como o dinheiro foi parar em seu *kōro*? Se ele não for punido, a culpa pelo roubo recairá sobre todos os demais caixeiros, seus fiéis servidores, e eu mesmo terei que deixar de trabalhar para o senhor, assim como todos os outros, e será impossível continuar mantendo seus negócios sem nós. Portanto eu me arrisco a dizer ao senhor que, em nome de seus próprios interesses, seria aconselhável mandar embora o pobre Kichijiro, cujo infortúnio eu lamento muitíssimo."

Hachiyemon reconheceu a força do argumento, e concordou. Mandou chamar Kichijiro, a quem disse:

"Kichijiro, por mais que eu lamente, sou obrigado a mandá-lo embora. Não acredito que seja culpado, mas sei que se não fizer nada todos os meus caixeiros abandonarão seus postos, o que seria minha ruína. Como uma prova de que acredito em sua inocência, digo que minha filha Ima é apaixonada por você e que, se quiser, depois de ter sua inocência provada, nada me daria mais satisfação do que aceitá-lo como meu genro. Agora vá. Tente encontrar uma forma de provar sua inocência. Eu desejo muito que isso seja possível."

Kichijiro ficou arrasado. Agora que precisava ir embora, descobriu como sentiria falta da companhia da doce O Ima. Com lágrimas nos olhos, jurou ao pai dela que voltaria, provaria sua inocência e se casaria com O Ima; e com O Ima ele viveu seu primeiro momento romântico. Eles juraram que nenhum dos dois descansaria enquanto o traiçoeiro ladrão não fosse encontrado, e que depois disso se reuniriam de tal forma que jamais pudessem ser separados de novo.

Kichijiro foi ter com seu irmão Kichisuke no vilarejo de Tai, em busca de conselhos sobre a melhor forma de agir para restabelecer sua reputação. Algumas semanas depois, por obra de seu irmão foi empregado em Kyoto por seu único tio ainda vivo. Uma vez lá, trabalhou com dedicação e lealdade por quatro longos anos, trouxe muita prosperidade para a firma e conquistou muita admiração por parte de seu tio, que o tornou herdeiro de uma propriedade de tamanho considerável e lhe cedeu uma parte de seu negócio. Aos vinte anos de idade, Kichijiro já era um homem bem rico.

Nesse meio-tempo, uma calamidade se abateu sobre a linda O Ima. Depois que Kichijiro foi embora de Maizuru, Kanshichi começou a atormentá-la com sua atenção indesejada. Ela não queria nada com aquele homem; recusava-se até a falar com ele; o desespero dele era tanto que começou a emboscá-la. Em certa ocasião, recorreu à violência e tentou pegá-la à força. Ela se queixou com o pai, que prontamente o demitiu.

Isso deixou o desprezível Kanshichi mais furioso do que nunca. Como diz o provérbio japonês: "Kawaisa amatte nikusa ga hyakubai" — ou seja, "Amor em excesso vira ódio". Foi esse o caso de Kanshichi: seu amor se transformou em ódio. Ele começou a pensar em uma forma de se vingar de Hachiyemon e O Ima. A maneira mais simples, ele pensou, seria incendiar a casa deles, o escritório e os depósitos de mercadorias; isso os deixaria arruinados. Então certa noite Kanshichi se dispôs a fazer tudo isso, e foi muito bem-sucedido — o único problema foi ter sido pego no ato e condenado a um castigo pesado. Essa foi a única satisfação obtida por Hachiyemon, que estava arruinado; ele mandou embora todos os caixeiros e se retirou do mundo dos negócios, pois estava velho demais para recomeçar.

Contando apenas com o suficiente para se manter, Hachiyemon e sua linda filha foram viver em uma cabana simples na beira do rio, onde o único prazer do antigo comerciante era pescar carpa e *jakko*. Durante três anos ele fez isso, antes de adoecer e morrer. A pobre O Ima ficou sozinha no mundo, bonita como sempre, porém melancólica. Seus poucos amigos tentaram conseguir para ela um casamento — com qualquer um, pois era melhor do que viver sozinha —, mas esse conselho a moça se recusava a acatar. "É melhor viver na miséria sozinha", ela disse, "do que me casar com alguém de quem não gosto; não consigo amar ninguém além de Kichijiro, apesar de saber que nunca vou voltar a vê-lo."

Sem saber, O Ima estava certa, pois, como as desgraças nunca chegam sozinhas, havia mais infortúnios em seu caminho. Uma doença ocular a afligiu, e menos de dois meses depois da morte do pai a pobre moça estava cega, sem ninguém para ajudá-la a não ser uma velha criada que continuou ao seu lado apesar de tudo. Ima mal tinha como pagar pelo arroz que comia.

A essa altura, a vida de Kichijiro já estava ganha: seu tio lhe dera metade de seu negócio e assinou um testamento segundo o qual lhe deixava todos os seus bens. Sendo assim, Kichijiro decidiu procurar seu antigo patrão em Maizuru e pedir a mão de sua filha O Ima em casamento. Ao ficar sabendo da triste história de decadência e ruína, e também da cegueira de Ima, Kichijiro se dirigiu à cabana onde morava a moça. A pobre O Ima apareceu e se jogou em seus braços, chorando amargamente e gritando: "Kichijiro, meu amado! Esse é o golpe mais duro de todos. A perda da minha visão antes não significava nada; mas agora você voltou e eu não consigo vê-lo, e não consigo expressar em palavras o quanto desejo isso! É o mais triste dos infortúnios. Agora você não pode se casar comigo".

Kichijiro a consolou e disse: "Minha querida Ima, não tire conclusões precipitadas. Você nunca saiu de meus pensamentos; na verdade, me apaixonei ainda mais desesperadamente por você. Agora sou dono de uma propriedade em Kyoto; mas, se preferir, podemos viver aqui nesta cabana. Estou disposto a fazer qualquer coisa que você desejar. Eu tenho a intenção de restabelecer o negócio de seu pai, pelo bem de sua família; mas primeiro vamos nos casar e nunca mais nos separar. Faremos isso amanhã. Depois iremos juntos a Kyoto visitar meu tio, ouvir seus conselhos. É um homem bondoso e gentil, você vai gostar dele — e ele de você, tenho certeza".

No dia seguinte, eles partiram para Kyoto, e Kichijiro foi ter com seu irmão e seu tio, que não fizeram nenhuma objeção à sua noiva por causa da cegueira. Na verdade, o tio ficou tão orgulhoso da lealdade do sobrinho que lhe deu metade do capital de sua herança no ato. Kichijiro construiu uma nova casa e um novo escritório em Maizuru, no local onde ficava o estabelecimento de Hachiyemon. O negócio foi restabelecido por completo, e o nome da firma passou a ser Shiwoya Hachiyemon Segundo, como acontece com tanta frequência no Japão (o que cria muita confusão entre os europeus que estudam a arte japonesa, pois os alunos costumam assumir o nome de seus mestres e designar a si mesmo como Segundo, ou até mesmo Terceiro ou Quarto).

No jardim da casa de Maizuru, havia uma montanha artificial, onde Kichijiro construiu uma tumba e um memorial dedicado a Hachiyemon, seu sogro. Ao pé da montanha foi erguido um memorial para Kanshichi. Dessa forma ele retribuiu a crueldade de Kanshichi com bondade, mas ao mesmo tempo mostrando que quem faz o mal não deve esperar por posições elevadas. Com isso, esperava-se que os espíritos dos dois homens tivessem se reconciliado.

Em Maizuru, dizem que essas tumbas memoriais ainda existem até hoje.

飯田町の池の秘密

Yehara Keisuke é pego de surpresa quando sua irmã anuncia que quer se divorciar do marido, o seu amigo Hayashi Hayato. Porém, o mais curioso é o motivo apontado por ela: a aparição de um fantasma, chamado de O Sumi pela filha do casal.

O SEGREDO DA LAGOA DE IIDAMACHI

40

飯田町の池の秘密

No primeiro ano do período Bunkyu, que durou de 1861 a 1864, havia um homem chamado Yehara Keisuke, que vivia em Kasumigaseki, no distrito de Kojimachi. Ele era um *hatamoto* — ou seja, tinha uma relação de vassalagem feudal com o xogum — e um homem que deveria ser respeitado; mas, fora isso, Yehara era muito querido por sua bondade e justiça ao lidar com as pessoas. Em Iidamachi vivia outro *hatamoto*, Hayashi Hayato. Ele era casado com a irmã de Yehara fazia cinco anos. Eram um casal felicíssimo; sua filha, de quatro anos de idade, era a menina de seus olhos. A casa onde moravam estava um tanto dilapidada; mas era de propriedade de Hayashi, e tinha uma lagoa em frente e dois terrenos aráveis, estendendo-se por um total de oitenta hectares, dos quais cerca de metade eram cultivados. Dessa forma, Hayashi conseguia sobreviver sem trabalhar muito. No verão, pescava carpas; no inverno, escrevia bastante, e era considerado uma espécie de poeta.

Na época dessa história, depois de plantar arroz e *sato-imo* (inhame), Hayashi tinha bem pouco o que fazer, e passava a maior parte do tempo com a esposa, pescando em suas lagoas, onde havia grandes *suppon* (tartarugas de casco mole) além de *koi* (carpas). Mas de repente as coisas saíram dos eixos.

Certa manhã, Yehara foi surpreendido com uma visita de sua irmã O Komé.

"Vim até aqui, meu caro irmão", ela contou, "para implorar ajuda para conseguir o divórcio ou a separação do meu marido."

"Divórcio? Por que você iria querer o divórcio? Você sempre me disse que era feliz com seu marido, meu bom amigo Hayashi! Por que de repente resolveu pedir divórcio? Lembre-se de que você já é casada há cinco anos, e que isso é suficiente para provar que tem uma vida feliz, e que Hayashi a trata bem."

A princípio, O Komé não quis revelar o motivo para querer se separar do marido; mas por fim falou:

"Meu irmão, não pense que Hayashi não me trata bem. Ele é a gentileza em pessoa, e nós nos amamos muito; mas, como você sabe, a família de Hayashi é dona das terras, das fazendas entre as quais aquela em que moramos, há uns trezentos anos. Nada o faria se mudar de lá, e eu jamais desejaria que ele fizesse isso até uns doze dias atrás."

"E o que aconteceu nesses doze insólitos dias?", Yehara perguntou.

"Meu irmão, eu não aguento mais", foi a resposta. "Até doze dias atrás, estava tudo certo; mas então aconteceu uma coisa terrível. Estava escuro e quente, e eu estava sentada do lado de fora da casa observando as nuvens passando sobre a lua e conversando com minha filha. De repente surgiu, como se estivesse caminhando por cima dos lótus da lagoa, um vulto branco. Ah, era tão branco, tão molhado, uma coisa horrível de se ver! Parecia ter se erguido da lagoa e se elevado no ar, e então foi se aproximando de mim até chegar a uns três metros de distância. Nisso, minha filha gritou: "Ora, mãe, lá vem O Sumi — você conhece O Sumi?". Respondi que não, acho eu. Mas na verdade estava tão apavorada que nem sei direito o que falei. Era uma figura horrível de se ver. Uma menina de dezoito ou dezenove anos, com os cabelos emaranhados e caídos sobre os ombros brancos e molhados. "Socorro! Socorro!", gritou o vulto, e fiquei com tanto medo que cobri os olhos e berrei para chamar meu marido, que estava lá dentro. Ele saiu e me viu em choque, com minha filha ao meu lado, também em estado de puro terror. Hayashi não viu nada. Levou nós duas para dentro, fechou a porta e me disse que eu devia estar sonhando. "Talvez", ele acrescentou, sarcástico, "você tenha visto o *kappa*[1] que dizem viver na lagoa, mas ninguém da minha família nunca viu em mais de cem anos." Isso foi tudo o que meu marido falou sobre o assunto. Mas na noite seguinte, quando eu estava na cama, minha filha me agarrou de repente, gritando apavorada: "O Sumi — O Sumi está aqui — como ela é horrível! Mãe, mãe, você está vendo?". Eu vi. Ela estava pingando água a menos de um metro da minha

---

[1] Criatura mítica anfíbia que tem pele de cor verde e escamosa, carapaça de tartaruga nas costas, membranas nas mãos e nos pés e uma depressão na cabeça em forma de pires, para conservar a água que é sua fonte de poder. [NE]

cama, toda branca e encharcada, com os cabelos emaranhados e aquele olhar horrendo. "Socorro! Socorro!", gritou o vulto, e então desapareceu. Depois disso não consegui mais dormir; nem eu nem minha filha. Agora o fantasma vem todas as noites — O Sumi, como minha menina a chama. Eu me mato se precisar viver mais tempo naquela casa, que se tornou um terror para mim e para minha filha. Meu marido não vê o fantasma, e ainda ri de mim; e é por isso que não vejo outra solução que não seja nos separarmos."

Yehara disse à irmã que no dia seguinte faria uma visita a Hayashi, e mandou a irmã voltar à casa do marido naquela noite.

No dia seguinte, quando Yehara apareceu, Hayashi, depois de ouvi-lo, respondeu:

"Isso é muito estranho. Eu nasci nesta casa, mais de vinte anos atrás; mas nunca vi o fantasma a que minha mulher se refere, nem nunca ouvi falar. Meu pai e minha mãe nunca sequer tocaram no assunto. Conversarei com todos os vizinhos e com os servos, para apurar se já ouviram falar do fantasma, ou pelo menos se alguém teve uma morte repentina e prematura. Deve haver alguma coisa por trás disso: é impossível que minha filha conheça o nome 'Sumi', ela não conhece ninguém que se chama assim."

Os questionamentos foram feitos; mas nenhuma informação foi obtida com os servos ou os vizinhos. Hayashi considerou que, como o fantasma estava sempre molhado, o mistério poderia ser resolvido dragando a lagoa — talvez revelando os restos mortais de alguma pessoa assassinada, cuja ossada exigia um enterro decente e preces em seu nome.

A lagoa era antiga e profunda, repleta de plantas aquáticas e, pelo que as pessoas se lembravam, nunca havia sido dragada. Dizem que continha um *kappa* (uma criatura mítica, metade homem e metade tartaruga). De qualquer forma, havia muitas tartarugas de casco mole por lá, cuja captura poderia cobrir os custos de esvaziar a lagoa. As barreiras da lagoa foram abertas, e no dia seguinte restava apenas uma poça d'água na parte mais profunda da lagoa; Hayashi resolveu remover inclusive isso e escavar na lama mais abaixo.

Foi nesse momento que a avó de Hayashi chegou, uma velhinha de uns oitenta anos, e disse:

"Não precisa procurar mais. Eu posso contar tudo sobre o fantasma. O Sumi não consegue descansar, e é verdade que o fantasma dela faz aparições. Eu sinto muito por isso, agora que estou velha; pois a culpa é minha — a pecadora sou eu. Escutem com atenção, pois eu revelarei tudo."

Todos ficaram perplexos com aquelas palavras, sentindo que havia algum segredo prestes a ser revelado.

A velha continuou:

"Quando Hayashi Hayato, seu avô, ainda era vivo, nós tínhamos uma linda serva de dezessete anos de idade chamada O Sumi. Seu avô se enamorou pela garota, e ela por ele. Eu tinha uns trinta anos na época, e fiquei com ciúmes, pois meus melhores anos tinham ficado para trás. Um dia, quando seu avô estava fora, levei Sumi para a lagoa e dei uma boa surra nela. No meio da confusão, ela caiu na água e se enroscou nas plantas; e foi lá que eu a deixei, achando que as águas eram rasas e que ela conseguiria sair. Não foi isso o que aconteceu, e ela se afogou. Seu avô a encontrou morta quando voltou. Nessa época a polícia era bem discreta nas investigações. A garota foi enterrada; mas nada foi dito contra mim, e o assunto logo morreu. Duas semanas atrás a tragédia fez cinquenta anos. Talvez seja essa a razão para a aparição do fantasma de Sumi; pois ela deve aparecer, caso contrário sua filha não saberia seu nome. A descrição de sua filha deve estar certa, e na primeira vez que apareceu Sumi deve ter dito seu próprio nome."

A velha estava tremendo de medo, e aconselhou que todos fossem fazer preces no túmulo de O Sumi. Assim foi feito, e a família nunca mais viu o fantasma. Hayashi falou:

"Embora eu seja um samurai e tenha lido muitos livros, nunca acreditei em fantasmas; mas agora acredito."

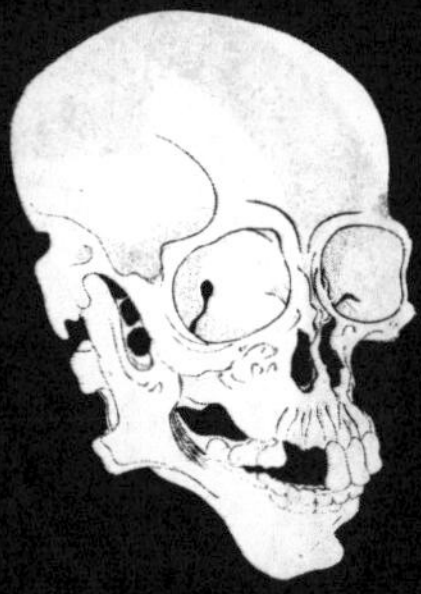

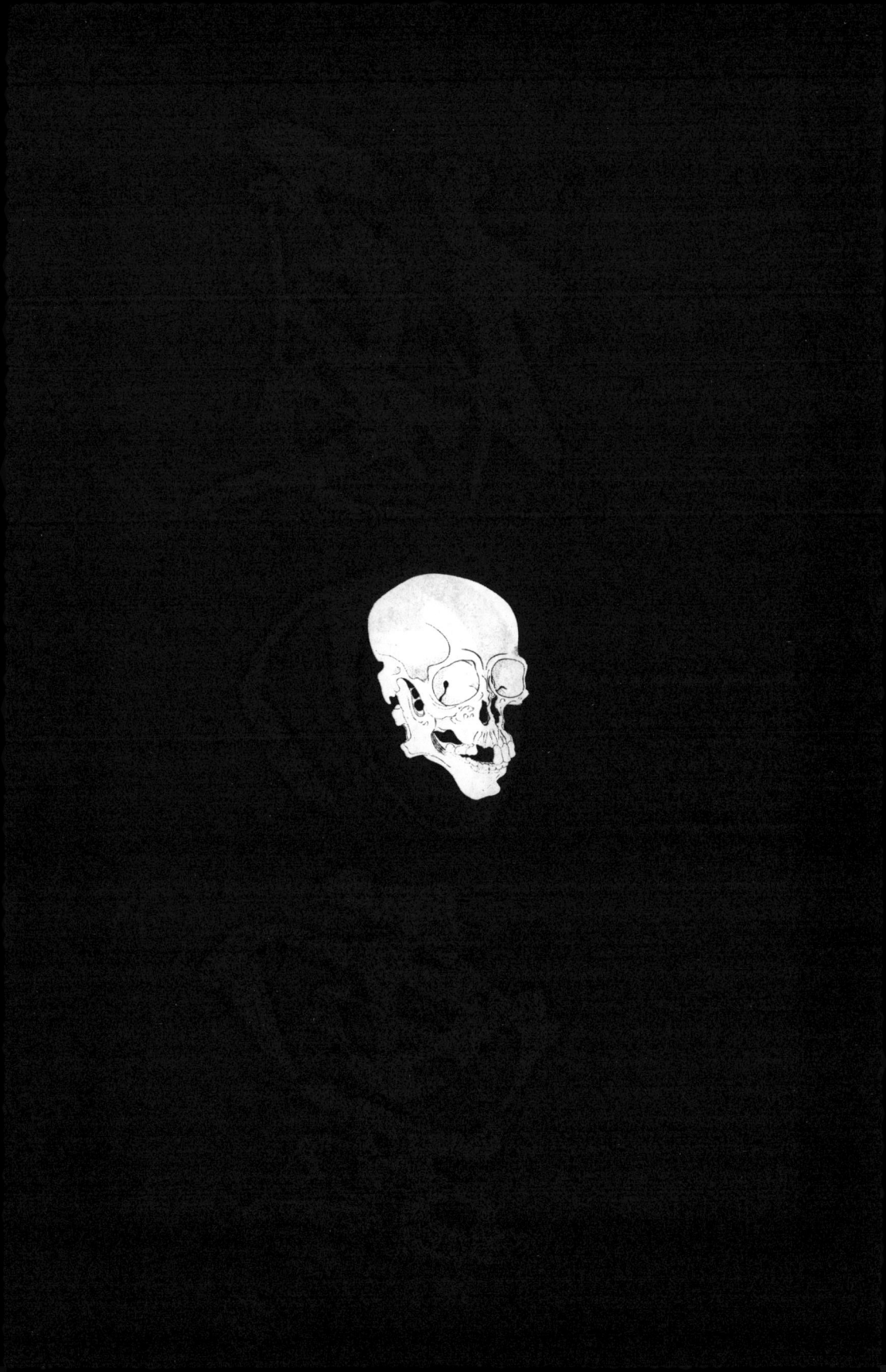

榎の幽霊

Depois das farras nas noites de Bon Odori, moças do vilarejo ao pé da montanha Oki-yama começam a desaparecer. Para os mais velhos da região, os sumiços têm a ver com a imoralidade das jovens e o espírito de Yenoki, o "sacerdote caolho".

O ESPÍRITO DE YENOKI[1]

41

榎の霊

Existe uma montanha na província de Izumi[2] chamada Oki-yama (ou Oji-yama); trata-se de uma elevação contígua às montanhas Mumaru-yama. Não garanto que a grafia que estou usando também seja a correta. Basta dizer que essa história me foi contada por Fukuga Sei e traduzida pelo sr. Ando, o tradutor de japonês de nosso consulado em Kobe. Ambos citam o nome da montanha como Oki-yama e dizem que em seu cume, desde tempos imemoriais, existe um santuário dedicado a Fudo-myo-o (*Achala* em sânscrito, que significa "imóvel", um deus sempre representado cercado pelo fogo, porém em total serenidade, como um exemplo para os demais; segura uma espada em uma das mãos e uma corda na outra, como um lembrete do castigo que aguarda por aqueles que são incapazes de suportar de forma honrada as dificuldades dolorosas da vida).

Enfim, é no alto da Oki-yama (montanha alta ou grande) que fica o antiquíssimo templo de Fudo, e são muitas as peregrinações feitas todos os anos até lá. A montanha em si é coberta de vegetação, com destaque para as criptomérias, as canforeiras e os pinheiros.

---

[1] Fukuga Sei disse que esta era uma velha história contada por sua ama, que era nativa do vilarejo de Oki-yama; além disso, contou que um Buda de ouro maciço, com 45 cm de altura, foi roubado do templo três anos atrás. [NA]
[2] Situava-se na região sul da atual província de Osaka. [NE]

Muitos anos atrás, na época de que tratamos, havia apenas alguns sacerdotes vivendo nesses templos. Um deles era um homem de meia-idade chamado Yenoki, que além de sacerdote fazia o papel de zelador do local. Yenoki vivia no templo fazia vinte anos; porém, durante todo esse tempo nunca tinha colocado os olhos na imagem de Fudo, que era sua função também preservar; a estátua era mantida trancada em um altar e não deveria ser vista por ninguém além do sumo-sacerdote. Certo dia, a curiosidade de Yenoki falou mais alto. De manhã bem cedo, a porta do altar não estava bem fechada. Yenoki espiou lá dentro, mas não viu nada. Quando voltou de novo para a luz, descobriu que havia perdido a visão do olho com o qual espiara: seu olho direito estava totalmente cego.

Sentindo que o castigo divino era merecido, e que os deuses deviam estar furiosos, ele tratou de se purificar, e fez um jejum de cem dias. Yenoki estava equivocado em sua forma de demonstrar devoção e arrependimento, e não pacificou os deuses; pelo contrário, eles o transformaram em um *tengu* (um demônio de nariz comprido que mora nas montanhas e é o grande professor de *jūjutsu*).

Mas Yenoki continuou a se apresentar como sacerdote — Ichigan Hōshi, que significa "sacerdote caolho" — por um ano, e depois morreu; e dizem que seu espírito passou para uma enorme criptoméria na face leste da montanha. Depois disso, quando os marujos passavam pelo mar de Chinu (baía de Osaka), se houvesse uma tempestade, eles rezavam pela ajuda do sacerdote caolho, e se uma luz surgisse no alto da Oki-yama era um sinal certo de que, por mais bravo que estivesse o mar, a embarcação não se perderia.

Inclusive, é possível afirmar que depois da morte do sacerdote caolho foi atribuída mais importância a seu espírito e à árvore em que este encontrara refúgio do que ao templo em si. A árvore passou a ser chamada de Morada do Sacerdote Caolho, e ninguém ousava se aproximar dela — nem mesmo os lenhadores que conheciam bem as montanhas. Era uma fonte de assombro, e um objeto de reverência.

Ao pé da Oki-yama havia um vilarejo isolado, separado dos outros por dois *ri* (oito quilômetros), com apenas 130 casas.

Todo ano, os moradores do vilarejo costumavam celebrar o Bon, depois que o festival terminava, com uma dança chamada Bon Odori. Como a maioria das outras coisas do Japão, o Bon e o Bon Odori eram bastantes contrastantes entre si. O Bon era uma cerimônia feita para os espíritos dos mortos, que supostamente voltam à terra três dias por ano, para visitar seus altares familiares — algo como o nosso Dia de Finados, e de qualquer forma um tremendo ritual religioso. O Bon Odori é uma dança que varia de forma considerável de acordo com a província. É uma tradição confinada em grande parte aos vilarejos

— pois as belas danças das gueixas em Kyoto são quase cópias da coisa em si. É uma dança de rapazes e moças, é possível afirmar, e continua por quase toda a noite nas áreas verdes do vilarejo. Dura três ou quatro noites, e as oportunidades para flertes do tipo mais violento são numerosas. Não existem cicerones (por assim dizer), e todo mundo (para usar uma linguagem das mais vulgares) "parte para a algazarra"! Donzelas até então virtuosas passam a noite se engraçando com rapazes que mal conhecem; e, no vilarejo em que se passa esta história, não só elas se deixam levar, mas as jovens comprometidas também.

O que acontecia no vilarejo ao pé da montanha Oki-yama — tão distante de outros vilarejos — era bastante nocivo em termos de moralidade. Não havia restrições para o que uma moça podia ou não fazer durante as noites do Bon Odori. As coisas já iam de mal a pior até que, no período sobre o qual escrevo, a anarquia passou a reinar nesses dias festivos. Enfim, o que houve foi que, depois de um Bon particularmente animado, em uma bela noite enluarada de agosto, a querida e encantadora filha de Kurahashi Yozaemon, O Kimi, de dezoito anos, que prometera a Kurosuke, seu amado, que iria vê-lo em segredo, estava a caminho desse encontro. Depois de passar pela última casa do vilarejo montanhoso, deparou com um matagal espesso, e parado em uma das extremidades havia um homem que a princípio O Kimi pensou que fosse seu amado. Ao chegar mais perto, percebeu que não era Kurosuke, e sim um jovem muito bonito de uns 23 anos. Ele não lhe dirigiu a palavra; na verdade, manteve certa distância. Quando ela avançava, ele recuava. Esse jovem era tão belo que O Kimi se sentiu apaixonada. "Oh, como meu coração bate forte por ele!", disse ela. "Afinal, por que não desistir de Kurosuke? Ele não é tão bonito quanto esse homem, que eu já amo mesmo sem conhecer. Na verdade, detesto Kurosuke, agora que vi esse homem."

Enquanto dizia isso, ela viu o homem sorrindo e concordando, e como era uma menina pervertida, corrompida em sua moral, acabou seguindo o jovem e não foi mais vista. Sua família ficou aflita. Uma semana se passou, e O Kimi San não voltava.

Alguns dias depois Tamae, a filha de dezesseis anos de Kinsaku, que secretamente namorava o filho do governante do vilarejo, estava aguardando por ele nos arredores do templo, perto da imagem de pedra de Jizodo (em sânscrito, *Kshitigarbha*, Protetor das Mulheres e Crianças). De repente, apareceu perto de Tamae um jovem bonito de uns 23 anos, assim como acontecera com O Kimi; ela ficou impressionadíssima com a beleza do rapaz, tanto que, quando ele a pegou pela mão e a levou embora, a moça não fez nenhum esforço para resistir, e também desapareceu.

E desse mesmo modo nove garotas de natureza passional desapareceram desse pequeno vilarejo. Por toda parte, em um raio de cinquenta quilômetros, as pessoas falavam e especulavam, muitas vezes fazendo comentários desagradáveis.

No próprio vilarejo de Oki-yama as pessoas mais velhas diziam:

"Sim, a falta de pudor de nossos jovens desde o Bon Odori deve ter irritado Yenoki San; talvez seja ele que apareça na forma desse jovem bonito que está levando nossas filhas."

Em questão de poucos dias, quase todos concordavam que as perdas eram obra do Espírito da Árvore de Yenoki; e, assim que essa ideia ganhou força, todos os moradores do vilarejo começaram a se trancar em casa dia e noite. As lavouras foram negligenciadas; a madeira deixou de ser extraída da montanha; os negócios ficaram paralisados. Os rumores sobre a situação se espalharam, e o senhor feudal de Kishiwada, incomodado, convocou Sonobé Hayama, o espadachim mais famoso daquela parte do Japão.

"Sonobé, você é o homem mais corajoso que conheço, e o melhor combatente. Cabe a você inspecionar a árvore que abriga o espírito de Yenoki. Para isso, use seu próprio discernimento. Não tenho como aconselhá-lo sobre o melhor caminho a seguir. Deixo em suas mãos o esclarecimento do mistério do desaparecimento das nove moças."

"Meu senhor", disse Sonobé, "minha vida está à disposição de Vossa Senhoria. Eu esclarecerei o mistério ou morrerei tentando."

Depois dessa audiência com seu senhor, Sonobé foi para casa e se submeteu a um ritual de purificação. Ele jejuou e se banhou por uma semana, e só então partiu para Oki-yama.

Era o mês de outubro, quando na minha opinião as paisagens sempre se tornam mais belas. Sonobé subiu a montanha e foi primeiro ao templo, ao qual chegou às três horas da tarde, depois de uma dura escalada. Uma vez lá, fez preces diante do deus Fudo por meia hora. Em seguida saiu para atravessar o pequeno vale que levava à montanha de Oki-yama e à árvore que abrigava o espírito de Yenoki, o sacerdote caolho.

A subida era longa e difícil, sem trilhas, pois a montanha era um lugar evitado o máximo possível até mesmo pelos lenhadores mais aventureiros, e nenhum deles sequer sonhava em chegar perto da árvore de Yenoki. Sonobé estava em boa forma e era um guerreiro corajoso. A mata era densa; havia uma umidade gelada, que vinha das gotículas que se desprendiam de uma queda d'água. A solidão era intensa, e uma ou duas vezes Sonobé levou a mão ao cabo da espada, imaginando que tivesse ouvido alguém o seguindo na semipenumbra; mas não havia ninguém, e por volta das cinco horas Sonobé chegou à árvore e a abordou:

"Ó honorável e antiquíssima árvore, que resistiu a séculos de tempestade, tu te tornaste o lar do espírito de Yenoki. De fato, trata-se de uma morada das mais imponentes, e, portanto, ele não pode ter sido um homem tão mau. No entanto, vim até aqui a mando do senhor do domínio de Kishiwada para repreendê-lo, e para questionar por que o espírito de Yenoki vem aparecendo como um belo jovem com o objetivo de raptar as filhas do pobre povo local. Isso não pode continuar; caso contrário, por ser a morada do espírito de Yenoki, tu serás cortada, para que ela possa fugir para outra parte do país."

Nesse momento um vento morno soprou no rosto de Sonobé, e nuvens sombrias apareceram acima de sua cabeça, escurecendo o ambiente da floresta; a chuva começou a cair, e os rugidos dos terremotos se fizeram ouvir.

De repente surgiu a figura espectral de um velho monge, esquelético e enrugado, transparente e com um aspecto doentio, de abalar os nervos; mas Sonobé não ficou com medo.

"Você foi mandado pelo senhor do domínio de Kishiwada", disse o fantasma. "Admiro sua coragem por ter vindo. A maioria dos homens é tão covarde e entregue ao pecado que teme chegar perto de onde meu espírito encontrou refúgio. Posso garantir que não faço mal a ninguém que seja de bem. A moralidade se degenerou de tal forma neste vilarejo que era chegada a hora de uma lição. Os costumes dos moradores desafiavam os deuses. É verdade que eu, na esperança de aprimorar a conduta desse povo e torná-lo mais religioso, assumi a forma de um jovem e levei nove das piores entre essas pessoas. Elas estão bem. Arrependeram-se profundamente de seus pecados, e tratarão de regenerar seu vilarejo. Todos os dias elas escutam meus ensinamentos. Você as encontrará no 'Mino toge', ou segundo cume desta montanha, amarradas às árvores. Pode ir soltá-las, e depois conte ao senhor do domínio de Kishiwada o que fez o espírito de Yenoki, o sacerdote caolho, e diga que ele está sempre a postos para ajudar seu povo. Adeus!"

Assim que a última palavra foi dita, o espírito desapareceu. Sonobé, ainda um tanto atordoado pelo que o espírito falara, partiu mesmo assim para o "Mino toge"; e lá de fato estavam as nove garotas, cada uma amarrada a uma árvore, como dissera o espírito. Ele cortou suas amarras, passou-lhes um sermão, levou-as de volta ao vilarejo e foi se reportar ao senhor feudal de Kishiwada.

Desde então, as pessoas passaram a temer mais do que nunca o espírito do sacerdote caolho. Eles regeneraram por completo, assim como o povo dos vilarejos dos arredores. As nove casas cujas filhas se comportaram tão mal contribuem todos os anos com o arroz consumido pelos sacerdotes do templo de Fudo-myo-o. Esse alimento é chamado de "o arroz das nove famílias de Oki".

蓮の精

O senhor do domínio de Kōriyama e seus familiares contraem uma doença grave, o que causa pânico na região. A cura pode depender do plantio de lótus, cuja flor é considerada pura e sagrada. A flor ainda traz algo intrigante para o castelo.

蓮の精

O ESPÍRITO DA FLOR DE LÓTUS   42

Por um bom tempo procurei um conto com a flor de lótus como tema. Meu amigo Fukuga enfim encontrou uma, que dizem ser de uns duzentos anos atrás. Envolve um castelo localizado em um lugar que na época era conhecido como Kinai, hoje incorporado ao distrito de Kyoto. Provavelmente se trata de um dos castelos dessa região, embora eu mesmo só conheça um, cujo nome atual é Nijo.

    Fukuga (que não fala inglês) e meu intérprete não facilitaram nem um pouco minha tentativa de deixar claro que na verdade a história não tem relação com um castelo na província de Izumi,[1] já que depois de começarem a falar de Kyoto de repente passaram a citar Izumi, apresentando como o herói da história o senhor do domínio de Kōriyama. Seja como for, o que me disseram primeiro foi que a doença surgiu em Kinai (Kyoto). Milhares de pessoas morreram em virtude da enfermidade, que se espalhou para Izumi, onde vivia o senhor feudal de Kōriyama, que também adoeceu. Foram chamados médicos de todas as partes; mas não havia jeito. A moléstia continuava a se espalhar e, para tristeza de todos, não só o senhor feudal como sua mulher e seu filho foram contaminados.

---

1   Situava-se na região sul da atual província de Osaka. [NE]

O pânico se espalhou pela região — não porque as pessoas temessem por si mesmas, mas porque estavam apavoradas com a ideia da perda de seu senhor e a família dele. O senhor do domínio de Kōriyama era muito querido. As pessoas se dirigiram em massa ao castelo. Acampavam em volta das muralhas e nos fossos, que estavam secos, pois não era época de guerra.

Certo dia, enquanto a notável família continuava doente, Tada Samon, o mais alto funcionário do castelo (braço direito do senhor do domínio de Kōriyama), estava em seu quarto, pensando na melhor forma de resolver as várias questões que estavam pendentes à espera da recuperação do daimiô. Enquanto ele se ocupava disso, um servo anunciou que havia um visitante no portão externo requisitando uma audiência e dizendo-se capaz de curar os três enfermos.

Tada Samon aceitou receber o homem, e o servo foi buscá-lo.

O visitante tinha a aparência de um *yamabushi* (recluso da montanha), e, ao entrar no recinto, fez uma mesura profunda diante de Samon, dizendo: "Senhor, é uma obra maligna essa doença de nosso senhor e comandante, e foi trazida por um espírito mau, que entrou no castelo porque vocês não providenciaram nenhuma defesa contra espíritos impuros e maus. Este castelo é o centro de governo de toda esta região, e não é prudente permitir que continue desprotegido contra espíritos impuros e maus. Os *rakan*[2] sempre nos disseram para plantar lótus, não apenas no canal interno que circunda o castelo, mas também em todos os canais do local e ao redor deles. Com certeza o senhor sabe que a flor de lótus, a mais emblemática de nossa religião, é sem dúvida a mais pura e sagrada; por isso afasta as impurezas, que são incapazes de passar por ela. Pode estar certo de que, caso o seu senhor não tivesse negligenciado os canais ao norte do castelo e tivesse deixado cheio de água, mantido limpa, e plantado o lótus sagrado, nenhum espírito mau teria sido mandado pelos Céus para prejudicá-los. Caso receba permissão, eu entrarei no castelo hoje e rezarei para que o espírito mau da doença vá embora; e pedirei autorização para plantar flores de lótus nos fossos mais ao norte. Só assim o senhor do domínio de Kōriyama e sua família poderão ser salvos."

Samon assentiu em concordância, pois lembrou que os fossos ao norte do castelo não tinham lótus nem água, e que em parte isso era culpa sua — uma questão de economia na administração das propriedades. Ele foi ter com seu senhor, que estava mais doente do que nunca. Mandou chamar os membros da corte. Foi decidido que o *yamabushi* poderia fazer o que propunha. Ao homem

2   Homens santos de outrora. [NA]

foi dito que implementasse suas ideias como achasse melhor. Foi disponibilizado muito dinheiro e centenas de homens para ajudá-lo — qualquer coisa para salvar o senhor daqueles domínios.

O *yamabushi* se lavou e rezou para que o espírito mau da doença deixasse o castelo. Depois supervisionou a limpeza e a recuperação dos fossos ao norte do castelo, instruindo os trabalhadores a enchê-los de água e plantar flores de lótus. Então desapareceu misteriosamente — foi quase como se tivesse sumido diante dos olhos de todos. Abismados, porém com mais empenho do que nunca, os homens cumpriram suas ordens. Em menos de vinte e quatro horas, os fossos estavam limpos, restaurados e cheios de água e flores.

Conforme esperado, o senhor do domínio de Kōriyama, sua esposa e seu filho melhoraram bem depressa. Em uma semana estavam todos de pé, e em uma quinzena se mostravam mais saudáveis do que nunca.

Preces de agradecimento foram feitas, e a alegria com a boa notícia se espalhou por toda a província de Izumi. Mais tarde, as pessoas passaram a visitar em grande número os sempre bem cuidados fossos de lótus, e os próprios moradores locais se encarregaram de mudar o nome do local, que passou a se chamar Castelo do Lótus.

Alguns anos se passaram sem que nada de estranho acontecesse. O senhor feudal de Kōriyama morreu de causas naturais, e foi sucedido pelo filho, que negligenciou as plantações de lótus. Certo dia, um jovem samurai passava por um dos fossos. Era fim de agosto, quando as flores de lótus estão fortes e altas. O guerreiro viu dois belos meninos, que deviam ter seis ou sete anos de idade, brincando à beira do fosso.

"Meninos", ele falou, "não é seguro brincar assim tão perto do fosso. Venham aqui comigo."

Ele estava prestes a pegá-los pela mão e levá-los a um lugar seguro quando eles saltaram no ar, sorrindo para o samurai, e caíram na água, onde desapareceram com estrondo, deixando o espadachim todo molhado.

O samurai ficou tão perplexo que não sabia o que pensar, pois eles não reapareceram. Acabou se convencendo de que deviam ser dois *kappas* (animais míticos), e com essa ideia na cabeça correu para o castelo para relatar o que viu. Os altos funcionários convocaram uma audiência e determinaram que os fossos deveriam ser dragados e limpos; achavam que isso já deveria ter sido feito quando o jovem senhor sucedeu o pai.

Os fossos foram dragados conforme determinado, de ponta a ponta; porém, nenhum *kappa* foi visto. A conclusão foi que o samurai estava tendo visões fantasiosas, e ele foi bastante ridicularizado por isso.

Algumas semanas depois, outro samurai, Murata Ippai, estava voltando de uma visita à namorada por um caminho que margeava um fosso exterior. As flores de lótus estavam exuberantes, e Ippai diminuiu o passo para admirá-las, pensando em sua amada, quando de repente viu uma dezena ou mais de garotinhos bonitos brincando perto da beira d'água. Eles não estavam vestidos, e jogavam água uns nos outros.

"Ah!", pensou o samurai, "esses com certezas são os *kappas* de que estavam falando. Pensam que podem me enganar assumindo a forma humana! Um samurai não tem medo de criaturas como essas, que dificilmente escaparão do gume de minha espada."

Ippai tirou os tamancos, desembainhou a espada e se aproximou furtivamente dos supostos *kappas*. Continuou avançando até chegar a cerca de vinte metros; então se escondeu atrás de um arbusto para observar.

As crianças continuavam sua brincadeira. Pareciam crianças perfeitamente normais, a não ser pela impressionante beleza e pelo cheiro peculiar que exalavam, quase pungente, mas ainda assim doce, parecido com o das flores de lótus. Ippai ficou intrigado, e quase guardou a espada de volta na bainha ao ver como aquelas crianças pareciam inocentes; mas então concluiu que não estaria agindo com a determinação que se exige de um samurai caso mudasse de ideia. Empunhando a espada com vigor redobrado, saiu de seu esconderijo e saiu cortando os *kappas* a torto e a direito.

Ippai estava convencido de que promovera um massacre, pois sentiu sua espada atingir os alvos várias e várias vezes e ouviu o baque surdo de coisas caindo; no entanto, quando olhou ao redor para ver o que matara, só viu se elevar do chão um vapor peculiar de todas as cores que quase o cegou com seu brilho e depois despencou como água ao redor de seu corpo.

Ippai decidiu esperar até a manhã seguinte, pois, como um samurai, não podia deixar um assunto pela metade; além disso, não gostaria de ter que contar o que acontecera a seus amigos antes de esclarecer a questão por completo.

Foi uma espera longa e cansativa; mas Ippai resistiu e não pregou o olho durante a noite.

Quando o dia raiou, ele não encontrou nada além de caules de lótus espalhados pela água nos arredores.

"Mas minha espada atingiu mais do que simples caules de lótus", ele pensou. "Se eu não matei os *kappas* que vi com meus próprios olhos em forma humana, então deviam ser os espíritos dos lótus. Que pecado terrível eu terei cometido? Foram os espíritos dos lótus que salvaram da morte o senhor do domínio de Kōriyama e sua família! E o que eu fiz — eu, um samurai, que deve dedicar a seu senhor até sua última gota de sangue? Ataquei com minha espada os amigos mais fiéis de meu senhor! Preciso apaziguar os espíritos arrancando minhas entranhas."

Ippai recitou uma prece e, sentado em uma pedra junto às flores de lótus, cometeu *harakiri*.

As flores continuaram a brotar; mas depois disso nenhum outro espírito do lótus foi visto.

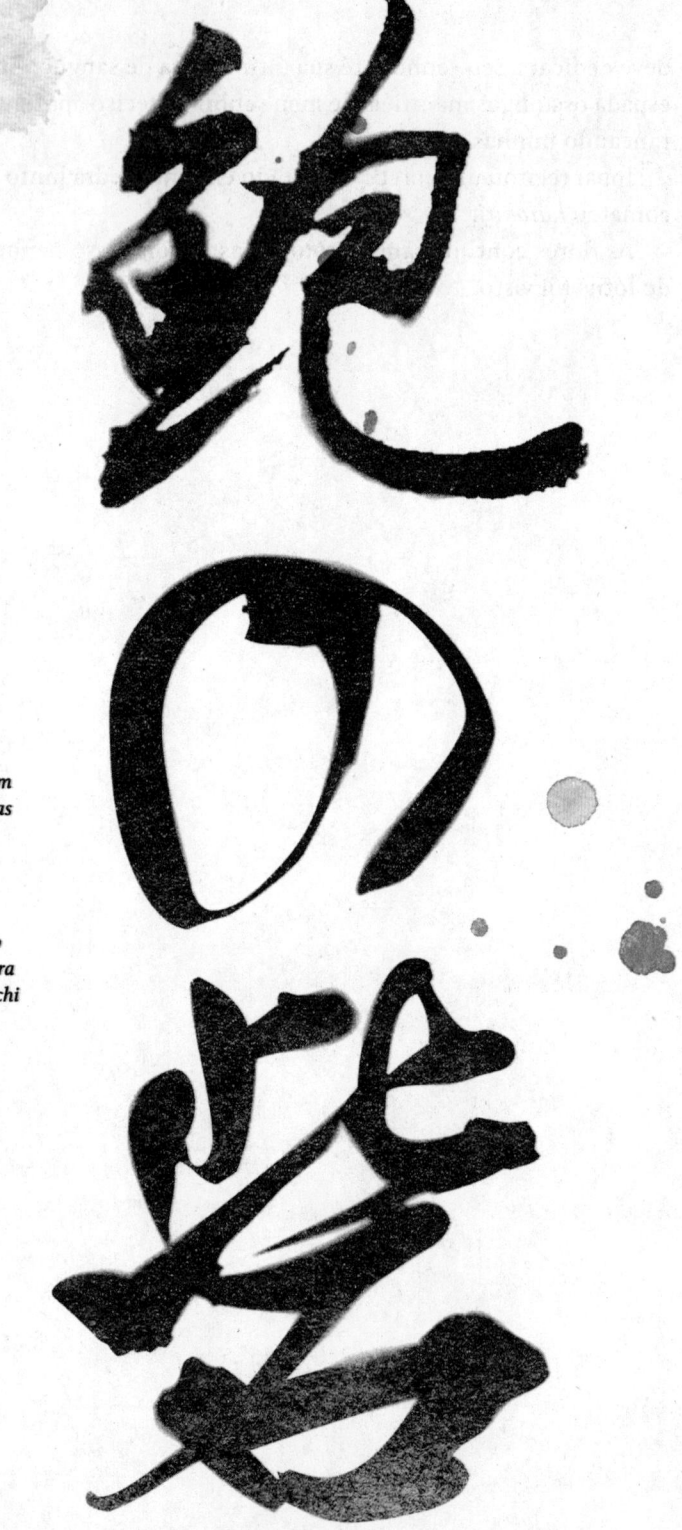

Pescadores do vilarejo Nanao apavoram-se com a luz e os sons vindos das profundezas do mar, e somente os destemidos Kansuke e seu filho Matakichi saem para pescar. Mas o pai cai no mar e, ao mergulhar para tentar salvá-lo, Matakichi descobre a origem das luzes misteriosas.

O TEMPLO DO AWABI

43

Na província de Noto[1] existe um pequeno vilarejo de pescadores chamado Nanao. Fica no extremo norte do Japão continental. Não há nada por perto até chegar à costa da Coreia ou da Sibéria — a não ser ilhotas rochosas que se vê por toda parte do arquipélago japonês, rodeando-o como se fossem a cerca externa de uma propriedade que é o país em si.

Nanao abriga no máximo quinhentas almas. Muitos anos atrás, o local foi devastado por um terremoto e uma tempestade terrível, que destruíram quase o vilarejo inteiro e mataram metade de seus habitantes.

Na manhã seguinte a esse terrível acontecimento, notou-se que a condição geográfica do lugar havia sofrido mudança. Diante de Nanao, a cerca de três quilômetros da costa, havia surgido uma ilha rochosa de mais ou menos um quilômetro e meio de circunferência. O mar estava barrento e amarelado. Os sobreviventes ficaram tão surpresos e perplexos que ninguém ousou entrar em um barco durante um mês; inclusive, a maioria das embarcações estava destruída. Mas, como bons japoneses, eles reagiram à situação conforme mandava sua filosofia. Cada um ajudou os outros como podia, e em um mês o vilarejo estava como nunca esteve; menor e menos populoso, talvez, mas cuidando de

---

[1] Situava-se na região norte da atual província de Ishikawa. [NE]

seus próprios problemas com autonomia em relação ao mundo exterior. Na verdade, todos os vilarejos dos arredores sofreram da mesma forma, e fazendo seu trabalho de formiguinha conseguiram se reerguer.

Os pescadores de Nanao se organizaram para que sua primeira expedição de pesca depois da tragédia fosse uma empreitada coletiva, dois dias antes do Bon. Primeiro eles inspecionariam a nova ilha, e então avançariam alguns quilômetros mar adentro, para verificar se os *tai* (pargos-japoneses) continuavam abundantes em seu local preferencial de pescaria.

Seria um dia importantíssimo, e os vilarejos em um trecho de oitenta quilômetros da costa resolveram fazer suas expedições simultaneamente, cada um vasculhando seu próprio espaço, claro, mas todos começando no mesmo horário, e com a intenção de informar uns aos outros sobre as condições de pesca em cada local, pois a colaboração mútua é uma característica muito forte entre os japoneses quando os infortúnios acontecem.

No horário combinado, dois dias antes do festival, os pescadores zarparam de Nanao. Havia treze barcos. Primeiro visitaram a nova ilha, que se mostrou apenas um rochedo grande. Encontraram muitos peixes que vivem entre as rochas, como bodiões e várias espécies espinhentas, mas fora isso não havia nada de excepcional. Não houvera tempo para que os moluscos se depositassem em sua superfície e as algas comestíveis continuavam escassas como sempre. Então as treze embarcações avançaram para o mar para ver o que acontecera com seus antes excelentes pontos para pescar *tai*.

Eles descobriram que sua quantidade continuava a mesma dos dias anteriores ao terremoto; porém os pescadores não puderam ficar por tempo suficiente para complementar seu experimento. Sua intenção era ficar a noite toda, mas no fim da tarde o céu se fechou em uma ameaça de tempestade; então eles levantaram a âncora e foram para casa.

Quando se aproximaram da nova ilha, para sua surpresa, viram ao seu lado um espaço de uns vinte metros quadrados do mar iluminado por uma estranha luz. Parecia vir do fundo do mar, e apesar da escuridão a água era bem transparente. Perplexos, os pescadores pararam para observar melhor aquelas águas azuis. Era possível ver os peixes nadando aos milhares; mas não era possível ver o fundo, em razão da profundidade do mar naquele ponto, o que ocasionou todo tipo de ideias supersticiosas a respeito da causa da luz, comunicadas de uma embarcação à outra. Alguns minutos depois, eles manobraram para longe com seus imensos remos e tudo ficou em silêncio. Mas em seguida eles ouviram sons retumbantes vindos do fundo do mar, o que os deixou preocupadíssimos, pois temiam uma nova erupção. Os remos foram colocados em ação novamente, e dizer que se moveram em ritmo acelerado seria subestimar a velocidade com que eles fizeram seus barcos percorrerem os três quilômetros entre a ilha e a costa.

Todos chegaram bem em casa antes da tempestade; o mau tempo, porém, durou dois dias inteiros, e os pescadores se viram impossibilitados de ir ao mar.

No terceiro dia, quando as águas se acalmaram e os moradores locais voltaram a sair de casa, veio o espanto. Elevando-se perto da ilha rochosa havia raios que pareciam vir de um sol no fundo do mar. Todo o vilarejo se juntou na praia para observar o espetáculo extraordinário, que foi discutido noite adentro. Nem mesmo o velho sacerdote local era capaz de esclarecer a situação. Como consequência, os pescadores foram ficando cada vez mais assustados, e poucos se mostraram dispostos a se aventurar no mar no dia seguinte; embora fosse época da magnífica *sawara* (cavala-verdadeira), apenas um barco deixou a costa, e pertencia ao mestre Kansuke, um pescador de uns cinquenta anos de idade que, junto com Matakichi, seu fiel filho de dezoito anos, nunca hesitava em dar um passo adiante quando algo fora do comum precisava ser feito.

Kansuke era reconhecido como o pescador mais destemido de Nanao, o líder de todas as iniciativas desde quando todos eram capazes de se lembrar, e seu fiel e dedicado filho o seguia desde os seus doze anos em todo tipo de situações perigosas; portanto ninguém ficou surpreso quando o barco deles foi o único a sair.

Eles foram primeiro ao ponto onde se encontravam os *tai* e pescaram lá durante a noite, conseguindo um total de trinta e poucos espécimes, de uma média de dois quilos cada. Perto do raiar do dia outra tempestade apareceu no horizonte. Kansuke levantou âncora e tomou o caminho de casa, esperando ainda recolher uma armadilha que deixara perto da ilha rochosa no caminho de ida — uma linha com uns duzentos anzóis. Eles chegaram à ilha e já haviam puxado quase toda a linha quando a elevação da maré fez Kansuke perder o equilíbrio e cair na água.

Em geral o velho homem voltava ao barco sem dificuldade. Nessa ocasião, porém, sua cabeça não apareceu acima da superfície da água; então seu filho mergulhou para resgatar o pai. Quando pulou, a água quase o deixou atordoado, pois havia raios brilhantes vindos de várias direções. Ele não conseguia encontrar o pai, mas sentia que não podia abandoná-lo. Como os misteriosos raios que se erguiam do fundo do mar deviam ter relação com o acidente, ele resolveu segui-los: "Devem ser reflexos dos olhos de algum monstro", ele pensou.

Foi um mergulho profundo, e Matakichi passou vários minutos embaixo d'água. Por fim chegou ao fundo do mar, onde encontrou uma enorme colônia de *awabi* (abalones). O espaço coberto por eles era de uns vinte metros quadrados, e no meio de tudo havia um de tamanho gigantesco, como ele nunca ouvira falar. Das aberturas no alto da concha saíam os raios brilhantes que iluminavam o mar — que os mergulhadores japoneses dizem ser o sinal da existência de uma pérola. A pérola nessa concha, pensou Matakichi, deve ser imensa — do tamanho da cabeça de um bebê. De todas as conchas *awabi* no local era possível ver as luzes se projetando, o que significava que continham pérolas; mas para onde quer que olhasse Matakichi não via nem sinal de seu pai. Pensou que ele devia ter se afogado e, nesse caso, o melhor a fazer seria voltar à superfície e ir ao vilarejo informar sobre a morte de seu pai, e sobre sua maravilhosa descoberta, que seria de grande valor para o povo de Nanao. Depois de conseguir voltar à superfície com muito custo, para seu desânimo, encontrou o barco destruído pelo mar, que a essa altura estava agitado. Matakichi, porém, estava com sorte. Ele viu algumas tábuas boiando, e se agarrou a elas; e com a ajuda do vento e da correnteza, como era um bom nadador, em menos de meia hora estava na praia, contando aos moradores do vilarejo sobre suas aventuras, suas descobertas e sobre a perda de seu querido pai.

Os pescadores não conseguiam acreditar que as luzes sobrenaturais eram emitidas por abalones, pois esse tipo valioso de concha era raríssimo em seu distrito; mas Matakichi era um jovem tão confiável que até os mais céticos no fim acreditaram nele e, se não fosse pela perda de Kansuke, aquela seria uma noite de festa no vilarejo.

Depois de dar as notícias a seus vizinhos, Matakichi se dirigiu à casa do velho sacerdote na extremidade do vilarejo e contou tudo para ele também.

"E agora que meu amado pai está morto", disse Matakichi, "eu suplico para que me aceite como seu discípulo, para poder rezar todos os dias pelo espírito dele."

O velho sacerdote assentiu e falou: "Não só fico feliz em ter um discípulo que é um jovem tão corajoso e um filho tão bom como também vou rezar pessoalmente pelo espírito de seu pai, e no vigésimo primeiro dia depois de sua morte sairemos com os barcos para fazer preces no local onde ele se afogou".

E assim, na manhã do vigésimo primeiro dia após o afogamento do pobre Kansuke, seu filho e o sacerdote ancoraram no local onde ele se perdera, e as preces para seu espírito foram recitadas.

Nessa mesma noite, o sacerdote acordou de madrugada; estava se sentindo inquieto, e se pôs a pensar nas questões espirituais de seu rebanho.

De repente viu de pé ao seu lado um velho, que, com uma mesura cortês, falou: "Eu sou o espírito da grande concha no fundo do mar perto da Ilha Rochosa. Tenho mil anos de idade. Alguns dias atrás, um pescador caiu no mar, e eu o matei e o devorei. Esta manhã, ouvi suas preces reverentes acima de minha morada, junto com o filho do homem que devorei. Suas preces sagradas me deixaram envergonhado e triste pelo que fiz. Como reparação, ordenei a meus seguidores que se espalhassem pelo mundo e tomei a decisão de me matar, para que as pérolas em minha concha sejam dadas a Matakichi, o filho do homem que devorei. Só o que peço a você é que reze por meu espírito. Adeus!"

Dito isso, o fantasma da concha desapareceu. Na manhã seguinte, logo cedo, quando Matakichi abriu a porta para varrer a frente de sua casa, encontrou o que a princípio pensou ser uma enorme pedra coberta de algas e até alguns corais cor-de-rosa. Ao examinar mais de perto, Matakichi descobriu que era o imenso *awabi* que vira no fundo do mar perto da Ilha Rochosa. Ele correu até o templo para informar o sacerdote, que lhe contou sobre a visita recebida durante a noite.

A concha e o corpo contido nela foram levados ao templo com todo o respeito e o cerimonial apropriados. Preces foram recitadas e, embora a concha e a enorme pérola tenham ficado no templo, o corpo foi enterrado em uma tumba junto à de Kansuke, e um monumento foi construído em sua homenagem, e um outro para a sepultura do pescador. Matakichi mudou seu nome para Nichige, e teve uma vida feliz.

Nenhum *awabi* foi visto nos arredores de Nanao desde então, mas na Ilha Rochosa existe um santuário erguido para o espírito da concha.

NOTA — Fiquei sabendo que uma pérola de 3 mil ienes foi vendida por 12 centavos por um pescador do oeste do Japão. Veio originalmente de um templo, pertence agora a Mikomoto e é deste tamanho.

蛍の復讐

Kanshiro, um agricultor devoto, parte em jornada de peregrinação que acredita ser a última da sua vida, levando consigo as doações dos amigos destinadas aos santuários de Ise. Mas um problema de saúde e a desonestidade de um homem põem em risco o cumprimento do seu nobre plano.

A VINGANÇA DOS VAGA-LUMES 44

Em Funakami-mura, na província de Ōmi, vivia um velho agricultor chamado Kanshiro. Sua propensão para a honestidade, a caridade e a devoção era sem igual — sim, inclusive entre os sacerdotes. Todos os anos, Kanshiro fazia peregrinações para várias partes do país para rezar e cumprir seus compromissos com diversas deidades, sem jamais se preocupar com questões como sua idade avançada ou suas enfermidades. Ele não era um homem dos mais fortes, e quase sempre sofria de disenteria durante a estação mais quente; sendo assim, deixava suas peregrinações para as épocas mais frias.

No oitavo ano do período Kansei, no entanto, Kanshiro sentia que não poderia viver para ver o ano seguinte e, por não querer deixar de fazer mais uma peregrinação aos grandes santuários de Ise, resolveu arriscar tudo e partir em viagem em agosto, o mais quente dos meses.

Os moradores do vilarejo de Funakami fizeram uma arrecadação de cem ienes para o venerável ancião, a fim de que ele tivesse a honra e o mérito de oferecer uma bela soma para os grandes santuários.

No dia determinado, portanto, Kanshiro partiu sozinho, com o dinheiro guardado em uma bolsa pendurada em seu pescoço. Já havia andado do raiar do sol ao anoitecer por dois dias, quando no terceiro chegou ao vilarejo de Myojo, quase morto de exaustão, pois sofrera mais um ataque de sua doença recorrente.

Kanshiro sentiu que não conseguiria continuar sua jornada enquanto o problema persistisse, principalmente considerando seu estado de imundície, inadequado para carregar o dinheiro sagrado que lhe fora confiado por seus amigos de Funakami. Sendo assim, procurou a hospedaria mais barata que pôde encontrar, onde contou sua história e entregou os cem ienes para o proprietário, dizendo:

"Meu senhor, eu sou um velho que sofre de disenteria. Se cuidar de mim por um ou dois dias, hei de melhorar. Até que me recupere, fique com este dinheiro sagrado, que não pode ser contaminado por mim enquanto estou doente."

Jimpachi, o dono da hospedaria, fez uma mesura e garantiu que o pedido de Kanshiro seria atendido.

"Não há nada a temer", disse ele. "Colocarei a bolsa com o dinheiro em um lugar seguro e cuidarei dela pessoalmente até que você melhore, pois raros são os homens que têm uma bondade como a sua."

Por cinco dias, o pobre velho ficou doente de verdade; mas com sua vontade inabalável acabou se recuperando, e no sexto dia decidiu continuar a viagem.

Era um lindo dia. Kanshiro pagou por sua estadia, agradeceu ao dono da hospedaria pela gentileza e recebeu a bolsa com dinheiro ao sair. Não conferiu se a quantia estava lá, pois havia muitos cules e peregrinos por perto. Ele não queria que aqueles desconhecidos vissem o quanto levava consigo. Em vez de pendurar a bolsa no pescoço, como fizera antes, colocou-a em seu saco de roupas e comida e partiu.

Perto do meio-dia, Kanshiro parou para descansar e comer seu arroz frio sob um pinheiro. Ao examinar a bolsa notou que os cem ienes não estavam lá, e que pedras com o mesmo peso haviam sido colocadas no lugar do dinheiro. O pobre homem ficou desconcertado. Não conseguiu sequer comer seu arroz, e foi direto para a hospedaria, onde chegou ao anoitecer. Ele explicou a situação da melhor forma que podia para Jimpachi, o proprietário.

A princípio sua história foi ouvida com algum interesse; mas quando Kanshiro lhe pediu para devolver o dinheiro, o homem ficou enfurecido.

"Seu velho malandro!", ele falou. "Que bela historinha você veio me contar para me chantagear! Você vai levar uma lição para nunca mais esquecer!" Dito isso, ele deu um golpe fortíssimo no peito do velho, e depois o surrou impiedosamente com um porrete; os cules foram ajudar e o espancaram até que estivesse quase morto.

Pobre homem! O que poderia fazer? Sozinho como estava, só conseguiu se arrastar para longe, à beira da morte; mas conseguiu chegar aos santuários sagrados de Ise três dias mais tarde, e depois de fazer suas preces tomou o caminho de volta a Funakami, onde chegou muito doente. Quando contou sua história, alguns acreditaram; mas outros não. Ele ficou tão desgostoso que vendeu sua pequena propriedade para restituir o dinheiro dos moradores do vilarejo, e com o restante continuou sua peregrinação a vários templos e santuários. Por fim, seu dinheiro acabou; mesmo assim ele continuou com a peregrinação, mendigando comida no caminho.

Três anos depois, fez uma visita ao vilarejo de Myojo a caminho de Ise, e lá ficou sabendo que desde então seu inimigo ganhara muito dinheiro, e agora vivia em uma casa muito boa. Kanshiro foi até lá procurá-lo e disse: "Três anos atrás, você roubou um dinheiro que foi confiado a mim. Vendi minha propriedade para reembolsar as pessoas que haviam me entregado essa oferta para fazer em Ise. Desde então, sou um mendigo e um andarilho. Não pense que não serei vingado. Pois serei. Você é jovem; eu sou velho. O momento da desforra chegará em breve".

Jimpachi insistiu em se dizer inocente e começou a se irritar, dizendo:

"Seu vagabundo imoral, se quer uma tigela de arroz é só me pedir; mas não ouse me ameaçar."

Nesse momento o patrulheiro que fazia sua ronda no local confundiu Kanshiro com um mendigo de verdade, e agarrando-o pelo braço o arrastou para fora do vilarejo e ordenou que não voltasse, caso contrário seria preso; e o pobre velho morreu de raiva e fraqueza.

Um bom sacerdote de um templo da região levou o corpo e o enterrou de forma respeitosa, com as devidas preces.

Enquanto isso, com a consciência pesada, Jimpachi adoeceu, e depois de alguns dias não conseguia mais sair da cama. Depois que perdeu a capacidade de se mover, uma coisa curiosa aconteceu. Milhares e milhares de vaga-lumes saíram do túmulo de Kanshiro e voaram para o quarto de Jimpachi. Pousando na tela-mosquiteiro, tentaram forçar a passagem. A parte superior da tela não resistiu ao peso colocado pelos bichos; o ar ficou repleto deles; seu brilho ofuscava os olhos do doente. Seu descanso se tornou impossível.

Os moradores locais foram até lá tentar matá-los; mas a iniciativa não surtiu nenhum efeito, pois mais vaga-lumes continuavam a deixar o túmulo de Kanshiro na mesma velocidade com que os outros eram mortos. Esses vaga-lumes não se dirigiam a nenhum outro lugar que não fosse o quarto de Jimpachi, e uma vez lá dentro se limitavam a cercar sua cama.

Ao ver isso, um ou outro morador do vilarejo chegou a comentar:

"Deve ser verdade que Jimpachi roubou dinheiro do velho, e essa é a vingança de seu espírito."

Depois disso, todos ficaram com medo de matar os bichos, que foram ficando cada vez mais volumosos até que por fim conseguiram abrir um buraco no mosquiteiro ao redor da cama, e então pousaram por todo o corpo de Jimpachi. Entraram em sua boca, seu nariz, suas orelhas e seus olhos. Ele esperneava e gritava, e viveu nessa agonia por vinte dias, e depois de sua morte os vaga-lumes desapareceram totalmente.

菊の憂者

Sawada Hayato começou a plantar crisântemos para tentar confortar o senhor feudal a quem servia. Mesmo com a perda do seu senhor, ele nunca parou de cuidar das flores, o que lhe rendeu o apelido de Velho Crisântemo e o amor dos espíritos dos crisântemos.

菊の隠者

O EREMITA DOS CRISÂNTEMOS 45

Muitos anos atrás, viveu no pé das montanhas de Nambu, em Adachi-gun, na província de Saitama, um velho chamado Kikuo, cujo nome significa "Velho Crisântemo".
    Kikuo era um fiel atendente de Tsugaru; na época se chamava Sawada Hayato. Kikuo era um homem de grande força física e bela aparência, e um dos grandes responsáveis pela eficiência do pequeno destacamento de combate que protegia o senhor feudal, o castelo e as propriedades.
    Mesmo assim, certo dia, o pior aconteceu. O pequeno destacamento do senhor feudal foi derrotado; as propriedades e o castelo foram tomados. O daimiô e seu fiel atendente, junto com alguns sobreviventes, fugiram para as montanhas, onde continuaram a alimentar a esperança de que em algum momento conseguiriam sua vingança.
    Durante esse período de ócio forçado, Kikuo, ciente do amor de seu senhor pelas flores (em especial os crisântemos), decidiu dedicar todo o tempo livre a plantar canteiros de crisântemos. Ele achava que assim aplacaria a dor da derrota e do exílio.
    O senhor feudal ficou satisfeitíssimo; mas suas preocupações e ansiedades persistiam. Ele acabou adoecendo e morrendo na miséria, para tristeza de Kikuo e dos demais seguidores. Kikuo chorava dia e noite sobre o túmulo humilde e solitário de seu senhor; mas logo passou a se dedicar a agradar o

espírito do daimiô plantando crisântemos ao redor da tumba e cuidando das flores diariamente. Com o tempo, a moldura de flores chegou a quase trinta metros de largura — para o fascínio de todos que as viam. Foi por isso que Hayato começou a ser chamado de Velho Crisântemo.

Na China, o crisântemo é uma flor sagrada. Uma história antiga trata de um homem chamado Hoso (bisneto do imperador Juikai), que viveu até os oitocentos anos de idade sem nenhum sinal de decadência física. Diziam que o motivo para isso era que ele bebia o orvalho dos crisântemos. Além de sua devoção às flores, Kikuo também adorava crianças; ele convidava os pequenos do vilarejo a visitar sua humilde cabana, pois não havia no local um mestre-escola que lhes ensinasse a escrever, a ler e a praticar a arte do *jūjutsu*. As crianças o adoravam, e os moradores locais o reverenciavam como se fosse uma espécie de deus.

Quando tinha por volta de 82 anos de idade, Kikuo pegou um resfriado, e a febre que acompanhou a doença o deixou muito debilitado.

Durante o dia seus alunos cuidavam de suas necessidades; mas à noite o velho ficava sozinho em sua cabana.

Certa noite de outono, ele acordou e viu em sua varanda algumas lindas crianças. Não eram como as que ele conhecia. Sua beleza e sua nobreza diziam que não eram filhos dos pobres habitantes do vilarejo.

"Kikuo Sama", gritaram duas delas, "não tenha medo de nós, apesar de não sermos crianças de verdade. Somos os espíritos dos crisântemos que você tanto ama e dos quais cuida tão bem. Viemos dizer que lamentamos sua doença, mas ouvimos dizer que na China certa vez houve um homem chamado Hoso, que conseguiu viver até os oitocentos anos bebendo o orvalho que cai das flores. Tentamos tudo o que pudemos para prolongar sua vida; mas descobrimos que os Céus não permitem que você viva muito mais do que a idade que já atingiu. Daqui a trinta dias, você morrerá. Portanto, prepare-se para partir."

Depois de dizer isso, elas choraram amargamente.

"Adeus, então", disse Kikuo. "Não tenho mais esperanças de continuar vivendo. Que minha morte seja tranquila. No outro mundo, quero ser capaz de servir a meu antigo senhor e comandante. A única coisa que me entristece por deixar este mundo são vocês: lamentarei para sempre ter que deixar meus crisântemos!" Depois de dizer isso, ele abriu um sorriso afetuoso.

"Você foi muito bondoso conosco", disseram os espíritos *kiku*, "e por isso nós o amamos. Os homens se alegram com o nascimento e se entristecem com a morte; mas você não está chorando. Disse que não se incomoda de morrer, a não ser por nós. Se você morrer, não continuaremos vivendo, pois seria um sofrimento desnecessário. Acredite, nós morreremos junto com você.

Quando os espíritos dos crisântemos terminaram de falar, uma rajada de vento soprou sobre a casa, e eles desapareceram. Ao raiar do dia, o velho piorou e, estranhamente, todos os crisântemos começaram a murchar — mesmo aqueles que estavam só começando a florir —, e as folhas secaram e esfarelaram.

Como os espíritos previram, ao final do trigésimo dia, o velho morreu. As flores *kiku* morreram junto. Não sobrou uma única delas em todo o distrito. Os moradores não conseguiram cuidar delas. O velho foi enterrado perto de seu senhor feudal, e imaginando que fosse agradá-lo os locais plantavam crisântemos perto de seu túmulo; mas todas as plantas secavam e morriam assim que brotavam.

Por fim os dois túmulos foram esquecidos, e permanecem em estado de abandono, com apenas o mato crescendo ao redor.

牡丹の精

A princesa Aya, filha do daimiô Yuki Naizen-no-jo, está prestes a se casar com o noivo escolhido pelo pai. O preparativo para o casório segue em ordem, até o dia em que Aya avista um jovem desconhecido no seu canteiro de peônias e sente o seu coração acelerar.

A PRINCESA PEÔNIA 46

Muitos anos atrás em Gamo-gun, na província de Ōmi, havia um castelo chamado Azuchi-no-shiro. Era um lugar antigo e magnífico, cercado por muralhas e um fosso cheio de flores de lótus. O senhor feudal era um homem muito rico e corajoso, Yuki Naizen-no-jo. Sua esposa morrera algum tempo antes. Ele não tinha filhos homens; mas tinha uma linda filha de dezoito anos, que (por alguma razão que não ficou clara para mim) recebera o título de princesa. Por um tempo considerável, a paz e a tranquilidade perduraram no local; os senhores feudais estavam em bons termos entre si, e todos viviam felizes. Diante das circunstâncias, Naizen-no-jo concluiu que era uma boa oportunidade para encontrar um marido para sua filha, a princesa Aya; e depois de um tempo o segundo filho do senhor do domínio de Ako, na província de Harima, foi o escolhido, para satisfação de ambos os pais, pois a questão não envolvia seus principais herdeiros. O segundo filho do daimiô de Ako via a noiva com olhos de aprovação, e vice-versa. Os jovens na verdade não tinham escolha quando seus pais desejavam que eles se casassem. Muitos suicídios aconteciam por causa disso.

A princesa Aya se convenceu a tentar amar o futuro marido. Ela nunca o via; mas pensava nele, e falava dele.

Certa noite, quando a princesa Aya caminhava junto com suas damas de companhia por seus magníficos jardins sob a luz do luar, passou por seu canteiro favorito de peônias a caminho da lagoa onde adorava admirar seu reflexo em noites de lua cheia, além de ouvir o coaxar das rãs e observar os vaga-lumes.

Quando estava se aproximando da lagoa seu pé escorregou, e ela teria caído na água se não fosse um jovem ter aparecido como em um passe de mágica e a segurado. Ele desapareceu assim que a colocou em pé de novo. As damas de companhia viram o escorregão; depois notaram o brilho de uma luz e nada mais; a princesa Aya, porém, vira muito mais. Ela havia visto o jovem mais belo que era capaz de imaginar. "Deve ter 21 anos de idade", segundo contou a O Sadayo San, sua aia favorita, "e deve ser um samurai da mais alta ordem. Seu traje era coberto com minhas peônias favoritas, e suas espadas tinham entalhes riquíssimos. Oh, o que eu não daria para vê-lo por mais um minuto que fosse, para agradecer por ter me salvado da queda! Quem será que pode ser? E como pode ter entrado em nossos jardins, que são tão bem vigiados?"

Assim falava a princesa com suas aias, ao mesmo tempo em que as alertava para que não dissessem nada a ninguém, por medo de que seu pai descobrisse, encontrasse o jovem e o decapitasse por invadir seu castelo.

Depois dessa noite, a princesa Aya adoeceu. Não conseguia comer nem dormir, e seu rosto empalideceu. O dia de seu casamento com o jovem senhor de Ako chegou e passou sem que nada acontecesse; ela estava doente demais para isso. Os melhores médicos foram enviados de Kyoto, que na época era a capital do país; mas nenhum deles era capaz de fazer nada, e a donzela foi ficando cada vez mais magra. Como um último recurso, o daimiô Naizen-no-jo, pai da moça, mandou chamar a aia que era a melhor amiga da filha, O Sadayo, e perguntou se poderia haver algum motivo para aquela doença misteriosa. Ela teria um amante secreto? Nutria um desgosto exagerado pelo noivo?

"Senhor", disse O Sadayo, "eu não gosto de revelar segredos; mas neste caso parece ser meu dever tanto para com Vossa Senhoria como para com sua filha. Cerca de três semanas atrás, quando a lua estava cheia, nós estávamos caminhando pelos canteiros de peônias perto da lagoa que a princesa tanto adora. Ela tropeçou e quase caiu na água, mas então uma coisa estranha aconteceu. Por um instante, um belíssimo jovem samurai apareceu e a segurou, impedindo que caísse na lagoa. Todas as damas de companhia só conseguiram ver um borrão; mas sua filha e eu o vimos distintamente. Antes que ela pudesse agradecer, ele desapareceu. Ninguém entendeu como era possível que um homem entrasse nos jardins da princesa, pois os portões do castelo são vigiados por todos os lados, e nos jardins há mais guardas que em qualquer outra parte, então parece mesmo inacreditável que um homem pudesse ter entrado. Ela pediu que as aias não dissessem nada por medo de que Vossa Senhoria fosse se zangar. Foi depois dessa noite que nossa amada princesa Aya adoeceu, senhor. É uma doença que aflige o coração. Ela está profundamente apaixonada pelo jovem samurai que viu por breve instante. E de fato, meu senhor, nunca houve no mundo um homem tão belo, e se não conseguirmos encontrá-lo acho que a princesa morrerá."

"Como é possível que um homem tenha entrado no castelo?", questionou o daimiô Yuki Naizen-no-jo. "Dizem que raposas e texugos assumem a forma de humanos às vezes; mas mesmo para esses seres sobrenaturais seria impossível entrar em um lugar tão vigiado."

Naquela noite, a pobre princesa estava mais infeliz e exausta do que nunca. Pensando em animá-la um pouco, as aias mandaram chamar um famoso tocador de *biwa* chamado Yashakita Kengyo. Como o tempo estava quente, foram todos se sentar na *engawa* (galeria); e enquanto o músico tocava uma canção chamada "Dannoura", de repente surgiu de trás das peônias o mesmo belo samurai. Dessa vez, sua presença era visível a todas — inclusive as peônias bordadas em seu traje.

"Lá está ele! Lá está ele!", gritaram. Nesse momento, ele desapareceu de novo. A princesa ficou animadíssima, e parecia saudável como não se mostrava havia dias; o velho daimiô ficou mais intrigado do que nunca com o que ouviu.

Na noite seguinte, enquanto duas das aias tocavam para sua senhora — O Yae San a flauta, e O Yakumo, o *koto*[1] — a figura do jovem apareceu de novo. Uma busca ostensiva havia sido feita durante o dia nos imensos canteiros de peônias e nada fora encontrado, nem mesmo uma marca de pegada, o que tornava a situação ainda mais estranha.

Foi realizada uma audiência, e o senhor do castelo decidiu convidar um alto oficial de grande capacidade e renome, Maki Hiogo, para capturar o jovem caso ele aparecesse naquela noite. Maki Hiogo aceitou a missão e, no horário marcado, vestido de preto e camuflado nas sombras, se escondeu entre as peônias.

A música parecia exercer um fascínio sobre o jovem samurai. Foi durante a execução de canções que ele fizera suas aparições. Assim sendo, O Yae e O Yakumo retomaram sua apresentação, e todos os olhares se voltaram ansiosamente para os canteiros de peônias. Enquanto as moças executavam uma

---

[1] Instrumento musical de cordas com longa caixa de ressonância que fica apoiada no chão, tocado com palheta ou com os dedos. [NE]

composição chamada "Sofuren", conforme esperado, surgiu a figura do jovem samurai, com trajes magníficos cobertos de peônias bordadas. Todos ficaram olhando para ele, sem entender por que Maki Hiogo não entrara em ação para capturá-lo. O fato era que Maki Hiogo estava tão perplexo pelo aspecto de nobreza daquele jovem que a princípio não quis tocá-lo. Quando se recompôs e se lembrou de seu dever para com seu senhor, aproximou-se furtivamente do jovem, agarrou-o pela cintura e o imobilizou. Poucos segundos depois, Maki Hiogo sentiu uma espécie de vapor úmido atingindo seu rosto; ele foi perdendo as forças até desmaiar, e caiu no chão ainda agarrado ao jovem samurai, pois estava determinado a não deixar que escapasse.

Todos viram o entrevero, e alguns guardas foram correndo até lá. Eles chegaram ao local no momento em que Maki Hiogo recobrou os sentidos e gritou: "Venham, cavalheiros! Eu o peguei! Venham ver!". Mas ao olhar o que tinha nos braços percebeu que era apenas uma enorme peônia!

A essa altura Naizen-no-jo já tinha chegado ao local onde Maki Hiogo caíra, assim como a princesa Aya e suas damas de companhia. Todos ficaram embasbacados, com exceção do daimiô, que disse:

"Ah, foi bem o que falei. Nenhum espírito de raposa ou texugo conseguiria passar pelos guardas e entrar neste jardim. Foi o espírito da peônia que assumiu a forma de um príncipe." Virando-se para a filha e suas aias, ele falou: "Vocês devem encarar isso como uma grande honra e demonstrar seu respeito à peônia, além de muita generosidade, cuidando da flor que foi pega por Maki Hiogo".

A princesa Aya levou a flor para seu quarto, onde a colocou em um vaso com água perto de seu travesseiro. Era como se tivesse seu amado junto a si. Dia a dia, ela foi melhorando. Cuidava da peônia pessoalmente e, estranhamente, a flor parecia ganhar mais vigor, em vez de murchar. Por fim a princesa se recuperou. Sua beleza voltou a ser radiante, e a peônia se manteve aberta, sem dar sinais de que pereceria.

Como a princesa Aya estava ótima, seu pai não tinha mais como adiar o casamento. Assim sendo, alguns dias depois, o daimiô de Ako e sua família chegaram ao castelo, e seu segundo filho se casou com a princesa.

Assim que a cerimônia terminou, a peônia foi encontrada ainda no vaso — porém morta e seca. Depois disso, os moradores do vilarejo local, em vez de chamá-la de princesa Aya, ou Aya Hime, passaram a se referir a ela como Botan Hime, ou princesa Peônia.

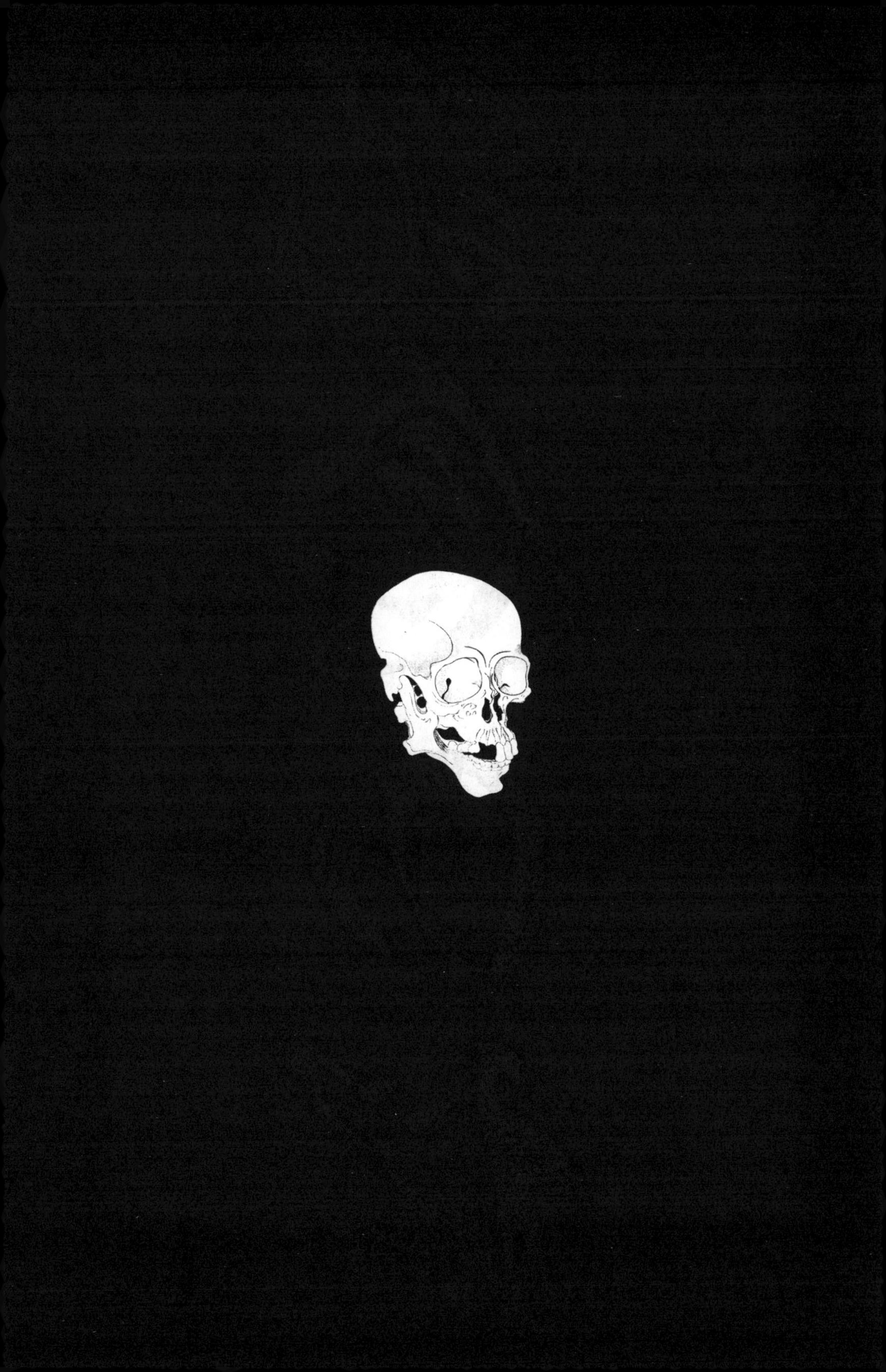

記念の桜

Kihachi consegue barganhar uma bela pintura em rolo trazida pela filha de um homem que, segundo rumores, teria matado o espírito de uma velha cerejeira. A princípio satisfeito com a compra, mais tarde ele começa a notar algo estranho na pintura.

A CEREJEIRA MEMORIAL[1]   47

No interior dos portões do templo de nome Bukoji, na Takatsuji ("rua do entroncamento alto"), que antes se chamava Yabugashita, ou "sob o arbusto", em Kyoto, um comerciante de raridades tinha uma pequena loja. Seu nome era Kihachi.

Kihachi não tinha muita coisa para vender; mas o pouco que tinha costumava ser bom. Por consequência, era um local que os melhores compradores frequentavam quando iam fazer preces — no mínimo para ver, quando não para comprar —, pois sabiam que, quando havia alguma coisa boa a comprar, Kihachi a arrematava. Era uma espécie de versão em miniatura e antiquíssima da Christie's, a não ser pelo fato de que não operava leilões. Certo dia, o mesmo em que esta história começa, Kihachi estava a postos em sua loja, pronto para fazer uma fofoca ou uma venda, quando entrou um jovem cavalheiro ou nobre da corte — um *kuge*, como os japoneses chamavam naqueles tempos; e era bem diferente de um cavaleiro de um senhor feudal, ou daimiô, que em geral costumavam ser uns brutos. Esse cavaleiro em particular fora ao templo para rezar.

---

1   Esta história começa no dia 17 de fevereiro do segundo ano do período Kenkyu. Como o primeiro ano desse período foi 1190 e o último foi 1199, a data exata é 17 de fevereiro de 1192. [NA]

"Você tem muitas coisas bonitas e interessantes aqui", comentou ele. "Posso entrar e olhar até que a chuva passe? Meu nome é Sakata, e pertenço à corte."

"Entre, entre, por favor", disse Kihachi. "Algumas de minhas coisas são belas, e todas são inquestionavelmente boas; mas nos últimos tempos as pessoas de boa família andam se recusando a se desfazer das coisas. Em meu ramo de comércio, parece ser preciso viver duas vidas de cem anos — os primeiros cem de infortúnios, revoluções e conturbações, para que seja possível conseguir as coisas por um preço baixo; e os cem seguintes em tempos de paz, para vendê-las e desfrutar dos ganhos. Meu negócio está decadente e pouco lucrativo; mas, apesar disso, adoro as coisas que compro, e muitas vezes reservo um tempo para admirá-las antes de colocá-las à venda. Para onde o senhor está indo? Vejo que está saindo de viagem, pelas roupas que veste e carrega consigo."

"É verdade", respondeu Sakata. "Você é muito observador. Vou viajar para Toba, em Yamato, para visitar um amigo querido, que de forma repentina foi atacado por uma doença misteriosa. Existe o risco de que ele não sobreviva até eu chegar lá!"

"Para Toba!", respondeu o comerciante. "Perdão, eu poderia saber qual é o nome de seu amigo?"

"Certamente", disse Sakata. "O nome do meu amigo é Matsui."

"Pois então", falou o comerciante, "trata-se do cavalheiro que dizem ter matado o fantasma ou espírito da velha cerejeira próxima de Toba, no terreno do templo em que vive hoje com os sacerdotes. Dizem que essa cerejeira é tão antiga que seu espírito a deixou, e apareceu na forma de uma linda mulher, e Matsui, seja por medo ou por aversão, matou o espírito, e como resultado dizem que naquela mesma noite, que foi cerca de dez dias atrás, seu amigo Matsui adoeceu; e devo acrescentar que, quando o espírito foi morto, a árvore secou e morreu."

Agradecendo a Kihachi pela informação, Sakata seguiu seu caminho, e por fim encontrou seu amigo Matsui, recebendo os cuidados atenciosos do sacerdote do templo de Shonen, em Toba, com quem tinha íntima relação.

Logo depois que o jovem cavaleiro deixou a loja do comerciante de raridades Kihachi começou a nevar, e parecia que o mau tempo continuaria por um bom tempo. Kihachi, portanto, fechou as portas e foi para seus aposentos, como tantas vezes os japoneses fazem nessas situações, e com muito bom senso; e sem dúvida se recolheu com muitos objetos entalhados em madeira para lixar e lhes dar uma aparência antiga durante a noite.

Não muito depois, à noite, houve uma batida na porta. Sem querer se levantar da cama quente, Kihachi gritou: "Quem é? Volte amanhã. Não estou me sentindo bem para me levantar agora".

"Mas você precisa — precisa se levantar! Estou aqui para lhe vender um bom *kakemono*",[2] gritou a voz de uma moça jovem, tão doce e encantadora que o velho comerciante saiu da cama e, depois de muito pelejar com os dedos gelados e adormecidos, abriu a porta.

A neve caía pesadamente; mas era uma noite clara de luar, e Kihachi se viu diante de uma bela garota de quinze anos, descalça, que segurava nas mãos um *kakemono* semienrolado.

"Veja", disse ela, "eu vim vender isto!" Ela se apresentou como filha de Matsui de Toba.

O velho a mandou entrar, e constatou que a pintura retratava uma linda mulher de pé. Era muito bem pintado, e o comerciante gostou do que viu.

"Eu pago um *ryo*", disse ele; e para sua perplexidade a garota aceitou a oferta avidamente — tanto que ele chegou a pensar que talvez o objeto fosse roubado. Por ser um comerciante de artigos de segunda-mão, ele não disse nada a esse respeito, e a pagou. Ela saiu da loja apressada.

"Sim, ela roubou — foi roubada, sem dúvida", murmurou o homem. "Mas como eu posso ter certeza? O *kakemono* vale no mínimo 50 *ryo*, e não é sempre que uma oportunidade assim aparece."

Kihachi ficou tão feliz com sua compra que acendeu o lampião, pendurou o *kakemono* em um canto, sentou-se e ficou admirando. Era sem dúvida uma linda mulher muito bem pintada, e valia até mais que os 50 *ryo* que a princípio ele pensara. Mas, por tudo quanto era sagrado, parecia estar mudando! Sim: não era mais uma linda mulher. Seu rosto se transformara no de uma figura temível e horrenda. A face da mulher se contorcera. Estava coberta de sangue. Os olhos abriam e fechavam, e a boca estava escancarada. Kihachi sentiu o sangue pingar em sua cabeça; vinha de um ferimento no ombro da mulher. Para se proteger de uma visão tão terrível, ele enfiou a cabeça embaixo das cobertas, e assim permaneceu, sem dormir até o amanhecer.

Quando abriu os olhos, o *kakemono* era de novo aquele que ele comprara: a pintura de uma bela mulher. Sua conclusão foi que a empolgação de ter feito um negócio tão vantajoso o fizera sonhar, então decidiu não pensar mais sobre aquele horror.

---

2   Pintura. [NA]

Mas Kihachi estava enganado. O *kakemono* mais uma vez o manteve acordado a noite toda, revelando o mesmo rosto ensanguentado, e às vezes até gritando. Kihachi não conseguiu dormir, e se deu conta de que em vez de uma barganha comprara algo que lhe custaria muito caro; pois ele sentia que deveria ir a Toba e devolvê-lo a Matsui, e sabia que as despesas seriam por sua conta.

Depois de dois dias de viagem, Kihachi chegou ao templo de Shonen, perto de Toba, onde pediu para ver Matsui. Foi conduzido de forma cerimoniosa ao quarto. O inválido estava melhor; mas, ao receber o *kakemono* com a imagem da mulher pintada, empalideceu, rasgou-o em pedaços e jogou no *irori* (fogo do templo).[3] Depois disso saltou no fogo junto com a filha, e ambos morreram queimados.

Kihachi ficou doente por muitos dias depois disso. A história logo se espalhou por toda a região.

O príncipe Nijo, governador de Kyoto, conduziu um inquérito cuidadoso para apurar o caso; foi descoberto que, sem dúvida nenhuma, o infortúnio que se abateu sobre Matsui e sua família se dera por ele ter matado o espírito da velha cerejeira. Para puni-lo e para lhe mostrar que havia uma vida invisível em coisas antigas e mortas, e em geral as melhores coisas, o espírito apareceu para Matsui como uma linda mulher sendo morta, e entrou naquela belíssima pintura para assombrá-lo.

Para que o acontecimento não fosse esquecido, o príncipe Nijo mandou plantar no local da antiga uma bela cerejeira jovem, que até hoje é conhecida como "Cerejeira Memorial".

---

[3] A história diz "fornalha", mas, a não ser que houvesse uma cremação naquele dia, deve ter sido no *irori* (lareira com a chama acesa no soalho) ou, caso se tratasse de um templo xintoísta, uma fogueira a céu aberto que é acesa em determinados dias. [NA]

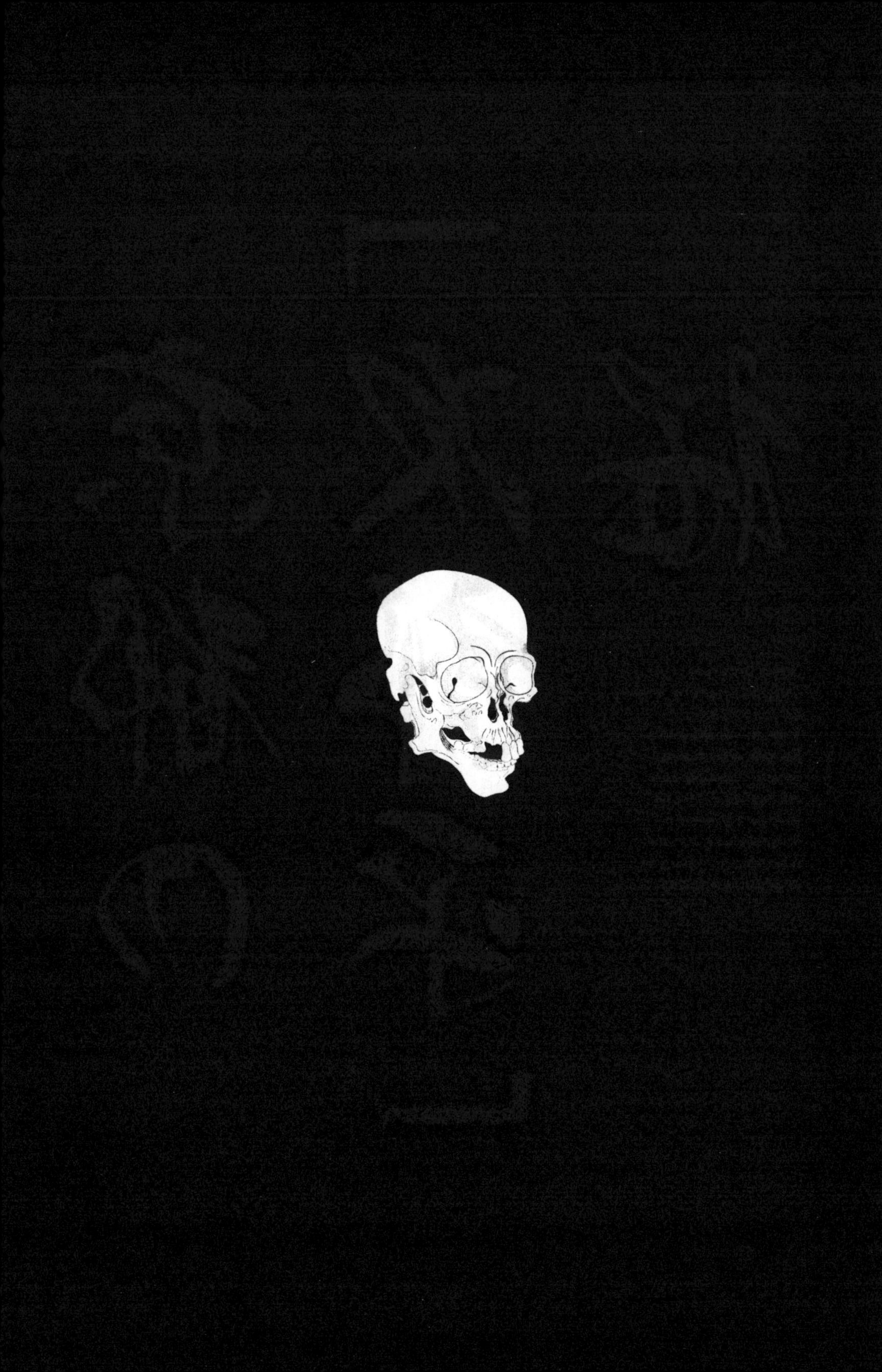

「京都の次郎郎平の桜」

Jirohei trata com carinho e respeito a cerejeira que fica próxima à sua casa de chá, pois a flor dela atrai muitas pessoas e impulsiona o seu negócio. Ele faz de tudo para garantir a integridade da árvore e não cede nem mesmo às ameaças de um samurai.

A CEREJEIRA "JIROHEI" DE KYOTO 48

Os japoneses dizem que os fantasmas de coisas inanimadas em geral são bem mais ativos que os fantasmas dos mortos. Existe um antigo provérbio que diz algo do tipo "os fantasmas das árvores não gostam dos salgueiros"; imagino que isso significa que eles não gostam de se misturar. Nas pinturas japonesas de fantasmas, quase sempre há um salgueiro. Se foi Hokusai, o antigo pintor, ou Okyo Maruyama, um famoso artista de Kyoto de tempos mais recentes, o responsável pelas imagens de fantasmas com salgueiros, eu não sei; mas é certo que Maruyama pintou diversos fantasmas embaixo de salgueiros — primeiro de sua mulher, que estava doente.

Exatamente o que isso tem a ver com a história narrada aqui, eu não faço ideia; mas foi assim que a pessoa que me contou começou seu relato.

No norte de Kyoto existe um templo xintoísta chamado Hirano. É um lugar famoso pelas belíssimas cerejeiras que crescem por lá. Entre elas está uma velha árvore morta chamada "Jirohei", que é muito querida; mas a história vinculada a ela é pouco conhecida, e nunca havia sido contada a um europeu antes, acredito eu.

Durante a floração das cerejeiras, muitas pessoas vão até lá ver as árvores, principalmente à noite.

Perto da cerejeira Jirohei, muitos anos atrás, havia uma grande e próspera casa de chá cujo proprietário era Jirohei, que começou seu negócio de forma bastante humilde. Ele ganhou dinheiro tão rápido que atribuiu o sucesso à virtude da velha cerejeira, que passou a venerar. Jirohei tratava a árvore com grande respeito, cuidando de todas as suas necessidades. Impedia que os meninos a escalassem e acabassem quebrando seus galhos. A árvore prosperava, e ele também.

Certa manhã um samurai (do tipo tempestuoso e violento) apareceu no templo de Hirano, sentou-se na casa de chá de Jirohei e passou um longo tempo olhando para a cerejeira. Era um homem forte, de pele escura, expressão fechada e cerca de um metro e setenta de altura.

"Você é o proprietário desta casa de chá?", perguntou ele.

"Sim, senhor", respondeu Jirohei, com intimidade. "Sou eu. O que o senhor deseja?"

"Nada, obrigado", falou o samurai. "Que bela árvore você tem aí em frente à sua casa de chá."

"Sim, senhor. É a essa árvore que eu devo minha prosperidade. Agradeço ao senhor por expressar sua admiração por ela."

"Eu quero um ramo dessa árvore, para dar a uma gueixa", pediu o samurai.

"Lamento muitíssimo, mas sou obrigado a recusar seu pedido. Assim como o de todos os demais. Os sacerdotes do templo me passaram instruções estritas nesse sentido quando me deram permissão para construir meu negócio. Não importa quem peça, não posso assentir. As flores da árvore não devem ser arrancadas, só podem ser recolhidas do chão quando caem. Por favor, senhor, lembre-se do antigo provérbio que nos recomenda cortar a ameixeira para nossos vasos, mas não a cerejeira!"

"Você parece ser uma pessoa desagradavelmente teimosa para alguém de sua posição", disse o samurai. "Quando digo que eu quero uma coisa, é porque vou tê-la; então é melhor você ir até lá e cortar o ramo."

"Por mais que o senhor pareça ser um homem determinado, sou obrigado a me recusar", disse Jirohei, em um tom de voz baixo e educado.

"E, quanto mais você recusa, mais determinado me torno. Eu, um samurai, disse que quero um galho. Você pensa que pode me desviar do propósito? Se não me fizer a gentileza de pegar para mim, vou tomar à força." Agindo conforme suas palavras, o samurai sacou sua espada de quase um metro de comprimento e estava prestes a cortar o melhor galho da árvore. Jirohei segurou a manga do braço que brandia a espada, aos prantos:

"Eu já lhe pedi para deixar a árvore em paz; mas o senhor se recusa. Por favor, tire minha vida em vez disso."

"Você é um tolo insolente e irritante; atenderei ao seu pedido com gosto." Dito isso, o samurai espetou Jirohei de leve, para fazê-lo largar seu braço. Jirohei o soltou; mas correu até a árvore, onde outra disputa se deu por causa do galho, que foi cortado apesar dos esforços de defesa de Jirohei, que foi golpeado de novo, dessa vez sofrendo um ferimento fatal. O samurai, ao notar que o homem morreria, foi embora o mais rápido que pôde, deixando o ramo florido da cerejeira caído no chão.

Ao ouvir o barulho, os servos saíram da casa de chá, seguidos da pobre senhora esposa de Jirohei.

Constatou-se que Jirohei estava morto; mas agarrava-se à árvore firmemente como se estivesse vivo, e foi necessária uma hora para arrancá-lo de lá.

Desse momento em diante, as coisas foram de mal a pior na casa de chá. Pouquíssimos clientes apareciam, e os que iam eram pobres e gastavam pouco. Além disso, desde o dia da morte de Jirohei, a árvore começou a murchar e morrer; em menos de um ano, estava totalmente morta. A casa de chá precisou ser fechada, pois não havia mais dinheiro para mantê-la aberta. A velha esposa de Jirohei se enforcou na árvore morta alguns dias depois que o marido foi assassinado.

As pessoas diziam que fantasmas eram vistos perto da árvore, e tinham medo de ir até lá à noite. Até as casas de chá dos arredores sofreram, assim como o templo, que por um tempo se tornou um lugar pouco frequentado.

O samurai que foi a causa de tudo manteve o que fez em segredo, só revelando ao pai o que tinha feito; e expressou a ele a intenção de ir até o templo para verificar o que diziam sobre os fantasmas. Sendo assim, no dia 3 de março, no terceiro ano do período Keio (ou seja, 42 anos atrás), ele partiu à noite, sozinho e bem armado, apesar das tentativas de seu pai de impedi-lo. Foi diretamente até a velha árvore morta, e se escondeu atrás de uma lanterna de pedra.

Para seu espanto, à meia-noite a árvore morta de repente floriu, e assumiu a exata aparência de quando ele cortou o galho e matou Jirohei.

Ao ver isso, ele começou a atacar furiosamente a árvore com sua espada afiada. Golpeou-a com uma fúria cega, cortando e abrindo fendas profundas; e ouviu um grito apavorante que parecia vir de dentro da árvore.

Depois de meia hora ficou extenuado, mas resolveu esperar até o raiar do dia para avaliar o estrago que havia provocado. Quando o sol nasceu, o samurai encontrou seu pai caído no chão, em pedaços, e obviamente morto. Sem dúvida o pai o seguira para se certificar de que nenhum mal aconteceria ao filho.

O samurai foi duramente atingido pela dor e pela vergonha. Não lhe restava mais nada a fazer a não ser rezar aos deuses pedindo perdão e lhe oferecer sua vida, o que ele fez abrindo a própria barriga.

Desde esse dia o fantasma não apareceu mais, e como antes as pessoas voltaram a ir ver as cerejeiras floridas tanto de dia como à noite; e até hoje continuam fazendo isso. Ninguém foi capaz de explicar se o fantasma que aparecia era o de Jirohei, ou o da sua esposa, ou da cerejeira que morreu quando teve o galho decepado.

No meio de uma noite de forte nevasca, o agricultor Kyuzaemon acorda com ruídos e uma voz feminina vindos de fora da casa. Desconfiado e temeroso, ele recusa a abrir a porta, indiferente à súplica por abrigo.

雪
女

O ESPÍRITO DA NEVE 49

Talvez não exista muita gente, nem mesmo no Japão, que tenha ouvido falar de Yuki Onna ("Espírito da Neve"). É um assunto pouco comentado, a não ser nas montanhas mais altas, que costumam ficar cobertas de neve no inverno. Aqueles que leram os livros de Lafcadio Hearn hão de se lembrar de uma história de Yuki Onna, em especial por causa da bela forma como foi narrada, mas que em essência não é melhor do que esta.

Na província de Echigo, no norte do país, na costa voltada à ilha de Sado, no mar do Japão, a neve costuma cair pesada. Às vezes chega a se acumular no chão uma camada de mais de seis metros, e muitas pessoas soterradas nas nevascas só são encontradas na primavera. Não muito tempo atrás, três companhias de soldados, com exceção de três ou quatro homens, foram atingidas em Aomori; e eles só foram desenterrados várias semanas depois — mortos, claro.

Desaparecimentos misteriosos naturalmente fazem surgir ideias fantasiosas em pessoas com a imaginação fértil, e desde tempos imemoriais o Espírito da Neve é uma fantasia disseminada entre o povo do norte do Japão; os habitantes do sul do país, por outro lado, dizem que os nortistas bebem tanto saquê que passam a achar que árvores cobertas de neve são mulheres. Seja como for, preciso explicar o que um agricultor chamado Kyuzaemon relatou ter visto.

No vilarejo de Hoi, composto de apenas onze casas, e aliás paupérrimas, vivia Kyuzaemon. Era um homem pobre, e ainda teve a infelicidade de perder o filho e a esposa. Portanto levava uma vida solitária.

Na tarde de 19 de janeiro do terceiro ano do período Tem-po — ou seja, 1833 — caiu uma tremenda nevasca. Kyuzaemon fechou portas e janelas e tentou se instalar da forma mais confortável que podia. Por volta das onze horas da noite foi despertado por algo que arranhava sua porta; era um ruído peculiar, que vinha a intervalos regulares. Kyuzaemon se sentou na cama, olhou na direção da porta e ficou sem saber o que pensar. Então o barulho voltou, e com ele a voz suave de uma garota. Imaginando que pudesse ser uma das filhas do vizinho pedindo ajuda, Kyuzaemon pulou da cama; mas quando chegou à porta ficou com medo de abrir. A voz e o ruído recomeçaram bem quando ele chegou até lá, o que o fez pular para trás e gritar: "Quem é você? O que você quer?".

"Abra a porta! Abra a porta!", dizia a voz do lado de fora.

"Abrir a porta! Acho pouco provável, até eu saber quem é você e o que está fazendo aqui tão tarde em uma noite como esta!"

"Mas você precisa me deixar entrar. Como posso seguir adiante no meio de tanta neve? Não estou pedindo comida, apenas um abrigo."

"Eu sinto muito; mas não tenho cobertas nem colchão. Não há condições de você ficar em minha casa."

"Não preciso de cobertas nem de colchão — só de abrigo", argumentou a voz.

"De qualquer forma, não posso deixar você entrar", gritou Kyuzaemon. "É muito tarde, e é contra os costumes e a lei."

Dito isso, Kyuzaemon reforçou a tranca da porta com um pedaço resistente de madeira, e não se arriscou a abrir sequer uma fresta para espiar quem poderia ser aquela visitante. Enquanto voltava para a cama, estremeceu ao ver a figura de uma mulher de pé logo ao lado do local onde ele dormia, toda de branco, com os cabelos soltos escorrendo pelas costas. Não tinha a aparência de um fantasma; seu rosto era bonito, e ela parecia ter uns 25 anos de idade. Pego de surpresa e assustadíssimo, Kyuzaemon gritou:

"Quem e o que é você, e como entrou aqui? Onde deixou seus *geta*?"[1]

"Eu posso entrar onde quiser e quando quiser", respondeu a figura, "e sou a mulher para quem você não abriu a porta. Não preciso de tamancos; pois vou fluindo junto com a neve, às vezes até voando pelo ar. Estou a caminho

---

1 Tamancos. [NA]

do próximo vilarejo para fazer uma visita; mas o vento está contra mim. Foi por isso que pedi para que me deixasse descansar aqui. Se me permitir, eu saio assim que o vento mudar; de qualquer forma, terei ido embora pela manhã."

"Eu não me importaria de deixá-la descansar aqui se fosse uma mulher normal. Na verdade, ficaria até contente; mas tenho muito medo de espíritos, assim como meus ancestrais", respondeu Kyuzaemon.

"Não precisa ter medo. Você tem um *butsudan*?",[2] perguntou a figura.

"Sim, eu tenho um *butsudan*", respondeu Kyuzaemon. "Mas o que você quer com isso?"

"Você diz que tem medo de espíritos, do efeito que posso lhe causar. Gostaria de prestar meus respeitos a seus ancestrais e garantir a seus espíritos que não lhe farei nenhum mal. Você pode abrir e iluminar o *butsudan*?"

"Sim", respondeu Kyuzaemon, trêmulo e temeroso. "Vou abrir o *butsudan* e acender o lampião. Por favor, reze por mim também, pois sou um homem infeliz e sem sorte; mas em troca me diga que tipo de espírito você é."

"Você está querendo saber demais; mas eu lhe direi", falou o espírito. "Acredito que seja um homem bom. Meu nome era Oyasu. Sou filha de Yazaemon, que vive no vilarejo vizinho. Meu pai, talvez você até saiba, é um agricultor, e aceitou em sua família Isaburo, como marido para a filha. Isaburo é um bom homem; mas, com a morte da esposa, no ano passado, abandonou o sogro e voltou para sua antiga casa. É principalmente por isso que estou indo repreendê-lo."

"Se entendi bem", disse Kyuzaemon, "a filha que se casou com Isaburo foi a que morreu na neve no ano passado, não? Nesse caso, você é o espírito de Oyasu, a esposa de Isaburo?"

"Sim, é isso mesmo", confirmou o espírito. "Eu era Oyasu, a esposa de Isaburo, que morreu na neve um ano atrás na grande nevasca, cujo aniversário será amanhã."

Com as mãos trêmulas, Kyuzaemon acendeu o lampião do pequeno *butsudan*, murmurando "Namu Amida Butsu; Namu Amida Butsu" com um ardor que nunca sentira antes. Quando terminou, viu que a figura do Yuki Onna (Espírito da Neve) avançava; mas não houve nenhum som de passos enquanto ela deslizava até o oratório.

---

2 Oratório familiar, onde são dispostas imagens de vários deuses, além das tabuletas mortuária das pessoas da família. [NA]

Kyuzaemon se recolheu à sua cama e dormiu imediatamente; pouco depois, porém, foi despertado pela voz da mulher lhe dando adeus. Antes que tivesse tempo de se sentar, ela desapareceu sem deixar nem um rastro; no *butsudan*, o fogo do lampião ainda estava aceso.

Kyuzaemon se levantou ao amanhecer e foi até o vilarejo vizinho para ver Isaburo, que encontrou vivendo com seu sogro, Yazaemon.

"Sim", falou Isaburo. "Foi errado ter abandonado o pai de minha falecida mulher, e não fico surpreso que em noites geladas, quando a neve cai, sou visitado pelo espírito de minha esposa como forma de repreenda. Hoje de madrugada, eu a vi de novo, e resolvi voltar. Cheguei faz apenas duas horas."

Comparando suas experiências, Kyuzaemon e Isaburo concluíram que, assim que Oyasu saiu da casa de Kyuzaemon, ela apareceu para Isaburo, cerca de meia hora depois da meia-noite, e ficou com ele até que prometesse voltar à casa de seu pai e ajudá-lo em sua velhice.

Essa é, em linha gerais, a história de Yuki Onna. Todos os que morrem na neve e no frio se tornam espíritos da neve, e fazem aparições quando neva; assim como os espíritos dos afogados no mar aparecem apenas em dias de tempestade.

Mesmo hoje, no norte do Japão, os sacerdotes fazem preces para apaziguar o espírito dos que morreram na neve, para evitar que passem a assombrar as pessoas com quem tinham relações.

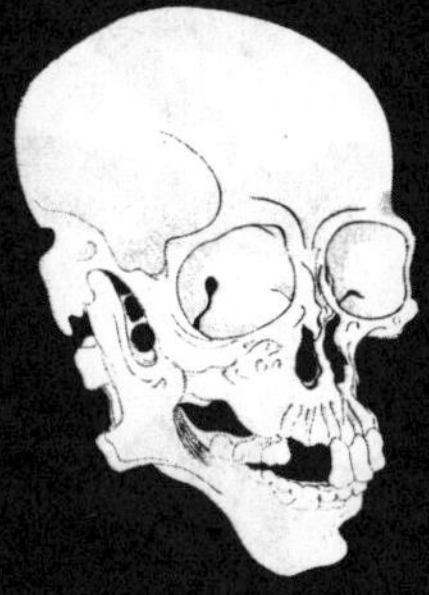

Rokugo Yakeiji é professor assistente de uma escola de espadachim de Tóquio. Ele é respeitado por sua habilidade com a arma, mas se vê em situações desconcertantes numa noite de confraternização com muitas histórias de fantasmas.

A TUMBA DA NEVE[1]

50

Muitos anos atrás viveu um homem da classe dos samurais que era muito famoso por sua habilidade como espadachim no estilo chamado Yagyu. Era tão habilidoso que ganhava como professor, sob a supervisão de seu mestre, nada menos que trinta fardos de arroz e duas "rações" — que, conforme me disseram, variam entre um e cinco *sho* — por mês. Como um *sho* equivale a sessenta metros quadrados, nosso jovem samurai, Rokugo Yakeiji, estava bem de vida.

O local de sua morada era Minami-warigesui, em Honjo, Yedo. Seu mestre era Sudo Jirozaemon, e a escola ficava em Ishiwara-ku.

Rokugo não era de forma nenhuma um sujeito orgulhoso de suas habilidades. Foi essa modéstia da juventude, aliada à esperteza, que levou seu mestre a tornar seu pupilo um professor assistente. A escola era uma das melhores de Tóquio, e tinha mais de cem alunos.

Certa vez, em janeiro, os alunos se reuniram para comemorar o Ano-Novo, e no sétimo dia do mês estavam tomando *nanakusa* — uma espécie de mingau de arroz em que se misturam sete ervas e sete verduras e, segundo dizem, mantém as doenças afastadas por todo o ano. Os alunos contavam histórias de fantasmas, cada um tentando ser mais assustador que o outro, até deixar

---

[1] História contada a mim por Fukuchi, ao falar sobre a luz do fogo nas raposas, e minuciosamente traduzida pelo sr. Watanabe, funcionário do governo da província. [NA]

muitos de cabelos em pé, e já era tarde da noite. Era costume passar o dia 7 de janeiro assim, e eles se revezavam nas narrativas de acordo com a ordem que sortearam. Cem velas haviam sido acesas em um abrigo na extremidade do jardim, e cada um que contava uma história ia buscar uma vela, até que todos tivessem contado uma história; isso servia para abalar, se possível, a convicção de alunos que se vangloriavam de não acreditar em fantasmas e diziam não ter medo de nada.

Por fim chegou a vez de Rokugo. Depois de apanhar sua vela na extremidade do jardim, ele falou o seguinte:

"Amigos, escutem minha história. Não é muito assustadora, mas é verdadeira. Cerca de três anos atrás, quando eu tinha dezessete anos, meu pai me mandou para Gifu, na província de Mino.[2] No caminho, cheguei a um lugar chamado Nakimura por volta das dez da noite. Nos arredores do vilarejo, em um terreno selvagem e sem cultivo, vi uma curiosa bola de fogo. Ela se movia de um lado para o outro sem fazer barulho, chegando bem perto de mim e então se afastando, movendo-se como se procurasse alguma coisa girando sem parar sobre o mesmo lugar. Em geral ficava a um metro e meio do chão, porém às vezes descia mais. Não digo que fiquei assustado, porque em seguida fui até a hospedaria Miyoshiya, e logo em seguida para a cama, sem mencionar o que havia visto a ninguém; mas posso garantir que fiquei bem contente por estar bem abrigado. Na manhã seguinte, minha curiosidade falou mais alto. Comentei com o proprietário sobre o que tinha visto, e ele me contou uma história. Ele falou: 'Cerca de duzentos anos atrás uma grande batalha foi disputada aqui, e o general derrotado morreu. Quando seu corpo foi recuperado, ainda no meio dos combates, estava sem cabeça. Os soldados acharam que sua cabeça devia ter sido roubada pelo inimigo. Um deles, mais ansioso que os demais para encontrar a cabeça de seu comandante, continuou a procurar enquanto a luta acontecia. Nisso, acabou morto também. Desde essa noite, ocorrida duzentos anos atrás, a bola de fogo começa a arder depois das dez da noite. As pessoas, desde aquela época até hoje, a chamam de *Kubi sagashi no hi*'.[3] Quando o dono da hospedaria terminou de contar a história, meus amigos, senti uma coisa estranha em meu coração. Foi a primeira coisa de natureza fantasmagórica que eu vi na vida."

---

2   Situava-se na região sul da atual província de Gifu. [NE]
3   O fogo que procura a cabeça. [NA]

Os demais alunos concordaram que era uma história estranha. Rokugo pôs os pés em seus *geta* e foi levar sua vela para a extremidade do jardim. Não havia avançado muito quando ouviu a voz de uma mulher. Não estava muito escuro, e havia neve no chão; mas Rokugo não viu mulher nenhuma. Quando chegou ao lugar onde ficavam as velas, ouviu a voz de novo e, ao se virar, deu de cara com uma linda mulher com cerca de dezoito primaveras. Sua roupa era bonita. O *obi* (cinto) estava amarrado no estilo *tateyanojiri* (formato de uma flecha de pé, como se estivesse dentro da aljava). Seu traje tinha uma estampa com tema de pinheiros e bambus, e seu cabelo estava arrumado à moda *shimada*. Rokugo a olhou com uma mistura de surpresa e admiração. Após um instante de reflexão, concluiu que não poderia ser uma garota, e que sua beleza quase o fizera se esquecer de que era um samurai.

"Não, isso não é uma mulher de verdade; é um fantasma. Que bela oportunidade de me destacar diante de todos os meus amigos!"

Depois de dizer isso, ele sacou sua espada, temperada pelo famoso Moriye Shinkai, e com um único golpe de cima para baixo cortou a cabeça e o corpo ao meio.

Em seguida correu, pegou uma vela e voltou para o local onde os alunos o aguardavam; uma vez lá, contou essa história, e os chamou para ver o fantasma. Os jovens se entreolharam, pois nenhum deles tinha interesse em fantasmas naquilo que se pode definir como a vida real. Ninguém quis se arriscar; mas no fim Yamamoto Jonosuke, demonstrando mais coragem que os demais, anunciou: "Eu vou"; e saiu em disparada. Assim que viram isso, os demais alunos também se animaram a sair para o jardim.

Quando chegaram ao local onde deveriam estar o fantasma, encontraram apenas os restos de um boneco de neve que eles mesmos haviam feito durante o dia; e estava partido ao meio da cabeça aos pés, como Rokugo dissera. Todos caíram na risada. Muitos dos jovens samurais se irritaram, pois achavam que Rokugo estava zombando deles; mas quando voltaram à casa logo perceberam que Rokugo não estava brincando. Eles o encontraram sentado com ares imponentes, pensando ter revelado aos alunos até onde ia sua habilidade com a espada.

No entanto, eles lhe lançaram olhares de zombaria, e lhe disseram o seguinte:

"De fato, foi uma prova notável de sua habilidade. Até mesmo um garotinho que joga uma pedra em um cachorro teria coragem de fazer o que você fez!"

Rokugo se irritou, e os chamou de insolentes. Ele perdeu a cabeça a ponto de levar a mão ao cabo da espada, e inclusive chegou a ameaçar matar um ou dois alunos.

Os samurais então se desculparam pelo desrespeito, mas acrescentaram: "Seu fantasma era só o boneco de neve que nós mesmos fizemos de manhã. Foi por isso que dissemos que até um garotinho teria coragem de atacá-lo".

Ao ouvir isso Rokugo ficou confuso, e foi sua vez de se desculpar por seu destempero; ainda assim, afirmou não entender como era possível que tivesse confundido um boneco de neve com uma mulher fantasma. Perplexo e envergonhado, implorou a seus amigos para não tocar mais no assunto, e nem contar a ninguém; depois disso, despediu-se e saiu da casa.

Não estava mais nevando; mas ainda havia uma camada grossa de neve no chão. Rokugo havia bebido uma boa quantidade de saquê, e seus passos não eram dos mais firmes enquanto voltava para casa, em Warigesui.

Quando passou perto dos portões do templo de Korinji, viu uma mulher atravessando mais depressa do que parecia o terreno do templo. Ele encostou na cerca para observá-la. Seus cabelos estavam desmazelados, e seus trajes, mal ajambrados. Logo em seguida apareceu atrás dela um homem com um facão de açougueiro na mão, e gritou ao pegá-la:

"Sua mulher pervertida! Foi infiel a seu pobre marido, e vou matá-la por isso, pois sou amigo dele."

E de fato fez isso, esfaqueando-a cinco ou seis vezes antes de se afastar. Retomando o caminho de casa, Rokugo pensou que o homem que matara a mulher infiel devia ser um ótimo amigo. Uma mulher punida de forma justa com a morte, pensou ele.

No entanto, Rokugo não havia chegado muito longe quando, para seu absoluto espanto, viu-se cara a cara com a mulher cujo assassinato acabara de testemunhar. Ela o encarava com olhos furiosos, e disse:

"Que corajoso deve ser um samurai que assistiu a um assassinato tão cruel e ainda gostou do que viu!"

Rokugo ficou embasbacado.

"Não fale comigo como se fosse seu marido", retrucou ele, "pois não sou. Gostei de ver você pagar com a vida por sua infidelidade. Se você for mesmo o fantasma da mulher, então eu mesmo vou matá-la!" Antes que ele pudesse sacar sua espada, porém, o fantasma desapareceu.

Rokugo seguiu seu caminho, e perto de casa encontrou uma mulher que se aproximou dele fazendo careta e com os dentes cerrados, como se agonizasse de dor.

O samurai já tivera problemas suficientes com mulheres naquele dia. Deviam ser raposas que assumiram a forma de mulheres, pensou ele, enquanto encarava mais aquela.

Nesse momento, ele se lembrou do que ouvira sobre mulheres-raposas. O fogo exalado pelos corpos de raposas e texugos é tão intenso que mesmo nas noites mais escuras é possível ver a cor de seus cabelos, ou as figuras estampadas nas roupas que vestem quando assumem a forma de homens ou mulheres; é claramente visível mesmo a um *ken* (um metro e oitenta). Recordando-se disso, Rokugo chegou um pouco mais perto da mulher; e, de fato, era possível ver a estampa de seu traje, como se houvesse fogo sob o tecido. A mesma coisa valia para os cabelos.

Ciente de que estava lidando com uma raposa, Rokugo sacou sua melhor espada, a que fora forjada pelo famoso Moriye, e atacou com cautela, pois sabia que precisaria acertar a raposa, e não o espírito da raposa na forma de uma mulher. (Dizem que, sempre que uma raposa ou um texugo assume a forma humana, seu verdadeiro corpo se posiciona ao lado da aparição. Se a aparição estiver à esquerda, o corpo do animal em si está à direita.)

Rokugo desferiu seu ataque levando isso em consideração, matando a raposa e, por consequência, a aparição.

Ele foi correndo para casa e chamou seus parentes, que vieram todos carregando lampiões. Perto de uma murta de quase duzentos anos, encontraram o corpo — não de uma raposa ou de um texugo, mas de uma lontra. O animal foi levado até a casa. No dia seguinte, foram enviados convites para todos os alunos da escola de espadachins para que fossem vê-lo, e um grande banquete foi oferecido. Rokugo havia eliminado uma grande ameaça. Os alunos ergueram uma tumba para o animal; o local ficou conhecido como "Yukidzuka" (A Tumba de Neve), e pode ser visto até hoje no templo de Korinji, em Warigesui Honjo, Tóquio.

臥童梅の精

O jardineiro Hanbei vive feliz cuidando de uma bela ameixeira pertencente à família há três gerações. Mas essa felicidade pode estar com os dias contados, pois um funcionário da corte imperial está de olho na árvore.

臥竜梅の精

A AMEIXEIRA EM FORMATO DE DRAGÃO

51

No ano 1716, no período Kyoho — 191 anos atrás —, havia um homem que vivia em Momoyama Fushimi, um velho jardineiro chamado Hanbei, que era amado e respeitado por sua natureza cordial e sua grande honestidade. Embora fosse pobre, Hanbei economizara durante a vida o suficiente para sobreviver; e havia herdado uma casa com jardim de seu pai. Com isso, estava feliz. Seu principal passatempo era cuidar do jardim e de uma ameixeira extraordinariamente bela conhecida no Japão como sendo do tipo *garyo* (que significa "dragão deitado"). Essas árvores são muito valorizadas e muito procuradas em projetos de jardinagem. Curiosamente, apesar de existir várias dessas lindas árvores em montanhas e terras virgens, ninguém quase nunca mexe com elas, a não ser perto de grandes centros comerciais. Na verdade, os japoneses têm quase uma veneração por algumas dessas fantásticas árvores em formato de *furyo*, sejam elas pinheiros ou ameixeiras.

A árvore em questão era tão amada por Hanbei que nenhuma oferta que qualquer um fizesse seria capaz de convencê-lo a se desfazer dela. Era tão notoriamente bela em seus matizes e contornos aquela velha árvore de uma pequenez incomum que grandes somas de dinheiro foram oferecidas diversas vezes para comprá-la. Hanbei a amava não só pela beleza, mas também porque havia sido de seu pai e de seu avô. Agora idoso, com a esposa senil e os filhos fora de casa, a árvore era sua principal companhia. No outono, ele limpava as folhas mortas e em processo de ressecamento. Sentia pena ao ver seu estado, fria e com os galhos vazios, em novembro e dezembro; mas em janeiro se ocupava alegremente de observar os brotos que floresceriam em fevereiro. Na época da floração, era seu costume em certas horas do dia deixar as pessoas irem ver a árvore e ouvir histórias sobre fatos históricos envolvendo a ameixeira, mas sem deixar de lado os relatos românticos sempre abundantes no imaginário dos japoneses. Quando esse período passava, Hanbei podava e amarrava a árvore. Na estação quente, ficava à sua sombra fumando cachimbo, e era recompensado por sua dedicação com duas ou três dúzias de ameixas deliciosas, que ele valorizava e amava quase tanto quanto fosse seus próprios descendentes.

Dessa forma, ano após ano, a árvore se tornou uma companheira tão próxima de Hanbei que dinheiro nenhum seria capaz de convencê-lo a vendê-la.

Infelizmente, homem nenhum tem a chance de ficar em paz neste mundo. Cedo ou tarde, com certeza alguém cobiçará o que lhe pertence. E o que aconteceu foi que um alto funcionário da corte do imperador ouviu falar da árvore *furyo* de Hanbei e quis levá-la para seu jardim. O *dainagon*[1] mandou seu representante, Kotaro Naruse, fazer uma visita a Hanbei com o objetivo de fazer a aquisição, sem duvidar nem sequer por um instante que o velho jardineiro a venderia no ato se a soma oferecida fosse de seu agrado.

Kotaro Naruse chegou a Momoyama Fushimi, e foi recebido com a devida cerimônia. Depois de beber uma xícara de chá, anunciou que fora enviado para fazer a inspeção e providenciar o transporte da ameixeira *furyo* para o *dainagon*.

Hanbei ficou perplexo. Que pretexto poderia usar para recusar a oferta de uma figura tão importante? Ele fez um comentário precipitado e um tanto estúpido, do qual o astuto representante do *dainagon* soube tirar vantagem.

"De forma nenhuma", disse Hanbei, "eu venderei a velha árvore. Já recusei muitas ofertas por ela."

"Em nenhum momento eu disse que estava aqui para adquirir a árvore em troca de dinheiro", respondeu Kotaro. "Eu disse que vim tomar as providências para transportá-la cuidadosamente para o palácio do *dainagon*, onde ele propõe que seja recebida em uma cerimônia formal e tratada com grande respeito. É como se eu estivesse levando uma noiva para o palácio do *dainagon*.

---

1 Conselheiro-mor da corte imperial. [NE]

Oh, que honra para essa ameixeira, unir-se em matrimônio com alguém de linhagem tão ilustre! Você deveria ficar orgulhoso pelo destino de sua árvore! Por favor, siga meu conselho e aceite o pedido do *dainagon*!"

O que Hanbei poderia dizer? Uma pessoa de nascimento tão humilde, recebendo de um galante samurai um pedido para conceder um favor para ninguém menos que o *dainagon*!

"Senhor", ele respondeu, "seu pedido em nome do *dainagon* foi tão cortês que não vejo como recusar. No entanto, é necessário deixar claro para o *dainagon* que a árvore é um presente, pois eu não posso vendê-la."

Kotaro ficou satisfeitíssimo com o sucesso de sua estratégia e, retirando uma bolsa do interior de seu traje, falou: "Por favor, como é costume ao receber um presente, aceite esta humilde retribuição".

Para grande surpresa do jardineiro, a bolsa continha ouro. Ele a devolveu a Kotaro, dizendo-se impossibilitado de aceitar aquele presente; porém, mais uma vez se deixando levar pela lábia do samurai, acabou voltando atrás.

Assim que Kotaro se retirou, Hanbei se arrependeu do que fez. Sentia-se como se tivesse vendido o sangue de seu sangue — como se fosse uma filha sua — para o *dainagon*.

Naquela noite, ele não dormiu. Por volta da meia-noite, sua esposa entrou em seu quarto às pressas e, puxando-o pela manga, gritou:

"Seu velho pervertido! Seu malandro sem-vergonha! Até na sua idade! Onde foi que conseguiu aquela garota? Eu peguei você no flagra! Não minta para mim! Você vai me bater — estou vendo isso em seus olhos. Não fico surpresa por se vingar de mim dessa forma — deve estar se sentido um velho tolo!"

Hanbei achou que a esposa havia perdido o juízo de vez. Não estava vendo garota nenhuma.

"Que ideia é essa, *obaasan*?",[2] ele rebateu. "Não vi garota nenhuma aqui, e não sei do que você está falando."

"Não minta para mim! Eu a vi! Eu a vi com meus próprios olhos quando fui pegar um copo d'água!"

"Você viu, você viu — como assim?", questionou Hanbei. "Acho que você enlouqueceu, falando esse tipo de coisas!"

"Eu a vi mesmo! Estava chorando do lado de fora da porta. E era uma garota linda, seu velho pecador — no máximo dezessete ou dezoito anos de idade."

Hanbei se levantou da cama para ver se sua esposa falava a verdade ou enlouquecera de fato.

2 Anciã. [NE]

Ao chegar à porta ouviu os soluços e, quando abriu a porta, deu de cara com uma linda garota.

"Quem é você, e o que está fazendo aqui?", perguntou Hanbei.

"Sou o Espírito da Ameixeira, que por muitos anos você cuidou e amou, assim como seu pai. Ouvi dizer — e com muita tristeza — que foi feito um acordo para que eu seja removida para o jardim do *dainagon*. Parece ser um sinal de boa fortuna pertencer a uma família nobre, e uma honra ser aceita. Não tenho do que reclamar; mas estou triste por ser tirada de onde estou por tanto tempo, e afastada de você, que com tanta atenção cuidou de todas as minhas necessidades. Você não tem como me deixar aqui um pouco mais — pelo tempo que eu ainda viver? Eu imploro!"

"Eu prometi enviá-la no sábado para o *dainagon* em Kyoto; mas não posso ignorar seu apelo, pois adoro tê-la aqui. Pode ficar tranquila, e eu verei o que pode ser feito", disse Hanbei.

O espírito limpou as lágrimas, sorriu para Hanbei e desapareceu no caule da árvore, enquanto a esposa de Hanbei observava tudo admirada, ainda desconfiada de que poderia ser um truque da parte do marido.

Por fim o fatídico sábado marcado para a remoção da árvore chegou, e Kotaro apareceu com diversos homens e uma carroça. Hanbei contou o que acontecera — sobre o espírito da árvore e a súplica que este lhe fizera.

"Aqui, tome o dinheiro de volta, por favor", disse o velho. "Explique ao *dainagon* tudo o que lhe contei, e certamente ele haverá de ser misericordioso."

Kotaro se enfureceu e falou:

"De onde veio essa mudança de planos? Você anda bebendo muito saquê ou está tentando me fazer de tolo? É melhor tomar cuidado, estou avisando; caso contrário acabará sem cabeça. Supondo que tenha mesmo aparecido na forma de uma garota, o espírito da árvore disse que lamentava deixar seu jardim de homem pobre para ocupar um lugar de honra no palácio do *dainagon*? Você é um tolo, e está cometendo uma ofensa — como ousa devolver um presente do *dainagon*? Como eu poderia explicar tamanho insulto, e o que ele pensaria de mim? Já que você se recusa a cumprir sua palavra, tomarei a árvore à força, ou então terei de matá-lo se não puder levá-la."

Kotaro estava mesmo enraivecido. Chutou Hanbei escada abaixo e, sacando sua espada, estava prestes a arrancar sua cabeça quando de repente uma pequena rajada de vento com cheiro de flor de ameixeira soprou, e surgiu diante de Kotaro a linda garota, o Espírito da Ameixeira!

"Saia do meu caminho, ou acabará ferida", gritou Kotaro.

"Não, eu não sairei daqui. É melhor matar a mim, o espírito que tanto problema causou, do que matar um pobre velho inocente", disse o espírito.

"Eu não acredito em espíritos de ameixeiras", rebateu Kotaro. "Que você seja um espírito, está claro; mas não passa de uma velha raposa. Portanto atenderei ao seu pedido e a matarei primeiro."

Logo depois de dizer isso, ele desferiu um golpe com sua espada, e sentiu que inegavelmente havia atingido um corpo. A garota desapareceu, e o que caiu no chão foi um ramo de ameixeira e a maioria das flores que estavam começando a se abrir.

Kotaro então percebeu que o jardineiro dissera a verdade, e fez um pedido de desculpas.

"Levarei este galho ao *dainagon*", disse ele, "e tentarei explicar a ele a história."

Dessa forma, a vida de Hanbei foi salva pelo espírito da árvore.

O *dainagon* ouviu a história, e ficou tão comovido que enviou ao velho jardineiro uma mensagem caridosa, dizendo-lhe para ficar com a árvore e com o dinheiro como uma forma de expressar seu arrependimento pelo problema que havia causado.

Infelizmente, porém, a árvore secou e morreu pouco depois de receber o cruel golpe de Kotaro, apesar dos cuidados de Hanbei. Seu toco sem vida continuou sendo venerado por muitos anos.

O daimiô Oda Sayemon gosta de jogar go, mas não aceita perder de forma alguma e, quando isso acontece, reage com violência. Ao notar que os adversários passaram a se deixar vencer e que isso torna tudo pior, seu fiel atendente Saito Ukon faz uma jogada arriscada.

A CEREJEIRA TABULEIRO[1]

52

Nos tempos antigos, muito antes que o infortúnio da europeização chegasse ao Japão, vivia em Kasamatsu, em Nakasatani, perto de Shichikai-mura, Shinji-gun, na província de Hitachi, um velho daimiô de temperamento explosivo, Oda Sayemon. Seu castelo ficava no alto de um morro coberto de pinheiros, a cerca de cinco quilômetros da atual estação Kamitachi da Ferrovia Nippon. Sayemon era conhecido por sua coragem como soldado, por seu desempenho abominável no jogo de *go* (ou *goban*), e por sua reação destemperada e violenta quando era derrotado, o que acontecia todas as vezes.

Seus melhores amigos entre seus atendentes tentaram de tudo para mudar seu comportamento depois de uma derrota no *go*; mas não havia jeito. Todos aqueles que o derrotavam eram golpeados no rosto com um pesado leque de ferro, do tipo que era usado pelos guerreiros naquela época; e com a mesma disposição ele teria sacado a espada e cortado a cabeça de seu melhor amigo caso tentasse interferir em uma dessas ocasiões. Ser convidado para jogar *go* com seu senhor era o que seus corajosos samurais mais temiam na vida.

---

[1] Esta história (com exceção do fantasma) eu acredito ser verdadeira, pois o *seppuku* de Saito Ukon é condizente com o tipo de raciocínio vigente na época em que se passa a narrativa, e até hoje é possível em muitos casos. Um deles é citado pelo professor Chamberlain — o de um servo de um inglês em Yokohama —, e houve muitos casos em uma guerra recente. [NA]

Por fim, foi decidido entre os homens que, para acabar com aquela indignidade de apanhar quando venciam, era melhor deixar que ele vencesse. Afinal, era uma questão sem importância, pois não havia dinheiro envolvido no jogo. Dessa forma Sayemon foi se tornando um jogador cada vez pior, pois nunca aprendia nada; mas em seu próprio conceito se considerava o melhor de todos.

Em 3 de março, em homenagem à sua filhinha O Chio, ele ofereceu um jantar a seus atendentes. O dia 3 de março é o Dia das Bonecas (Hina-no-sekku) — quando as meninas exibem suas bonecas. As pessoas passam de casa em casa para vê-las, e as pequenas proprietárias oferecem saquê branco doce em um copinho de boneca com toda cerimônia aos visitantes. Sayemon, sem dúvida, escolheu esse dia para o banquete pensando em sua filha — pois serviu saquê branco doce depois da comida, para ser bebido à saúde das bonecas, em vez do saquê dos homens, de que os convidados teriam gostado muito mais. O próprio Sayemon detestava saquê doce. Assim que o jantar terminou, ele chamou Saito Ukon, um de seus guerreiros mais velhos e fiéis, para uma partida de *go*, enquanto deixava os outros bebendo. Curiosamente, Ukon nunca havia jogado com seu senhor antes, e ficou contentíssimo por ter sido escolhido. Ele estava decidido a morrer naquela noite depois de ensinar uma lição a seu senhor.

Em uma sala luxuosamente decorada foi colocado um *goban* (tabuleiro) com duas cumbucas contendo os homens, que são representados por pedras brancas e pretas. As pedras brancas em geral ficam com o jogador de maior capacidade, e as pretas, com o menos capaz. Sem desculpas ou explicações, Ukon pegou a cumbuca com as pedras brancas e começou a posicioná-las como se fosse sem sombra de dúvidas o melhor jogador entre os dois.

Sayemon começou a se irritar, mas não demonstrou. Depois de tantas partidas que seus atendentes lhe deixaram vencer, estava absolutamente confiante de que ganharia de novo, e que Ukon ainda deveria pedir desculpas por ser presunçoso a ponto de pegar as pedras brancas.

O jogo terminou com a vitória de Ukon.

"Eu quero uma revanche", falou Sayemon. "Fui descuidado nesta partida. Vou mostrar a você que sou capaz de vencê-lo quando me empenho para isso."

Mais uma vez Sayemon foi vencido — dessa vez não conseguindo controlar seu temperamento, pois ficou com o rosto vermelho, os olhos injetados e falou com uma voz intimidadora e cheia de raiva que exigia uma terceira partida.

Essa também foi vencida por Ukon. A fúria de Sayemon não tinha limites. Ele apanhou o leque de ferro e estava prestes a desferir um violento golpe no rosto de Ukon. Seu adversário o agarrou pelo pulso e falou:

"Meu senhor, qual é a sua visão sobre esses jogos! Vossa Senhoria parece ter uma opinião curiosa a respeito! É o melhor jogador que vence; o pior acaba vencido. Se não consegue me derrotar no *go*, é porque Vossa Senhoria é um jogador pior. É dessa maneira que deve ser encarada uma derrota por um alguém superior de acordo com o *bushidô*[2] de um samurai, conforme fomos treinados? Aceite um conselho de seu fiel atendente e não se deixe levar pela raiva — isso não é digno de alguém da posição de Vossa Senhoria." E, dirigindo um olhar de reprovação para Sayemon, Ukon fez uma mesura em que se curvou quase até o chão.

"Seu malandro insolente!", rugiu Sayemon. "Como ousa falar comigo dessa forma? Parado aí! Continue assim, com a cabeça baixa, para que eu possa cortá-la."

"Sua espada é destinada a matar seus inimigos, e não seus atendentes e amigos", disse Ukon. "Embainhe sua espada, meu senhor. Não precisa se dar ao trabalho de me matar, pois já cometi *seppuku*[3] para poder lhe oferecer o conselho que dei, e para preservar todos os demais. Veja, meu senhor!" Ukon abriu seus trajes e revelou um imenso corte na barriga.

Sayemon ficou sem reação por um momento, e enquanto isso Ukon lhe falou mais uma vez, dizendo que ele deveria controlar seu temperamento e tratar melhor seus súditos.

Ao ouvir o mesmo conselho novamente, os sentimentos de Sayemon voltaram a aflorar. Sacando a espada, ele correu até Ukon e gritou: "Nem mesmo de seu espírito moribundo eu aceito conselhos". Então desferiu um golpe furioso contra a cabeça de Ukon. Mas acabou errando, e cortou o tabuleiro ao meio em vez disso. Vendo que a vida de Ukon se esvaía rapidamente, Sayemon se jogou ao lado dele, chorando amargamente, e disse:

"Como lamento ver você morrer assim, ó fiel Ukon! Estou perdendo meu atendente mais antigo e fiel. Você me serviu fielmente e lutou com bravura em todas as minhas batalhas. Eu imploro seu perdão! Acatarei seu conselho. Com certeza foi um sinal de que os deuses estavam insatisfeitos com minha conduta quando me fizeram errar sua cabeça e cortar o tabuleiro!"

Ukon ficou satisfeito ao ver que seu senhor enfim se arrependera. Ele falou:

"Nem na morte esquecerei a relação entre senhor e servo, e meu espírito estará com Vossa Senhoria e zelará por seu bem-estar enquanto durar sua vida."

Então Ukon soltou seu último suspiro.

---

2 Termo que significa literalmente "caminho do guerreiro" e representa o código de conduta dos samurais. [NE]
3 "Arranquei minhas próprias entranhas." [NA]

Sayemon ficou tão comovido com a fidelidade de Ukon que o enterrou em seu próprio jardim, junto com o tabuleiro quebrado de *go*. A partir de então, a conduta do daimiô Sayemon mudou completamente. Ele passou a ser bondoso e gentil com seus súditos, e seus homens eram felizes.

Alguns meses depois da morte de Ukon, uma cerejeira brotou de seu túmulo. Em três anos se tornou um belo espécime, que floria em profusão.

Em 3 de março do terceiro aniversário da morte de Ukon, Sayemon foi surpreendido com uma floração repentina. Estava observando a árvore e pensando em regá-la pessoalmente, como de costume naquele dia, quando foi surpreendido por uma figura indistinta de pé ao lado do tronco da árvore. Assim que falou: "Eu sei que você é o espírito do fiel Saito Ukon", a figura desapareceu. Sayemon correu até a árvore para jogar água nas raízes, e percebeu que sua casca, na parte baixa do caule, havia rachado no formato e no tamanho de quadrados de um tabuleiro de *go*! O daimiô ficou impressionadíssimo. Durante anos — na verdade, até a morte de Sayemon —, o fantasma de Ukon continuou aparecendo todo dia 3 de março.

Uma cerca foi construída ao redor da árvore, que era considerada sagrada; e dizem que até hoje é possível visitá-la.

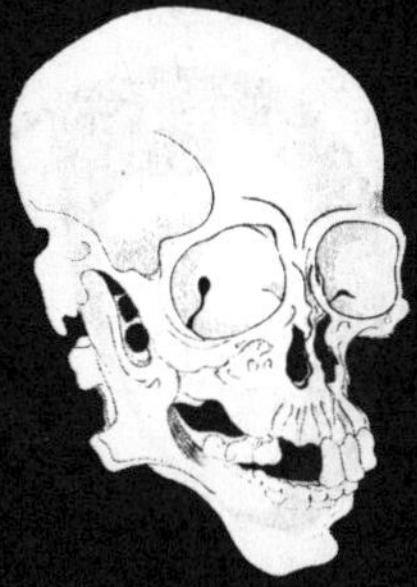

名取の宝刀

Uma espada usada em uma importante batalha e mantida como tesouro da família de Ide Kanmotsu deve ser herdada pelo seu primogênito, mas a madrasta impede que isso aconteça. Inconformada, a ama elabora um plano para entregar a espada ao legítimo dono.

A PRECIOSA ESPADA "NATORI NO HŌTŌ" 53

Ide Kanmotsu era um vassalo do senhor da cidade de Nakura, em Kishu. Seus ancestrais eram todos guerreiros, e ele se destacara enormemente em uma batalha em Shizugatake, que ganhou esse nome por causa de uma montanha na província de Ōmi. O grande Hideyoshi fora bem-sucedido em uma luta nesse mesmo lugar no décimo primeiro ano do período Tensho, que durou de 1573 a 1592 — ou seja, 1584 — junto com Shibata Katsuiye. Os ancestrais de Ide Kanmotsu eram homens de lealdade. Um deles era um guerreiro de reputação insuperável. Tinha cortado a cabeça de nada menos que 48 homens com a mesma espada. Em seu devido tempo, essa espada foi passada a Ide Kanmotsu, que a guardava como o mais precioso tesouro familiar. Bastante cedo na vida, Kanmotsu se tornou viúvo. Sua jovem esposa lhe deixou um filho, Fujiwaka. Mais tarde, sentindo-se solitário, Kanmotsu se casou com uma moça chamada Sadako, que lhe deu um filho de nome Goroh. Doze ou catorze anos depois, Kanmotsu morreu, deixando os dois filhos aos cuidados de Sadako. Fujiwaka na época tinha dezenove anos de idade.

Sadako invejava Fujiwaka, pois sabia que ele, como filho mais velho, era o herdeiro da propriedade de Kanmotsu. Ela tentava de todas as formas beneficiar seu filho Goroh.

Enquanto isso, desenrolava-se em segredo um romance entre uma linda moça chamada Tae, filha de Iwasa Shiro, e o jovem Fujiwaka. Eles haviam se apaixonado um pelo outro e mantinham encontros secretos para acalentar seus corações e fazer promessas de casamento. No fim acabaram descobertos, e Sadako usou isso como pretexto para expulsar Fujiwaka de casa e privá-lo de seus direitos de herdeiro da propriedade da família.

No local vivia também uma velha e fiel ama, Matsue, que criara Fujiwaka desde a infância. Ela lamentava muito a injustiça cometida; mas sabia que a perda do dinheiro e da propriedade era pouco em comparação com a perda da espada, a espada milagrosa, da qual o proscrito era o legítimo dono. Ela pensava dia e noite em como fazer a herança chegar às mãos do jovem Fujiwaka.

Depois de vários dias de indefinição, ela chegou à conclusão de que deveria roubar a espada do *ihai* (altar — ou melhor, uma tabuleta no interior do altar, contendo o nome póstumo de um ancestral falecido, e que representa o espírito desse ancestral).

Certo dia, quando sua senhora e os demais moradores da casa estavam ausentes, Matsue roubou a espada. Assim que fez isso, deu-se conta de que poderia demorar meses para que pudesse fazê-la chegar às mãos do legítimo dono. Pois ninguém tinha notícias de Fujiwaka desde que a madrasta o expulsara. Temendo uma acusação, a fiel Matsue cavou um buraco no jardim perto da *ayumiya* — uma pequena casa, do tipo que todo japonês de boa posição tem em seu jardim para realizar a cerimônia do chá — e enterrou a espada, pretendendo mantê-la escondida até que pudesse entregá-la a Fujiwaka.

Ao visitar o *butsudan* no dia seguinte, Sadako notou a ausência da espada; e, ciente de que O Matsue era a única serva presente na casa no dia anterior, responsabilizou-a pelo roubo da espada.

Matsue negou, considerando que em nome da justiça era o certo a fazer; mas não foi fácil convencer Sadako, que manteve Matsue confinada em uma despensa e deu ordens para que ela não recebesse nem arroz nem água enquanto não confessasse. Ninguém tinha permissão para se aproximar de Matsue a não ser a própria Sadako, que tinha a chave do local e a visitava apenas a cada quatro ou cinco dias.

Por volta do décimo dia, a pobre Matsue morreu de fome. Ela se mantivera fiel à sua resolução de algum dia entregar a espada a seu jovem senhor, o legítimo dono da arma. Ninguém ficou sabendo da morte de Matsue. Na noite em que ela faleceu, Sadako estava sentada em uma velha edícula em uma parte remota do jardim, tentando se refrescar, pois estava muito quente.

Quando estava lá fazia meia hora, de repente viu a imagem de uma mulher emaciada, com cabelos desalinhados. A figura apareceu de trás de uma lanterna de pedra, deslizou até o local onde Sadako estava sentada e a encarou.

Sadako imediatamente reconheceu Matsue, e a repreendeu aos berros por ter deixado seu confinamento.

"Volte para lá, sua ladra!", disse ela. "Ainda não terminei de acertar as contas com você. Como ousa sair do lugar onde estava trancada para vir me afrontar?"

A figura não respondeu, apenas deslizou lentamente até o local onde a espada estava enterrada e a tirou de lá.

Sadako observou tudo atentamente e, como não era dada a covardias, foi correndo até a figura de Matsue, com a intenção de lhe tomar a espada. Mas tanto a figura como a arma desapareceram de forma repentina.

Sadako correu o mais depressa que podia até o lugar onde Matsue fora aprisionada, e abriu a porta com gestos violentos. Diante de si, viu Matsue morta, e ficou evidente que já tinha falecido havia dois ou três dias; seu corpo estava franzino e emaciado.

Dando-se conta de que devia ter visto o fantasma de O Matsue, Sadako murmurou "Namu Amida Butsu; Namu Amida Butsu", a prece budista para pedir proteção ou misericórdia.

Depois de ter sido expulso da casa de sua família, Ide Fujiwaka vagou por vários lugares, mendigando comida. Por fim conseguiu um emprego subalterno, graças ao qual conseguia se manter em uma hospedaria barata no templo de Umamachi Asakusa.

Em certa ocasião, foi acordado no meio da noite e viu diante do pé de sua cama a figura emaciada de sua antiga ama, segurando nas mãos a preciosa espada, a herança que ele prezava mais que qualquer outra. Estava envolvida em um brocado vermelho e dourado, como antes, e foi depositada com cerimônia pela figura de O Matsue aos pés de Fujiwaka.

"Oh, minha querida ama", disse ele, "como estou feliz em..." Antes que pudesse terminar a frase, a figura desapareceu.

A pessoa que me contou a história não me disse o que aconteceu com Sadako e seu filho.

白蛇明神

Yonosuke vaga pelo Japão anos a fio em busca do espadachim que emboscou seu pai. Enquanto isso o vilão consegue ascensão social, mas vive sob o temor constante de ser encontrado e desmascarado. Tudo culmina no sumiço de uma imagem de ouro e o surgimento de uma serpente branca.

白蛇明神

O DEUS SERPENTE BRANCA 54

Harada Kurando era um dos principais vassalos do senhor do domínio de Tsugaru. Era um espadachim notável, um professor de combate com armas de corte. Depois de Harada na hierarquia dos vassalos vinha um certo Gundayu, que também ensinava a arte da espada; mas ele não era páreo para o famoso Harada, o que o deixava um tanto enciumado.

Certo dia, para incentivar a prática da arte da espada entre seus vassalos, o daimiô reuniu todo seu pessoal e ordenou que fosse feita uma exibição em sua presença.

Depois que os vassalos mais jovens se apresentaram, o daimiô ordenou que Harada Kurando e Hira Gundayu se enfrentassem. O vencedor, anunciou ele, ganharia uma imagem de ouro da deusa Kwannon.

Ambos deram seu melhor. A luta foi emocionante. Gundayu nunca havia se saído tão bem antes; mas Harada era bom demais. Este saiu vencedor do enfrentamento, e recebeu a imagem de Kwannon das mãos do daimiô entre aplausos ruidosos.

Gundayu foi embora fervilhando de inveja e jurando vingança. Quatro de seus mais fiéis companheiros o acompanharam, e disseram que o ajudariam a emboscar e atacar Harada naquela mesma noite. Depois de elaborarem seu plano covarde, eles foram se esconder na estrada que Harada precisava atravessar em seu retorno para casa.

Por três horas permaneceram por lá, com a pior das intenções. Por fim, viram Harada se aproximar, arrastando os pés sob a luz do luar, pois como era comum em tais ocasiões ele bebera saquê em abundância com seus amigos.

O espadachim e seus quatro companheiros saltaram diante dele, e Gundayu gritou: "Agora você terá que lutar contra mim até morte".

Harada tentou sacar a espada, mas seus movimentos eram lentos, e sua cabeça girava. Gundayu não esperou, e o cortou até deixá-lo morto no chão. Os cinco vilões remexeram as roupas de Harada, encontraram a imagem de Kwannon e fugiram para nunca mais voltar aos domínios do daimiô de Tsugaru.

Quando o corpo de Harada foi encontrado, a tristeza foi imensa.

Yonosuke, o filho de Harada, um garoto de dezesseis anos, jurou vingar a morte do pai, e obteve do daimiô uma permissão especial para matar Gundayu quando e como achasse por bem; o sumiço de Gundayu era prova suficiente de que ele era o assassino.

Yonosuke começou naquele mesmo dia sua caçada a Gundayu. Ele vagou pelo país por cinco longos anos sem obter uma única pista; mas, ao final desse período, guiado por Buda, localizou seu inimigo em Gifu, onde atuava como mestre da arte da espada para o senhor feudal do lugar.

Yonosuke considerou que seria difícil chegar até Gundayu por meios convencionais, pois ele quase nunca saía do castelo. Assim sendo, decidiu mudar seu nome para Ippai e se candidatar a uma vaga na casa de Gundayu como *chugen* (criado pessoal de um samurai).

Nisso Ippai (como o chamaremos daqui em diante) teve muita sorte, pois Gundayu estava precisando de um criado, e ele ficou com a vaga.

No dia 24 de junho, uma grande celebração foi realizada na casa de Gundayu, pois era o quinto aniversário de sua admissão a serviço do clã. Ele colocou a imagem roubada de Kwannon no *tokonoma* (uma plataforma elevada a vinte centímetros do chão, onde retratos e flores são exibidos), e um jantar regado a saquê foi servido bem em frente. O banquete foi um presente oferecido a Gundayu por seus amigos, que beberam tanto que acabaram caindo no sono.

No dia seguinte, a imagem de Kwannon havia desaparecido. Ninguém conseguia encontrá-la. Alguns dias depois Ippai adoeceu e, como era muito pobre, não tinha como comprar remédios; sua condição ia de mal a pior. Seus colegas servos o tratavam bem, mas não podiam fazer nada para aliviar sua condição. Ippai não parecia se importar; prostrado na cama, parecia quase satisfeito por se sentir cada vez mais fraco. A única coisa que pediu foi que um ramo de sua *omoto* (*Rohdea japonica*) favorita fosse colocado em um vaso diante de sua cama, de modo que sempre pudesse vê-lo; e esse simples pedido naturalmente foi atendido.

No outono, Ippai morreu silenciosamente e foi enterrado. Depois do funeral, quando os servos limpavam o quarto em que ele falecera, notaram com espanto que uma pequena serpente branca estava enrolada no vaso onde ficava a *omoto*. Eles tentaram removê-la de lá, mas o réptil se contraiu com ainda mais força. Por fim, jogaram o vaso na lagoa, pois não queriam aquela coisa entre eles.

Para espanto de todos, a água não teve nenhum efeito sobre a serpente, que continuou agarrada ao vaso. Sentindo que havia algo estranho com aquele réptil, decidiram que o queriam à distância. Então jogaram uma rede, pegaram o vaso e a serpente de volta e jogaram em um riacho. Nem mesmo isso fez muita diferença — a serpente apenas mudou um pouco de posição, para impedir que o ramo de *omoto* caísse do vaso.

A essa altura a consternação entre os servos já era grande, e a notícia se espalhou pelas casas que ficavam dentro dos portões do castelo. Alguns samurais foram até o riacho para ver, e encontraram a serpente firmemente agarrada ao vaso e à planta. Um dos samurais sacou a espada e cortou a serpente, que se desenrolou e fugiu; mas o vaso quebrou e, para o espanto de todos, a imagem de Kwannon caiu na água, junto com uma permissão timbrada do senhor feudal de Tsugaru para matar um certo homem cujo nome foi deixado em branco no documento.

O samurai que quebrou o vaso e encontrou o tesouro perdido parecia satisfeitíssimo, e foi correndo contar a Gundayu a boa notícia; mas, em vez de se alegrar, o outro mostrou sinais de medo. Ficou totalmente pálido quando ouviu a história da morte de Ippai e da aparição misteriosa da serpente branca. Ele estremeceu ao se dar conta de que Ippai era ninguém menos que Yonosuke, filho de Harada, cuja aparição sempre temera depois do assassinato que cometeu.

De forma condizente com o espírito de um samurai, entretanto, Gundayu "recobrou a compostura" e se disse muito contente com a pessoa que lhe trouxera a imagem de Kwannon. Além disso, para celebrar a ocasião, ofereceu um grande banquete naquela noite. Curiosamente, o samurai que quebrara o vaso e recuperara a imagem adoeceu de forma repentina e não pôde comparecer.

Depois de se despedir dos convidados, por volta das dez da noite, Gundayu foi para a cama. No meio da madrugada, foi despertado pelo que entendeu ser um terrível pesadelo. Sua garganta parecia se fechar; ele esperneou e se debateu; um gorgolejar escapou de sua boca de tal forma que acordou sua esposa, que, apavorada, acendeu uma luz. Ela viu a serpente branca enrolada com todas as forças no pescoço do marido; o rosto dele estava todo roxo, e seus olhos saltavam das órbitas.

Ela gritou por socorro; mas era tarde demais. Quando os jovens samurais apareceram correndo, o rosto escurecido de seu professor de luta com espadas já estava sem vida.

No dia seguinte, foi conduzida uma cuidadosa investigação. Mensageiros foram despachados para os domínios do daimiô de Tsugaru para apurar a verdadeira história do finado Harada Kurando, pai de Yonosuke, ou "Ippai", e também a de Gundayu, que estava por lá havia cinco anos. Depois de estabelecer a verdade, o daimiô de Gifu, comovido com o ardor com que Yonosuke se entregara à sua obrigação filial, devolveu a imagem de ouro de Kwannon à família de Harada; e como uma forma de homenagem passou a louvar a serpente morta em um altar erguido ao pé da montanha de Kodayama. Esse espírito é conhecido até hoje como Hakuja no Myojin, O Deus Serpente Branca.

鮑祭り

Desde o afogamento de um homem na baía de Manazuru, os peixes tornaram-se escassos na região. Certos de que o fenômeno é obra da deusa Gu gun O Hime, os pescadores organizam um festival na esperança de mitigar sua raiva e acabam fazendo uma descoberta.

鮑祭り

FESTIVAL DO AWABI 55

Manazuru-minato fica em um pequeno promontório de mesmo nome, e está voltado para a baía de Sagami, famosa por sua beleza; atrás do vilarejo ficam montanhas que vão se tornando cada vez mais altas, e é possível ver ao longe o magnífico Fuji; ao norte, nos dias de tempo aberto, as praias arenosas de Kozu e Oiso, a quarenta quilômetros de distância, parecem estar à distância de um braço. Algumas pessoas já compararam as belezas de Manazuru-zaki, do cabo ao rio, a um lugar na China chamado de Sekiheki por um famoso poeta daquele país, Sotoba, autor de "Sekiheki no Fu", ou Ode a Sekiheki.

Muitos anos atrás, Minamoto-no-Yoritomo, depois da derrota na batalha de Ishibashi-yama, fugiu para Manazuru-minato, onde ficou por alguns dias enquanto esperava o tempo melhorar para fazer a travessia até a província de Awa, do outro lado da baía. Ainda é possível ver, segundo me disseram, a caverna onde ele se escondeu, conhecida desde tempos antigos como Shitodo-no-iwaya. A paisagem litorânea do local é magnífica. As rochas se elevam do mar e se juntam para criar uma pequena e perfeita baía no interior do Manazuru Zaki (cabo de Manazuru). Foi lá que os pescadores locais ergueram um pequeno e tranquilo santuário, Kibune Jinja, onde fazem louvores à deusa que protege a vida marinha da costa. Não havia muito motivo para reclamar da vida na baía de Manazuru. As águas eram profundas, e sempre provia em abundância peixes como o *tai*; em épocas específicas apareciam a *sawara* (cavala-verdadeira) e todas as pequenas espécies migratórias, como as sardinhas e as anchovas. Os pescadores não tinham do que se queixar até cerca de quarenta anos atrás, quando aconteceu uma coisa estranha.

Em um dia 24 de junho, um homem do interior foi passar alguns dias na praia. Não era um bom nadador, e se afogou logo no primeiro dia. Seu corpo nunca foi encontrado, embora os pescadores tenham tentado de tudo para encontrá-lo. Desse incidente em diante, por dois anos inteiros a disponibilidade de peixes na baía foi diminuindo cada vez mais, até se tornar difícil conseguir o que comer. A situação ficou extremamente séria.

Alguns dos pescadores mais velhos atribuíram a mudança ao desconhecido que se afogara.

"Foi esse cadáver não recuperado", disseram eles, "que fez nossas sagradas águas mudarem. Sua impureza ofendeu Gu gun O Hime, nossa deusa. Não podemos continuar assim. Precisamos organizar um festival especial no templo Kibune Jinja."

Conforme sugerido, Iwata, o sumo-sacerdote, foi procurado. Ele gostou da ideia, e uma data foi definida.

Na noite marcada, centenas de pescadores se reuniram com tochas em uma das mãos e *shirayu* ou *gohei*[1] amarrados em bambus na outra. Eles iniciaram uma procissão e partiram para o santuário vindos de várias direções, batendo seus gongos. No templo, o sacerdote fez uma leitura dos livros sagrados e rezou à deusa que protegia os pescadores e seus pescados para que não os abandonasse por ter suas águas poluídas por um cadáver. Eles o procurariam de todas as formas possíveis e limpariam a baía.

De repente, enquanto o sacerdote fazia a prece, uma luz tão intensa que quase cegou os pescadores se ergueu da água. O sacerdote se interrompeu por um instante; um ruído retumbante foi ouvido, vindo do fundo do mar; e então surgiu na superfície uma deusa de beleza extraordinária (provavelmente Kwannon Gioran). Ela observou a cerimônia que estava sendo realizada na praia havia uma hora, e então desapareceu em outro clarão, deixando para trás o rugido das ondas.

O sacerdote e os pescadores mais velhos refletiram a respeito e concluíram que eles de fato haviam visto sua deusa, e que ela ficara satisfeita com a cerimônia. Também achavam que o cadáver ainda deveria estar no fundo da baía, diretamente abaixo do lugar onde as luzes e a própria deusa apareceram. Foi determinado que duas jovens virgens que soubessem mergulhar seriam mandadas ao local para averiguar, e as escolhidas foram Saotome e Tamajo. Vestidas

---

1 Gohei são emblemas de papel xintoístas, que representam oferendas de tecidos para a deidade, em geral do deus Kami. Segundo alguns, os gohei representam, por seu formato curioso, o *dora* de Kami, um gongo usado em cerimoniais. [NA]

com saias brancas, as donzelas foram conduzidas de barco até onde os clarões e a deusa surgiram. As garotas mergulharam, chegaram ao fundo e procuraram pelo corpo do homem que se afogara dois anos antes. Em vez do corpo, o que viram foram pequenas luzes, mas de uma beleza deslumbrante. Por curiosidade chegaram mais perto, e encontraram centenas e centenas de *awabi* (abalones) presas a uma rocha de dois metros de altura e oito ou dez metros de comprimento. Sempre que os peixes se moviam, os *awabi* eram obrigados a levantar as conchas, e foi o brilho das pérolas em seu interior que atraiu o olhar das moças. A rocha devia ser o túmulo do afogado, ou então a morada da deusa.

Saotome e Tamajo voltaram à superfície, cada uma com uma grande concha que tiraram da rocha para mostrar ao sacerdote. Quando chegaram à praia, foram recebidas com aplausos, e o sacerdote e os pescadores as rodearam.

Ao ouvirem sobre os *awabi*, que de acordo com o que sabiam nunca haviam aparecido na baía, chegaram à conclusão de que não era a imundície do cadáver que afastara os peixes. As luzes emitidas por aquelas conchas lustrosas, e as pérolas dentro delas, deviam ser a causa. Muitas vezes eles tinham escutado dizer que os *awabi* voavam. Deviam ter ido parar lá em algum momento naqueles dois anos. Os pescadores decidiram removê-los de lá. Ficou claro que a deusa aparecera em meio à luz para mostrar o que vinha afastando os pescados.

Não havia tempo a perder. Centenas de homens e mulheres mergulharam no local e limparam tudo; e os peixes voltaram a aparecer em Manazuru-minato.

Por sugestão de Iwata, o sacerdote, todo dia 24 de junho é realizado um *matsuri* (festival). Os pescadores acendem tochas e vão ao santuário fazer louvores a noite toda. É o chamado "Festival do Awabi" de Kibune.

NOTA — A história me foi contada por um homem que não entende nada de moluscos. Segundo sua versão as conchas eram *asari*, uma espécie de concha bivalve encontrada sob a areia na maré baixa. É impossível que essa história faça referência a outro molusco que não seja o haliotis (abalone), ou *awabi*, ou então ostras comuns.

Mergulhadoras que já viram o "voo" do haliotis o descreveram para mim. Quando um demonstra que está disposto a deixar uma determinada rocha, todos sentem o mesmo impulso e vão junto. Portanto são esses haliotis, conchas grandes e já formadas, que às vezes podem aparecer em uma rocha a cerca de quinze braças de profundidade onde no dia anterior não havia nada; e vão embora com a mesma rapidez. Por mil anos ou mais as mesmas rochas foram frequentadas. E os mergulhadores guardam tudo o que encontram no fundo do mar como um grande segredo — pelo menos foi isso que pude observar em Toshi.

柳の木、誇りと家族

Herdeiro de uma fortuna transmitida ao longo de mais de oito dezenas de gerações, Gobei Yuasa está prestes a levar a família à falência por pura negligência. Em seu descaso, a única coisa que pensa em fazer é deixar aos descendentes uma pintura do fantasma que supostamente aparece sob um salgueiro.

O SALGUEIRO, A HONRA E A FAMÍLIA

柳の木、誇りと家族

56

Muito tempo atrás viveu no vilarejo de Yamada, Sarashina-gun, província de Shinano, um dos homens mais ricos do norte do Japão. Por muitas gerações a família era rica, e por fim a fortuna chegou à 83ª geração, para as mãos de Gobei Yuasa. A família não tinha título de nobreza, mas era tratada pelo povo com quase o mesmo respeito devido a uma casa real. Até mesmo os meninos que perambulavam pela rua, pouco dados a elogios e demonstração de respeito, faziam mesuras cerimoniosas quando encontravam Gobei Yuasa. Gobei era a personificação da cordialidade, e se mostrava solidário a todos aqueles que se encontravam em dificuldade.

As riquezas herdadas por Gobei eram em sua maior parte dinheiro e terras, com as quais ele se preocupava muito pouco; seria difícil encontrar um homem menos interessado em seus próprios negócios do que Gobei. Ele gastava à vontade, e com sua natureza despreocupada na hora de cuidar das contas deixou que sua fortuna decaísse. Seus maiores prazeres eram pintar seus *kakemonos*, conversar com seus amigos e comer bem. Ele ordenou a seu administrador que não o incomodasse com assuntos como rendimentos insatisfatórios de lavouras e outras questões desagradáveis. "O destino de um homem e sua sina é determinado pelos Céus", dizia ele. Gobei era um pintor muito elogiado, e poderia ter ganhado um bom dinheiro vendendo seus *kakemonos*; mas não — isso seria indigno de seus ancestrais e de seu nome.

Certo dia, enquanto tudo ia de mal a pior, Gobei estava sentado em seu quarto pintando, quando um amigo apareceu para fofocar. Ele contou a Gobei que o povo do vilarejo andava falando seriamente sobre um espírito que já havia sido visto por nada menos que três pessoas. A princípio todos riram do homem que disse ter visto o fantasma; no caso do segundo homem, continuou havendo uma inclinação a não levar o assunto a sério; mas agora a aparição foi vista por um dos anciãos do vilarejo, então não há como duvidar.

"Onde foi que eles viram o fantasma?", Gobei quis saber.

"Dizem que aparece embaixo do seu velho salgueiro entre às onze e a meia-noite — a árvore que tem alguns galhos que saem de seu jardim para a rua."

"Que estranho", comentou Gobei. "Não ouvi falar de nenhum assassinato que tenha sido cometido embaixo dessa árvore, nem de algum espírito relacionado a um de meus ancestrais; alguma coisa deve haver, se três pessoas do vilarejo viram. Por outro lado, onde existe um velho salgueiro, dizem que mais cedo ou mais tarde alguém vê um fantasma. Se houver um espírito por lá, de quem pode ser? Eu gostaria de pintar o fantasma se pudesse vê-lo, para deixar a meus descendentes como um último sinal nefasto do caminho que levou a família à ruína. Isso eu vou me esforçar para fazer. Esta noite vou ficar de vigília à espera dessa coisa."

Gobei nunca havia se sentido tão energizado antes. Ele dispensou o amigo e foi dormir às quatro da tarde, pretendendo se levantar às dez da noite. A essa hora seu criado foi chamá-lo; mas ainda assim ele não conseguiu acordar antes das onze. À meia-noite, Gobei enfim estava em seu jardim, escondido nos arbustos diante do salgueiro. Era uma noite estrelada, e não havia sinal de fantasma até depois da uma da madrugada, quando as nuvens encobriram a lua. Quando Gobei estava pensando em voltar para a cama, viu se elevar do chão sob o salgueiro uma fina coluna de fumaça branca, que pouco a pouco foi assumindo a forma de uma charmosa garota.

Gobei observou tudo com admiração e perplexidade. Ele jamais imaginou que um fantasma pudesse ser uma visão de tamanha beleza. Em vez disso, esperava ver uma velha pálida, despenteada, com os olhos arregalados e ossos protuberantes — um espetáculo que faria seus ossos gelarem até a medula e seus dentes rangerem.

Pouco a pouco, a linda figura foi se aproximando de Gobei, e baixou a cabeça como se quisesse se dirigir a ele.

"Quem e o que é você?", gritou Gobei. "Parece bonita demais, na minha opinião, para ser o espírito de alguém que já morreu. Caso seja mesmo um espectro, diga-me, se puder, é o espírito de quem, e por que aparece sob esse salgueiro?"

"Eu não sou o espírito ou fantasma de um humano, como você está dizendo", respondeu a aparição, "e sim o espírito deste salgueiro."

"Então por que resolveu sair da árvore agora, e segundo me contaram vem fazendo isso há pelo menos dez dias?"

"Como falei, eu sou o espírito deste salgueiro, que foi plantado aqui pela vigésima primeira geração de sua família. Isso foi cerca de seis séculos atrás. Fui plantada para marcar o local onde seu sábio ancestral enterrou um tesouro — seis metros abaixo do chão, e a quatro metros e meio de meu caule, na direção leste. Há uma vasta soma de ouro em um cofre de ferro escondido lá. O dinheiro foi enterrado para salvar sua casa quando estivesse em decadência. Esse perigo nunca esteve próximo antes; mas agora, em sua época, veio a ruína, e chegou a hora de eu lhe mostrar como, pela prudência de seu ancestral, é possível salvá-lo de manchar o nome de sua família com a falência. Por favor, desenterre o cofre e salve o nome de sua casa. Você deve fazer isso o quanto antes, e seja mais cauteloso no futuro."

Em seguida, ela desapareceu.

Gobei voltou para casa, mal conseguindo acreditar na boa sorte que o espírito do salgueiro plantado por seu sábio ancestral lhe comunicara. Mas ele não foi para a cama. Em vez disso, reuniu seus servos mais fiéis e ao amanhecer deu início à escavação. Que animação indescritível ele sentiu quando a pouco menos de seis metros de profundidade eles encontraram a tampa de um baú de ferro! Gobei pulava de alegria; e o mesmo pode ser dito de seus servos, pois se o honrado nome de seu senhor caísse em desgraça por causa da falência muitos deles se sentiriam obrigados a cometer suicídio.

Eles cavaram com todas as forças, até conseguirem tirar o enorme e pesado cofre do buraco. A tampa foi aberta com picaretas, e então Gobei viu uma porção de sacos antigos, e pegou um. Como era muito velho, acabou estourando, derrubando uma centena de enormes moedas antigas e oblongas de ouro, que deviam valer trinta libras esterlinas cada. As mãos de Gobei Yuasa tremiam. Ele mal conseguia acreditar na sorte que lhe sorria. Saco após saco foram sendo retirados, cada um contendo uma pequena fortuna, até que por fim foi revelado o fundo do baú. Ali havia uma carta de cerca de seiscentos anos de idade, que dizia:

"Aquele entre meus descendentes que for obrigado a usar o tesouro para salvar a reputação de nossa família deve ler isto em voz alta e tornar público que este dinheiro foi enterrado por mim, Fuji Yuasa, da vigésima primeira geração de nossa família, para que em tempos de necessidade ou perigo uma geração futura pudesse usar para salvar o nome da família. Aquele que por desafortunada necessidade fizer uso do tesouro deve dizer: 'Eu me arrependo enormemente da tolice que fez os negócios de nossa família decaírem a ponto de precisar da ajuda de um antigo ancestral. A única forma que tenho de compensar isso é me dedicar plenamente aos negócios da casa, e demonstrar enorme apreço e cuidar muito bem do salgueiro que há tanto tempo vem vigiando e guardando o tesouro de meu ancestral. Eu me comprometo a fazer isso. Corrigirei totalmente minha conduta'."

Gobei Yuasa leu essa mensagem para seus servos e seus amigos. Ele se tornou um homem enérgico. Suas terras e suas lavouras passaram a ser bem cuidadas, e a família Yuasa recuperou sua posição influente.

Gobei pintou um *kakemono* do espírito do salgueiro da forma como o vira, e o manteve em seu quarto pelo resto da vida. É a famosa pintura, hoje exposta nos jardins dos Yuasa, chamada "O Fantasma do Salgueiro" — talvez o modelo a partir do qual todos os quadros de fantasmas perto de salgueiros foram feitos.

Gobei ergueu uma cerca em torno do famoso salgueiro, do qual cuidava pessoalmente; assim como todos os outros que vieram depois dele.

Um grande incêndio destruiu a morada do daimiô Date Tsunamune e agora ele quer construir o mais belo dentre os palácios. O construtor contratado, Kinokuniya Bunzaemon, vê uma grande oportunidade de enriquecer valendo-se de artifício para realizar o seu ambicioso projeto.

楠
塚

A TUMBA DA CANFOREIRA 57

A cinco *ri* (quinze quilômetros) de Shirakawa, na província de Iwaki,[1] existe um vilarejo chamado Yabuki-mura. Perto de lá fica um pequeno bosque de cerca de quarenta metros quadrados. Entre suas árvores, havia uma canforeira enorme de quase 45 metros de altura, de idade indeterminável, venerada pelos moradores e por forasteiros como uma das maiores do Japão. Um altar foi erguido para ela no bosque, conhecido como floresta de Nekoma-myojin; e um velho fiel, Hamada Tsushima, vivia lá e cuidava da árvore, do altar e de todo o bosque.

Certo dia, a árvore foi derrubada; mas, em vez de secar ou morrer, continuou a crescer e a florescer, apesar de estar caída no chão. O pobre Hamada Tsushima arrancou as próprias entranhas quando soube que a árvore sagrada foi cortada. Talvez tenha sido porque seu espírito entrou na árvore sagrada que ela não morreu. Eis a história:

No dia 17 de janeiro do terceiro e último ano do período Meireki — ou seja, 1658 —, um grande incêndio aconteceu no templo de Homyo-ji, no distrito de Maruyama Hongo, em Yedo, atual Tóquio. O fogo se espalhou com tanta rapidez que não só esse distrito ardeu em chamas, mas também um oitavo de toda

---

[1] Território que ocupava a região oriental da atual província de Fukushima e a região sul da atual província de Miyagi. [NE]

a cidade foi destruído. Muitos palácios e casas de daimiôs foram consumidos pelo fogo. Date Tsunamune de Sendai, um dos três grandes daimiôs (que eram os de Satsuma, Kaga e Sendai), teve um total de sete palácios e casas destruídos; os demais daimiôs, ou senhores feudais, perderam apenas um ou dois.

Date Tsunamune resolveu construir o mais belo palácio que era possível projetar. Seria erguido em Shinzenza, em Shiba. Ele ordenou que nenhum tempo fosse perdido, e incumbiu um de seus mais altos funcionários, Harada Kai Naonori, para cuidar do assunto.

Assim sendo, Harada mandou chamar o maior construtor da época, um tal Kinokuniya Bunzaemon, e lhe disse:

"Você sabe que o fogo destruiu todas as mansões do daimiô Date Tsunamune na cidade. Fui instruído a providenciar que seja construído imediatamente o mais belo dos palácios, que só deve ser inferior ao do xogum. Você me foi recomendado como o principal construtor de Yedo. O que pode fazer? Faça algumas sugestões e me dê sua opinião."

"Certamente, meu senhor, eu posso fazer uma série de sugestões; mas a construção de tal palácio custará uma quantia enorme de dinheiro, principalmente depois do incêndio, pois há uma grande escassez de madeira na região."

"Não se preocupe com as despesas", disse Harada. "Eu pagarei quanto você quiser, e quando quiser; posso inclusive pagar adiantado, se for esse seu desejo."

"Oh, sendo assim", respondeu o construtor, satisfeitíssimo, "começarei imediatamente. O que você acha de um palácio como o de Kinkakuji, em Kyoto, construído pelo xogum Ashikaga? Eu construiria uma mansão mais imponente que a do atual xogum —a de algum daimiô, nem se conta. Todas as *hagi*[2] serão feitas das madeiras mais nobres; o *tokobashira*[3] será de *nanten*,[4] e os tetos de tábuas corridas inteiriças de canforeira, se encontrarmos uma árvore grande o bastante para isso. Posso conseguir quase tudo, a não ser isso, em meu próprio estoque; mas as canforeiras são difíceis. Existem bem poucas; muitas delas são sagradas, e é difícil mexer com elas ou obter uma. Sei que existe uma na floresta de Nekoma-myojin, na província de Iwaki. Se eu conseguir essa árvore, posso fazer um teto de tábuas corridas inteiriças, o que fará todos os outros palácios e mansões parecerem construções de segunda categoria."

"Ora, ora, tudo isso eu deixo a seu critério", disse Harada. "Você já sabe que não é preciso economizar em nada, desde que providencie rapidamente o que foi pedido pelo daimiô Date Tsunamune."

2 Prateleiras. [NA]
3 Pilar de sustentação de uma estrutura para a exibição de *kakemonos*. [NA]
4 Nandina (*Nandina domestica*). [NE]

O construtor fez uma mesura profunda, dizendo que faria seu melhor; e sem dúvida foi embora satisfeitíssimo por fechar um acordo com termos tão abertos, que lhe permitiria encher os bolsos. Ele se pôs a procurar em várias fontes, e acabou convencido de que a única canforeira capaz de cumprir seus requisitos era aquela à qual havia se referido — em especial por causa de sua enorme largura. Kinokuniya também descobriu que a parte do distrito onde estava a árvore pertencia ou estava sob a administração de Fujieda Geki, que estava no distrito de Honjo de Yedo como representante do xogum, bem de vida (recebendo 1200 *koku*[5] de arroz por ano), mas não esbanjando dinheiro, e estava sempre precisando de mais.

O construtor Kinokuniya logo ficou sabendo de tudo a respeito desse homem, a quem então foi fazer uma visita.

"Seu nome é Kinokuniya Bunzaemon, creio eu. Posso saber por que queria me ver?", perguntou Fujieda.

"Senhor, é isso mesmo", disse o construtor, fazendo uma mesura profunda. "Meu nome é Kinokuniya Bunzaemon, e talvez Vossa Senhoria já tenha ouvido falar de mim, pois construí ou forneci madeira para muitos palácios e mansões. Vim aqui em busca de auxílio para obter permissão para cortar árvores em uma pequena floresta chamada Nekoma-myojin, perto de um vilarejo chamado Yabuki-mura, no distrito de Sendai."

O que o construtor não disse a Fujieda Geki, o representante ou administrador do governo do xogum, foi que ergueria uma mansão para o daimiô Date Tsunamune, e que a madeira que queria ficava dentro de seu domínio. Afinal, sabia muito bem que o daimiô Date jamais lhe daria permissão para cortar uma árvore sagrada. Era uma excelente ideia conseguir a árvore do daimiô com a ajuda do administrador do governo do xogum e cobrar por ela mais tarde. Então ele continuou:

"O que posso lhe garantir, senhor, é que o incêndio ocorrido recentemente fez a madeira sumir do mercado. Caso me ajude a conseguir o que preciso, construirei uma casa nova para o senhor sem custos, e para mostrar o quanto apreciaria tal gesto peço que aceite este pequeno presente de duzentos ienes, que seria só o começo."

---

5 Unidade de medida de capacidade usada no Japão para calcular a quantidade de arroz. Um *koku* equivale a 180,39 litros ou cerca de 150 quilos de arroz. [NE]

"Não precisa se incomodar com esses detalhes", disse o satisfeitíssimo administrador, embolsando o dinheiro, "mas pode fazer como quiser. Mandarei chamar os quatro chefes locais do distrito onde você quer cortar as árvores, e aviso quando chegarem a Yedo. É com eles que você pode acertar os pormenores da questão."

A audiência terminou. O construtor sentiu que estava em vias de conseguir as árvores que queria, e o administrador, ávido por dinheiro, ficou igualmente satisfeito com o fato de que, com tão pouco esforço de sua parte, conseguiu duzentos ienes e a promessa de mais pagamentos e uma casa nova.

Cerca de dez dias depois, quatro homens, os chefes dos vilarejos, chegaram a Yedo e se apresentaram a Fujieda, que mandou chamar o construtor e disse aos quatro — cujos nomes eram Mosuke, Magozaemon, Yohei e Jinyemon — que estava feliz em vê-lo e constatar sua lealdade ao xogum, que tivera seu palácio queimado no incêndio e desejava construir um novo imediatamente, mas estava com dificuldade para obter madeira. "Fui informado por nosso grande construtor, ao qual vocês serão apresentados aqui, que a única madeira apropriada para reconstruir o palácio do xogum está em seu distrito. Pessoalmente não entendo nada desse assunto, portanto deixo vocês resolverem a questão com Kinokuniya, o construtor, assim que ele chegar. Já mandei chamá-lo. Enquanto isso, considerem-se muito bem-vindos e, por favor, aceitem a refeição que mandei servir na sala ao lado para vocês. Venham comigo e vamos desfrutar juntos."

Fujieda conduziu os quatro camponeses à sala ao lado e os acompanhou na refeição, durante a qual o construtor Kinokuniya chegou e foi prontamente levado à presença deles. O almoço estava quase no fim.

Fujieda apresentou o construtor, que por sua vez falou:

"Cavalheiros, não podemos discutir esse assunto aqui na casa do senhor Fujieda, um administrador do governo do xogum. Agora que já nos conhecemos, permita-me convidá-los para jantar; então poderei explicar exatamente do que preciso, em termos de árvores de seu distrito. Como devem saber, nossas famílias são súditas dos mesmos senhores feudais, portanto somos todos iguais."

Os quatro camponeses ficaram encantados com tamanha hospitalidade. Duas refeições fartas no mesmo dia era um tremendo luxo para eles, ainda mais em Yedo! Quanto eles teriam para contar a suas esposas quando voltassem aos vilarejos!

Kinokuniya levou os quatro a um restaurante chamado Kampanaro, em Ryogoku, onde eles foram tratados com grande cortesia. Depois da refeição, ele falou:

"Cavalheiros, espero que me deem permissão para extrair madeira da floresta de seu vilarejo, pois caso contrário seria impossível para mim empreender uma construção em tão larga escala."

"Pois bem, pode fazer isso", disse Mosuke, que era o mais velho entre os quatro. "Como o corte de árvores na floresta de Nekoma-myojin é uma necessidade de nosso soberano, que sejam cortadas; eu entendo como uma ordem de nosso soberano que as árvores sejam cortadas; mas devo ressaltar que existe uma árvore no bosque que não pode ser cortada em nenhuma circunstância, uma enorme canforeira sagrada que é muito reverenciada em nosso distrito, e para a qual um altar foi erguido. Essa árvore não podemos permitir que seja cortada."

"Muito bem", falou o construtor. "Só me escrevam uma breve permissão por escrito, autorizando que eu corte qualquer árvore com exceção da grande canforeira, e nosso trato está selado."

Kinokuniya a essa altura já havia observado bem os camponeses — a ponto de saber, pela sua perspicácia, que provavelmente não sabiam escrever.

"Claro", disse Mosuke. "Faça um breve registro por escrito de nosso acordo, Jinyemon."

"Não, prefiro que você escreva, Mago", respondeu Jinyemon.

"Eu prefiro que Yohei escreva", falou Mago.

"Mas eu não sei escrever", argumentou Yohei, voltando-se novamente para Jinyemon.

"Ora, tudo bem, tudo bem", disse Kinokuniya. "Os cavalheiros assinariam o documento se eu escrevesse?"

Obviamente, os quatro concordaram. Aquela era a melhor solução. Eles colocariam seus carimbos no documento. E foi isso o que fizeram, e depois de uma animada noite foram embora satisfeitos consigo mesmos.

Kinokuniya, por sua vez, foi para casa contentíssimo com o negócio fechado naquela noite. Afinal, não levava no bolso a permissão para cortar as árvores, e não a escrevera de próprio punho da forma mais conveniente para seus propósitos? Ele riu sozinho ao pensar na forma habilidosa como conduzira o assunto.

Na manhã seguinte, Kinokuniya enviou seu capataz, Chogoro, acompanhado de dez ou doze homens. A viagem ao vilarejo de nome Yabuki-mura, perto do bosque de Nekoma-myojin, levou três dias; eles chegaram na manhã do quarto dia e se puseram a erguer andaimes ao redor da canforeira, para poderem usar melhor seus machados. Quando começaram a cortar os galhos mais baixos, Hamada Tsushima, o guardião do altar, foi correndo até eles.

"Ora, ora! O que estão fazendo? Cortando a canforeira sagrada? Malditos sejam! Parem com isso! Estão me ouvindo? Parem agora mesmo!"

Quem respondeu foi Chogoro:

"Você não tem por que interromper o trabalho de meus homens. Eles só estão fazendo o que lhes foi ordenado, e com todo o direito para isso. Estou derrubando a árvore por ordem de meu patrão Kinokuniya, o construtor, que recebeu a permissão para cortá-la dos quatro homens deste distrito que foram enviados a Yedo."

"Eu sei disso", falou o guardião, "mas sua permissão vale para qualquer árvore com exceção da canforeira sagrada."

"Nisso você se engana, como esta carta há de lhe mostrar", disse Chogoro. "Pode ler." E o guardião, para sua grande tristeza, leu o seguinte:

> Para Kinokuniya Bunzaemon,
> Construtor de Yedo,
>
> Na extração de árvores para a construção de uma nova mansão para nosso soberano, todas as canforeiras do bosque de Nekoma-myojin devem ser poupadas, com exceção da maior, que dizem ser sagrada. Como testemunhas, aqui registramos nossos nomes.
>
> JINYEMON; MAGOZAEMON; MOSUKE; YOHEI
> Representando o governo local

O responsável pelo altar, tomado de tristeza e perplexidade, mandou chamar os quatro homens mencionados no documento. Quando chegaram, os quatro declararam que deram permissão para cortar qualquer árvore que não fosse a grande canforeira; mas Chogoro disse que não acreditava, e que seguiria o que estava determinado no documento. Portanto, ordenou que seus homens continuassem a trabalhar na canforeira.

Hamada Tsushima, o guardião, cometeu *harakiri*, arrancando as próprias entranhas ali mesmo; mas não sem antes dizer a Chogoro que seu espírito passaria para a canforeira, para cuidar da árvore e se vingar do perverso Kinokuniya.

Por fim, os esforços dos homens fizeram a imponente árvore tombar ruidosamente; no entanto, eles não conseguiam movê-la. Por mais que puxassem, ela não cedia. A cada tentativa, os galhos pareciam ganhar vida; rostos e olhos foram atingidos de forma dolorosa. Ainda assim, eles insistiram; mas não houve jeito. A situação piorou. Vários homens foram esmagados quase até a morte entre os galhos; quatro tiveram membros quebrados por impactos sofridos dessa mesma forma. Nesse momento, um homem a cavalo apareceu e gritou:

"Meu nome é Matsumaye Tetsunosuke. Sou um dos atendentes do senhor do daimiô de Sendai. O conselho de governantes de Sendai proibiu que essa canforeira fosse tocada. Infelizmente, vocês a cortaram. Mas devem deixá-la onde está. Nosso daimiô Date Tsunamune, o senhor do domínio de Sendai, ficará furioso. O construtor Kinokuniya elaborou plano fraudulento e mal-intencionado, e será devidamente punido; quanto ao representante do xogum, Fujieda Geki, ele também será responsabilizado. Vocês tratem de voltar a Yedo. Não podemos culpá-los, pois estavam cumprindo ordens. Mas primeiro me entreguem a permissão forjada assinada pelos quatro tolos locais, que certamente tirarão a própria vida."

Chogoro e seus homens voltaram para Yedo. Alguns dias depois, o construtor adoeceu, e um massagista foi mandado a seu quarto. Pouco depois, Kinokuniya foi encontrado morto; o massagista desaparecera, mas seria impossível que ele fosse embora sem ser visto! Dizem que o espírito de Hamada Tsushima, o guardião, assumiu a forma do massagista para matar o construtor. Chogoro ficou com a mente tão perturbada que voltou ao local onde ficava a canforeira e empenhou todas as suas economias na construção de um novo altar e na contratação de um novo responsável para cuidar de tudo. Esse local ficou conhecido como Kusunoki Dzuka ("A Tumba da Canforeira"). A árvore continua caída lá até hoje, garante a pessoa que me contou a história.

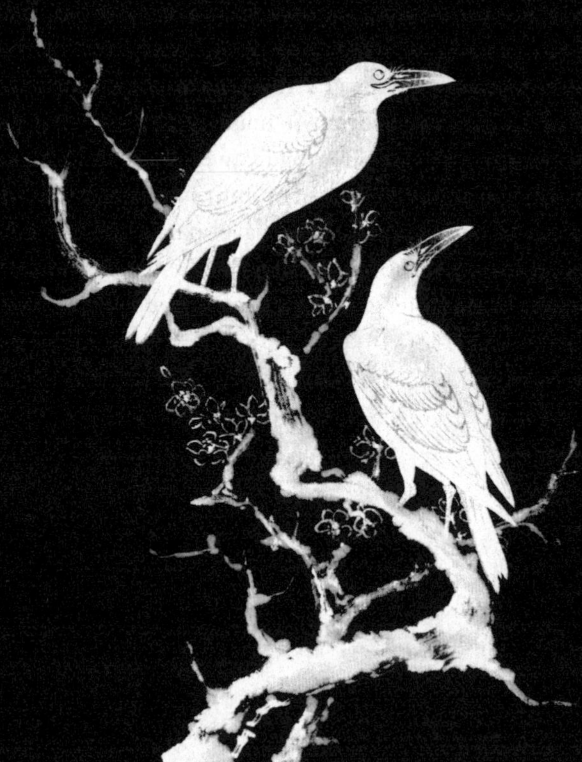

Richard Gordon Smith foi um naturalista britânico nascido em Earswick, no noroeste da Inglaterra, em 1858. Apaixonado por viagens e caça, levava uma vida errática bancada pela herança familiar quando recebeu a solicitação do British Museum para percorrer alguns países asiáticos, entre os quais o Japão, com o propósito de coletar espécimes para o acervo de histórias naturais do museu. Gordon Smith começou então um périplo, em parte para esquivar-se da relação desarmoniosa com sua esposa Ethel Nercomb, com quem mantinha um casamento de dezoito anos e tinha quatro filhos.

Ele chegou ao Japão em dezembro de 1898 e, nesta estada de um ano e em várias visitas posteriores ao país, coletou e enviou ao British Museum muitas amostras da fauna e da flora, sendo várias delas inéditas à ciência e nomeadas em sua homenagem. A curiosidade pelos costumes do povo, suas lendas e folclore fizeram aflorar também seu lado etnólogo. Ao longo de anos ele reuniu histórias, fotografias e ilustrações com riqueza de detalhes, formando um registro de alto valor histórico e cultural. Em 1907, Gordon Smith foi agraciado com a Ordem do Sol Nascente do Quarto Grau pelo governo do Japão.

A presente obra resultou de pesquisas e entrevistas com japoneses e foi originalmente publicada em 1908 em Londres, em língua inglesa, sob o título *Ancient Tales and Folklore of Japan*.

Em 1910, enfrentando problemas financeiros, Gordon Smith recebeu o pedido de separação de sua esposa. Acometido por beribéri e malária, teve sua saúde física debilitada. Ele retornou à sua terra natal algumas vezes, mas passou a maior parte dos últimos anos de vida no Japão e faleceu em 6 de novembro de 1918, aos 60 anos. Foi sepultado no cemitério dos estrangeiros de Kobe.

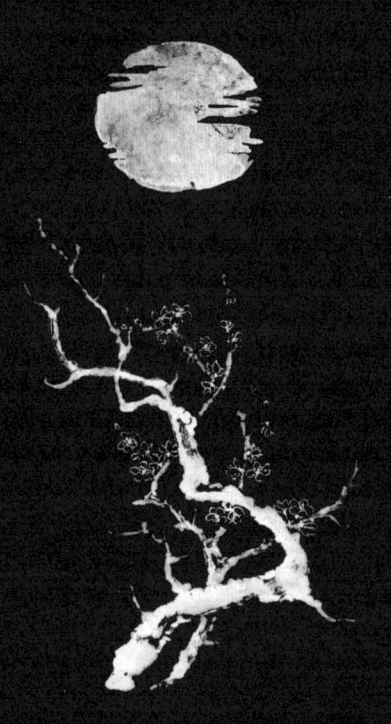

DARKSIDEBOOKS.COM